경성
트로이카

* 화보 중 신문기사는 『동아일보』, 『조선일보』에서 제공하였다.
* 화보 중 인물 사진은 『한민족독립운동사자료집 별집』(국사편찬위원회, 1991)에 실린 사진을 사용하였다.
* 화보 중 '황금정 거리'는 서울시사편찬위원회에서 제공하였다.

『경성일보』 1937년 4월 30일자 호외

일제의 어용신문인 『경성일보』는 이재유를 체포한 기사를 내보내면서 '집요흉악한 조선공산당 마침내 괴멸하다' 라고 보도했다. 조선의 입장에서 보자면 이재유야말로 조선공산당 운동의 마지막 희망이었던 것이다.

『조선일보』 1937년 5월 1일자 호외

1936년 12월 25일 크리스마스 날, 서대문 경찰서에서 도주한 지 2년 8개월 만에 붙잡힌 이재유의 사진이다. 이재유 체포에 성공한 기념으로 형사들은 잠복하느라 입었던 복장 그대로 이재유와 기념촬영을 했다. 당시 서대문 경찰서는 축제 분위기였다고 한다.

『조선일보』 1937년 5월 12일자 기사

사진의 인물들을 설명하자면 맨 위가 이재유이고, 오른쪽 위에서부터 변우식, 고병택, 민태복, 최호극, 서구원, 양성기이다. 그 옆 왼쪽은 박인순, 김희성, 백윤혁, 박인선, 박온, 이병희의 순이다.

이재유는 일제의 검거를 피하기 위해, 공덕리에서 농사꾼 김소성으로 숨어살면서 '조선공산당재건 경성준비그룹'을 조직하였다. 그는 타고난 활동가로 재판정에서도 당당하게 조선 독립, 공산주의의 실현을 외쳤다.

그러나 사진의 다른 인물들인 변우식, 최호극, 서구원, 양성기, 민태복 등은 천황제라는 훌륭한 제도가 있는 한 혁명은 불가능하다며 재판부의 관대한 처분을 부탁했다.

___ 『동아일보』 1950년 4월 1일자 기사
김삼룡과 이주하가 체포되어 남로당이 붕괴되었다고 전하고 있다. 기사 중 위의 사진이 김삼룡, 아래가 이주하이다.

___ 김삼룡
두터운 입술에 사람 좋은 눈웃음이 매력적인 인물이다. 이재유와 형무소 안에서 만나, 트로이카의 일원이 된다. 소탈한 성품으로 만나는 사람마다 자기 편으로 만들어 내는 천부적인 대중 조직가이다. 해방 후 남로당의 실질적인 남한 총책임자로 일하다, 전향한 남로당 출신들의 제보로 은신처가 발각되어 잡히고 만다. 체포된 후 남에서도, 북에서도 환영받지 못하는 천덕꾸러기가 되어 버린 남로당의 처지를 토로한다.

___ 이주하
매서운 표정으로 먼 곳을 응시하고 있다. 일제시대 전설적인 노동운동가로 함경도 지역에서 활동하였다. 간결하고 날카로운 성격으로 고지식한 원칙주의자이다. 해방 후 김삼룡의 책임비서로 남로당을 지휘한다. 김삼룡과 함께 체포되자 독약을 마시고 자살을 기도하지만, 경찰은 위세척까지 해가며 그를 살려낸다. 한국 전쟁 발발 후 국군 헌병에 의해 김삼룡과 함께 총살당한다.

___ 이현상
좀처럼 말이 없으며 진지하고, 고지식한 성격이다. 매서운 눈매가 인상적이다. 혁명에 관계되지 않으면 농담조차 하지 않았다고 한다. 이재유와 형무소 안에서 만나 친해진 후, 트로이카의 일원으로 함께 활동하게 된다. 해방 후 지리산 일대 빨치산 총대장으로 활약하다 국군의 총에 맞아 죽는다.

___ 미야케
일본인 공산주의자로 경성제국대학 교수였다. 자신의 집에 지하 토굴을 파고 이재유를 숨겨 주었다. 이후 검거되자, 하루 동안은 은신처를 발설하지 않는다는 동지의 약속을 지켜 이재유가 탈출할 시간을 벌어 준다. 결국 전향서를 내고, 이 년 만에 석방되어 나오는 날, 이재유가 검거되었다는 기사가 실린다. 한국전쟁 후 북한 정부는 그에게 애국 훈장을 보낸다.

『동아일보』 1936년 7월 16일자 기사

박진홍의 어머니 홍씨가 이재유와 박진홍 사이에서 태어난 아들 이철한을 안고 박진홍의 공판정에 나온 사진이다. 박진홍은 임신한 상태에서 일제에 체포되어 고문을 받고 감옥에서 아이를 출산하였다. 그래서인지 병약했던 아이는 일찍 죽고 만다.

〈연안행〉

해방 직후 발간된 『문학』 3(조선문학가동맹, 1947)에 실린 김태준이 쓴 〈연안행〉이다. 박진홍과 김태준이 중국 공산당의 수도였던 연안에 다녀온 이야기를 기록한 것이다. 조선인 혁명가들을 따뜻하게 맞이하는 중국 팔로군의 넉넉함이 사뭇 감동적이다.

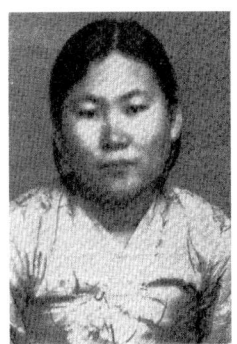 

박진홍(좌)

동덕여고 출신으로 경성지역 사회주의 운동의 대모였다. 천재라고 불릴 만큼 대단히 총명하였다. 예쁜 얼굴은 아니지만 사람을 끄는 매력이 있는 조선의 처녀였다. 그녀는 자신이 사랑했던 이재유가 죽자 김태준과 함께 연안행을 결심한다.

이효정(우)

박진홍, 이순금과 동덕여고 동창이자 함께 노동운동을 했던 동지였다. 경찰에 체포되고도, 모른다고 일관하여 '잉크병'이라는 별명을 얻기도 한다. '경성 트로이카'의 생존자이기도 하다. 아흔이 넘는 연세에도 총기와 순수함을 잃지 않은 소녀 같은 인물이다.

『조선일보』 1937년 7월 28일자 기사

당시의 신문들은 이재유, 박진홍, 이순금의 삼각관계를 두고 '델리케이트'한 관계라고 논평하고 있다. 박진홍과 이순금은 여전히 친구 관계로 지낸다. 하지만 이재유는 박진홍, 이순금과의 관계를 부정한다.

이순금(좌)

동덕여고에 선생님으로 임명받은 이복오빠인 이관술을 따라 동덕여고로 전학오게 된다. 배우는 것을 좋아하고 대범하고 의리 있는 성격이다. 여고를 졸업 후 공장에 들어가 활동을 하다가 감옥에 들어가게 된다. 감옥에서 운동을 하려면 이재유에게 가라는 말을 듣고 친구들을 이재유에게 소개시킨다. 이재유를 놓고 박진홍과 삼각관계를 이루지만 후에 김삼룡과 사랑에 빠진다. 경성꼼그룹이 해체된 후 박헌영과 함께 광주로 잠적해 그의 연락책이 된다.

이관술(우)

이순금의 이복오빠로 일본에서 사범학교를 졸업한 후 동덕여고의 역사 선생님으로 오게 된다. 경상도 언양의 천석꾼 집안의 아들이었지만, '광주학생운동' 이후 민족주의에 한계를 느끼고 공산주의자가 된다. 작고 왜소한데다 피부는 숯땜장이처럼 새까맣고, 얼굴은 잔주름이 가득하다. 이재유와 함께 공덕리에서 농사꾼으로 숨어살다가 이재유 체포 후 경성꼼그룹에서 활동하던 중 체포되었다. 사심이라고는 전혀 없는 헌신성으로 동지들의 신뢰를 얻고 운동에 매진하지만, '정판사 위조지폐 사건'으로 죽고 만다.

___ 황금정 거리

1930년대 사회주의자들이 자주 접선하던 황금정 일대의 사진이다. 황금정은 현재의 을지로로, 황금정 1정목은 오늘날 을지로 1가에 해당한다. 이재유가 서대문경찰서에서 두 번째로 탈출하여 택시를 잡아타고 가고자 했던 거리이다. 또한 이재유가 아들 철한이 죽었다는 소식을 이효정에게 전해 듣고, 이효정과 정종을 마셨던 식당이 있는 곳이기도 하다.

___ 『동아일보』 1950년 4월 1일자 기사

김삼룡이 해방 후 숨어살던 아지트인 효제동의 반찬가게 사진이다. 김삼룡은 태어난 후부터 1950년 검거되기 전까지 사진 한 장 찍은 것이 없어서, 지명수배 되고도 정확한 얼굴을 몰라 체포에 어려움이 많았다고 한다. 그는 밀짚모자를 눌러쓰고 허름한 자전거를 타고, 경찰이 깔린 서울 거리를 유유히 누비고 다녔다.

경성 트로이카

안재성 지음

사회평론

경성 트로이카

2004년 8월 10일 초판 1쇄 찍음
2024년 4월 15일 초판 15쇄 펴냄

지은이 안재성

단행본 총괄 이홍
편집 윤동희 엄귀영 윤다혜 오지영 안지선 이희원 조자양
마케팅 안은지
제작 나연희 주광근

펴낸이 윤철호
펴낸곳 ㈜사회평론
등록번호 10-876호(1993년 10월 6일)
전화 02-326-1182(마케팅) 02-326-1543(편집)
주소 서울시 마포구 월드컵북로 6길 56 사평빌딩
이메일 editor@sapyoung.com
홈페이지 www.sapyoung.com

ISBN 89-5602-528-2 03810
ⓒ 안재성, 2004

책값은 뒤표지에 있습니다.
사전 동의 없는 무단 전재 및 복제를 금합니다.
잘못 만들어진 책은 바꾸어 드립니다.

"이 책은 문예진흥기금의 지원을 받아 출간되었습니다."

내 영혼 떠나버린 빈 껍질

활활 불태워

한 점 재라도 남기기 싫은 심정이지만

이 세상 어디에라도

쓰일 데가 있다면

꼭 쓰일 데가 있다면

주저 없이 바치리라

먼 젊음이 이미 다짐해둔

마음의 약속이었느니

— 이효정, 〈약속〉

차례

사라진 시간을 찾아서 7

1_ 개마고원의 아이들   28
2_ 경성의 아침   36
3_ 동경에서 또다시 경성으로   44
4_ 첫만남   53
5_ 광주에서 불어온 바람   67
6_ 시월 서신   84
7_ 평생의 동지를 만나다   96
8_ 삼두마차여, 앞으로   107
9_ 상해에서 온 밀사   116
10_ 조선의 그늘   125
11_ 처녀들의 꿈   135
12_ 차 한 잔이 식을 때까지   148
13_ 지하토굴에 숨다   175

14_ 가짜 부부, 진짜 부부   188

15_ 철창 안에서 태어난 아이   206

16_ 공덕리 김씨 형제   214

17_ 창동역의 크리스마스   228

18_ 연적   241

19_ 여의도 사건   259

20_ 결혼작전   264

21_ 마지막 공판   270

22_ 경성 꼼그룹   283

23_ 영원한 이별   291

24_ 연안행   307

25_ 지워지는 기억들   341

26_ 살아남은 사람들   365

사라진 시간을 찾아서

 내가 처음 그들의 존재를 알게 된 것은 이십여 년 전인 1980년대 초반, 구로공단 제강 공장에 다니며 한국노동운동사를 공부할 때였다. 일제시대 식민지 조선의 서울이던 경성에서 '경성트로이카'라는 이름의 지하 혁명조직이 노동운동을 벌였으며 이재유라는 인물이 그 지도자였다는 기록을 보게 되었다.
 책에는 자세한 설명 없이 동대문 일대 방직공장에서의 파업을 주도했다는 정도만 나와 있었는데, 좌우익을 막론하고 당시 수많은 노동운동 조직들이 다양한 사건으로 뒤엉켜 있었음에도 유독 그 이름이 머리에 남은 것은 '트로이카'라는 특이한 명칭 때문이었다. 노동자협의회니 무산자동맹이니 하는 정치적 용어가 아닌, 세 마리 말이 끄는 삼두마차라니! 왜 그런 이름을 지었고 어떻게 활동했는지는 알 수 없었으나, 이름만큼은 기억에 남았다.
 십 년의 세월이 지나 1990년대 초반이 되었을 때, 일제시대 노동운동사 전문가이며 진보적인 역사학자로 알려진 덕성여대 김경일 교수가 『이재유 연구』를 출판하여 노동운동가들 사이에서 작은 파문을 일으켰다.
 이재유를 포함한 경성트로이카 주범들에 대한 방대한 수사 기록과 재판

기록을 조사해 정리한 이 책은 이재유라는 잊혀진 혁명가를 역사에 재등장시켰다. 일제 경찰의 기록에 바탕을 둔 탓에 그와 동료들의 인간됨이 제대로 표현될 수는 없었음에도 한 편의 영화 같은 그의 도피 생활, 끝내 변절을 거부하다가 일제 감옥에서 죽음을 당한 불굴의 의지는 일선의 노동운동가들에게 적지 않은 감동을 주었다.

여러 해 동안 강원도 탄광에 내려가 노동운동을 하다가 구로공단으로 돌아와 노동상담소에서 일하고 있던 나 역시 김 교수의 책에 적지 않은 감동을 받았다. 사회주의자였지만 소련이나 중국 등 외세에 의존하지 않은 국내파 혁명가였으며, 지식인 중심의 관념적 운동이 아니라 스스로 노동자로서 공장으로부터 시작한 대중주의적인 운동 방식을 택했다는 것, 일본 경찰에 체포되고도 몇 번이나 탈출해 반 평 지하 공간에 사십 일 가까이 숨어 있었다거나 이 년 넘게 실제로 농사를 지으면서 비밀 활동을 했다는 점 등 불굴의 실천가로서의 면모가 깊은 인상을 주었다.

더욱이 이재유와 함께 삼두마차를 이루었던 지도자 이현상과 김삼룡이 해방 후 각각 빨치산 총대장과 남로당 총책으로 격동의 주인공이었다는 역사적 사실, 이재유의 연인이면서도 제대로 떳떳한 사랑을 누려보지 못했던 박진홍과 이순금 같은 매력적인 여성 운동가들의 존재는 흥미롭기도 했다.

하지만 당시 나는 이재유나 경성트로이카를 문학적으로 복원하려는 생각은 품지 않았다. 소련과 동독 등 사회주의 정권이 차례로 무너지던 시대였다. 무엇이 그들을 붕괴시키고 있는가, 과연 무엇이 인류가 지향해야 할 올바른 사회구조인가? 확고한 판단이 서지를 않았다. 자본주의와 마찬가지로, 사회주의도 인류의 미래가 아님은 분명해 보였다. 경성트로이카를 이끌던 이들의 이념에 대한 신뢰가 없는 가운데 그들의 이야기를 쓰겠다는 의지가 생기지 않는 것은 당연한 일이었다.

얼마 후, 나는 노동운동을 그만두었다. 노동자를 이끌어 역사를 바로 세울 수 있다는 자신감은 사라지고, 노동운동은 현장 노동자들의 손으로 이뤄져야 한다는 분위기에 밀려난 것이다. 그러나 솔직하게 말하자면 과연 무엇이 옳고 무엇이 진리인가 진단할 능력조차 없음을 깨닫고, 스스로 떠났다는 게 옳을 것이다. 나는 단지 먹고살기 위해 공장과 공사장을 전전하며 시간 나는 대로 짤막한 글을 쓰며 살아가는, 진짜 노동자가 되었다.

몇 해 후에는 아예 지방으로 내려와 농사를 지으며 아내와 아이들을 위해 대부분의 시간을 보내는 이름 없는 농민이 되었다. 김경일 교수의 이재유에 대한 연구는 다른 노동운동 서적들과 함께 나의 책장 아래쪽 깊숙한 곳에 처박혀 버렸다. 경성트로이카라는 이름도 아득히 잊어갔다.

다시 시간이 흘러 새로운 천 년이 시작된 지도 두 해가 지난 재작년 가을, 우연이라는 안내자가 나를 인도하지 않았다면 경성트로이카라는 이름과 그 이름 아래 엮인 수백 명의 사람들은 수많은 사건이 명멸해 간 한국현대사의 아주 작은 기억으로 의미 없이 잊혀져 버렸을 것이다.

서울에서의 약속이 대개 인사동에서 이뤄지는 데다가 시골에서 올라가다 보면 약속보다 일찍 도착하는 수가 많아 무료하게 화랑가를 한 바퀴 도는 게 버릇이 되었다. 글 쓰는 친구들과의 모임을 위해 올라간 그 날, 인사동 뒷골목 작은 화랑에서 열리고 있던 그의 전시회에 들른 것은 우연만은 아니라고도 할 수 있다. 그렇지만 별반 기대 없이 들어갔던 전시장에서 그의 작품을 발견한 것은 분명 예기치 않았던 큰 수확이었다.

박진환. 이름을 들어 본 적 없는 작가였다. 안내 팸플릿에는 육십이 넘었다는 것과 남부 출신이라는 것 외에는 일체의 약력도 나와 있지 않아 이번이 첫 전시회라 짐작되는 무명의 작가였다. 그런데 이상했다. 넓지 않은 전시장이 이른 밤 같은 무거운 어둠에 잠겨 있기 때문이었을까? 조각 작품들이 모두 붉고 검은 철판으로 만들어져서였을까? 관람객이라고는 나를 포함한 두어 명뿐이어서 그랬을까? 한 손에 잡힐 정도의 크기부터 어른 키보다도 더 큰 작품들이 전시장 안으로 들어서는 나의 숨통을 콱 막았다.

얇은 철판을 오려내고 용접해 갖가지 모양을 만든 후 녹물이 흐르는 그대로 전시해 놓은 작품들이었다. 녹물이 붉게 흘러내리는 철판들이 흐느껴 우는 소리가 들리는 듯했다. 하늘을 향해 날아오르려다가 쓰러진 듯한, 날개가 부러졌음이 분명한 불구의 솔개가 비상을 위해 펄떡이고 있었다. 무릎 높이도 안 되는 작고 네모난 상자 속에서 뚫고 나오는 실물 크기의 팔목에는 강인한 힘줄이나 핏줄 대신, 핏물인지 물인지 알 수 없는 액체가 흐르는 모습이 조각되어 있었다. 중년 여인으로 짐작되는 두상도 있었는데 메말라 움푹 들어간 뺨과 헝클어진 머리칼, 내복임이 분명한 벌어진 옷깃 따위의 조화가 예사롭지가 않았다. 잠에서 갓 깨어난 모습이라는 것은 짐작할 수 있었지만, 인생의 하고많은 시간을 두고 하필이면 왜 그 순간을 포착했는지 작가의 의도는 짐작할 길이 없었다.

정말 이상한 일이었다. 그 작가에 대해서는 아무것도 알지 못하고 그저 우연히 들어갔을 뿐인데, 그의 작품들은 격렬한 몸짓으로 나를 향해 절규하고 있었다. 무슨 소리를 하려는 건지 알 수 없고 일반인들의 관심을 거의 끌지 못한 채 텅 빈 화랑 구석에 버려져 있었지만, 이상스럽게 내게만은 예사롭지가 않았다. 만지지 말라는 안내판을 무시하고 손으로 철판을 더듬을 때마다 소름이 쭉 끼쳤다.

부조리한 삶 따위의 관념적 주제로 보기에는 작품들의 소재나 표현 방식이 너무 사실적이었다. 반면, 정치적 억압으로부터의 고통과 탈출이라고 보기에는 다소 추상적이었다. 감각적으로는 작가의 의도를 알 수 있을 것 같은데 어떤 말로도 표현하기가 어려운 작품들이었다. 확실한 것은 대개 작품들이 추상보다는 사실주의적인 묘사법을 따르고 있다는 점이었고, 그것은 작가를 누르고 있거나 혹은 그가 추구하려는 것이 현실적인 문제들임을 의미했다.

거기까지 해석을 하기 위해 나는 좁은 전시장을 세 번이나 돌았으나 끝내 이 작가를 사로잡은 존재, 그리고 내게 던지려는 전언이 무엇인가를 알아내는 데는 실패했다. 하지만 처음 들어섰을 때의 충격은 여전히 가슴 속에 여운을 남기고 있었다. 이상이라는 이름의 창을 움켜쥐고 패배라는 운명을 뒤집어쓴 채 목숨을 던져 싸우려는 것 같은 주인공들의 모습이 여전히 내 가슴을 진동시켰다. 많은 전시회에 다녔어도 작가와 대화를 나눈 경우는 거의 없었는데 이번에는 꼭 이야기를 듣고 싶었다.

작가는 마침 자리를 비웠고, 아가씨 안내원만 자리를 지키고 있었다. 아가씨의 책상 위에는 안내 팸플릿과 함께 판매용 시집 수십 권이 가지런히 쌓여 있었다.

"선생님의 모친께서 쓴 시집인데요, 선생님을 기다리는 동안 한 권 사서 읽어 보세요. 시가 참 좋아요."

제목은 『여든을 살면서』였다. 표지 안쪽에 제목대로 여든이 넘어 보이는 갸름한 노파가 엷은 웃음을 짓고 서 있는 사진이 나왔다. 얼굴은 갸름하니 젊어서는 미인이었을 듯싶고, 여전히 늘씬하니 키도 커 보였다. 이효정. 1913년 경북 봉화 출생, 동덕여고 졸업. 그러고 보면 나는 작가보다 먼저 그의 어머니를 만난 셈이었다. 그리고 그 노파야말로 내가 만나 보아야만 했던, 70년 동안이나 나를 기다리고 있던, 작가의 철제 작품 속에 녹아들어 있던 바로 그 인물이었다.

박 선생은 내가 시집을 펼쳐 보기도 전에 돌아왔다. 작품들의 분위기와 달리 큰 키에 무척이나 편하고 서글서글한 인상이었다. 관람객이라고는 거의 없는 전시회에서 작가를 만나고 싶어 하는 시커먼 얼굴의 촌사람을 그는 기꺼이 술자리로 안내했다.

박 선생은 대개 화가들의 공통적인 품성답게 솔직담백하고 소탈한 인물이었다. 전시장을 아가씨에게 맡겨둔 채 인사동 뒷골목 단골 술집인 '이모집'에서 소주 대작을 시작한 지 몇 분도 되지 않아서 그가 중학교밖에 나오지 못했다는 것, 이번이 첫 전시회라는 사실을 알게 되었다.

나 역시 농사를 짓고 살면서 가끔씩 반응도 시원찮은 글을 발표하곤 하는 삼류 작가라는 고백을 하는 데 별로 부끄럽지 않았다. 내가 사는 동네에서 내가 글을 쓰기도 한다는 사실을 아는 사람은 거의 없다는 사실을 이야기하며 우리는 큰 소리를 내어 함께 웃었다.

하지만 박 선생은 자신의 작품들이 왜 그토록 어두운가에 대해서는 말하려 들지 않았다. 왜 그의 작품이 금방이라도 폭발할 것 같은 분노와 갈망으로 가득한가에 대해서 털어놓지 않으려 했다. 나는 그가 숨기고 싶어 하는 비밀에 더 큰 관심을 갖게 되었지만 꼬치꼬치 캐어묻지는 않았다. 사실 그러기에는 박 선생이 나보다 스무 살이나 많은 어른이기도 했다.

박 선생은 내가 시집에 관심을 보이자 자기 어머니가 일제시대에 독립운동을 하다가 감옥살이까지 했다는 이야기를 해주었다. 또 글을 쓰는 사람이니 이것도 읽어 보라면서 가방에서 어머니의 또 다른 시집도 한 권 꺼내 주었다. 『회상』이라는 제목이었다.

친구들과의 약속 시간 때문에 한 시간 남짓 이야기를 나누다 헤어졌을 뿐이지만, 박 선생과의 만남은 무척이나 인상적이었다. 어쩐지 그가 내 인생에 보석이라도 던져 주고 간 기분이었다. 가족을 먹여 살리기 위해 매일 똑같은 일과를 보내며 가끔 친구들을 만나 옛일이나 회상하는 중년의 칙칙하게 흐려져 가는 인생에 빛나는 보석 하나를 던지고 간 느낌이었다.

집에 돌아와 서둘러 두 권의 시집을 읽어 보았다. 생의 마지막 시간들을 맞이하는 한 지성적인 여인의 감상이 주류를 이루고 있었다. 여전히 벅차게 아름다운 이승의 하늘 아래 더 살고 싶은 마음, 헤어진 지 오륙십 년이 넘은 옛 친구들에 대한 사무치는 그리움이 잔잔히 잘 묘사되어 있었다. 빛 고운 저녁노을처럼 그윽한 글들이었다. 이렇게 아름답게 늙을 수도 있구나 감탄하지 않을 수 없었다.

그런데 작가다운 직감이었을까? 괜찮은 시도 많고, 작가의 포근한 감성이 잘 느껴지는데도 불구하고 무엇인가 빠진 느낌이었다. 열일곱 살 어린 나이에 빼앗긴 나라를 찾자고 손가락 걸며 맹세하던 여학생들, 절친했던 친구와 '광주학생운동'에 동참하는 문제로 싸우고 헤어져야 했던 아픈 기억 같은 젊은 시절 이야기는 있었다. 그로부터 칠십 년이 지나 냉기 어린 창가에 앉아 여전히 부조리하고 낯선 세상을 바라보며 허탈해하는 노인의 모습도 있었다. 그런데 무언가 빠져 있었다. 감옥살이를 했을 정도의 독립운동이 어떤 활동이었는가도 전혀 언급이 없었으나 그 정도 문제가 아니었다.

나는 곧 작가의 인생 후반부가 몽땅 빠져 있음을 알아챘다. 그 많은 시와 작가의 말 어디에도 해방 이후 반세기의 삶을 짐작하게 하는 내용이 없었다. 언뜻언뜻, 살이 에이게 아프고 뼈저리게 슬픈 시간들로만 표현이 되어 있을 뿐이었다. 일제 아래 충성을 바친 매국노와 후손들이 해방 후에도 떵떵거리며 금권을 장악한 반면 독립운동가와 그 후손들이 가난과 소외 속에 살아온 이야기야 새삼스러울 것이 없지만, '가슴으로 울던 시간들'이라거나 '가슴에 불이 붙어 재가 쌓인 시절'이라는 말로 처절하게 표현되니 느낌이 달랐다. 시의 곳곳에 숨겨져 있는, 가버린 옛 친구들에 대한 사무치는 그리움과 값없이 이어 온 삼줄처럼 질긴 자기 목숨에 대한 혐오 속에는 분명 말 못할 커다란 비밀이 있다고 나는 확신하게 되었다.

며칠 후 다시 전시장을 찾은 것은 그의 조각 소품을 하나 구입하겠다던 약속 말고도 이효정이라는 인물에 대한 궁금증이 한 자리를 차지하고 있었다. 무엇이 그녀의 인생 후반기를 사라지게 했는지, 또 그것과 박 선생 작품의 어두움과는 어떤 관련이 있는지 알고 싶었다. 작가로서의 호기심이라기보다는 이십여 년 젊은 시절 전부를 역사의 진보를 위해 바친, 인권운동가의 한 사람으로서의 본능적인 관심이었다.

박 선생은 어머니에 대해 말해달라는 집요한 요청에 그녀가 일제시대에 경성에서 노동운동을 하는 바람에 감옥살이까지 했다는 사실을 털어놓았다. 어머니와 그 동료들 이야기가 책으로 나오기도 했다는 것, 그 책을 쓴 김경일 교수를 자신이 직접 찾아가 만나 본 적이 있다는 사실도 이야기했다. 나는 김경일이라는 이름을 듣고서야 퍼뜩 십 년째 나의 책장 구석에 처박혀 있던 책을 떠올렸다.

"혹시 그 책 주인공이 이재유 아닌가요?"

박 선생은 가뜩이나 큰 눈을 치떠 보였다.

"아! 안 선생도 그 책 읽었습니까? 『이재유 연구』라는 책이지요."

박 선생의 어머니는 경성트로이카 조직의 일원이었던 것이다. 칠십 년 전 사건의 주인공 중에 생존자가 있다니. 얼마나 반가운지 몰랐다. 무언가 있으리라 짐작은 했지만 정말 예기치 못했던 수확이었다.

나는 비로소 나 역시 노동운동으로 젊은 시절을 보냈노라 털어놓았다. 박 선생도 비로소 마음을 열고 통한의 긴 세월을 털어놓았다. 그는 자신의 아버지도 일제시대에 노동운동을 했는데 좌익이었기 때문에 해방 후에도 빛을 보지 못하고 감옥에 드나들다가 월북했다는 것, 나중에 간첩이 되어 내려왔다가 돌아간 적도 있다고 고백했다.

아버지의 남파로 인해 그의 어머니는 두 번째 감옥살이를 해야 했으며 온 가족이 간첩 집안으로 찍혀 끔찍한 세월을 보내야 했다. 어디로 이사를 가도 경찰과 정보부원들이 아무 때나 찾아와 집안을 뒤지고 책과 편지들을 압수해 갔다. 한밤중에도 구둣발로 들이닥쳐 어머니와 아이들을 툭툭 차서 깨워 한쪽 벽에 세워 놓고 장롱 속까지 샅샅이 뒤졌다. 아이들이 울거나 반항하면 거리낌 없이 뺨을 때리거나 걷어차 추운 바깥으로 내쫓기 예사였다. 내복 차림으로 망연자실하니 서 있는 여인의 흉상은 바로 그런 날의 어머니를 그린 것이라 했다.

세 아이를 기르는 과부가 할 수 있는 일은 공장일이나 막노동뿐이었으나 그나마 경찰이 드나들어 소문이 나면 몇 달 못 버티고 이사를 가야 했다. 어려서부터 미술에 재능이 있던 박 선생 형제는 돈이 없어 중학교도 제대로 다닐 수 없었다. 아이들로부터 간첩의 자식이라고 손가락질 당하고 툭하면 집단으로 구타를 당하는 것도 싫었다. 어린 나이에 극장 간판 보조가 되어 붓질을 시작했다. 거의 무학력이나 다름없는 두 형제가 조각가와 화가로서 자리를 잡기까지는 수십 년의 세월이 흘러야 했다. 그 긴 세월 극장 간판장이, 주물공장 노동자, 표구상 직원으로 살아온 날들의 고통을 한꺼번에 다 말할 수는 없었다.

"그나마 이런 이야기를 털어놓을 수 있게 된 것도 몇 년 되지 않았어요. 노태우까지 군 출신 대통령이 다 물러가고 김영삼 정부가 들어선 후에야 경찰의 사찰과 야간 수색이 사라졌거든요. 재작년인가, 우리 어머니 이름으로 독립운동 유공자 신청까지 했답니다. 물론 국가유공자 지정은 거부되었지요. 아버지가 간첩인데 어떻게 유공자가 될 수 있겠습니까? 해방 후에도 좌익 활동을 한 사람은 해당이 되지를 않는다는 답변만 받았지요. 그래도 어딥니까? 신청해 볼 기회라도 주니 말입니다."

이야기하는 박 선생의 얼굴에 웃음이 돌아왔다.

집에 돌아와 책장을 뒤져 찾아낸 『이재유 연구』에는 과연 이효정이라는 이름이 몇 군데나 등장하고 있었다. 동대문 밖에 있던 대규모 제사공장인 종연방직에서 파업을 주동했는데 그 지도자는 훗날 남부군 사령관으로 지리산 빨치산을 지휘했던 이현상으로 되어 있었다. 파업이 일어난 해가 1931년이니 물경 70여 년 전이었다.

이효정 할머니의 생존을 계기로 다시 한 번 정독한 이재유의 생애는 상당히 흥미로웠다. 그는 일제시대 사람으로서는 작지 않은 키에 잘생긴 얼굴, 밝고 활달한 성격에 불굴의 의지까지 갖춘 매력적인 청년이었다. 아직 사회주의자에 대한 혐오가 일반적이지 않던 시절, 일제 경찰에 연행이 되고서도 수차례나 기적적으로 탈출한 신출귀몰한 신비의 영웅으로 당대 사람들의 가슴을 시원하게 만든 인물이었다. 또 그와 함께 활동한 김삼룡, 이현상, 이관술, 이순금, 박진홍 등 트로이카 지도부는 대부분 해방 후 남로당 지도자들이 되어 일세를 풍미한 이들이었다. 경성트로이카의 주인공들은 충분히 매력이 있는 인물이었고, 흥미진진한 사건들로 이뤄져 있었다.

나는 이재유를 다시 읽은 하룻밤 사이에 머릿속으로 한 권의 실록 소설을 써 내고 말았다. 이재유와 경성트로이카 이야기를 꼭 글로 써야겠다는 결심이 섰다. 이효정 할머니와의 만남이 결코 우연으로만 생각되지 않았다. 70년이나 덮여 있던, 아무도 알리고 하지 않았고 알아서도 안 되었던, 한 양심적인 학자에 의해 그 뼈대만이 발굴된 경성트로이카가 나를 찾아온 것이었다. 하필이면, 소설미학의 완성보다는 날 것 그대로의 진실을 더 좋아하는 삼류 소설가를 찾아와 말을 걸어온 것이었다.

박 선생은 이재유와 경성트로이카를 복원해 보겠다는 내 말에 그런 이야기를 써도 괜찮은가 걱정부터 했다. 아무리 세상이 좋아졌다 해도, 불과 몇 해 전까지만 해도 시도 때도 없이 기관원들의 내습을 받으며 인간 이하의 모욕을 당하며 살아온 사람들의 이야기를 출판해도 되는지 의심스러워했다. 나로서는 출판과 상관없이, 쓰고 싶기 때문에 쓰겠노라 대답했다. 정 출판이 안 되면 할 수 없지만, 되도록 좋은 출판사를 찾아 보겠노라고 했다. 그는 내 결심이 굳은 것을 보고 자신의 어머니를 만날 수 있도록 해주었다. 마산의 여동생 집에 가 있다며 꼼꼼하게 길을 가르쳐 주었다.

오래된 붉은 벽돌집이었다. 여류 시인이라거나 여사님이라 부르기에는 너무 늙어 버린, 아흔 살의 할머니가 나의 방문을 기다리며 혼자 집을 지키고 있었다. 인터폰으로 열어 주는 대로 대문을 밀고 들어가 몇 단의 돌계단을 오르니 조그만 집 한 채는 앉아도 될, 제법 넓은 정원이 드러났다. 이끼 낀 돌절구 위에 유리판을 덮고 주위에 납작한 맷돌들을 깔아 의자로 삼은 멋진 탁자가 있는 잔디밭이었다. 잘 가꿔진 잔디 위에는 목백일홍과 매화나무 잎새들이 흩어져 새벽에 내린 빗물에 반짝이고 있었다.

현관에는 엷은 청자색 한복을 입은 할머니가 기다리고 있었다. 메마른 허리는 단풍나무처럼 굽었고, 머리칼은 거의 다 빠져 듬성듬성했다. 피부는 허옇게 벗겨지고, 갈색이었을 커다란 눈에는 푸른 물이 스며들고 있었다. 젊은 시절 맑고 침착했을 음성은 카랑카랑하여 제대로 알아들을 수가 없었다. 두 차례에 걸쳐 받은 성대 수술 때문이라 했다.

오래 전에 지은 집이라 거실에 온돌 대신 나무마루가 깔려 서늘했다. 냉장고는 세월의 때에 절어 누렇게 바랬고 월남전 때나 썼을 법한 낡은 선풍기는 똑딱 소리를 내며 돌아갔다. 부엌 장식장에도 볼 만한 도자기 그릇 하나 눈에 띄지 않았다. 첫눈에도 퍽 옹색해 뵈는 살림이었지만, 실내는 바깥 정원만큼이나 단아하게 잘 꾸며져 있었다. 벽에는 몇 점의 풍경화와 정물화가 걸려 있었고, 오래 묵은 쌀뒤주와 문갑 위에 익히 보아온 박 선생의 작품들이 올려져 있었다. 다소 기괴한 형상으로 손아귀와 새를 묘사한 작품들은 소품이지만 퍽 인상적이었다.

"건강하시라고 가져왔습니다."

나는 먼저 준비해 간 선물을 내놓았다. 다시마로 만든 건강식품이었다. 그런데 할머니는 선물을 받지 않으려 했다.

"고맙지만 가져가십시오. 저는 이런 거 안 먹습니다."

"왜요? 오래오래 건강하게 사셔야죠."

할머니는 유별나게 가늘고 긴 손을 내저었다.

"아닙니다. 너무 오래 살았습니다. 때가 되면 죽어야지요. 이런 보약을 먹으면 명이 길어져 죽고 싶어도 죽지를 못합니다. 일부러 죽을 수는 없어서 요즘은 한 끼니에 한 공기 죽만 먹습니다. 좋은 음식이나 보약은 절대 먹지 않습니다. 정말로 가져가십시오."

예의상 사양하는 말이 아님이 분명했다. 진심으로 죽음을 맞이하려 준비하는 태도였다. 나는 집주인인 따님에게 주라며 억지로 선물을 떠맡기고는, 뒤주와 문갑 위의 조각품으로 화제를 돌렸다.

"아드님 작품이지요? 그림도 그렇고요? 참 훌륭한 아드님들을 두셨습니다. 시인 어머니를 닮아 예술에 재능이 있는가 봐요."

할머니는 길고 가는 손가락을 가진 손을 저어 보였다.

"저는 아무것도 아닙니다. 외가의 어른들을 닮았겠지요. 민족시인 이육사가 집안사람이랍니다. 저보다 항렬은 높지만 나이가 비슷해 경성에서 한 집에 살며 함께 항일운동을 하기도 했지요."

이육사의 후손이라니 더욱 놀랍다. 집안에서는 이육사를 이원삼이라 불렀다고 한다.

"그러셨군요. 머리가 좋은 집안이었던 것 같습니다. 선생님도 동덕여고에 다녔으면 당대의 수재였지요?"

할머니는 이제는 손을 내젓지 않았다.

"당시 조선에는 대학교가 없어서 고등학교만 나와도 뭐든지 할 수 있었지요. 그렇지만 똑똑하면 뭐 합니까? 고생만 하다가 다들 죽고, 잊혀진 걸요."

오랜만에 찾아온 젊은 손님이 마음을 열어 준 것일까? 아흔 살 나이가 이승의 모든 두려움을 가시게 한 것일까? 할머니는 스스럼없이 자신의 과거와 남편에 대해 짤막하게 털어놓았다. 박 선생에게 들은 대로였다.

"하지만 이제 다 지나간 일이지요. 요즘은 경찰에서도 그리 관심을 두지 않고……. 아마 남편이 죽을 나이가 넘었으니 더 이상 간첩으로 내려오지 못할 거라고 생각하는 건지도 모르지요."

"혹시 남편께서 북한에 살아 계실지도 모르잖아요? 이산가족 상봉 신청을 해보시지요?"

할머니는 음료수 대신 미지근한 보리차로 마른 입술을 적셨다.

"생사확인이라도 하려고 여러 번 신청을 했습니다만 아무 답변이 없습니다. 할 수만 있다면 몰래 알아 보고 싶은데 길이 없네요."

나도 모르게 웃음이 나왔다.

"그러다가 또 잡혀 가면 어쩌시려고요?"

할머니는 수줍은 소녀처럼 마르고 긴 손가락으로 입을 가리며 웃었다.

"감옥에 가면 어떻습니까? 감옥이 어떻게 변했나 구경도 하고, 감옥 식사가 얼마나 좋아졌나 먹어 보고 싶습니다."

소녀처럼 천진스레 말하는 그녀의 얼굴에는 어떤 어두움이나 두려움도 서려 있지 않았다. 일제시대 조선을 이끌었던 지식인 여성의 활달하고 재기 발랄한 모습으로 돌아가 있었다. 그녀는 다소 장난스런 웃음기를 띤 얼굴로 물었다.

"그래, 이 죽어 가는 늙은이에게서 무엇을 알고 싶습니까?"

"모든 것이 알고 싶습니다. 책으로 나오든 못 나오든 일제시대 경성에서 여러분들이 한 일에 대해 전부 다 알고 싶습니다."

집안의 어떤 가구들보다 오래 살아온, 그러나 마음은 여전히 스무 살 처녀 같은 노파의 이야기가 시작되었다. 나이가 들어도 여자들의 수다는 변하지 않는다. 더군다나 그녀는 일흔이 훨씬 넘은 나이에 두 권의 시집을 낸, 매우 지적이고 예리한데다가 풍부한 감성의 소유자였다. 역사적 사실 이면에 숨어 있던 인간들의 이야기를, 가혹한 시련 속에서 이상 사회를 위해 살다 죽어 간 이들의 사랑과 기쁨과 절망을 마음속에 고스란히 담아 두고 있었다.

이야기는 흥미로웠고 감동적이었다. 아침 일찍 시작된 대화는 오후까지 계속되었다. 시간이 갈수록, 나는 내 앞에 앉은 여인이 얼마나 아름다운 사람인가를 알게 되었다. 상대방의 영혼을 꿰뚫어보듯 지그시 바라보는 시선 속에 사려 깊음과 총명함이 서려 있음을 깨닫게 되었다. 젊은 시절에 목숨을 내걸고 민족해방운동에 뛰어듦으로써 완전한 순결을 얻은 그녀의 영혼은 해방과 전쟁의 혼란, 그리고 이후의 빈곤과 치욕에도 결코 더럽혀지지 않았다. 낯선 손님을 두려워하거나 경계하지 않고, 지나치게 환대하거나 호들갑을 떨지도 않고 똑바로 마주보며 부드러이 웃어 줄 수 있는 기품 속에서, 수십 년 동안 화제 대상으로 올리는 것조차 금지되었던 사회주의자들에 대해 거리낌없이 이야기해 주는 용기 속에서, 한 세기를 살아온 완성된 영혼을 느낄 수 있었다.

할머니는 대화가 끝날 무렵, 쉰 목소리로, 그러나 한 단어, 한 단어 정확하게 또렷이 말했다.

"지금 사람들은 다르게 생각할지 몰라도, 일제시대에는 사회주의가 진리였습니다. 민족해방의 길을 열어주고, 또 그것을 위해 끝까지 싸웠으니까요.

처음에는 민족주의자들이 싸웠지만 나중에는 사회주의자들이 더 많았지요. 민족주의가 가장 많은 일을 한 것은 부정할 수 없습니다. 그렇지만 사회주의도 많은 일을 했어요. 적어도 독립운동에서는 그랬어요. 나는 젊음을 사회주의운동에 바친 것을 후회하지 않습니다."

할머니는 말하다 말고 손을 저으며 웃었다.

"오해는 마십시오. 지금은 아무것도 아닌 평범한 할머니에요."

할머니는 여전히 아기처럼 손으로 입을 가리며 웃었다. 아흔이 넘었으나 그녀는 여전히 맑은 이성을 갖고 있었다. 가늘고 여린 손으로 입을 가리며 수줍게 웃는 모습이며, 곱게 바라보는 눈빛이 여전히 처녀 같았다.

아담한 양옥집을 돌아 나올 때, 나는 조용한 흥분에 빠져 있었다. 나 자신은 물론, 다른 누구의 관심도 받지 못하던 흘러간 혁명가들, 한때 조선의 진보정신을 대표했던 수재들, 그러나 실패하고 잊혀진 이들의 이야기를 써야겠다는 욕구로 가슴이 뛰었다. 이재유와 그 친구들에 대한 이야기는 그렇게 나의 이야기가 되었다.

마산에서 올라와 맨 먼저 김경일 교수를 찾았다. 덕성여대에서 한국정신문화연구원으로 자리를 옮긴 김 교수와는 일면식도 없었고 소개해 준 사람도 없었으나 그는 불쑥 찾아간 나를 더없이 편하게 대해 주었다. 이재유에 대해 쓰겠다고 하자 흔쾌히 지원을 약속했고, 자신이 소장한 희귀한 자료들을 복사해 주는 한편, 서점에서 구입하거나 도서관에서 찾아야 할 자료의 명단도 꼼꼼히 적어 주었다. 근본적으로 권위의식이라던가 이기심, 권력욕 같은 유전자를 물려받지 못한 사람임에 틀림없었다.

김경일 교수의 사심 없는 도움을 토대로 잊혀진 사료들을 찾아다니며 일제와 해방 직후의 자료들을 모으고 읽는 과정에서, 나는 이효정 할머니만큼 매력적인 인물들이 무수히 많다는 사실을 알게 되었다. 그들은 폐기된 것이나 다름없는 자료들 속에 보석처럼 숨겨져 있었다. 누더기처럼 낡은 옛 잡지와 신문 속에, 지루하기 짝이 없는 논문들과 서가에 꽂아 놓기도 쑥스러워 상자 속에 처박아 놓았던 『일제하공산주의운동사』 같은 책들 속에 구석구석 숨어 있었다.

서울대 도서관에 소장된 서대문형무소의 재소자 기록부에서 주인공들의 사진을 하나씩 찾아낼 때의 기쁨은 이루 말할 수 없었다. 막내아들처럼 장난스런 표정에 유난히 긴 두 귀가 눈에 띄는 경성제대의 수재 정태식, 코 밑에 수염을 기른 농부 차림으로 붙잡혀 고문으로 병을 얻어 죽게 되기까지 항상 자신있게 웃고 다니던 의리의 사나이 박영출, '솥땜장이'라는 별명대로 작고 왜소한 얼굴에 잔주름이 가득하니 쇠종을 흔들며 거리를 떠도는 땜장이 같은 이관술, 둥글넙적한 얼굴에 깊은 생각에 잠겨 있는 듯한, 어쩌면 사진사 곁에 서 있을지 모르는 조선인 형사에게 경멸하는 듯한 시선을 쏘아보내고 있는 이순금, 변장의 명수라는 말대로 갸름하고 잘생긴 얼굴에 때로는 수염을 기르고 때로는 양복을 입고 찍은 이재유의 여러 장 사진들, 무섭게 찡그린 눈으로 사진사를 응시하는 이현상의 날카로운 인상, 갸름하니 긴 얼굴에 뜻 모를 웃음을 머금고 있는 귀부인 같은 이효정, 이순금처럼 조선인 형사를 노려보는 듯한, 둥근 얼굴에 작은 눈과 팔자 눈썹이 전형적인 조선의 처녀 박진홍, 두터운 입술에 사람 좋은 눈웃음을 띠고 있는 김삼룡의 촌머슴 같은 모습, 폭풍우에 직면한 듯 매서운 표정으로 먼 곳을 응시하는 이주하의 시원스레 잘생긴 얼굴, 냉정하고 이지적인 얼굴의 전형적 지식인 박헌영······. 그들의 사진을 들여다보고 있으려니 칠십 년 세월의 통로 속으로 빨려 들어가는 기분이었다.

나는 복사해 온 사진첩을 수십 번도 더 들여다보았고, 그때마다 살아 있는 사람들을 만나는 듯한 착각에 빠져들었다. 그들이 나를 부르고 있었다. 친근한 얼굴로, 어둠에 묻혀 버린 자신들을 찾아온 손님을 맞아 다정히 손을 내밀고 있었다.

해방 직후 발간된 잡지들을 뒤지다가 박진홍과 남편 김태준이 중국 공산당 수도였던 연안에 다녀온 이야기를 기록한 「연안행」을 발견했을 때의 반가움도 이루 말할 수가 없었다. 전쟁 말기 일제의 발악적인 탄압에 저항해 무장투쟁대열에 합류하려고 떠난 조선인 혁명가 부부를 맞이하는 중공 팔로군의 넉넉함은 사뭇 감동적이었다. 거기에는 남자의 눈을 통해 본 박진홍의 매력도 곳곳에서 살펴볼 수 있었다. 그녀는 결코 미인은 아니었으나 모든 남자의 사랑을 받을 만한 여자임에 틀림없었다.

국립도서관에서 일제시대 함흥에서 노동운동을 했던 일본인 이소가야의 수기를 발견했을 때의 기쁨도 컸다. 거기에는 일제시대 사회주의 노동가들이 얼마나 낭만적이고 인간적인 사람들이었는지, 해방 후 북한 권력의 중심이 된 이들이 그들이었다는 새삼스러운 사실들이 증언되어 있었다. 그들이 권력을 잡았을 때 어떤 심각한 문제가 생기는가에 대한 판단에 앞서 일단 일제시대의 항일운동에서 사회주의 세력이 차지하고 있던 비중이 매우 컸다는 사실을 내 손으로 직접 확인할 수 있게 되어 반가웠다.

한국 현대사의 숨겨진 흔적들을 찾아내는 기쁨만큼, 좋은 사람들을 알게 된 기쁨도 컸다. 누구도 관심을 갖지 않던 잊혀진 혁명가 이재유를 발굴해낸 김경일 교수와의 만남은 내 인생에 큰 기쁨이 되었다. 학자로서의 세심함과 따뜻한 인간미를 함께 갖춘 그는 마흔이 넘어서도 새로운 친구를 얻을 수 있다는 것을 보여주었다.

이효정 할머니에게는 취재를 마친 후에도 여러 차례 찾아갔다. 빠르게 건강이 악화되어 자리에서 거의 일어날 수 없는 상태가 되어서도 여전히 깔끔하고 정갈한 모습을 유지하고 있는 이효정 할머니와 문학에 대해 이야기를 나누고 있노라면 예술이야말로 나이와 시대를 넘어 모든 인간을 이어주는 다리라는 것을 실감할 수 있었다. 거동이 불편한 할머니를 모시고 옛 서대문형무소 자리에 만들어진 독립박물관에 놀러간 일은 내게도 즐거운 추억이 되었다.

오래된 자료들과 씨름하는 동안, 사진 속의 영혼들이 내게 사라져 버린 시대를 바라볼 수 있는 시야를 열어 주었다. 한때 세계를 뒤흔들었던 공산주의의 유령이, 유령이 되어 버린 영혼들을 통해 연기처럼 되살아났다. 그들이 내게 말을 걸어오고 있었다. 아리땁고 총명한 처녀들의 유령이, 타인을 위해 기꺼이 목숨을 바친 혁명가들의 유령이, 죽음 앞에서 두려움에 떨면서도 결코 자신의 영혼을 더럽히지 않았던, 혹은 공포를 이기지 못하고 무릎을 꿇었던, 그러나 끝내 양심을 잃지는 않았던 나약한 이들의 유령이, 남한과 북한에서 모두 외면당해 버린, 역사에서 실종되어 버린 그 외로운 유령들이 내게 손을 내밀고 있었다. 공부를 하면 할수록, 나는 그들의 시간 속으로 빨려 들어갔고, 그들 모두를 되살리고 싶어졌다.

본격적인 집필에 들어간 내게 가장 크게 부딪혀 온 문제는 사회주의 이념이었다. 노동운동을 하던 시절에 사회주의 이론을 공부해 본 적도 있고 지금도 자본주의의 야만성에 대한 근본적인 문제제기에는 변함없이 동의하지만, 현실 사회주의의 모습에 크게 실망한 것도 사실이었다. 북한을 비롯해 동구 사회주의 여러 나라들에서 공통적으로 일어난 민중의 고통은 단순히 실천 과정에서 생긴 오류가 아니라 사회주의 이론 자체의 근본적인 한계, 인간의 본성과 요구에 대한 이해 부족에서 생긴 원천적인 문제가 아닐까 하는 의구심이 90년대 내내 나를 비롯한 많은 진보주의자들을 흔들어 왔다.

인류를 굶주림과 불평등으로부터 구원한 것처럼 보이는 자본주의의 이면에 무한정한 경쟁으로 인한 인간성 파괴, 자원낭비 등등 언젠가 인류를 자멸하게 만들지도 모를 모순이 숨겨져 있음을 빤히 보면서도 대안으로 믿었던 사회가 더 큰 모순을 보여줄 때의 곤혹스러움을 어떻게 해결할 수 있을까? 또 다른 대안으로 등장한 사회민주주의를 받아들이기에는 광주민주화운동으로부터 시작된 80년대의 경험의 무게가 너무 무겁기도 했다. 결론적으로, 자유와 평등이라는 대원칙만을 가지고 끝나지 않은 험난한 길을 가보고 있다고나 할까?

이런 심리 상태 속에서 한국 사회주의운동의 일부를 복원하는 일은 여전히 부담스러웠다. 사회주의 이념이 권력을 잡기 전인 일제강점기에 자기희생적인 삶을 살다 죽어 간 혁명가들의 생애를 복구하는 일은 의미가 있었지만, 사회주의자들의 긍정적인 모습만을 부각시킴으로써 그 이념이 가진 또다른 한계들을 가려 버리는, 내 스스로 원칙 않은 역할을 떠맡게 되는 게 아닐까 하는 걱정이 들지 않을 수 없었다.

또 다른 장애는 북한이었다. 동구 사회주의의 붕괴로 사회주의는 더 이상 위협적인 존재가 아니었다. 마지막 남은 사회주의 국가인 북한은 그 이념이 얼마나 불합리한가를 증명하는 상징처럼 되어 버렸다. 그럼에도 불구하고, 휴전선을 가운데 두고 엄청난 무력으로 북한과 직접 대치하고 있는 남한에 사는 한 사람의 작가로서 사회주의 역사의 한 부분을 긍정적으로 복원하는 일은 그다지 바람직하지 못해 보일 수 있었다.

이러한 우려에도 불구하고 집필을 계속한 것은 유령들과의 약속 때문이었다. 가혹한 시대의 고통을 맨몸으로 감싸안고 죽어 간 이들과의 약속이었다. 자신을 보호할 최소한의 총칼조차 없이 조직과 파업이라는 무기만으로 일제와 싸운, 남은 것이라고는 고문과 질병밖에 없음에도 항상 즐거이 자신의 임무를 수행하고, 동료를 지키기 위해 고문틀에 올라 피를 한 바가지씩 쏟아내면서도 유치장에서 만나면 서로를 끌어안고 웃어 주던, 불행한 시대의 아름다운 영혼들과의 약속이었다. 1920년대 중반 이후 적극적이든 소극적이든 친일 매국노로 돌아선 대다수의 우익 보수주의자들을 대신해 일제에 저항한 유일한 독립운동이었기에 복원해야 한다는, 남북 어디에서도 대우받지 못하고 죽어 간 그들을 위해 진혼곡을 연주하리라는 내 마음의 약속이었다.

1_ 개마고원의 아이들

개마고원의 겨울은 길고 매서웠다. 해발 이천 미터가 넘는 산봉우리들이 기둥처럼 대지를 떠받들어 영하 사십 도가 넘는 무자비한 혹한에 노출시킨 것 같았다. 시월부터 시작된 추위는 영하 삼십 도를 넘나들며 지표면을 한 길 가까이 꽁꽁 얼려 놓았다. 한겨울에는 사람이 죽어도 땅에 묻히기 힘들었다. 양지바른 곳에 장작을 쌓아 놓고 하룻밤새 불을 지펴야 겨우 시신이 들어갈 조그만 구멍을 팔 수가 있었다. 살 속의 피까지 얼어붙게 만들어 버리는 모진 바람 소리, 거대한 교목의 줄기들이 눈의 무게에 못 이겨 부러지는 소리, 음울한 늑대 울음소리가 긴 겨울밤 내내 계속되었다.

이월이 가고 삼월이 와도 봄은 좀처럼 오지 않았다. 샘이 나는 계곡이며 산등성이마다 얼어붙은 거대한 백옥 같은 빙하는 좀처럼 녹지 않고 언 땅은 표면만 녹았다 풀리기를 되풀이 할 뿐, 그늘진 곳은 사월 하순까지도 풀리지 않았다. 그나마 질퍽대는 흙을 뚫고 자라나던 새순들은 때늦은 춘설에 흔적도 없이 묻히기 일쑤였다.

춘설이 내리면 작년에 산중턱까지 불을 질러 만들어 놓은 화전이 군데군데 큰 바위들만 무덤처럼 불룩할 뿐 완벽한 눈벌판이 되었다. 압록강 너머 만주와 백두산으로부터 바람이 불어올 때마다 눈가루가 파도처럼 일어나 골짜기와 산등성이를 휩쓸고 다녔다. 햇살은 눈부시고 바람은 차고 깨끗했다. 낮이 되어 기온이 영상으로 올라가면서 눈은 빠르게 녹아 낙엽과 바위틈으로 흘러내렸다. 낙엽 향기 배인 맑은 물이 도랑으로 모이고 골짜기로 몰려 내려가 작은 내를 이루었다. 나무줄기가 부러지는 듯 쩍쩍하며 얼음 깨지는 소리가 나고, 갈라진 얼음 틈 사이로 물이 흘러들어 새로운 물길을 만들어 갔다. 그러나 밤이 되면 모든 것이 다시 얼어붙어 버렸다. 고산 지대의 눈은 오월이 되어서야 완전히 녹았지만, 춘설은 오월 하순까지도 간간이 계속되었다. 일 년의 절반이 겨울이었다.

언제부터인가 사람들은 그곳에서 화전을 일구어 살았다. 산등성이를 불태운 자리에 씨를 뿌려 식량을 거둔 후에는 다시 이웃 산에 불을 놓았다. 봄이 되면 드넓은 고원 산악 지대 곳곳에 불길과 연기가 솟아올랐다. 화전민들은 침엽수보다는 활엽수가 울창한데다가 습기가 많은 산기슭을 택해 불이 너무 크게 번지지 않도록 나뭇가지로 불꽃을 두드려 가며 태웠다. 어린애까지 온 가족이 동원되어 몇 날 며칠 불놀이를 계속했다. 그래도 때로 놓친 불길이 산 하나를 통째로 태워 버리기도 했다. 산불이 나면 그 추운 겨울을 이겨낸 짙푸른 침엽수들이 거대한 화염과 연기에 휩싸이고 수백 년을 자라 온 우람한 통나무들이 맥없이 쓰러져 누웠다.

일본에 나라를 빼앗긴 후로는 일본인 순사들이 삼림을 태우는 것을 막기 위해 단속을 했으나 한 번 들어가면 스스로 나오기 전에는 찾을 수 없는 그 깊은 산속을 일일이 감시하지는 못했다. 마을 사람들이 공모해 수만 평의 산야를 일시에 불태워 버리고는 순사가 나타나면 미리 희생자가 되기로 약속한 노인이 실화한 것처럼 진술하여 잡혀가게 하기도 했다. 대신 동네 사람들이 양식을 거두어 노인 가족을 먹여 살렸다. 굳이 노인을 감옥으로 보내는 것은 재판관의 동정을 사기 위해서였다.

관헌들의 지속적인 단속에도 불구하고, 식민지 지배가 공고해지면서 화전민은 계속해서 늘어났다. 총독부의 토지조사사업으로 대대로 농사짓던 땅을 토지대장이 없다는 이유만으로 고스란히 빼앗긴 농민들, 남의 논을 빌려 농사를 지어봤자 칠 할에 이르는 소작료를 내고 나면 비료값조차 건질 수 없는 소작인들이 모여들었다. 만주로 이농을 갔다가 중국 농민들의 항일운동에 밀려 함경도 산속으로 역류한 이들, 범죄를 지었거나 독립운동을 하다 수배된 사람들, 불륜을 범하고 도망쳐 온 남녀들이 산속으로, 산속으로, 더 깊고 외진 곳을 찾아 들어가 불을 질렀다.

순시원들의 감시가 심해지자 밤에 불을 지르는 일도 늘어났다. 달도 뜨지 않는 어두운 봄밤이면 산속 곳곳에서 치솟아 오르는 화염을 볼 수 있었다. 불을 놓은 이들은 멀찌감치 도망쳐 지켜보다가 며칠 후 온 가족이 들어가 돌과 나뭇가지를 치워내고 불에 탄 채 서 있는 큰 나무들을 벌목한 후 감자와 옥수수를 심었다. 벌목한 나무와 돌과 흙을 이용해 엉성한 오두막도 지었다. 일단 집을 짓고 나면 관헌들도 차마 철거하지는 못하고 돌아갔다. 조선 말기에 겨우 두세 가구가 외롭게 살던 산골이 일제시대가 된 후 백여 호가 넘는 큰 마을로 변한 곳도 여러 군데 있었다.

고산 지대이다 보니 오월 초순까지도 때아닌 폭설이 내려 새싹이 모두 얼어 죽는 일이 잦았다. 급경사진 밭이 산사태를 맞는 바람에 농사를 망친 사람들이 굶주리다 못해 다시 만주로 떠나기도 했다. 홍수가 난 해에는 산골 마을 전체가 텅 비다시피 했다가 이듬해가 되면 어디선가 또 다른 유민들이 들어와 화전을 일구었다. 많은 화전민은 몇 해 동안 하얀 쌀 한 톨 구경 못하고 깔깔한 잡곡으로 연명해야 했다. 불모의 땅 개마고원에 사람이 산다는 자체가 기적과도 같은 일이었다.

이재유는 그 험한 고원의 북쪽, 함경북도 삼수군 별동면 선소리에 사는 면서기 이각범의 맏아들로 태어났다.

아버지 이각범은 부지런하고 영리한 사람이었다. 머리가 좋고 한문을 잘 쓴 덕분에 면사무소 직원으로 시작해 군청 서기까지 오른 그는 성실히 집안을 이끌었다. 할아버지 때부터 지어 온 국유 화전을 윤작하지 않고 돌을 골라내고 소똥과 낙엽 거름을 뿌려 해마다 농사를 지을 수 있는 숙전으로 만든 후 관공서 공시를 이용해 싸게 사들였다. 천 평에 오 원 정도밖에 되지 않는 개인 소유 화전들도 조금씩 사들였고 화전을 포기하고 산을 떠나는 이들로부터 소와 돼지도 싼값에 살 수 있었다. 밭에는 감자와 옥수수, 조나 메밀을 심었다. 이재유가 청년이 될 무렵, 이씨 집안은 논밭 합쳐 이만 평의 땅에서 돈으로 환산하자면 일 년에 오백 원어치의 곡식을 수확하는 정도가 되었다.

하지만 화전 이만 평은 남쪽 곡창 지대 이천 평의 가치밖에 되지 않았다. 천지가 돌이다 보니 땅 넓이에 비해 수확량은 형편없는데다가 생산한 감자나 옥수수 같은 농작물은 사는 사람이 없어 돈이 되지를 않았다. 집안에 먹을거리는 떨어지지 않아도 현금은 무척 귀했다. 게다가 할아버지 아래 작은아버지 식구들까지 모두 한 집에 사는 전통적인 대가족이었다. 면서기라지만 뇌물 같은 걸 받지 않았던 이각범은 알량한 월급밖에 챙기지 못해 유별나게 똑똑한 맏아들 재유조차 도시로 유학 보낼 수 없었다. 다만 춘궁기를 맞아 유민들이 떠돌아다닐 때면 먼저 집안으로 불러들여 먹을 것을 해주고 조금씩 양식을 싸 보내줄 정도는 되었다.

별동면 선소리의 이씨네 사람들은 붙임성 있고 온화한 이들로 알려져 있었다. 별동면 주재소의 주민동향 보고에는 이각범의 집에 대해 가족끼리 화목하고 생활이 원만하며 풍요롭게 살고 있다고 기록되어 있었다. 특히 어려운 이들에게 베풀기 좋아하고 손님맞이를 좋아하는 것이 이씨네 전통이었다. 그릇이 귀하던 시절임에도 수십 개의 그릇과 수저를 갖추고 있다가 춘궁기에 떠돌이 유민을 맞이하거나 동네잔치를 벌였다. 이씨네 문간에는 늘 손님의 발길이 닿았고, 이재유는 자연히 사람을 사귀는 일에 익숙하게 자라났다.

이재유는 계란형의 곱상한 얼굴에 적당히 활달한 성품을 가진 아이였다. 이재유의 생모는 그가 세 살 때 병으로 죽었기 때문에 이각범은 아들보다 겨우 열 살 많은 젊은 처녀를 아내로 맞아들였고, 이재유는 자연히 할아버지와 할머니 밑에서 성장하게 되었다. 조부모의 온정 속에 자라난 그는 일찍 어머니를 잃었다고 해서 자신이 가정적으로 불행하다고 생각해 본 적이 없었다. 가족에 대한 특별한 애착심도 없었지만 불평이 있지도 않았다.

할아버지와 아버지는 자신들의 장손이 무척 영리한 두뇌를 가졌다는 사실을 일찍 발견하고 한문과 일본어, 수학 따위를 직접 가르쳤다. 읍내와 집이 너무 멀어 학교에 넣지 않았던 아버지는 그가 열두 살이 되었을 때 혼자 걸어 다닐 수 있으리라 판단하고 삼수의 보통학교에 입학시켰다. 영리한 그는 처음부터 오 학년에 보결로 들어갈 수 있었다. 그러나 넉 달 만에 그만두었다. 배울 게 없으니 나갈 필요가 없다며 스스로 자퇴한 것이었다.

조선 말기의 어지러운 세상을 등지고 입산해 화전민이 된 할아버지나 새로운 권력인 일제에 적응해 작은 관직을 얻어 살아가는 아버지는 자신들의 종손인 재유도 고향 땅에 머물며 면서기나 하면서 조용히 살기를 바랐다. 그러나 일본의 강점에 항거해 일어난 '삼일만세운동'은 순박한 시골 청년의 인생을 뒤바꿔 놓았다.

삼일만세운동이 일어난 것은 그가 열다섯 살이 되던 해인 1919년이었다. 첩첩산중 삼수읍에서도 장날에 만세시위가 벌어져 주동자 몇이 감옥에 갔다는 소식이 들려왔다. 태극기를 흔들던 여학생 하나는 순사의 칼날에 손이 잘렸다는 소문도 있었다. 전국에서 벌어진 참상의 소식도 단편적으로나마 들려왔다. 일본 헌병들이 조선인을 나무 십자가에 거꾸로 매달아 찔러 죽이거나 교회에 가두고 불을 지른 후 뛰쳐나오는 이들을 칼로 베어 버렸다는 끔찍한 이야기도 들려왔다. 적어도 만 명 이상 죽었으리라는 흉흉한 소문이 돌았다. 이재유는 만세 시위에 직접 참가하거나 목격하지는 못했으나 충격적인 이야기들은 한동안 계속되었다.

삼일만세운동 이후 많은 사람들이 독립운동을 위해 조선 땅을 떠났다. 만주와 연해주, 아니면 먼 미국으로 떠났다. 러시아 혁명이 일어나 사회주의 정권이 세워진 지 불과 몇 해밖에 되지 않은 해였다. 북방으로 떠난 상당수 망명객이 사회주의자가 되었다. 해방이 되기까지 공식적으로 삼천여 명의 사회주의자들이 감옥살이를 하였으며 경찰서까지만 끌려가 기록에 남지 않았거나 연행된 적이 없는 운동가들까지 합치면 훨씬 많은 수가 사회주의자로서 혁명운동에 나섰다.

이재유가 처음으로 사회주의에 대해 알게 된 것은 박기춘이란 인물의 처형사건 때문이었다. 박서기라 불리던 박기춘은 이재유의 아버지와 함께 삼수군청에서 일하던 청년이었다. 이재유도 아버지를 따라 군청에 갔다가 몇 번 얼굴을 본 적이 있었는데 조용하고 친절한 인물로 지하운동에 가담했다고는 연상되지 않는 사람이었다. 아버지도 박기춘에 대해 성실하고 착한 친구라고 말한 적이 있었다. 그런 그가 사회주의자라는 것이 드러나자 즉결처형된 것이다.

내지에는 재판소가 있고 변호사도 있다지만 독립군과의 총격전이 빈번한 국경 지대에서는 일본 헌병대장이 조선인을 마음대로 즉결처분했다. 시체는 사람들의 왕래가 많은 곳에 매달아 놓거나 목을 잘라 장대 위에 꽂아 놓았다. 강제로 사람들을 동원해 보게 하기도 했다. 일제에 반항하면 어떤 참혹한 결과를 맞는가 보여주기 위함이었다.

총살당한 박기춘의 시신은 이재유의 집에서 이 킬로미터밖에 안 되는 곳에 전시되어 있었다. 이재유는 며칠이 지난 후 동네 친구 안종호와 함께 시체를 보러 갔다. 껍질이 까맣게 말라 가는 시신에는 벌써 구더기가 꼬이고 있었다. 총을 맞은 가슴에서 흐른 피는 땅바닥에 엉겨 붙어 까맣게 응고되고 있었고, 부릅뜬 두 눈도 썩어 들어가 빛을 잃은 채 터지기 직전이었다. 안종호와 함께 집으로 돌아오는 먼 길 내내, 이재유는 충격에서 벗어나지 못한 채 아무 말도 하지 못했다.

이웃한 관흥면의 개운성리에서 두 청년이 독립운동을 위해 집을 떠났다는 이야기가 들려온 것도 그 무렵이었다. 그들이 멀지 않은 국경을 넘어 무장 독립운동 단체에 들어갔다는 것은 알 사람은 다 아는 비밀이었다. 그들뿐 아니라 동네마다 똑똑하고 의협심 있는 젊은이들은 어떤 식으로든 저항운동에 가담했다. 집을 떠나 만주로 가거나, 박기춘처럼 비밀스런 사회주의 조직에 가입하거나, 아니면 경성이나 일본으로 유학을 가서 지식을 닦았다. 유학생의 상당수는 사회주의자가 되어 지하운동에 뛰어들었다.

  예로부터 권력투쟁에서 밀려난 양반들의 마지막 귀향지이자 민중반란의 근거지이던 함경도는 일제 융화의 손길을 거부하는 마지막 보루이기도 했다. 신문명을 앞세운 식민지 지배에 스스로 적응되어 가던 내지 사람들과 달리, 험준한 산맥으로 차단된 함경도에는 불평불만과 저항의 분위기가 오래도록 계속되었다. 그 중에도 삼수갑산이라는 숙어로 상징되는 개마고원 북단 삼수군과 갑산군 지역은 압록강을 사이에 두고 중국과 붙어 있어, 통한을 품고 조선을 떠나는 이민자들이며 국경에 출몰하는 무장독립군을 매일같이 만날 수 있는 곳이었다. 거기서 어린 시절을 보낸 이들은 본능적으로 항일정신을 품기 마련이었다. 유별나게 영리한 이재유가 조선의 독립을 위해 살겠노라 결심하게 된 것은 아주 자연스러운 일이었다.

2_ 경성의 아침

만세운동이 일어난 이듬해, 아직 산천이 다 녹지 않은 고원의 봄날이었다. 이재유는 아버지가 이웃 동네 친척에게 갚고 오라고 준 돈을 가슴에 품은 채 그대로 집을 나섰다.

마을 어귀에서 그는 단 한 번, 친구들과 어울려 도롱뇽을 잡으러 다니고 도토리와 밤을 주워 오던 마을 뒷산을 돌아보았다. 할머니에게 말을 하지 못한 게 마음에 걸렸다. 당신의 몸으로 받아낸 자식보다 더 애지중지 키운 손자가 한 마디 말도 없이 경성으로 떠나 버린 것을 알면 얼마나 슬퍼하실 것인가를 생각하니 마음이 저렸다. 이웃집 누이 같던 새엄마에게도 아무 말 하지 못한 게 미안했다. 어쩌면 아버지는 놀라지 않으리라 생각했다. 벌써 여러 번 경성으로 올라가 공부하고 싶다는 말을 했기 때문에 그다지 큰 충격을 받지는 않으리라.

절친한 동네 친구 안종호와 칠촌조카이지만 나이가 비슷해 친구처럼 지내 온 이분선, 또 그 남동생 이인행 같은 아이들에게는 미리 말을 해두었다. 내일이면 그 애들을 통해 아들이 어디로 왜 떠났는지 알게 되겠지만, 친필 편지 한 장 남기지 않은 것은 죄스러웠다. 자리를 잡으면 붓을 들리라 생각했다.

마을이 보이지 않는 산길에 접어드니 가족에 대한 미안함과 아쉬움은 희미해졌다. 한 걸음 한 걸음 고향 땅이 멀어질수록 미지의 세상을 향한 흥분으로 가슴이 들떠 오르기 시작했다. 모험심과 호기심, 어서 새로운 세상을 보고 싶은 조바심으로 마음이 달아올랐다. 말로만 들어오던 아득한 산골 갑산을 향해 발걸음을 서둘렀다.

들판으로 내려서자 두운봉에서 발원한 하천이 발길을 막아섰다. 아직도 눈과 얼음이 남아 있는 고산 지대로부터 흘러 내려온 차갑고 맑은 물 위로 징검다리가 놓여 있었다. 징검다리에 쓰인 돌들이 판판하지 않아 걸음을 옮기기가 여간 어려운 게 아니었다. 게다가 돌 사이가 너무 넓어 여차하면 물 속에 발을 빠뜨릴 것만 같았다. 그러나 이재유는 새로운 세상을 향해 날아가듯, 서슴없이 징검다리 위로 몸을 날렸다. 한 발, 한 발 앞으로 튕겨 나가는 동안 건너편 기슭이 새로운 세상처럼 다가왔다.

개마고원 최북단 별동면에서 경성까지 얼마나 걸릴지 정확히 가늠하기 어려운 시절이었다. 뗏목을 타고 압록강 천리 길을 내려가 신의주에서 기차를 타면 일주일 정도 걸리는데, 혜산까지 통통선이 들어와 훨씬 빨라졌다는 이야기도 있었다. 하지만 내륙에 익숙한 그는 물길을 타고 싶은 마음이 없었고, 비싼 배 삯을 낼 수도 없었다. 동남쪽으로 함경산맥을 넘어 동해안으로 가는 길을 택했다. 경성에서 원산까지 철도가 부설된 지 여러 해 되었고, 원산에서 다시 함경도 해안을 따라 철도가 뚫리고 있다는 소문을 들었기 때문이었다. 허천강을 거슬러 올라 갑산과 풍산을 지나 동해안에 인접한 북청까지만 가면 철도를 만날 수 있다는 소문을 이정표 삼았다.

북청까지는 삼백 리가 안 된다고 들었으나 해발 천오백 미터가 넘는 수많은 산과 고개를 지나는 험난한 길이었다. 버스나 목탄차 같은 대중교통이라고는 없는 시절이었다. 판판하게 닦여진 신작로 위로 가끔씩 군용트럭이며 헌병차들이 뽀얀 흙먼지를 날리며 지나갈 뿐이었다. 때로 지붕이 사람 키 높이는 되는 검정색 고급 승용차가 지나기도 했으나 세울 엄두도 나지 않았다.

개마고원 용암 지대를 깊숙이 깎아 내리며 압록강을 향해 치달리는 허천강변 절벽을 따라 삼수보다 더 깊은 오지인 갑산을 향해 걷다 보니 벌써 오후가 되었다. 운 좋게도 갑산에서 풍산군 상리까지는 말린 버섯이며 메밀을 팔고 돌아가는 농부의 우마차를 얻어 탈 수 있었다. 더욱 운이 좋았던 것은 우마차를 몰고 가던 농부와 친해져서, 그의 집에서 하룻밤을 묵을 수 있게 된 것이었다. 마음씨 좋은 농부는 경성으로 공부하러 간다는 기특한 소년을 위해 기꺼이 하룻밤을 재워 주었고, 떠날 때는 찐 감자도 잔뜩 싸 주었다.

이튿날도 걷기는 계속되었다. 허기가 지면 길가에 앉아 감자를 먹고, 산허리 곳곳에서 흘러내리는 맑은 물을 마시며 하염없이 걸었다. 잠깐씩 우마차를 얻어 타기도 했으나 전날만큼 운이 좋지는 않아서 온종일 걷다시피 했다. 밤에는 이름도 모르는 조그만 마을에 들어가 장작더미 속에서 잤다. 봄이라도 밤이면 영하로 떨어지는 개마고원의 추위에 밤새 떨다가 해도 뜨기 전에 길을 나섰다.

온종일 걸어도 백 리 길이 힘든 느린 행로였다. 함수원을 지나 해발 천삼백 미터나 되는 후치령을 넘는 데 이틀이나 걸렸다. 발에 물집이 잡히고 장딴지가 단단히 뭉쳤다. 걸음은 갈수록 느려졌다. 고향과 멀어질수록 마음의 불안은 깊어졌으나 발길을 돌릴 생각은 없었다. 나흘 만에 북청에 도착해 멀리 연기를 뿜으며 달려가는 증기기관차를 발견했을 때, 불안과 피로는 한꺼번에 사라져 버렸다.

북청에서 난생 처음으로 기차를 타고 원산에 잠시 정차했을 때는 늦은 밤이었다. 삼수였다면 온 세상이 고요한 어둠에 잠겼을 시간이었다. 하지만 원산은 잠들지 않는 도시였다. 특히 동해 바닷가에 건설된 신흥 공장 지대는 그 깊은 밤에도 불을 환히 밝힌 채 돌아가고 있었다. 황색 가로등 빛과 공장의 노란 불빛들이 안개 깔린 밤하늘에 은은히 번진 가운데, 치솟은 굴뚝에서 피어오른 검은 연기가 어둠에 덮인 바다를 향해 떠가고 있었다. 이재유에게 공장의 불빛과 굴뚝 연기는 신세계를 가리키는 하나의 상징이었다.

원산에서 내륙으로 꺾어져 태백산맥을 관통한 기차는 금강산 가는 기차가 갈라지는 철원평야를 지나 경성으로 들어섰다. 식민지 조선의 서울인 경성은 말로 들었던 것보다 훨씬 아름다운 도시였다. 부드러운 화강암으로 이뤄진 북한산을 등지고 폭이 일 킬로미터에 이르는 드넓은 한강을 내다보며 펼쳐진, 인구 사십만의 아담한 육백 년 고도는 지형 자체만으로도 그림처럼 아름다웠다. 유럽풍 건물들과 고궁이 어우러진 중심가는 유럽의 한 귀퉁이를 떼어다 놓은 듯 우아하였고, 시끌벅적한 시장 거리와 지저분한 조선인 거주지조차도 식민지의 애수를 간직한 듯 매력을 풍기는 전원도시였다.

그 아름다운 천혜의 고도에 근대의 웅장함이 밀려오고 있었다. 동서남북 네 개의 성문을 이어주던 성곽은 도로를 내느라 거의 다 허물어진 지 오래였고, 왕궁으로 곧바로 통하지 않도록 동서로 이어졌던 종로와 을지로의 소박했던 거리들은 광화문을 옮겨 버린 터에 새로 짓고 있는 거대한 총독부 건물을 기점으로 남으로 뻗어 내린 탄탄대로에 압도되었다. 종로 일대에 수백 년을 내려오던 검정색 단층 기와집이며 초가들이 허물어진 자리에 화려하고 웅장한 서양식 석조 건물들이 들어서고 있었다. 뾰족한 지붕을 잇댄 일본식 건축 양식으로 지어진 용산역부터 진고개를 중심으로 한 남산 일대에는 일본인 거리가 조성돼 있었다. 몇 개나 되는 대형 백화점들과 일본영사관, 경찰서, 우편전신국, 은행들이 줄지어 늘어선 거리는 일본인과 서양인, 중국인들로 북적댔다.

중구 정동 일대에는 외국 대사관과 외국인 선교사들이 운영하는 교회와 학교들이 즐비해, 그곳이 동양의 도시라는 사실을 의심하게 할 정도였다. 러시아공사관과 프랑스공사관은 웅장하고도 우아한 중세 유럽식 건물로 아름다운 자태를 자랑했으며, 미국인들이 세운 감리교 선교회의 거대한 붉은 벽돌 교회는 경성 어디에서나 바라볼 수 있었다. 왕조 시절에는 왕궁보다 높은 건물이란 있을 수 없었으나 이제는 남산 기슭에 웅장하게 솟은 명동성당으로부터 시작해 시가지 일대를 장악한 서구식 건물들이 왕궁의 지붕 선을 짓눌러 버리고 말았다.

일반 주택가와 서민들의 거리도 변했다. 부드러운 지붕의 주 능선 양끝에 다시 작은 지붕을 대어 마감하는 우아한 한옥과 달리, 마름모꼴의 절반을 잘라 엎어놓은 듯 투박한 일본식 기와지붕들이 남산 기슭으로부터 기차와 전차가 다니기 시작한 들판으로 빠르게 번져 나갔다. 전차와 승용차들, 뒤꽁무니에 상점의 광고판을 붙이고 다니는 승합차들이 사람을 가득 실은 채 온종일 돌아다녔다. 지방 도시에서 흔히 볼 수 있었던, 큰 갓을 쓰고 나귀에 올라 한가롭게 장에 다녀오는 노인의 모습도 찾아보기 힘들었다.

그러나 경성의 화려함은, 함경도 오지에서 무작정 상경한 가난뱅이 소년과는 아무 상관이 없었다. 이재유는 경성의 야경을 좇아 거리를 배회한 지 며칠 만에 서대문 바깥의 경기도 고양군에 속하는 연희면 아현리 언덕의 빈민굴에 하숙집을 얻어 막노동을 시작했다. 중학교 들어갈 학비를 모으려는 생각이었다. 가출을 한 몸이라 아버지로부터 학비 지원을 받는 일은 생각하지도 않았다.

아현리는 공사장 막일꾼이며 넝마주이, 거지들이 몰려 사는 빈민촌으로, 농촌에서 가난에 지쳐 올라온 이들이 국유림이나 임자가 찾아오지 않는 빈 땅을 찾아 하나 둘 초막을 짓고 살기 시작한 것이 어느덧 마을의 꼴을 이루고 있었다. 주인집은 그래도 나무로 상자처럼 네모지게 틀을 짜고 볏짚을 덮어 벽과 지붕을 했으나 여러 노동자들과 집단 합숙하게 된 이재유의 하숙방은 차마 인간의 거처라고 말하기도 부끄러운, 한 자 깊이로 땅을 파고 삿갓 모양으로 초가지붕을 씌운 초막이었다. 온돌은 물론 변변한 이불도 없이, 풀과 나무를 깐 흙바닥 위에 누워 추위에 떨며 자야 했다. 마실 물을 긷기 위해 멀리 마포나루가 바라보이는 가파른 비탈길을 내려갔다가 올라오면 저녁 시간이 다 가버렸다.

흙을 파고 들어가 산다 하여 토막촌이라 불리는 빈민굴에서는 날품팔이 일용 인부나 지게꾼만 돼도 안정된 직업을 가진 편에 속했다. 특히 이재유가 살게 된 아현리 공동묘지 근처 토막촌에는 경성역을 드나드는 걸인과 넝마주이들이 많았다. 변변히 갈아입을 옷 한 벌 갖지 못한 그들은 겨우내 한 번도 빨지 못한 두터운 솜옷으로 살다가 여름이 오면 솜을 빼내고 여기저기 구멍난

헝겊 옷을 걸치고 지냈다. 겨울이 돌아오면 이 옷에 다시 솜을 집어넣고 이리저리 구멍을 때우고 메워 옷이라고 걸치고 다녔다. 한파가 몰아치는 날이면 이 집 저 집에서 얼어 죽은 노인이며 어린애들이 실려 나와 봉분도 제대로 갖추지 못하고 남의 무덤 곁에 제대로 흙도 덮지 못한 채 방치되었다. 경성 시내 곳곳에는 화려한 새 건물을 짓는 공사가 한창이었으나 조선인 이농민들의 거주지는 어디나 빗물과 추위와 더위, 그리고 불결함으로 가득했다. 도심의 건물들마다 태양을 상징하는 일장기가 펄럭였지만 가난한 조선인들의 지붕으로 내려오는 햇살은 없었다.

아현리 토막촌에서 겨울을 보낸 이재유는 이듬해 봄 동대문 쪽의 전차길 확장 공사장에서 일하게 되면서 청계천 제방 위에 빈대처럼 달라붙은 빈민굴로 옮겼다. 끊임없이 올라오는 이농민들을 위한 빈민굴은 경성 외곽과 경기도 경계 지역으로 빠르게 넓혀지고 있었다. 얼마간 청계천변에서 살다가 창신동 산비탈 오래된 성벽 아래 천막을 두르고 여름을 나기도 했다. 괜찮은 직업을 얻기란 힘들었다. 동대문 일대에 연기를 뿜으며 돌아가는 방직공장이나 용산의 철공장에 들어가고 싶었으나 나이도 어렸고 연줄이 없었다. 막노동으로 연명해야 했다.

비가 오거나 하여 일이 없어 노는 날은 도서관에 가서 책을 읽었다. 어려서부터 글을 잘 썼기 때문에 자연히 문학작품에 손이 갔으나 사회과학 분야의 책들도 흥미를 끌었다. 능숙하게 대화를 나누는 수준은 못 되어도 읽는 데는 지장이 없던 일본어 실력으로 일어판 서적들을 닥치는 대로 섭렵했다.

이때 사회주의 관련 서적을 찾아보게 된 것은 처형당한 고향의 면서기 박기춘에 대한 기억 때문이었다. 누구의 안내도 없이, 우연히 손에 잡힌 것이 유명한 사회주의자인 가와카미 하지메가 번역한 『유물사관』이었다. 놀라운 책이었다. 이 책을 통독하고 나니 세상이 이전과는 전혀 다르게 보였다. 세상에 왜 가난과 부가 존재하고 권력자와 학대받는 사람이 존재하는지, 어떻게 이 모순을 해결할 것인지, 세상을 뒤덮고 있던 안개가 걷힌 기분이었다.

이재유는 이때부터 사회주의 입문 서적들을 집중적으로 찾아 읽기 시작했다. 그리고 얼마 가지 않아 러시아 혁명의 열렬한 지지자가 되었다. 이듬해에 주인집에서 얻어 읽은 신문에서 레닌이 위독하다는 기사를 읽고는 병이 낫기를 혼자 기원했다. 레닌이 위독해 모든 접견이 금지되었다는 것, 그리고 얼마 후 사망했다는 기사까지 잘 모아 두기도 했다.

경성 외곽 창신동 산기슭의 한 노동자 숙소에서 맞이한 열여덟 살 생일날 아침에, 그는 스스로 사회주의자가 되었음을 선언했다.

3_ 동경에서 또다시 경성으로

시모노세키 항을 떠난 관부연락선은 대마도와 부산 사이의 현해탄 해협에서 급한 조류를 만나 전복이라도 될 듯 요동쳤다. 배의 맨 밑바닥, 어둠침침한 삼등 객실의 조선인들은 여기저기서 구토를 하느라 정신이 없었다. 일본으로 돈 벌러 갔다가 돌아오는 노무자들이나 가난한 유학생들이었다. 더럽고 냄새나는 맨 마루바닥에 이리저리 누워 억지로 잠을 청하던 이들도 깨어나 불안한 얼굴로 두리번댔으나 어두운 밤바다는 그들에게 아무것도 가르쳐 주지 않았다.

갑판에 나란히 붙은 일본인 전용실은 이등 객실이지만 의자로 이뤄진 데다 전등 빛도 책을 읽을 수 있을 정도로 밝았다. 조선으로 발령받은 관리나 고향을 방문하고 조선으로 돌아가는 이주민들이 이용하는 싸고도 좋은 객실이었다. 늦여름 더위에도 불구하고 대개 기모노나 양복을 깔끔히 차려 입은 일본인들이 앉아 있었는데, 한 사람만은 예외였다.

보통의 일본인들보다는 큰 키에 타원형으로 균형 잡힌 잘생긴 얼굴의 청년이었다. 본래 나이 스물네 살보다도 젊어 보이는 동안에다가 총명하게 반짝이는 눈빛이 인상적이었다. 그러나 며칠간 머리도 감지 못하고 수염도 깎지 못해 지저분한데다가, 본래 흰색이었을 셔츠는 잔뜩 때가 묻었다. 게다가 한쪽 손은 옆에 앉은 사내의 손과 연결되어 수갑이 채워져 있었다. 형사가 다른 승객들에게 혐오감을 주지 않으려고 수갑 위에 수건을 덮어놓기는 했으나 승객들은 이미 그가 조선인 죄수로, 일본에서 붙잡혀 경성으로 압송되는 중임을 다 알고 있었다. 이름이 이재유라는 건 몰라도 일반 흉악범이 아니라 사상범이기 때문에 그다지 위험한 짓을 하지는 않으리라는 점까지 알고 있었다.

"이재유, 당신 일본에서 칠십 번이나 체포되었다면서? 삼 년 동안에?"

배가 요동치는 바람에 잠이 깬 젊은 형사가 일본어로 물었다. 이재유를 압송하기 위해 경성에서 동경으로 출장 나온 서대문경찰서 고등계 형사였다. 이재유는 웃는 듯 마는 듯 미소를 물었다.

"그렇게 소문이 났던가요?"

일본어로 대꾸하자 왼편에 앉은 다른 나이 든 형사가 말했다.

"동경서의 네 담당이 칠십 번이 넘을 거라 하던 걸? 그렇게 이름을 날리면 좋은가?"

"이름을 날리고 싶었다면 다른 일을 했을 거요."

"이번에 경성에 가면 한동안은 경찰서 드나들 일이 없을 거다. 감방에 들어가 서른 살이나 넘어야 나올 테니 말이다."

이재유는 못 들은 척 눈을 감았다. 불과 몇 년 사이에 벌어진 너무나 많은 일들이 어지러이 떠올랐다. 무작정 상경한 경성에서 막노동을 하면서 보성고보 입학시험에 붙었으나 돈이 없어 몇 달 다니다가 그만두고 중병으로 죽음을 앞둔 아버지의 간청에 따라 고향 이웃 마을의 나이 많은 처녀와 반강제로 결혼식을 올린 것이 1924년이었다.

아버지는 그에게 결혼이라는 굴레만을 남긴 채 곧 돌아가셨고, 그는 다시 고향을 떠날 궁리만 했다. 이듬해 개성의 송도고보에 입학했으나 동급생들과 사회주의를 공부하는 사회과학연구회를 만들어 동맹휴학을 주동했다가 퇴학당한 것이 1926년 11월. 그에게는 새로운 일을 계획하는 데 소모하는 시간이 무의미한 것처럼 보였다. 퇴학당한 지 한 달 만에 인천에서 동경으로 가는 배에 올랐다.

동경은 세계 굴지의 대도시였다. 경성에 비교할 수 없을 정도로 컸다. 몇 해 전에 일어난 관동대지진으로 많은 건물이 파괴되었음에도 새로 지은 이삼층 건물들이며 왕궁들, 서양식 건물들 사이로 엄청난 인파들이 몰려다니고 있었다. 세계적인 공황에 지진까지 겹쳐 심각한 불황의 늪에 빠져 있었지만 조선에서 건너간 가난한 서생들을 놀라게 하기에는 충분했다. 관동대지진 때 수많은 조선인들이 아무 죄도 없이 일본인들에 의해 학살당한 통한이 채 사라지지 않았음에도 일본의 거리에는 어딜 가나 조선인들이 눈에 띄었다. 대개가 일자리를 찾아 관부연락선을 타고 현해탄을 건너온 노동자나 유학생들이었다.

부유한 조선인 유학생들에게 동경은 더없이 만족스러운 곳이었다. 자유연애는 물론 동성연애에 독신주의까지, 공산주의와 군국주의, 인상파로부터 다다이즘까지 동경은 이십세기 초의 세계 문화가 집약된 동양 최대의 문화 공간이었다. 봉건주의 사고방식과 열등감에 찌든 조선 유학생들에게 동경은 육체적으로만이 아니라 정신적인 해방 공간이었다. 대개 지주나 매판관료들의 자손인 그들은 꼬박꼬박 송금을 받아 하숙을 하며 마음 놓고 자유를 즐길 수 있었다. 여유 있는 조선인 유학생들 사이에서는 유행병처럼 자유연애가 벌어졌고, 사회주의 사상은 지성을 증명하는 장식품처럼 모든 술자리에 끼여들었다. 부유한 집 자식들은 조선에 돌아가서도 취직 같은 것은 거부한 채 문학이니 예술을 한다며 음풍농월로 세월을 보내고, 고향의 아내를 버린 채 신식 여자와 두 집 살림을 하는 게 유행이었다.

반면 굶주림을 이기지 못해 고향을 등지고 바다를 건너온 조선인 노동자나 이재유처럼 가난한 유학생에게 동경은 힘겨운 곳이었다. 처음 경성에 올라갔을 때와 마찬가지로, 그는 동경에 도착하자마자 일자리를 찾아야 했다. 본래 한문에 능통한데다가 경성 생활을 통해 일본어 대화도 능숙해져서 취직만 된다면 어떤 일도 해낼 수 있을 것 같았다. 그러나 아무런 배경도 없는 식민지 조선의 청년을 선택해 주는 곳은 노동판밖에 없었다.

따뜻한 바닷물에 둘러싸인 섬나라인 탓에 한겨울이라도 그다지 춥지 않아 다행이었다. 이재유는 노동판에 나가기 위해 동경 변두리 집단합숙소에 침상 하나를 얻었다. 인부소개소를 겸한 인부숙소였다. 숙소의 반쪽, 번듯한 건물은 집주인 겸 소개소장이 사는 가정집이었고 나머지는 지붕이 낮아 어둠침침한 구옥으로 스무 살부터 예순 살에 이르는 인부들이 스무 명 남짓 기거했다. 일본인도 있고 조선인도 있었다. 날씨가 좋아 미리 일할 곳이 정해지면 다행이지만, 그렇지 못한 날은 노무자들과 일손을 구하려는 이들이 자연스레 만나는 뒷골목 인력 시장에서 누군가 불러주기를 기다렸다. 불황인데다가 조선인인 탓에 한 달에 보름을 일하기도 힘들었다.

그때까지 관동대지진의 복구 작업이 계속되는 중이었다. 상하수도 공사에 나가 삽질하는 일이 가장 많았다. 도로 공사용 아스팔트 제조공장과 학교 건축 현장에 나가기도 했다. 한 번은 도로 측량 조수로 가서 폴대를 들어주는 일을 했는데 능숙한 일본어에 측량기사의 지시를 잘 알아듣는 영리함 때문에 한 달 가까이 계속해서 그 현장에 차출되기도 했다. 이때 측량기구들의 명칭과 이용법, 측량방법이며 지도 읽는 법을 배워 어디 가서 측량기사라 속여도 될 정도가 되었다. 비가 오거나 일거리가 없어 노는 날이면 경성에서와 마찬가지로 도서관에 처박혀 책을 읽었다.

노동을 하는 틈틈이 공부해야 했기 때문에 두 번이나 낙방한 끝에 일본대학 전문부 사회과에 입학할 수 있었다. 그나마 겨우 두 달 월사금을 냈을 뿐, 세 달째부터는 돈을 낼 수가 없었다. 막노동과 학교를 동시에 나갈 수는 없었다. 월사금을 내지 않는다는 이유로 학교에서는 출석부에 이름조차 올려놓지 않았다. 석 달 만에 학교를 포기하지 않을 수 없었다.

먹고살기 위해서는 당장 돈을 벌어야 했다. 생활이 불규칙하고 지나치게 힘을 소모하는 막노동보다는 피로가 덜한 일을 택해야 했다. 여러 군데를 알아본 끝에 본소구 사도의 국민신문 출장소에 배달부로 취직할 수 있었다. 비교적 시간이 많이 나는 직업으로, 조선인 유학생 중에 신문배달을 하는 이가 꽤 있었다. 일본뿐 아니라 조선인 사회주의자들의 상당수가 신문배달을 하면서 지하 활동을 하던 시절이었다.

신문배달로 생계를 유지하면서 독학을 하던 그는 생각지도 않게 반가운 사람들을 만나게 되었다. 고향 친구 안종호가 일본에 건너온 것이었다. 한 동네에서 형제보다 가깝게 자란 그를 만나니 너무 반가웠다. 당장 함께 기거하게 되었다.

안종호를 통해 경성에서 보성고보에 함께 다녔던 김한경이 동경에 와 있음도 알게 되었다. 충청도 제천 출신의 김한경은 경성에서는 단순한 학생 단체 간부에 불과했으나, 일본에 건너와서는 충실한 사회주의자가 되어 있었다. 그는 일본에 사는 조선인 노동자들을 위한 노동 단체 간부였다. 이재유는 김한경을 통해 훗날 사회주의 농업전문가가 되는 인정식이며 윤도순 같은 여러 유학생들과 교류하게 되었다. 그는 갖가지 모임에 나가 사회주의에 대해 토론하는 한편, 여러 노동 단체에 드나들며 노동운동을 배워 나갔다.

동경대학교에는 신인회라는 단체가 주최하는 노동야학이 있었다. 사회주의와 노동운동에 대해 집중적으로 공부하는 사상 학교였다. 이재유는 이 야학에 등록해 석 달 정도 다녔는데 사토 마나부, 후쿠모토 가쓰오 같은 유명한 사회주의자들로부터 직접 강연을 들을 수 있었다. 또 이 기간 동안 학생들 중에서 직접 노동운동을 하고 있던 이들과도 절친해졌다. 그는 신문배달원이라는 노동자 자격을 가지고 '전국무산자평의회' 같은 일본인 노동조합에 가입해 집회와 교육에 참가했다.

십만에 가까운 조선인들이 건너와 노동자 생활을 하고 있던 때였다. 관동대지진 때 일본 정부는 재난으로 흉흉해진 인심을 돌리기 위해 조선인들이 우물에 독약을 탔다는 소문을 퍼뜨려 이에 흥분한 일본 민간인들과 경찰, 일본군들이 조선인들을 무참히 학살하게 했다. 일본인들은 조선인이라면 남녀노소 가릴 것 없이 끄집어내어 길거리나 광장에서 칼로 목을 치거나 난도질해 죽였다. 같은 공장에 다니던 조선인 노동자 이백 명이 일본군에 끌려나가 아무 저항도 못한 채 모조리 칼에 베여 죽었는데 여자들은 별도로 끌려가 강간당한 뒤 살해되었다. 일본인들에 의해 처참하게 살해된 조선인이 육천 명이 넘었다.

이런 치욕에도 불구하고 먹고살 길이 없어 고향을 등진 조선인들은 여전히 일본에 남아 탄광과 공장, 막노동판에서 힘겨운 나날을 보내고 있었다. 일본 노무자의 일당이 일 엔 오십 전 정도였는데 조선인들은 그 절반도 받지 못했고 인격적인 멸시와 천대는 일상적이었다. 조선인 노동자를 위한 노동조합의 결성과 투쟁은 일본 내 사회주의자들에게 가장 시급한 문제였다.

이재유는 그 적격자 중의 한 사람이었다. 부유한 집안에서 자라난 보통 유학생들과 달리 하급 생활자의 생리를 잘 이해하던 그는 관념적이거나 교조적이지 않고 실천적인 인물로 조선인 노동자들에게 금세 인기를 얻었다. 고향에서 농사짓던 경험과 경성에서의 노동자 생활은 대부분 농촌 출신인 노동자들을 이해하고 설득하는 데 좋은 밑바탕이 되었다. 더욱이 글을 잘 쓰는 그는 가을부터 재일조선인 노조의 조직선전부원이 되어 활발하게 자신의 의견을 발표했다. 재치있고 감동적인 비유로 이뤄진 그의 글들은 식자들 사이에서도 널리 알려졌다.

현장 노동자들로부터 인간적인 신뢰를 받게 된데다 탁월한 문필력을 인정받은 그는 활동을 시작한 지 얼마 되지 않아 당시 좌익과 우익을 망라해 조선의 진보적 지식인들의 총결집체이던 '신간회' 동경지회 위원으로 피선되었고, '동경조선노동조합' 같은 몇 단체의 중요한 핵심 인물로 추대되었다.

이 무렵부터 경찰서를 내 집처럼 드나드는 몸이 되었다. 파업이나 농성이 일어날 때마다 맨 앞에서 경찰에 항의하며 싸웠고 무수히 연행되어 매를 맞고 훈방되거나 며칠씩 구류를 살아야 했다. 집회 도중에 경찰의 습격을 당해 끌려가는 일도 다반사였다. 구속된 노동자를 면회하러 갔다가 거절하는 경찰과 싸우는 바람에 함께 구류를 살기도 여러 차례, 동경 경시청과 신전, 금정 등지의 경찰서를 하숙집처럼 드나들었다.

얼마 지나지 않아 관내의 조선인 노동자와 일본 경찰 사이에 이재유라는 이름은 총리대신 이름만큼이나 유명해졌다. 삼 년 동안 이재유는 일본 경찰에 일흔 번이나 연행된 것으로 기록되었다.

한편, 합법적인 노동 단체 활동 이면에 비밀 조직 운동도 진행되었다. 그가 송도고보에 들어간 해에 결성되었던 '조선공산당'은 와해와 재건을 되풀이하고 있었다. 1928년 네 번째로 조선공산당이 재건되고 그 하부 조직으로 일본총국이 세워졌을 때 이재유는 중앙위원으로 선출되어 '고려공산청년회' 일본총국의 선전부장을 맡았다.

경찰은 더 이상 그를 방치할 수 없게 되었다. 이재유는 '일본무산청년동맹' 해산 명령에 대한 항의문을 내무대신에게 발송한 후 이를 각지의 노동운동가들에게 보내기 위해 인쇄를 하던 중에 검거되었다. 이 사건으로 이재유의 공산당 활동이 경찰에 명백히 드러나게 되었다. 경찰은 일단 그를 석방했으나 최고의 요주의 인물로 등록했다.

그해 팔월, 경성의 고려공산청년회가 대대적인 검거를 당하면서 동경에도 그 여파가 몰려왔다. 잠시 석방되어 활동하던 그는 다시 검거되었고 고려공산청년회 수사의 관할 경찰서가 있는 경성으로 압송되기 위해 현해탄을 건너 조선으로 돌아오게 된 것이다.

"부산이다! 부산항에 돌아왔다!"

이재유는 일본말 고함소리에 눈을 떴다. 조선에 이주해 살다가 고향 일본에 다녀온 듯한 기모노 차림의 일본인 하나가 창밖을 바라보며 소리쳐 대고 있었다. 멀리 어두운 밤바다 위로 납작한 불빛 무더기가 흔들리고 있었다. 부산이었다. 뱃고동 소리가 길게 들려왔다.

부산에서 경부선 열차로 갈아타고 경성으로 압송된 이재유는 서대문형무소에 수감되었다. 일제는 사상범에 대해 정식 기소를 하기 전까지 수사 기간을 무한정 둘 수 있는 예심 제도를 두고 있었다. 정식 재판을 받아 형이 떨어지기 전까지 이삼 년 동안 거의 아무 조사도 없이 감옥에 방치해 두었다가 불기소로 내보내는 일도 흔했는데, 그 기간은 형량에 제대로 가산하지도 않았다. 이재유도 언제 형량이 결정될지 알 수 없는 처지가 되어 서대문형무소 붉은 벽돌담 속에서 아까운 세월을 보내기 시작했다.

4_ 첫만남

　동덕여고는 이층 목조건물 한 동에 넓지 않은 운동장으로 이뤄진 작고 아담한 조선인 여학교였다. 광화문에서 경복궁 앞을 지나 창경궁으로 가는 대로변에 있었다. 종로에서 가자면 인사동에서 조계사를 지나 안국동으로 건너가는 큰 길의 모퉁이였다. 아래층은 여덟 살부터 열두 살 이하 소녀들이 다니는 보통학교로 썼고, 위층은 4년제 여자보통고등학교였다. 일본인 고등학교는 남녀 구별 없이 5년제이고 조선인 남자 고등학생도 5년을 다녔는데 유독 조선인 여학생만은 4년만 배우게 되어 있어서 동덕여고는 자연히 4년제 여고가 된 것이다. 조선인 여자에게는 인문적인 소양보다 생활에 필요한 기술을 중심으로 가르친다는 게 총독부의 방침이었다.

　이층의 북쪽 창문에 서면 북한산 아래 펼쳐진 조선왕조의 고궁들이 보였다. 한눈에 다 볼 수는 없지만 조선 왕조의 정궁인 창덕궁과 경복궁, 창경궁이 신식 건물들과 울창한 나무들 사이에 언뜻언뜻 숨어 있었다. 북한산의 웅장한 화강암 바위절벽 아래 동양화처럼 펼쳐진 구중궁궐들과 몇백 년을 자라 온 울창한 송림으로 가득한 왕궁의 정원들은 육백 년의 신비를 간직하고 있었다. 왕조의 권위는 사라지고, 사람도 사라져 식민지의 슬픔만이 텅 빈 궁궐들을 짓누르고 있었으나 동양 건축의 차분함과 우아함은 여전했다. 학교 바로 옆에는 왕조의 권위를 지키기 위해 안간힘을 쓰다가 물러난 대원군이 살았던 운현궁이 자리잡았고, 그 주위로 외국 공사관들과 총독부 산하기관들이 들어서고 있었는데, 붉은 벽돌과 화려한 화강암 조각으로 단장한 유럽풍 건축물들이 주인 잃은 왕궁과 어울려 그림처럼 아름다운 경관을 만들어 냈다.

1929년, 따사로운 햇살이 내리쬐는 봄날의 점심시간이었다. 동덕여고는 바스켓볼 팀이 유명했다. 경기를 얼마 앞둔 바스켓볼 팀이 연습을 하고 있는 운동장 한 편에 몇 명의 여학생이 커다란 미루나무 아래 의자에 앉아 햇볕을 쪼이며 이야기를 나누고 있었다.

"나는 나운규가 대단하다고 생각하지 않아."

김갑화가 느리고 굵은 음성으로 말했다. 연필로 살짝 그어놓은 듯 가는 눈에 메기처럼 튀어나온 입을 가진 뚱뚱한 여학생이었다. 아직은 공기가 찬 초봄이라 다른 여학생들은 두터운 솜옷이나 교복을 입고 있었는데, 김갑화는 검정물을 들인 얇은 수직 명주 치마저고리만을 입고도 추위를 타지 않았다.

"왜? 나는 너무 좋던데?"

눈부신 햇살을 가리려 이마에 손을 얹고 있던 이효정이 반문했다. 귀티 나는 하얀 피부에 거울처럼 빛나는 큰 눈을 가진 소녀였다. 얼굴이 서양인처럼 길고 깡마른 몸매를 가진 탓에, '명태'라는 별명까지 붙은 그녀는 가녀리고 나른한 말투로 말을 이었다.

"〈아리랑〉에서의 그 멋진 모습을 생각해 봐! 사내답고 반항적이고, 매력 있잖니?"

"다들 그렇게 생각하지. 그렇지만 난 아냐. 열심히 일해 먹고살 생각은 않는 백수건달로 나오면서도 무슨 큰 뜻이나 품은 듯 인상을 쓰고, 무슨 사상의 암시라도 숨긴 듯한 분위기를 만드는 게 싫어. 조선 민족을 이끌어 갈 힘은 그런 소영웅주의적인 치기심에서 나오는 게 아냐. 스스로 깨우치고 각성해 최고의 민족이 되어야지, 섣부른 감상주의에 빠져서는 안 돼."

"생각해 보니 그런 측면도 있네."

이효정이 고개를 끄덕였다. 일 학년에 입학해 처음 맺어진 단짝이었다. 수줍음이 많아 아는 것도 손 한 번 못 들어보는 이효정과 달리 김갑화는 선생님이 질문만 하면 알건 모르건 손을 번쩍 들어 큰 소리로 대답하는 활달한 아이였다. 웃음도 유별나게 헤퍼서 하루에도 몇 번씩 까르르 터져나오는 웃음보 때문에 가는 곳마다 무안을 당할 정도였다. 못생겼다는 이유로 '두더지'라 불러도 화를 내기는커녕 벙글벙글 웃기만 했다. 생긴 것과 달리 글씨도 예쁘게 쓰고 공부도 잘하는 편이었다. 풍부한 상상력과 문장력으로 가 본 적도 없는 네덜란드를 여행한 것처럼 묘사한 글을 써서 선생들로부터 감탄을 자아내기도 했다. 충남 보령군 바닷가의 삼백 섬지기 부잣집 딸인 그녀는 날을 세워 이론 투쟁을 벌이는 사회주의나 무정부주의에 별로 동조하지 않았다. 그녀는 안창호와 이승훈 같은 민족주의에 더 공명했다. 〈아리랑〉을 직접 만들고 주연한 나운규에 대한 그녀의 비판은 새삼스러운 것이 아니었다.

시 쓰는 일 외에 정치 문제에 별반 관심이 없는데다가 좀처럼 자기 의견을 남 앞에 내세우지 못하는 내성적이고 차분한 성격의 이효정은 김갑화의 주장에 고개만 끄덕일 수밖에 없었다. 그런데 옆에서 듣던 박진홍이 입을 열었다.

"나운규의 〈아리랑〉을 보고 그런 소리를 하다니, 나는 이해가 안 된다야."

함경도 억양이 배인 박진홍의 말투는 투박하면서도 또랑또랑했다. 김갑화가 민족주의 성향이 강한 아이라면 박진홍은 함경도 출신들이 대개 그렇듯이 고향에서부터 사회주의 영향을 받은 아이였다. 보통 여학생들은 대개 흰 저고리에 무릎 아래로 내려오는 검정 치마를 입었고 어깨까지 내려오는 머리를 뒤로 단정히 묶고 있었는데 박진홍만 유독 교복을 입고 있었다. 그녀의 별명은 '도미'였다. 백오십 센티미터의 작은 키에 코밑의 인중과 턱이 물고기처럼 앞으로 툭 튀어나와 볼품이 없었다. 아이들은 그 입을 두고 도미라고 불렀다. 그러나 묘하게 사람을 끌어당기고, 사랑스러운 데가 있는 얼굴이었다. 입만이 아니라 북방 민족의 전형적인 작고 까만 눈과 광대뼈, 좁은 이마에 납작한 코를 가졌음에도 그녀는 이상하게 사랑스러운 분위기를 풍겼다. 반짝이는 눈동자와 차분하면서도 당당한 말투 때문인지도 몰랐다. 행동 역시 미운 데가 없었다. 일등으로 입학한 이후로 줄곧 우등을 놓쳐 본 적이 없음에도 교만한 기색이라곤 없이 늘 다정다감하고 너그러운 성품이었다. 집안이 가난해 십사 원씩 하는 월사금을 낼 수 없었기 때문에 선생님 집에 가정교사로 들어가 숙식을 해결하고 있는 처지면서도, 조금도 기죽지 않고 늘 활발했다. 부잣집 아이들이나 입는 교복을 입게 된 것도 선생님 덕분이었다. 그녀는 무엇보다도 글을 잘 써 여러 번 글짓기 대회에서 우승을 했기 때문에 선생들로부터도 사랑을 받았다. 일본인 선생들조차도 동덕여고 개교 이래 최고의 재원이 나왔다며 좋아했다. 박진홍의 꿈은 여류 소설가였고, 모두들 꼭 그렇게 되리라 믿었다.

그녀가 유일하게 못하는 것이 있다면 바느질뿐이었다. 봉제 시간만 되면 바늘에 손가락을 찔려 가며 쩔쩔맸다. 손재주가 없다는 점 외에는 흠잡을 구석이 없는 아이였다. 박진홍은 말했다.

"나는 시골에서 살았기 때문에 그 영화를 너무 잘 알 것 같아. 학교에 다니다가 미쳐서 시골로 내려와 놀고먹는다고 해서 룸펜이라고 했단 말이야? 조선의 현실을 배우고서도 미치지 않는 사람이 더 이상한 것 아니니? 영화에 나오는 찌그러져 가는 초가집, 청년회 간판이 붙은 허름한 가판장 모습, 긴 두루마기를 휘날리며 농민들과 함께 일하는 인텔리 박 선생……. 우리 고향 풍경 그대로였어. 배울수록 절망하고 돈 없이는 살 수 없는 한숨 많은 이 땅의 모습이었어. 대학생 양복에다가 고깔 쓰고 농민들과 함께 '풍년이 왔네' 노래하며 춤추는 미친 주인공의 모습에서 겨우 소영웅주의밖에 느끼지 못했단 말이니? 그 비통한 고뇌를 함께 느낄 수 없었다면 너 자신이 조선인들로부터 마음이 멀어진 거야."

김갑화의 얼굴이 빨개졌다. 좀처럼 화를 내지 않는 아이였으나 박진홍의 마지막 말에 깊은 수치심을 느끼는 게 분명했다.

"내가 왜 조선을 아끼는 마음이 없어? 나는 누구보다 조선 민족을 생각하고 있어. 방법이 다른 것뿐이지! 조선의 미래를 이끌어 갈 사람들은 나운규가 좋아하는 룸펜은 아냐. 착실히 현대 문명을 배워 독립 국가를 번영시킬 수 있는 지식과 기술을 가진 사람들이란 말이야. 너희들이 뭐라 생각해도 자유지만, 적어도 내 생각은 그래."

이효정은 어느 편도 들 수 없어 난처한 표정으로 두 친구를 바라보기만 했다. 어려서부터 독립운동을 하는 어른들 속에서 자라 온 그녀는 박진홍의 말에 더 공감을 했으나 개인적으로 김갑화와 더 친했기 때문이다.

이효정의 집은 종묘 맞은편 동네였고 김갑화는 종로 4가에 방을 얻어 자취하고 있었기 때문에 등하교 길이 같았다. 김갑화는 아침마다 이효정을 부르러 왔고, 공부가 끝나면 얼음장같이 차가운 김갑화의 자취방에 함께 가서 불을 때고 밥을 해먹으며 숙제도 하고 수다도 떨었다. 이효정은 김치고 찌개고 맛만 있으면 죄다 싸들고서 그녀의 자취방으로 줄행랑을 쳤다. 전차길 건너 꼬불꼬불한 골목길에 들어설 때의 두근거리는 즐거움은 생활의 가장 중요한 부분이 되었다. 이들이 어찌나 잘 어울려 다니고 웃음이 헤프고 잘 떠드는지 축음기 나팔을 의미하는 '나팔관'이라는 별명까지 붙을 정도였다. 아이들은 물론 선생들마저도 '바늘과 실'이라느니, '죽을 때도 하나, 둘, 셋을 세고 일시에 죽으라'며 놀렸다. 실제로 두 사람은 죽을 때까지 떨어지지 않기로 서약서를 쓰고 지장까지 찍어 매일 넣어 다니는 수학책 겉장에 붙여 놓고 있었다.

"나는 너희 두 사람 말이 다 맞는 것 같아. 둘 다 옳아. 어떤 방식을 택하든 조선 민족을 위하자는 점에서는 같은 것 아니니?"

이효정이 화해를 시도하는데, 마침 점심시간이 끝났음을 알리는 종이 울렸다. 세 여학생은 금방 싸움이라도 할 것 같았던 주제를 연기처럼 날려 버리고, 다른 아이들을 따라 바람처럼 교실로 달려 들어갔다.

오후 첫 수업은 이 학년 들어 처음 맞는 역사 시간이었다. 교실은 점심 도시락으로 먹은 김치와 한창 피어나는 소녀들의 체취가 어우러진 기묘한 냄새로 가득 차 있었다. 환기를 위해 창문을 모두 열어 놓았을 때, 교실 문이 열렸다.

교실 안으로 들어선 것은 자그마한 체구의 젊은 남자였다. 이십대 후반쯤 되었을까. 좁은 이마에 눈도 코도 모두 오종종하니 안으로 쏠려 있어, 얼핏 희극 영화의 조연처럼 보였다. 피부는 구멍 난 솥을 때우러 온종일 거리를 누비고 다니는 솥땜장이처럼 새카맸다. 아무리 너그럽게 보아준다 해도 시골 서당의 한문 훈장 정도로밖에 보이지 않는 인물이었다. 그는 칠판에 한문으로 자신의 이름인 '이관술'을 큼직하게 써 놓고 돌아섰다.

"앞으로 여러분과 함께 역사와 지리를 공부하게 될 이관술이다. 일본에서 사범학교를 나와 오늘 처음으로 교단에 서게 되었다."

경상도 억양이 강한, 능숙하지 못한 말투였다. 수십 명의 여학생들 앞에 서 있다는 사실만으로도 진땀이 나는 듯, 까만 얼굴에 홍조까지 띠었다. 열린 창문으로 불어오는 차가운 바람이 그나마 그의 숨통을 터주는 듯했다. 이관술은 너무나도 긴장한 나머지 말의 조리를 잃고, 진땀을 흘리며 서 있었다. 새로 부임해 온 젊은 선생에 대한 호기심과 기대감으로 잔뜩 부풀어 있던 여고생들은 이 예상치 못했던 상황에 분위기가 흐트러져 버렸다. 누군가 번쩍 손을 쳐들었다.

"선생님, 결혼은 하셨어요? 고향은 어디세요?"

여학생들은 일제히 웃음을 터뜨렸다. 다소 엉뚱한 질문이었지만, 그것이 궁지에 몰린 이 젊은 선생을 구원해 주었다. 이관술은 이마의 진땀을 닦으며 피식 웃어 보였다. 예민한 학생들은 착하고 유쾌한 그 웃음에서 선량하고 결백한 인간미가 배어 나오는 것을 금방 느낄 수 있었다.

"결혼은 했고, 고향은 경상도 언양이다. 아버님은 천석꾼으로 면에서 제일가는 부농이다."

여학생들 사이에서 감탄의 한숨이 새어 나왔다. 여학생들의 실망은 일시에 선망으로 바뀌어 버렸다. 웃으며 지켜보던 이관술은 조금 더 편해진 얼굴로 말했다.

"그렇지만 부자는 내가 아니고 아버지다. 나는 가난한 교사일 뿐이고, 내 관심은 오로지 우리 조선 민족이 어떻게 하면 잘 살수 있을까 하는 것뿐이다."

자신에 대해 간략하게 소개를 마친 이관술은 첫 수업에 들어가자마자 교과서에는 나와 있지 않은 한민족의 발생과 고조선의 건국에 관한 신화부터 시작해 조상들의 웅대한 기상에 대해 이야기하기 시작했다. 옛 부여와 고구려는 만주 벌판을 아우른 대제국이었으며 일본에도 백제와 조선의 문화가 많이 흘러들어 갔다고 몇 가지 증거를 들어가며 흥분해서 떠드는 그는, 수줍고 어눌해 보이던 첫인상과는 전혀 다른 사람이었다.

지금까지 그런 식으로 조선의 역사를 가르친 사람은 없었다. 역사뿐 아니라 어떤 시간에도 조선의 긍지에 대해 가르치는 선생이 없었다. 선생의 다수가 일본인인 탓도 있지만 조선인 선생들 역시 자기 조상의 과거에 대한 열등감을 품고 있기는 마찬가지였다. 총독부에서 만든 역사교과서에는 조선인들이 이씨 왕조 육백 년 내내 당파싸움만 일삼았다는 점이 강조되어 있었고 대개의 조선인들은 그대로 믿었다. 그러나 이관술은 그들 양반의 이야기보다는 홍경래의 난과 동학란 같은 조선 민중의 반역에 대해 가르치기를 좋아했다. 조선 민중이 얼마나 외세에 완강히 저항하여 사천 년 단일 민족의 전통을 지켜왔는가에 대해 열변을 토했다.

여학교 수업 중에는 '수신' 시간이 있었다. 교장이 직접 강의를 맡아서 '너희는 여자다. 장래에 남의 아내가 되고 남의 어미가 될 것이다. 남의 아내가 되어서는 그 사람 명령에 절대 복종해야 한다. 설사 마음에 맞지 않는 점이 있더라도 반드시 따라야 한다. 또 자식이 크면 자식의 명령까지 받아야 한다'

고 가르치는 시간이었다. 어려서는 아버지의 명령을 따르고, 결혼하면 남편을 따르고, 늙으면 자식이 시키는 대로 살라는 '삼종지도'였다. 여학생들은 당연히 이 시간을 제일 싫어했다.

이관술은 여학생들의 마음을 잘 헤아렸다. 수업 시간에 '수신' 이야기가 나오자 그는 교장의 말을 정면으로 반박하고 여성도 남자와 동등한 권리를 갖고 있으며, 이를 사회적으로 관철하기 위해 여성들이 앞장서야 한다고 말했다. 여성을 억압하는 봉건적인 가부장제를 없애야 한다는 파격적인 주장은 여학생들 사이에 신선한 바람을 불러일으켰다.

그는 무척 재미있는 사람이기도 했다. 학생들에게 체벌을 하거나 억압하는 일이 없이 늘 화기애애한 분위기를 만들었다. 수업 시간에 조는 아이가 있어도 자신이 직접 야단치지 않고 옆의 학생에게 한 대 때려 주라고 농담을 건넸다. 가끔은 일부러 억센 경상도 사투리로 이야기를 하곤 해서 아이들을 웃기기도 했다. 새까맣다고 해서 '솥땜장이'니 '물장수'니 하는 별명까지 붙은 이관술의 투박한 외모는 아이들과의 의사소통에 아무런 문제가 되지 않았다. 신사상을 퍼뜨리기에 전혀 거리낌이 없는, 부유한 집안에 태어나 자신에 대한 두려움 없는 확신으로 가득 찬 젊은 선생의 혈기는 금방 여학생들을 사로잡아 버렸다. 그는 학생들 사이에 최고 인기 교사가 되어 있었다.

갓 부임해 온 젊은 교사의 거침없는 언행은 학교 측을 긴장시켰다. 운현궁 모퉁이에 있는 종로경찰서에서 파견된 담당 형사가 학교에 상주하다시피 하면서 학생들과 교사를 감시하던 시절이었다. 이관술은 빈번히 교장실에 불려가 담당 형사로부터 훈계를 들어야 했다. 그러나 그의 태도는 별로 바뀌지 않았다. 기본적으로는 교과서에 나오는 대로 역사와 지리를 가르쳤으나 기회만 되면 지난 수천 년간 조선이 일본보다 더 월등한 문화를 가지고 있었다는 사실을 알려 주려 했고, 여자가 남자보다 열등할 이유가 없으며 남녀는 평등하다고 역설했다. 그는 자신이 반성할 이유가 하나도 없다고 확신했다. 교장이나 담당 형사는 그의 기를 꺾지 못했다.

얼마 후에는 이관술의 여동생인 이순금이 같은 학교로 편입해 들어왔다. 이순금은 쟁반처럼 크고 넙데데한 얼굴이 특징인 아이였다. 키는 박진홍보다 조금 큰 정도였으나 어깨와 허리에 살집이 단단히 붙어 여간 튼튼해 보이지 않았다. 대번에 '광고판'이니 '넙치'라는 별명이 붙었다. 박진홍처럼 영리하고 붙임성 있는 성격은 아니었으나, 대범하고 의리가 있어 이내 친구들이 따르게 되었다. 다른 아이들은 점심 도시락 반찬으로 짠지나 장아찌를 싸 왔으나, 이순금은 늘 소고기 장조림이며 계란부침을 싸 와서 다른 아이들과 나눠 먹었다. 점심시간만 되면 너도나도 이순금의 책상 주변에 모여들어 밥을 먹었다.

이관술의 생모는 일찍 죽었고, 이순금은 아버지의 두 번째 부인이 낳은 딸이었다. 이관술이 죽은 생모를 닮아 옹졸한 체구와 얼굴을 가진 반면, 이순금은 새엄마를 닮아 생김새가 큼직큼직했다. 그녀의 아버지는 근동의 갑부였지만 딸자식에게 공부를 가르치려 하지 않았다. 여자가 많이 배워 봤자 건방이나 떤다고 생각했다. 언문이나 배워 편지를 읽고 쓰는 정도면 족하다고 생각했다. 친구 좋아하고 새로운 세상을 배우고 싶은 욕구로 가득했던 이순금은 아버지의 고지식함에 불만이 많았으나 물주의 허락 없이 도시로 나갈 수는 없는 노릇이었다.

언양에서 보통학교를 마친 그녀를 서울로 보내도록 아버지를 설득한 이는 이복오빠 이관술이었다. 실천여학교에 입학했던 이순금을 아예 자신이 근무하는 동덕여고로 전학시킨 것도 이관술이었다. 비록 생모는 달랐지만, 두 사람은 친 오누이보다 더 다정했다. 남매는 아버지가 창덕궁 앞 익선동에 마련해 준 새로 지은 깨끗한 기와집에 살았다. 조혼 풍습에 따라 일찍 결혼한 이관술은 아내와 함께 살았는데, 학교와 멀지 않은 곳이라 여학생들이 몇 명씩 몰려가곤 했다. 생활이 넉넉했던 두 사람은 언제 누가 찾아와도 기뻐하며 맞아주었다. 가난한 집 아이들이 먹어 본 적도 없는 바나나며 제과점에서 사 온 빵과 과자들을 내놓고 소고기국에 저녁까지 푸짐하게 먹여 보냈다.

이순금은 공부에 뛰어나지는 않았으나 변덕을 부릴 줄 모르는 진득함에 정이 많은 아이였다. 특히 그녀는 이관술의 갓난 딸인 성옥이를 너무나 예뻐했다. 친구들을 불러 놓고도 성옥이를 안고 얼굴을 비비고, 뺨이며 손발이 빨갛게 되도록 빨아 댔다. 학교에서 공부하다가도 성옥이 생각이 나서 얼른 집에 가야 한다고 조바심을 낼 정도였다.

감정이 풍부한 그녀는 자기 엄마가 죽었다는 전보를 받은 날, 교실 바닥에 털썩 주저앉은 채 온 학교가 울리도록 '엄마' 하고 외치며 울었다. 통곡 소리가 얼마나 큰지 교실마다 수업을 멈추고 내다보았을 정도였다. 이관술과 함께 장례식에 참석하고 돌아와서도 엄마 이야기만 나오면 어린애처럼 '엄마, 엄마' 고함을 지르며 엉엉 울었다.

베푸는 일에 도무지 아까움을 모르는 성격이라서 길가의 거지를 만나면 돈이나 먹을 것을 주지 않고서는 그냥 지나치지 못했다. 매일이다시피 친구들을 집으로 불러들여 먹을 것을 주고 영화관에 데려가 돈을 내주는 것은 단순히 부잣집 딸이라서가 아니라, 타고난 본능처럼 보였다. 그렇게 돈을 쓰면서도 거만하거나 상대방을 기분 나쁘게 만드는 법이 없었다. 여자들끼리 모이면

으레 남의 흉을 보며 수다를 떨기 마련이지만, 이순금은 남의 흉을 보거나 누구를 자기편으로 끌어들이기 위한 영악한 행동 따위를 하는 적이 없었다. 주변 사람 모두를 좋은 친구로 두고 싶어하는, 천성이 사교적인 아이였다.

자연스럽게 익선동 이순금 집에는 거의 매일 동덕여고 학생들이 모여들었다. 이효정이 단골로 다녔고, 박진홍도 과외 공부가 없는 날은 꼭 함께 가곤 했다. 또 다른 단골로는 이종희가 있었다. 충남 아산의 부잣집 딸인 이종희는 갸름하고 예쁜 얼굴에 새초롬하고 내성적인 성격으로 이효정으로부터 날씬하고 멋진 물고기인 '준치'라는 별명을 얻은 아이였다. 이종희는 너그러운 박진홍이나 대범한 이순금과는 판이한 성격을 가졌음에도 단짝으로 지내게 되었다. 제주도 출신 이경선도 상당히 똑똑한 아이로 가끔 어울려 놀았다.

타고나기를 낙천적이고 낭만적인, 그래서 친구가 될 수 있었던 이들 처녀들의 영혼을 홀린 것은 찌들대로 찌든 봉건 사회를 향해 불어오는 자유의 상쾌한 바람이었다. 조선 땅에 조선인을 위한 정규 대학이 따로 없던 시절에 몇 군데 되지 않는 여고에 다니는 학생들은 대개 고향에서 수재 소리를 듣던 처녀들이었다. 단연 빛나는 재원인 박진홍뿐 아니라 다른 처녀들도 각자의 고향에서는 모두의 주목을 받던 영재였다. 그녀들은 비슷한 점이 너무 많았다. 모두들 글을 잘 썼고 똑똑했으며 여류 문학가나 신문기자가 되려는 꿈을 가지고 있었다. 소설과 시와 영화를 좋아한다는 점에서도 똑같았다.

학교에서는 조선어와 일본어 두 가지를 다 가르쳤는데, 조선어 교과서는 한 권이었으나 일본어는 두 권이었다. 애국심을 가진 중년의 조선어 선생은 더 많은 것을 가르치기 위해 조선 문인들의 글을 골라 글씨 잘 쓰는 박진홍이나 이효정에게 먹지를 대고 필사하게 한 후 이것을 교재 삼아 아이들에게 읽히고 평하도록 했다. 당대 최고의 대중작가인 이광수의 『금강산 기행』은 가장 인기 있는 필사 교과서였다. 특히 문학을 좋아하는 박진홍과 이효정은 이광수의 명문장들을 달달 외우다시피 했다.

억제할 수 없는 발랄함과 감수성을 가진 사춘기 처녀들은 놀라운 신문명에 흠뻑 매료되었다. 그녀들이 어울려 다니던 시절의 경성은 '반도의 동경'으로 불릴 만큼 번창하고 있었다. 중심가인 종로에서 남산까지 우아하고도 화려한 서양식 건물들이 줄지어 늘어서서 밤늦도록 화려한 불빛에 휘감겨 있었다. 미국 영화에 대한 수입이 아직 자유로운 시절이었다. 극장에는 미국 영화와 독일 영화, 일본 영화가 교대로 개봉되었는데 단연 미국 영화가 인기였다. 할리우드 영화가 새로 들어왔다 하면 극장 앞에 인파가 구름처럼 몰려들었다. 찰리 채플린의 무성 영화며 메리 핏호드, 릴리앙 깃쉬 같은 여배우가 최고의 인기였다. 돈 많은 이순금과 이종희가 있어 극장 입장료는 걱정하지 않아도 되었다. 할리우드에서 건너온 영화는 빠짐없이 보러 다녔다. 극장에 가면 고로케며 카레라이스, 순대와 오뎅 같은 먹을거리도 빼놓을 수 없는 재미였다.

신문마다 신풍조와 세태를 알리는 글과 사진들이 실리고, 연재소설이라는 새로운 읽을거리가 사람들에게 풍성한 이야깃거리를 제공했다. 사회주의자들의 연이은 체포 소식과 재판 소식, 동성애에 빠진 여학생 연인들의 동반 자살, 유부남과 사랑에 빠져 현해탄에 뛰어들어 동반 자살한 여가수 이야기 같은 충격적인 소재조차 가벼운 흥밋거리로 취급되던 현란한 시절이었다.

거리에 나가면 여자처럼 머리를 길게 기르고 멋들어진 양복을 입은 청년들이 돌아다니는 모습을 만날 수도 있었다. 아나키스트들이었다. 사람들은 그들을 사회주의자로 불렀으나, 일본 경찰은 조직 활동에는 별 관심이 없고 낭만적인 성향이 강한 그들을 위험시하지 않았다. 경찰을 긴장시키는 것은, 독립을 원하지만 일본으로부터 지식을 배우려 노력하는 민족주의자나 대책 없이 낭만적인 아나키스트들이 아니라, 노동자 농민을 조직해 파업과 폭동으로 혁명을 일으키려는 공산주의자들이었다. 그들은 무력 투쟁에 목숨 바치기를 두려워하지 않았다. 실제로 만주 일대에서 일본군과 전투를 벌이고 있는 무장 독립군도 대개 공산주의자라는 소문이 돌았다. 초창기에는 김좌진 장군 등이 유명했으나 세월이 지나면서 공산주의자들이 무력항쟁의 대열을 메우고 있다는 이야기였다.

공산주의가 유령처럼 떠다니거나 말거나, 박진홍과 친구들은 시간 가는 줄 모르고 명치정백화점을 돌아다니며 부푼 마음을 달래기도 하고, 제과점에 앉아 몇 시간씩 소설과 영화 이야기로 수다를 떨었다. 여름 방학 때는 떼거지로 기차를 타고 경상도 울산 근방 언양에 있는 이순금의 집으로 놀러 가기도 했다. 방이 열 개가 넘는 커다란 기와집이었다. 찬모와 하인들이 온종일 먹을 것을 해 왔다. 그곳에서 일주일이나 머물며 놀았다. 이관술 선생이 지켜주는 가운데 태화강 상류 맑은 물에서 수영도 했다. 새벽이슬을 맞아 막 피어나는 꽃봉오리처럼 싱싱한 열일곱 살 처녀들은 온종일 맑은 물 속에서 나올 줄을 몰랐다. 이관술이 직접 모는 우마차를 타고 가지산에 놀러가 점심을 지어 먹고 돌아오기도 했다.

하지만 동덕여고 문학소녀들의 자유분방하고 낭만적인 삶에도 시대의 어둠이 밀려오고 있었다. 평소에도 시국에 대한 이야기를 나누며 일본에 대한 저항심을 품고 있던 그들을 조선의 아픔 속으로 끌어당긴 결정적인 계기는 전라도 광주에서 시작된 '광주학생운동'이었다.

5_ 광주에서 불어온 바람

이관술이 부임해 온 첫 해인 1929년 11월, 스산한 바람과 진눈깨비가 우중충한 아침이었다. 아침 조회를 기다리는 이 학년 교실에는 무겁고도 들뜬 분위기가 흐르고 있었다. 흥겨운 입담과 장난질로 어수선하던 보통 때와는 사뭇 다른 분위기였다. 선생들은 교무실에서 특별 회의를 하느라 오지 않고 있었다. 여학생들은 곳곳에서 머리를 맞대고 신문을 읽거나 나직이 이야기를 나누고 있었다. 조용하면서도 어수선한 분위기 속에 일어서 있는 이는 이순금 한 사람뿐이었다. 그녀는 복도 쪽 창문 옆에 붙어 서서 바깥 동정을 살피고 있었다.

"온다! 감춰!"

이순금이 나직이 말하고 자기 자리에 가 앉았다. 모여 있던 여학생들도 재빨리 자기 자리로 돌아갔다. 복도 창문으로 낯선 사내가 얼굴을 들이밀더니 매서운 시선으로 교실 안을 훑고 지나갔다. 둥근 빵떡모자를 쓴 조선인 형사였다. 형사의 모습이 사라지자, 박진홍은 접어 놓았던 신문을 다시 펼쳤다.

'광주고보와 광주중학생 충돌'

굵은 제목 아래 전라남도 경찰이 총동원되어 철야 경계를 하고 있다는 내용이었다. 교복을 입은 조선인 고보생들이 일본 순사들에게 잡혀 가는 사진도 나와 있었다. 일본인으로 이뤄진 광주중학생들이 통학 열차 안에서 조선인 여고생들을 희롱한 것이 이 사건의 발단이었다. 격분한 조선인 학생들이 들고일어나 일본인 학생들과 며칠째 패싸움을 벌이고, 일부 학생들이 일본인 신문사를 점거하여 윤전기에 모래를 뿌리기까지 하면서 사건은 일파만파로 확산되고 있었다.

이순금이 다시 복도를 감시하는 사이 박진홍이 일어나서 강한 함경도 억양으로 말했다.

"지금 경성의 여러 학교에서 같이 싸우자는 모의가 이뤄지고 있다누만. 우리도 뭔가 해야 하지 않것어?"

박진홍은 평소에는 서울 말씨를 쓰기 위해 애썼으나, 긴장을 하면 자기도 모르게 억센 함경도 억양이 나왔다. 그녀는 강렬한 눈빛으로 아이들을 둘러보며 말을 이었다.

"동맹휴업이 어떻것어? 말해 보라. 내가 앞장설 테니까."

"사 학년 언니들은 어떻게 한대?"

김갑화가 묻는데 우르르 마룻장을 밟으며 몰려 나가는 소리가 들려왔다. 이순금은 창문을 벌컥 열었다.

"언니들이 몰려 나가고 있다 아이가. 우리도 나가자!"

회의를 하다가 놀라서 튀어나온 선생들과 일본인 담당 형사가 뭐라고 고함을 질러댔으나, 물밀듯 밀려 나오는 여학생들의 기세를 막기에는 역부족이었다. 만세 소리와 함께 교실 문이 벌컥 열리고 사 학년 여학생들이 뛰어들었다.

"모두 나와! 운동장으로 모여!"

아이들은 기다렸다는 듯이 의자를 밀치며 나섰다. 박진홍이 앞장서고 이순금, 이종희가 뒤따랐다. 이효정과 김갑화도 따라나섰다. 순식간에 벌어진 일이었다. 겁을 먹고 있던 여학생들까지 일시에 밖으로 우르르 몰려 나가기 시작했다. 교무실에서 훈시를 듣던 선생들이 나오기도 전에 이백 명 가량 되는 전 학년 여학생들이 운동장으로 밀려 나갔다.

"광주 학생 만세!"

"연행 학생 석방하라!"

너도나도 외쳐대기 시작했다. 뒤늦게 나온 선생들은 말릴 생각도 않고 지켜보기만 했다. 미리 와서 교문을 지키고 있던 순사들이 총칼을 쩔그럭거리며 정렬하더니 이윽고 종로경찰서에 비상 사이렌이 울렸다. 몇 분이나 지났을까. 요란한 말발굽 소리와 함께 기마 순사대가 교문으로 들이닥쳤다.

"아악!"

늘씬하고 큰 말들과 긴 칼을 찬 기마 순사들의 삼엄한 위세에 눌린 여학생들은 일시에 비명을 지르며 뒤로 물러났다. 그때였다. 일방적으로 밀리고 있던 여학생들 속에서 높고 날카로운 고함이 터졌다.

"여기서 밀려서는 안 돼! 두려워 말고 교문 밖으로 나가자! 조선이 독립하는 그날을 위해 끝까지 싸우자!"

이종희였다. 평소에는 말을 무척 아끼는 편이었지만, 다급한 상황이 되자 그녀는 내면에 숨겨 두었던 용맹성과 투사 기질을 거침없이 뿜어냈다. 순사들이 순식간에 이종희를 에워싸고 팔과 머리채를 붙잡아 끌고 가기 시작했지만 그녀는 고함을 멈추지 않았다.

"나가자! 종로로 나가자!"

흥분한 여학생들은 기마 순사들 사이로 학교 밖으로 나가려 시도했다. 박진홍과 이순금, 이경선 등이 앞장을 섰다. 이효정과 김갑화도 손을 꽉 잡은 채 순사들의 포위망을 향해 밀고 나갔다. 기마경찰은 학생들 사이를 헤집고 다니며, 칼집을 뽑지 않은 칼로 마구 후려치기 시작했다.

"아악!"

여학생들이 비명을 지르며 사방에서 픽픽 쓰러졌다. 여학생이 쓰러지면 도보 순사들이 달려들어 질질 끌고 갔다. 웃음소리 넘치던 교정은 삽시간에 비명과 고함의 수라장이 되어 버렸다. 사태는 수십 명의 여학생이 연행되고서야 겨우 진정이 되었다. 순사들과 선생들은 비명을 지르며 울고 있는 나머지 여학생들을 교실로 밀어 넣었다.

이관술은 학생들을 교실로 몰아넣는 일에 나서지 않았다. 일본 경찰과 싸울 수도 없었다. 그는 교무실 창문 앞에 입을 꽉 다물고 서서, 학생들이 연행되는 광경을 지켜보았다. 그의 얼굴은 분노와 자괴감으로 일그러져 있었다. 말로만 민족을 외쳤을 뿐, 동생을 포함한 자기 학생들이 개처럼 질질 끌려가는 데도 손가락 하나 까닥 못하는 자신의 무기력을 고통스럽게 되새기고 있었다. 이 사건은 이관술이 민족주의를 계몽하는 교육자의 꿈을 버리고 혁명가가 되고자 결심하는 계기가 되었다.

한편, 연행된 학생들은 학교 앞 도로 위에 무릎을 꿇린 채 대기하고 있다가, 굴비 두름처럼 포승에 묶여 종로경찰서로 끌려갔다. 이들이 조사를 받는 동안에도, 다른 학교 학생들이 줄을 이어 끌려왔다. 경성제대 대학생들부터 인근 고보 학생들에 이르기까지 수백 명의 학생들이 경찰서 수사실과 검도장, 식당을 가득 메웠다. 뒤로 손을 묶인 학생들은 순사들의 위협과 몽둥이질을 피해 더러운 바닥에 고개를 처박고, 자기 차례가 올 때를 기다려야 했다. 이 방 저 방에서 학생들의 비명 소리가 밤새 계속되었다. 동덕여고에서 연행된 여학생들은 주위가 잠잠해진 며칠 후에야 요주의 인물로 찍힌 채 사 학년 몇 명을 빼고 모두 석방되었다.

경찰의 무차별 연행과 기마대까지 동원한 진압에도 광주 학생 사태는 멈추지 않았다. 광주에서는 이차, 삼차 시위가 계속되어 전라도 농촌 전역까지 번져 나갔고 연말에 경성제대에서 일제타도를 외치는 격렬한 전단이 살포된 것을 시작으로, 또다시 전국의 전문학교와 고등학교에서 집회와 가두시위, 동맹휴업이 연쇄적으로 벌어졌다. 연행자가 늘어나면서 이들의 석방을 위한 시위와 휴업은 더욱 격렬해졌다. 이 기간 동안 오만 명 넘는 학생들이 참가해 육백 명이 구속되었다. 삼일만세운동 이후 최대의 전국적인 시위였다.

겨울방학이 다가올 무렵 동덕여고에는 또 한 차례의 시위가 벌어졌다. 이 두 번째 시위에서도 박진홍과 이순금, 이종희가 맨 앞에 섰다. 이종희의 연설은 이번에도 가슴을 서늘하게 하는 선동력이 있었다. 이번 시위에는 이효정과 김갑화까지 연행되었다. 경찰은 명태처럼 마르고 약한 이효정에게는 비교적 관대했으나, 체격이 좋은 김갑화와 이순금은 남학생과 다름없이 두들겨 패고 고문을 가했다. 주모자로 분류된 여학생들은 풀려난 후에도 담당 형사가 붙어 감시를 당하게 되었다. 이효정도 거기에 포함되었다.

이듬해에도 '광주학생운동'의 여파는 계속되었다. 동맹휴업은 줄어들었으나 학생들 사이에 항일운동을 위한 소모임과 독서회가 급속히 늘어났다. 동덕여고에는 이전부터 몇몇 여학생들이 여러 인맥을 통해 다른 학교 사회주의자들과 교류하며 이념 서적을 읽는 등 은근히 후배들에게 그 영향을 미치고 있었다.

이 무렵 경성 지역에서 학생 조직을 주도하던 이는 상해로 망명한 조선공산당 주모자 박헌영의 지시를 받은 이평산이었다. 경기도 고양 출생으로 마르고 긴 얼굴에 곱슬머리를 한 이평산은 경성 일대 남녀 중등학교 학생들에게 널리 영향을 미친 인물이었다. 그런 이평산이 지난해의 학생 시위로 이름을 얻은 동덕여고의 박진홍과 친구들에게 주목한 것은 당연했다. 그는 먼저 박진홍을 만나 제안을 했고, 이미 사회주의에 대해 호감을 갖고 있던 그녀의 적극적인 호응을 받아냈다.

이평산이 배후에서 학습 내용을 제시하고 이에 필요한 비밀 문건들을 제공해 주는 가운데 박진홍이 주도하는 동덕여고 독서모임이 시작되었다. 박진홍과 이순금, 이종희, 이효정 네 사람 외에도 박진홍의 고향 후배인 김재선, 시위 때 앞장서 함께 싸운 임순득과 이경선도 함께했다. 담당 형사들의 눈을 피해 따로 외부 강사를 두지는 않고, 비정기적으로 돌아가며 모였다.

일단 모이면 먼저 자신들이 왜 이곳에 모이게 되었는가에 대한 구실을 만들어 내는 토론부터 했다. 경찰이 기습할 때를 대비해 누구의 생일잔치라든가, 아니면 길에서 우연히 만나 같이 오게 되었다는 핑계를 만들어 내는 절차였다. 이를 뒷받침하기 위해 일부러 문학과 영화, 음악회나 전시회 같은 것에 대해 이야기를 나누기도 했다. 실제로도 여학생들은 그런 일에 관심이 많았기 때문에 어떤 때는 이런 잡담으로 많은 시간을 보내기도 했다. 그런 후에 시작과 끝 시간을 정해 놓고 박진홍이 먼저 읽고 온 사회주의 서적을 놓고 토론했다.

독서회원들은 구속된 운동가들이 재판받는 날을 택해 재판소에 구경 가기도 했다. 거리에 나와서도 끝없이 재잘거리며 웃어대던 이들은 재판정에 들어서면서 암울한 민족의 현실에 온몸이 얼음살에 찔린 것 같은 전율을 느꼈다. 재판정에 다녀온 다음 날이면 다른 여학생들이 영화 이야기나 남의 흉을 보느라 떠들썩한 교실 한편에서, 독서회원들만은 민족의 명운을 거머쥔 듯 심각하게 전날의 느낌을 털어놓곤 했다.

동덕여고 교사 중에 세계 공용어로 만들어진 에스페란토를 잘하는 홍 선생이 있었다. 40년쯤 전에 폴란드의 자멘호프 박사가 유럽어의 공통점과 장점을 활용해 규칙적인 문법과 쉬운 어휘로 만든 에스페란토는 1920년대 초반에 시인 김억이 조선에 들여온 이래 진보적인 지식인들 사이에 번져 나가고 있었다. 각자 자기 나라 고유의 언어는 그대로 사용하되 민족간의 상호 이해와 세계평화를 추구하는 중립적 언어로서 에스페란토를 사용하자는 운동은 항일운동가들에게 좋은 반응을 일으켰기 때문에 학교에서는 이를 가르치지 않았다. 홍 선생은 YMCA 청년회관을 빌려 가르치게 되었다.

박진홍은 독서회원들에게 에스페란토를 배우자고 제안했다. 에스페란토를 쓴다는 자체도 항일의 의미가 있었지만 형사나 선생들이 알지 못하는 은어로 사용하기 위해서였다. 독서회원들은 인근 학교 남학생들과 함께 새로운 언어를 배우러 다니게 되었다. 그러나 유럽인들에게는 쉬운 언어라지만, 동양인이 배우기는 쉽지 않았다. 한 달 정도 열심히 다녔음에도 기본적인 회화도 하기 어려웠다. 웬만한 회화를 능숙하게 해낼 수 있게 된 이는 많은 강습생 중에서도 박진홍 한 명뿐이었다. 박진홍은 무엇보다도 에스페란토가 문학적 묘사에 무척 적합하다며 좋아했다. 홍 선생은 자기의 가르침을 너무 잘 받아들이는 박진홍을 무척 예뻐하여 나중에는 자기 대신 일어나 책을 읽도록 하기도 했다. 워낙 두뇌가 뛰어나고 붙임성이 좋은 박진홍은 어느 자리에 가더라도 독보적인 존재로 인정받을 만한 아이였다.

학교와 이웃한 천도교회관에서 열리는 시국 토론회와 강연회에도 빈번하게 참가했다. 시국 강연회에는 일본인 경부(일제 하 경찰 계급의 하나. 지금의 경감에 해당한다.)가 맨 앞줄에 앉아 팔짱을 끼고 눈을 지그시 감은 채 듣고 있다가 조금이라도 이상한 내용이 나올라치면 '그만! 중지!' 하고 고함을 질러 댔다. 그러나 청중들은 이미 강사가 무슨 말을 하려는지 다 알고 있었다. 민족주의자나 사회주의자들로 이뤄진 강사들은 독립이라든가 민족해방이라는 단어를 교묘히 피해 가며 조선인의 각성을 설파했다.

이평산은 동덕여고 독서회원과 중앙고보 남학생 중 몇 명을 모아 따로 학습하는 모임도 만들었다. 아직은 연애라는 단어도 낯설어 하던 시절이었다. 공부 시간에 연애니 사랑이니 하는 단어만 나와도 모두들 수줍어서 얼굴이 빨개지는 시대에, 남녀 학생들이 집단으로 만나 밤늦도록 토론하는 자체만으로도 혁명적인 일이었다.

하지만 연애사건 같은 것이 일어나기에는 너무 긴박한 분위기였다. 공식적으로 출판된 책자를 두고 공부하는 평소와 달리 그 모임에서는 엄격한 보안이 요구되는 코민테른에서 온 팸플릿이나 일본의 사회주의자들이 쓴 비밀 문건을 읽고 토론했기 때문이다. 이평산은 서글서글한 인상대로 농담도 가끔 하고 말투도 부드러웠으나 늘 긴장을 늦추지 않았다. 그는 사회주의 기초 이론보다는 국내 사회주의 운동의 현황이나 국제 정세에 대해 차분히 설명해 주었다.

김갑화와 이효정이 멀어지기 시작한 것도 이 무렵부터였다. 기마경찰과의 싸움에서도 두려움 없이 나섰던 김갑화는 두 번째 시위에서 모질게 매를 맞은 후부터 소극적으로 변해 갔다. 그녀는 변절한 일부 민족주의자들이 그랬던 것처럼, 독립해 힘있는 나라가 되려면 우선 서구 문명을 배워야 한다고 주장하게 되었다. 이효정이 모임에 참가하라고 권했지만 거절했다. 이효정도 굳이 권유를 하고 싶지는 않았다. 서로 생각은 달라도 여전히 아침저녁으로 서로의 집을 오가며 헤프게 웃고 떠들며 시간을 보내고 있었으므로 굳이 논쟁으로 사이를 벌리고 싶지 않았다.

결정적으로 두 사람을 갈라 놓은 것은 1930년 12월, 광주학생운동 일주년 기념 투쟁이었다.

겨울과 함께 광주학생운동 일주년이 다가오면서 경성 시내 여러 학교에서는 이를 기념하는 동맹휴업이나 유인물 살포가 계획되고 있었다. 동덕여고 독서모임에서도 자연스럽게 기념 투쟁을 하자는 이야기가 나왔다. 박진홍은 동맹휴업까지 하기는 어렵다고 판단하고 곧 다가올 지리 시험 시간에 백지를 내는 백지동맹을 하자고 제안했다. 이 작전에 동의한 독서회원들은 동급생들을 상대로 백지동맹의 의미를 설명하고 동참할 것을 제안했다. 대부분의 학생들은 흔쾌히 동참 의사를 밝혔다.

이효정은 김갑화를 중심으로 한 민족주의 성향의 학생들을 설득하는 일을 맡았다. 예상 외로 김갑화도 선선히 응낙했다. 오히려 이효정에게 약속을 꼭 지키라고 말하기까지 하는 것이었다. 두 사람은 몇 번이나 다짐을 했고 이효정은 시험지가 나눠지고 나서도 뒤돌아보며 눈짓으로 확인까지 했다.

조선인 선생의 감독 아래 시험이 시작되었다. 평소에 민족주의적인 성향을 강하게 내보이던 선생이었다. 대부분의 학생들은 번호와 이름만 쓰고 묵묵히 고개를 숙인 채 시간을 보내기 시작했다. 선생은 예기치 못한 사태를 맞아 당황한 표정이 역력했다. 그는 책상 사이를 분주히 돌아다니며 빨리 쓰라고 재촉하기 시작했다. 그러나 학생들의 손가락은 꼼짝도 하지 않았다. 잘못 건드리면 지난해와 같은 시위가 날지 모른다는 우려 때문인지, 선생은 더 이상 심하게 다그치지는 못했다. 그는 무겁게 한숨을 토한 뒤, 짤막하게 훈계를 했다.

"좋다! 너희들의 장래는 스스로 결정하는 것이다. 지금 우리 조선은 일본인을 대신해 산업을 육성하고, 교육을 하고, 정부를 운영할 많은 조선인을 필요로 한다. 철없는 친구들의 꼬임에 넘어가 한때의 충동으로 인생을 망칠 것인지, 아니면 장래 조선을 이끌어갈 지성인답게 먼 미래를 내다보고 시험을 볼 것인지 너희들이 알아서 판단해라. 나는 너희들을 믿는다."

선생은 교탁으로 돌아가 입을 다물어 버렸다. 시험지를 만지는 사각사각하는 소리와 낮은 기침 소리, 책걸상 삐걱거리는 소리만이 정적을 메울 뿐이었다. 팽팽한 긴장 속에 시험이 끝나고 선생이 답안지를 걷어 나간 직후.

"김갑화! 너 답 써서 냈니?"

날카롭게 외친 이는 다름 아닌 이효정이었다. 그녀의 얼굴은 하얗게 질렸고 눈과 입술이 파르르 떨리고 있었다. 키가 제일 커서 맨 뒷자리에 앉은 그녀는 시험시간 동안 교실에서 일어난 일을 모두 살펴보고 있었다. 등을 돌리고 있어 확실하지는 않았지만 김갑화와 몇몇 아이들이 답안지를 쓰는 기색은 분명 목격했다. 그녀는 자신이 잘못 보았기를 간절히 바라며 얼굴이 빨개져 돌아보는 김갑화를 향해 떨리는 발걸음을 옮겼다.

"설마, 김갑화 네가 답안을 써서 내지는 않았겠지?"

마음속으로 그녀가 아니라고 대답하기를 간절히 바랐다. 시험지를 나눠줄 때까지도 눈웃음으로 서로의 마음을 확인했던, 설사 나쁜 짓을 부탁했더라도 자신과의 약속이라면 기꺼이 들어주리라 믿었던 김갑화가 배신을 했다는 것을 인정하고 싶지 않았다. 그러나 김갑화는 안색도 변하지 않은 채 당당히 말했다.

"생각해 보니까 선생님 말이 옳아. 이까짓 시험 망쳐서 퇴학당해 봐야 우리에게 돌아오는 게 뭐가 있지? 조선에 필요한 것은 미래를 이끌어갈 인재야. 충동적으로 행동하면 잠깐은 속이 후련하겠지만 장차 이 나라는 누가 이끌겠어?"

"핑계대지 말아! 그게 바로 민족 배신자들이 하는 말이야!"

평소에 숫기라곤 없이 비실대던, 공주처럼 새침데기로 살아온 이효정이었다. 그녀는 김갑화가 대꾸할 틈도 주지 않고 계속 외쳐 댔다.

"그럼 왜 시험 시작할 때까지도 동참하겠다고 약속한 거야?"

"생각이 바뀌었어. 너희가 옳다고 생각했었지만 뒤늦게 아니라는 걸 깨달았어."

"뭘? 뭘 깨달았다는 거지? 네 말대로 이까짓 백지동맹도 지키지 못하면서 어떻게 일본에 저항한다는 거야? 총독부 관리가 되고 학교 선생이 되고 나면 지금보다 더 용감해질 수 있다고? 어림없는 소리! 지금보다 더 겁을 먹고 이천만 동포를 배신할 거야. 일본놈 밑에서 아양이나 떨며 사는 게 그리 좋아?"

이효정은 자신이 무슨 소리를 하고 있는가도 의식하지 못한 채 마구 퍼부어 댔다. 소리를 지르면서도 마음 한편으로는 김갑화가 자신의 잘못을 인정해 주기를 간절히 바랐다. 세상에서 가장 친한 친구가 순간적으로 실수를 했다면 용서해 주는 도리밖에 없기 때문이었다.

그러나 김갑화는 친구로서 마지막이 될지도 모르는 이효정의 간절한 바람을 끝내 저버리고 말았다. 그녀는 끝까지 자신의 행동이 옳다고 역설했다. 이순금과 이종희, 나중에는 큰언니처럼 너그러운 박진홍까지도 그녀와 친구들을 비난했으나, 그녀의 고집불통을 꺾지는 못했다. 답안을 써낸 다른 학생들은 고개를 떨군 채 묵묵히 듣고만 있는데, 김갑화 혼자 언성을 높이며 싸웠다. 그녀의 논리는 빈약했고, 수적으로나 도덕적으로 돌이키기 힘든 수세에 몰리면서도 자기 주장을 굽히지 않았다.

어느 누구보다도 심하게 그녀를 타박하는 이효정의 가슴 속에는 삼 년 동안의 소중한 추억들이 불타고 있었다. 얼음도 녹기 전에 새봄맞이 간다고 세검정 계곡으로 놀러 갔던 일이 화염 속에 묻혀 가고 있었다. 희끗희끗한 눈 무더기가 남은 잡목 사이를 헤집고 뛰어다니던, 개울 속 반석들을 이리저리 뛰어다니다가 떠내려 오는 얼음덩어리를 보며 빙산을 발견했다고 소리지르며 까르르 웃어대던 그날의 기억이 아득히 멀어져 갔다. 꽁꽁 언 손에 버들강아지 몇 줄기 꺾어 들고, 또 다른 손에는 방금 숲 속에 앉아 쓴 시들이 담긴 공책을 들고 육중한 총독부 앞을 당당히 걸어 돌아오던 그날이 까만 재가 되어 마음속 깊은 곳에 씻을 수 없는 상처가 되어 가라앉고 있었다.

'백지동맹 사건'으로 이효정은 가장 가까운 친구를 잃었다. 처음에 이효정은 진정으로 친구를 배신한 것은 바로 자신이라는 남모르는 자책감을 갖고 있었다. 김갑화는 평소 지론대로 행동한 것일 뿐 친구를 배신하려던 것은 아니었는데, 정작 자신은 그 일을 통해 친구의 우정까지 배신한 것이 아닌가 하는 자책감이었다. 그러나 백지동맹 사건 이후 극렬하게 갈라져 대립하는 과정에서 서로를 향해 미움이 쌓여 가면서 그런 감정마저 사라져 갔다. 두 사람 사이에 일어난 변화와 마찬가지로, 양쪽 학생들 간에는 돌이킬 수 없는 골이 패였다. 두 패는 점심 도시락도 따로 앉아 먹었고, 청소도 따로 했다. 서로 간에 대화는 사라지고, 경멸적인 인신모독과 욕설을 주고받는 사이가 되었다.

학교 바깥에서도 비슷한 사태가 벌어지고 있었다. 민족주의와 사회주의의 양대 진영이 항일이라는 대의명분 아래 대동단결해 만들었던 신간회는 광주학생운동 이후 끝없는 노선 갈등에 휩싸였다. 먼 장래를 위해 당장의 싸움을 자제하고 힘을 기르자는 민족주의자들의 주장과 당면한 싸움을 외면해서는 안 된다는 사회주의자들의 주장이 부딪치는 과정에서 양대 진영은 서로 간의 신뢰에 회복하기 어려운 상처를 입었다. 결국 합법적인 항일운동 단체로서 국내 저항운동의 구심점이었던 신간회는 내부로부터 무너져 자진 해체되고 말았다. 이와 함께 대중적인 지지를 잃은 온건 민족주의는 독립운동의 지도력을 잃고 급속히 퇴조해 갔고, 사회주의가 저항운동의 주력으로 확고히 자리를 잡았다.

광주학생운동은 이관술에게도 중대한 심경의 변화를 가져다주었다. 이전에도 사회주의에 호의적이기는 했으나 직접 운동에 뛰어들 결심이 되어 있지도 않았고, 그럴 만한 조직이나 계기도 없었다. 그러나 광주학생운동 이후 민족주의자들이 보여준 준비론적이고 우유부단한 태도는 그를 매우 실망시켰다. 이관술은 본격적으로 사회주의자가 되어 갔다.

겨울이 끝날 무렵, 여러 학교의 독서회들이 비밀리에 점조직으로 연결되어 '경성학생혁명협의회'가 구성되었다. 이평산이 회장을 맡았다. 봄이 지나 유월에 들어섰을 때, 학생혁명협의회의 주도 아래 경성 시내 십여 개 학교에서 거의 같은 시기에 동맹휴업이 벌어졌다.

학교마다 요구 사항은 달랐다. 동덕여고 학생들은 교사가 일층 목조건물뿐이라 불편하고 비좁으니 학교 건물을 증축해 줄 것, 보건실에 보건교사를 배치해 줄 것 같은 실질적인 문제로부터 학교 안에 경찰 출입 금지, 학생자치회 인정 같은 요구까지 내세웠다.

학교 건물을 점거한 학생들은 마음 놓고 등사기를 사용할 수 있었다. 글과 글씨를 다 잘 쓰는 박진홍이 등사용 원지를 만들고 이효정과 이순금은 손이 까맣게 되도록 등사를 했다. 박진홍이 쓴 '부모님에게 보내는 글'이라는 감동적인 호소문은 학생들과 학부모, 교사들이 몰래 돌려 읽을 정도로 커다란 반향을 일으켰다.

이관술은 학생들이 휴업에 들어가자 조선인 선생들을 상대로 서명운동을 시작했다. 학생들의 요구조건을 들어주지 않으면 집단으로 사표를 내겠다는 서명이었다. 민족주의 성향이 강한 몇 사람 외에는 기꺼이 서명에 참가했다. 선생들까지 나섰다는 소식이 알려지자 사태는 더욱 확산되었다. 이미 졸업한 여학생들도 학교를 찾아와, 동창회 명의의 항의문을 전달했다. 이 일로 이관술은 학교와 경찰로부터 돌이킬 수 없을 만큼 낙인 찍히게 되었다. 선생으로서의 그의 역할도 끝날 때가 된 것이다.

학교 측은 교사와 졸업생들까지 나선데다 신문에 보도까지 되자, 경찰 철수 같은 민감한 부분을 제외한 대부분의 요구조건을 수용하지 않을 수 없었다. 그러나 동맹휴업이 끝나고 수업이 정상화되자, 경찰의 지시대로 박진홍을 퇴학시키고 동조자들을 무더기로 정학시켰다. 주모자들에게 불이익을 주지 않겠다던 약속을 어긴 것이다.

학생들은 다시 동맹휴업에 들어갔다. 이번에는 이종희가 앞장섰다. 이종희의 선동적인 연설 앞에 학생들은 흩어질 줄을 몰랐다. 경찰과 학교 측은 다시 한 발 물러서지 않을 수 없었다. 박진홍에 대한 퇴학 처분만 제외하고, 모든 학생들에 대한 처벌이 취소되면서 사건은 일단락되었다.

박진홍은 유일한 희생자가 되었다. 학교에서 쫓겨나면서 가정교사 자리마저 빼앗긴 그녀는 서울역 남쪽의 청파동 언덕에 허름한 셋방을 빌려 외로운 자취 생활에 들어갔다. 이 무렵 국제 공산당 기관인 모스크바의 '코민테른'에서는 조선의 사회주의자들에게 공장으로 들어가라는 지침을 내리고 있었다. 박진홍은 그 지시를 따랐다. 그녀는 '경성제면회사'를 시작으로 '조선제면'과 '대창직물' 등지로 옮겨 다니며 여성 노동자들을 조직하기 시작했다.

공장 생활은 박진홍에게 새로운 활력을 불어넣고 있었다. 그녀는 친구들이 오면 뒷동산에 데리고 가서 술을 마시기도 하고, 만주의 독립군들이 부르는 노래며 혁명가를 가르쳐 주기도 했다. 그녀의 노래는 활기차고 힘이 넘쳐서, 듣는 이의 마음을 뒤흔드는 역동성이 있었다. 그녀는 공장 사람들을 따라 선술집에 가 보았다는 이야기를 해주기도 했다. 언젠가 소설을 쓰려면 온갖 경험을 다 해 봐야 하기 때문에 일부러 따라갔다고 했다. 이효정은 이전에 김갑화를 위해 가져갔던 김치니 장아찌 같은 반찬을 청파동 박진홍의 자취방으로 날랐다. 박진홍은 김갑화를 대신해 그녀의 가장 절친한 친구가 되었다. 이순금과 이종희, 이경선과도 마음을 나누는 친구가 되었다.

박진홍이 구속된 것은 그해 겨울이었다. 그녀는 공장에 다니는 한편으로 이평산을 통해 학생운동과 연계를 맺고 있었다. 학생운동 조직에 강사로 가서 자신의 노동 경험을 들려주는 역할이었다. 학생모임에 가면 자연히 동맹휴업이나 백지동맹 같은 이야기도 하게 되었고, 초겨울에 있던 경신고보 동맹휴업에 깊숙이 간여하게 되었다. 휴업은 성공했으나 경신고보 학생들이 연행되어 조사받는 과정에서 박진홍이 개입했다는 사실이 드러나 버렸고, 그렇지 않아도 경찰의 주목을 받던 그녀는 곧장 구속되었다. 서대문형무소에 수감된 박진홍은 언제 종결될지 알 수 없는 예심 제도의 희생양이 되어 마냥 세월을 보내게 되었다.

한편, 학교에 남은 독서회원들은 경찰의 집요한 감시를 피해 가며 학습과 조직을 계속했다. 이제 언제 연행될지 모르는 처지가 된 이들은 먼저 각자의 소중한 추억부터 태워 없앴다. 경찰에 수배될 경우 이용되지 않도록 하기 위해 이전에 친구들과 함께 찍은 사진들이며 자신의 증명사진, 친구들과 주고받은 편지들을 모두 태워 버렸다. 일기와 낙서장까지 없애 버렸다.

동맹휴업 이후 이 세 사람에게 붙은 담당 형사들은 시도 때도 없이 집을 찾아오고, 골목길을 지키다 불시에 검문을 하기도 했다. 그들의 임무는 동태를 감시하는 것만이 아니었다. 세 여학생을 전향시키는 일 또한 그들이 맡은 중요한 임무 중의 하나였다. 형사들은 먹을 것을 잔뜩 싸들고 와서 부모에게 딸을 잘 감시하라고 훈계하기도 하고, 담당 학생에게 "사회주의만은 하지 말라"고 좋은 말로 훈계하기도 했다. "조선의 독립을 생각하는 건 이해하지만, 사회주의는 안 된다, 사회주의자들이 얼마나 비참하게 처형당하고 있는가." 이런 말로 겁을 주면 가족들은 질색하기 마련이었다.

여학생들은 어른들과 형사의 말을 듣는 척하면서도 할 일은 다 했다. 치마 속에 삐라를 감추고 주재소 앞을 지나다가 형사들을 만나면 먼저 인사를 하고, 엄마 심부름 간다고 생글생글 웃으며 지나갔다. 마르크스나 레닌의 저서를 시장바구니에 넣고 주재소 앞을 지난 적도 여러 번 있었다. 뒷골목으로 가는 것보다 차라리 대로가 안전했기 때문이다.

이효정은 자신의 책상 위에 '내 작은 이름을 혁명에 바치리라'는 문장을 써놓았다. 먼 훗날 혁명가의 명단에 자신의 작은 이름이 기록되면 그것으로 족하다고 생각했다.

6_ 시월 서신

1932년 3월, 동덕여고 졸업식이 있었다.

경성의 명문 사립여고를 나온 졸업생들의 앞날은 밝았다. 공립학교 교사가 되려면 정식으로 사범학교를 나와야 했으나, 사립학교는 고등학교만 나와도 교사로 취업을 시켜 주던 시대였다. 성적이 좋은 졸업생들은 총독부나 은행에 취직을 하거나 일본으로 건너가 대학에 입학하는 꿈에 들떠 있었다. 졸업식장에서 얼싸안고 눈물을 흘리던 여학생들은 식이 끝나자 언제 그랬냐는 듯 까르르 웃음을 터뜨렸다. 교정 곳곳에서 사진사들이 터뜨리는 광채와 흰 연기가 불꽃놀이처럼 피어올랐다.

그러나 동덕여고 독서회원들에게 졸업식은 큰 의미를 갖지 않았다. 박진홍이 감방에 갔다가 석방된 후 공장에 다니느라 나타나지 않았고, '반제동맹' 동덕여고 책임자가 된 이순금도 얼마 전에 잡혀 가 호된 조사를 받고 불기소

처분으로 나온 길이었다.

동덕여고와 중앙고보의 독서회원들이 마지막으로 함께 읽은 문건은 몇 달 전 코민테른 산하 기관인 '국제적색노조'에서 조선의 사회주의자들에게 보낸 '시월 서신'이었다. 서신의 핵심 내용은 조선의 사회주의자들이 공장으로 들어가 노동조합을 만들어야 한다는 것이었다.

박진홍이 그랬던 것처럼, 훈련소를 나와 전쟁터로 떠나는 군인들처럼 그녀들은 학교에서 곧장 공장으로 향해야 했다. 이들에게 공장은 계급투쟁과 민족해방투쟁이 동시에 벌어지고 있는 또 다른 전장이었다. 이순금, 이종희, 이효정 모두 공장을 택했다. 독서회원 중에 진학을 택한 이는 이경선뿐이었다. 그녀는 이미 이화여전에 입학해 놓은 상태였다. 그러나 곧 퇴학을 당하고 동덕여고 후배들의 독서회를 지도하다가 '조선직물' 인견공장에 들어갔다.

동대문 일대에는 커다란 섬유공장들이 밤낮없이 돌아가고 있었다. 가혹한 노동조건과 억압 때문에 도망치려는 여공이 많아 공장 기숙사마다 이중 삼중의 감시를 하고 있음에도 불구하고, 새로 취직하려는 농촌 처녀들이 줄을 잇고 있었다. 연줄이나 소개가 없으면 공장에 들어가기도 쉽지 않았.

이종희는 '동수제사'라는 작은 실공장에 취직했다. 부잣집 딸인 그녀가 공장에 취업한 것을 담당 형사에게 납득시킬 수 없었기 때문에 집을 나와 잠적한 상태에서 공장에 다니기 시작했다. 이순금도 경찰의 감시가 집중되는 것을 피하기 위해 직접 취직하지는 않고 '경성고무' 노동자들을 만나 조직에 들어갔다.

이효정은 한집에 살던 종고모 이병희의 소개로 당시 경성에서 가장 큰 공장에 속하는 '종연방직'에 취직할 수 있었다. 할아버지 형제들 간에 나이 차이가 많다 보니 아버지의 사촌동생인 이병희는 조카인 이효정보다도 네 살이 나 적었다. 서울여상에 다니다가 학비가 없어 그만두고 종연방직에 취직해 돈을 벌고 있었는데, 작은 키에 반짝이는 눈이 야무진 그녀는 열여섯 어린 나이임에도 모범상을 탈 만큼 열심히 일해 인정을 받고 있었다. 이효정은 그녀의 조카라는 이유로 쉽게 취직이 되었다.

원래 경상북도 봉화가 고향인 이효정의 집안은 증조부부터 시작해 대부분의 남자들이 독립운동에 관련되어 있었다. 항렬로는 증조할아버지뻘이지만 나이로는 일곱 살밖에 차이가 나지 않는 이육사를 비롯하여 여러 당숙들과 어머니 쪽의 친척들까지도 나라 안팎에서 독립운동을 했다. 일본 경찰의 박해를 피해 만주로 떠난 어른 중에는 봉천에서 독립학교 국어 선생을 하던 분도 계셨다.

경북 봉화의 산골짝 마을에서 살았지만 어린 시절 그녀는 늘 조국을 되찾아야 한다는 어른들의 말을 듣고 자랐다. 외가 쪽 사람들이나 친가 쪽이나 열네 살이 넘으면 독립운동을 해야 한다고 말했다. 이씨 집안 아이들은 남녀 할 것 없이 모두들 그래야만 어른이 된다고 믿었다. 대단히 힘들고 고통스러운, 그러나 자랑스럽고 떳떳한 모험이 기다리고 있다는 생각이 어린아이들을 일찍 성숙하게 했다.

이효정의 아버지는 그녀가 세 살 때 병으로 돌아가셨다. 어머니는 어린 남매를 이끌고 만주의 시숙들을 찾아 갔다. 이효정이 다섯 살 때였다. 만주 유민의 대부분은 단순히 먹고 살기 위해 떠나온 농민들이었지만 그녀가 아는 어른들은 모두가 독립운동가였다. 아직 사회주의혁명의 영향이 밀려오지 않던 시절이라 이념의 차이가 없이 모두가 한 뜻으로 일제에 저항해 싸우던 시기이기도 했다.

어머니는 밤새워 독립운동가들의 옷을 지어 주고 그들 사이의 연락을 맡아 돈이나 편지를 전달하는 일을 했다. 어떤 때는 큰당숙이 맡긴 육혈포를 품에 넣고 어린 딸을 데리고 주재소 앞을 지나쳐 안전한 곳에 가서 건네주는 모험도 감수했다. 하나뿐인 딸을 독립학교에 입학시켜 독립운동가로부터 직접 글을 배우고 애국가를 배우게 했다. 그러나 광활한 만주벌판은 젊은 여자가 외동딸 하나 데리고 살기에는 너무 척박한 곳이었다. 그녀는 만주 생활 삼 년 만에 딸을 데리고 봉화의 시아버지 밑으로 돌아왔다.

철두철미하게 봉건적인 사고방식을 가진 시아버지는 대대로 양반 집안이라는 자부심만 가득할 뿐, 새로운 시대에 적응을 하지 못하는 분이었다. 홀로 된 며느리와 손자들을 돌보고 싶어도 경제적 여유가 없었다. 어머니는 삯바느질과 품팔이로 겨우겨우 끼니를 이어 나갔다. 어린 효정에게는 너무나 배가 고프던 시절이었다.

어느 날 어머니가 솥에 감자를 삶아 놓고 일을 가면서 오빠가 보통학교에서 돌아오면 나눠 먹으라고 했다. 그런데 너무나도 배가 고팠던 효정은 한 개를 먹고 또 한 개를 먹고 하다가 단 하나만 남기고 다 먹어 버리고 말았다. 오빠에게 미안하고 어머니가 무서워서 뒤란의 장독대 뒤에 숨어 해가 질 때까지 꼼짝 않고 있었다. 뒤늦게 밭에서 돌아온 오빠와 어머니는 한참이나 그녀를 찾아 헤매다 장독대 뒤에서 발견하고 왜 숨었느냐고 야단을 했다. 효정이 사실을 고백하자 어머니는 말없이 한숨만 쉬고는 아무 야단도 치지 않았다. 그리고 다음 날 온 가족이 종일 먹어도 될 만큼 많은 감자를 삶아 놓고 들일을 나가는 것이었다. 어린 효정은 그 일을 잊지 못했다. 다시는 자기 욕심만 챙기는 사람이 되지 않겠노라 다짐했다.

　동네마다 너른 들을 차지한 지주들이나 면사무소 직원들을 빼놓고는 식민지 백성들의 삶은 어디나 고달팠다. 이효정의 집안사람들을 위로하고 버티게 한 것은 저항하는 자의 긍지였다. 봄에 나오는 새싹은 못 먹는 것이 하나도 없었다. 냉이와 쑥은 물론 고사리와 취나물부터 보리싹과 은행잎 새순에 가죽나무 새순이며 옻나무 순까지 새로 나오는 싹은 모두 따서 무쳐 먹고 삶아 먹었다. 그나마도 없는 초봄이면 향기로운 물기가 배인 하얗고 질긴 소나무 껍질을 벗겨 종일 씹어 먹었다. 그러면서도 독립운동가의 집안이라는 자긍심으로 버텼다.

　만주에서 효정을 아껴주던 젊은 당숙 한 사람이 어느 추운 겨울날 광목에 싼 등사기를 등에 지고 불쑥 나타난 적이 있었다. 어려서부터 자기 팔뚝에 '분투노력'이라는 한문을 새겨 넣고 다니던, 성질 꽤나 괄괄한 사람이었다. 그는 고향집에 며칠 묵는 동안 어린 효정에게 상해 임시정부를 비난하는 말을 하여 놀라게 했다. 전단 한 장 안 뿌리고, 총 한 방도 쏘지 않으면서 자리다툼이나 하는 한심한 민족주의자들이라며 욕을 하는 것이었다. 임시정부를 독립운동의 상징처럼 생각하던 그녀에게는 놀라운 말이었다. 그녀는 만주에서 일본군과 무력전을 벌이고, 국내에 잠입해 선동 전단을 뿌리는 이들은 대부분 사회주의자라는 것을 그때 처음 알았다. 다시 등사판을 등에 진 채 겨울 들판으로 사라진 당숙은 특별히 아끼던 조카 효정에게 소파 방정환이 발행하던 『어린이』 잡지를 빠짐없이 보내왔고 그녀가 동덕여고에 들어가자 겹겹이 포장된 두꺼운 책 한 권을 보내왔다. 『자본론』이었다.

　그런데 엉뚱하게도, 이효정을 동덕여고에 진학시킨 이는 일본인 여선생이었다. 봉화군에서 알아주는 총명한 아이였지만 할아버지와 어머니는 그녀를 상급학교에 진학시킬 능력이 없었다. 담임이던 일본인 여선생이 이를 안타까워하며 자기 돈으로 등록금을 내서 입학시킨 게 동덕여고였다. 그렇게 고마운 사람인데도 막상 학교에 들어가서 민족의식이 생긴 후에는 일본인이라 하여 인사 한 번 가지 않은 것을, 오랜 세월이 지나서야 미안하게 떠올리곤 했다.

이효정의 진학을 계기로 온 가족이 경성으로 이주를 하게 되었다. 경성에는 증조할아버지가 살고 있었다. 여자에게는 보통학교 교육도 시키지 않는 집이 대부분이던 시절이었지만, 증조할아버지는 여자도 남자와 동등하게 배워야 한다고 생각하는 사람이었다. 자기 아버지보다도 더 고루한 유교 사상에 빠져 손녀가 보통학교 다니는 것도 못마땅해하던 할아버지는 경성에 올라가면서 갑자기 개화를 한 듯, 아침마다 손녀를 학교에 데려다 주었다.

종로 3가 단성사 뒤편 봉익동에 있는 증조할아버지의 집에는 할아버지의 형제부터 아버지의 형제 자매, 그 자식들까지 스무 명 가까운 대가족이 바글거렸다. 그곳의 분위기도 봉화와 크게 다르지 않았다. 어른들이 모여 앉으면 독립운동 이야기가 빠지지 않았다.

이효정은 봉익동 집에서 나중에 서울여상에 들어가는 나이 어린 종고모 이병희와 더불어 나이가 비슷한 삼촌인 이병기와 친해졌다. 일찍 학교를 나온 이병기는 노동운동을 준비하고 있었는데 세상을 바꾸고 있는 새로운 사상에 대해 말하고 싶어 안달이 난 그는 어린 동생과 조카에게 사회주의혁명에 대해 상기되어 떠들곤 했다. 장대한 자작나무 숲이 펼쳐진 눈보라 치는 러시아 벌판에서 레닌과 그 동료들이 이룩해낸 혁명에 대해, 거듭된 실패와 역경을 이겨내고 세계 최대의 국가를 사회주의로 만든 혁명에 대해 아무리 떠들어도 지치지 않았다. 이효정은 병기 삼촌을 가장 좋아했기 때문에 사회주의에 대해서도 좋게 생각하게 되었다. 학교에서 박진홍으로부터 사회주의 학습을 하자고 권유받았을 때 별로 망설이지 않은 것도 그 때문이었다.

이효정이 동덕여고 졸업반에 다닐 무렵, 증조할아버지는 값나가는 봉익동 집을 팔아 남양주군의 한적한 농촌인 청량리에 값싼 집으로 이사를 했다. 딱히 돈을 버는 사람은 없고 남자들이 모두 독립운동에 나선 탓에 늘어만 가는 빚을 갚으려고 집을 줄인 것이었다.

전차의 개통과 함께 한적한 농촌이던 동대문 바깥 들판에 크고 작은 제사 공장들이 한창 세워지던 시기였다. 그 중에도 가장 큰 종연방직은 농촌에서 기른 누에고치를 가져다 삶아 비단실을 뽑아내는 공장으로, 오백 명 넘는 조선인 여공들이 일하는 당시 경성 일대에서 가장 큰 공장에 속했다. 이곳에 고모와 조카가 나란히 다니게 된 것도 따지고 보면 장성한 남자들을 독립운동으로 빼앗겨 집안이 가난해진 탓이라 할 수 있었다.

종연방직 생활이 시작되었다. 이효정은 힘에 부쳤지만 하루도 빠짐없이 공장에 나갔다. 야무지고 약은 고모 이병희의 도움이 컸다. 모범상을 받은데다 애교가 많고 잔꾀에 능한 이병희는 일본인 감독들로부터 사랑을 독차지하고 있어서 나이만 많을 뿐 연약한 조카가 힘겨운 공장 생활에 적응하는 데 여러모로 도움을 주었다. 대가로 이효정은 고모에게 자기 머릿속에 들은 것을 전달해 주었다. 초보적인 수준이기는 하지만, 얼마 가지 않아 이병희도 사회주의 기본은 알게 되었다.

남성 중심인 함흥이나 원산과 달리 경성에는 섬유나 신발공장이 많았기 때문에 여성 노동자가 많았다. 만 오천 명 노동자 중 삼분의 일이 여성이었다.

허마리아로 알려진 철원 출신 여학생 허균과 이정숙 같은 다른 학교 출신 여학생들도 동대문 근방에 취직해 활동을 시작했고, 동수제사에 취직한 이종희도 열심히 일을 다녔다. 남학생들은 철공소가 집중되어 있는 영등포 일대에 들어갔다. 이효정의 삼촌 이병기도 그곳으로 취직해 들어가 노동운동을 시작했다. 그가 일본에서 붙잡혀 온 유명한 사회주의자인 이재유를 만나 조직에 가담한 것은 나중의 일이었다.

산업화가 시작되면서, 경성의 아침은 노동자들과 함께 움직이고 있었다. 경전회사 운전사와 차장을 실은 전차가 새벽 공기를 뚫고 달리며 경성의 아침을 알렸다. 밝아 오는 하늘을 등지고 동대문 옛 성문이 뚜렷한 윤곽을 나타내면 텅 비었던 네거리에 일을 찾아 나선 막일꾼들이 모여들기 시작했다. 작업복 입은 사람들부터 양복쟁이와 한복 입은 여자들까지 수많은 사람들이 제각기 전차를 타고 일터로 향했다. 구름 같이 몰려드는 출근 인파 속에는 중발 머리를 뒤로 단단히 묶고 흰 저고리에 검정색 반 치마를 입은, 큰 키에다 시원스러운 얼굴을 가진 처녀도 끼어 있었다. 이효정이었다.

장래 꿈이 시인이던, 공부하고 글 쓰고 책 읽는 일에만 익숙한 그녀에게 공장 일은 너무나 힘들었다. 그러나 자신이 목격하고 체험한 조선의 노동현실 이야말로 그녀를 공장에서 나오지 못하게 하는 강제력이었다.

식민지 노동자의 삶은 가혹했다. 몇 군데 대공장을 제외하면 거의가 나무판자나 양철을 누더기처럼 잇대 만든 창고 같은 공장으로, 변소가 설치되어 있는 곳조차 드물었다. 직공의 대다수는 거지 움막 같은 곳에 기거했는데 방안은 음식을 먹을 수 없을 정도로 불결했다. 하루 열여섯 시간 노동에 오십 전에서 일 원이 안 되는 일급을 받아 일가족을 먹여 살려야 하는 남성 노동자들은 작업복이 한 벌밖에 없어 냄새 때문에 곁에 갈 수 없을 정도였다. 대공장이라 해도 노동자에 대한 처우는 거의 비슷했다. 온전히 받아간다 해도 가족의 생계를 꾸릴 수 없는 월급마저도 이중 삼중의 벌금 제도로 빼앗겨야 했다. 몇 분만 지각해도 반나절 일당을 삭감당하고, 하루 결근에 며칠 분 일당을 공제당하는 게 공장의 규칙이었다. 일을 하다가 불량을 내면 그 자리에서 구타를 당하고 벌금으로 공제당해야 했다. 어느 공장에서나 조선인은 일본인보다 두세 시간 더 일하고 돈은 훨씬 적게 받아야 했다. 장안의 신문기자며 잡지사 지식인들이 사십 원 월급이 부족하다고 소시민의 삶을 비관하는 글을 쓰던 시절에 공장 노동자들은 그 절반에도 훨씬 못 미치는 돈으로 가족을 부양해야만 했다.

여공들의 처지는 더욱 암담했다. 농촌에서 모집되어 올라온 여공들은 대개 열다섯 살의 어린 나이로 하루 이십 전 정도밖에 안 되는 양성공 임금을 받으며 공장 생활을 시작해 몇 년 지나야 겨우 사십 전을 받는 정식공이 되었다. 영화 한 편 보는 데 삼십 전, 한 가족이 한 끼니 밥을 해 먹을 수 있는 쌀 한 되에 육십 전 하던 시절이었다. 양성공 때는 물론, 본공이 되어서도 일년 내내 고기 국물 한 번 맛보기 힘든 박봉이었다.

이런 월급으로 번듯한 방을 얻어 사는 건 꿈도 꿀 수 없었다. 기숙사는 한 방에 열 명이 넘게 수용되어 발과 머리를 엇갈리게 누워 칼잠을 자야 했으며 도망치지 못하도록 수위들이 교대로 감시했다. 기숙사 밥은 감옥의 그것과 다름없이 바람 불면 날아갈 것 같은 안남미와 콩을 절반씩 섞은 콩밥이었고, 반찬이라고는 시커먼 짠무지가 전부이다시피 했다. 일본인 감독들은 여공들을 아무 제한 없이 욕하거나 때렸으며 조퇴나 외출은 일체 허가되지 않았다.

어떤 공장들은 여공이 달아나는 일을 막기 위해 취업의 조건으로 보증금을 받아놓고 몇 년 동안 의무적으로 노동하게 했는데 계약 기간 전에 퇴사를 하거나 달아나면 몇 배의 위약금을 물게 하고 그동안 강제로 저축한 돈을 하나도 받을 수 없게 했다. 그럼에도 불구하고 여공들의 유일한 저항 수단은 탈출하는 것뿐이었다. 대공장에서는 기숙사 담을 넘어 달아나는 여공들이 속출했다. 경비원들이 자식을 데려가려고 온 노동자의 가족을 구타하는 사건이 종종 신문지상에 오를 정도였다. 공장 주변의 먹이사슬은 하나로 이어져 있었다. 일단 기숙사 탈출에 성공한 여공들은 공장 주변 민가나 경찰지서에 뛰어들어 도움을 청해 보지만 한통속인 그들에 의해 신고를 당해 다시 끌려가는 게 다반사였다.

경성 지역은 경공업 중심이라서 직접적인 산업재해는 그리 심하지 않은 대신 폐병 같은 직업병이 많았다. 너무 어린 나이에 노동을 시작한 이들은 성인이 되었을 때는 벌써 회복할 수 없는 질병으로 골병이 들어 있곤 했다. 사람들은 자신과 함께 노동을 시작했던 이들이 불과 오륙 년, 길게는 십 년 만에 거의 살아남은 이가 없다는 사실을 깨달아야만 했다. 일찍 죽을 사람만을 사귀었던 게 아니라, 공장이 그들을 일찍 죽게 만든 것이었다.

함흥이나 원산 같은 중공업 지역은 노동 자체가 목숨을 건 위험한 일이었다. 함흥의 '흥남비료공장' 같은 곳에서는 공해를 막을 설비나 복장이 전혀 갖춰지지 않은 채 화학 약품 속에서 일을 시켜 저녁이면 서로의 얼굴을 알아볼 수 없을 정도로 먼지투성이가 되었다. 독한 냄새를 뿜어내는 유산 가스로 폐병과 늑막염에 걸리지 않은 노동자가 거의 없었다. 회사에서는 가루약을 사 먹으라고 권장했으나 돈이 없는 노동자들은 민간요법이라고 주워들은 대로 역겨운 낙화생 기름을 먹었다. 그 한 공장에서 죽거나 다친 사람이 일 년에 천 명이 넘는 것으로 알려졌다.

같은 함흥의 '흥남제련소'에서는 열여섯 살 어린 남자아이가 사십 킬로그램의 벽돌을 지고 일 킬로미터에 이르는 거리를 온종일 오가며 운반해야 했으며, 어른들은 이글거리는 용광로 앞에서 맨발과 벗은 몸으로 일을 했다. 납중독, 추락, 감전 같은 사고로 사망자나 불구자가 생기지 않는 날이 하루도 없었다. 제철소 병원에 늘어선 침상 위에는 다리를 자른 아픔에 신음하는 사람, 밑동부터 잘려 없어진 팔을 붕대로 감고 있는 사람, 얼굴과 머리를 눈만 내놓고 통째로 싸 두른 피 묻은 붕대, 부러진 갈빗대 사이로 고무줄을 꼽아 숨을 쉬는 젊은이들이 널려 있었다. 밤중에 우당탕 발소리를 내며 중상자를 떠메고 왔으나 밤을 넘기지 못하고 숨져 병실 안에 곡성이 가득한 날도 흔했다. 식민지 공장은 죽음의 감옥과도 같았다. 걸리는 질병과 사고의 종류가 다를 뿐, 모든 공장 노동자의 삶은 동일했다.

이효정이 다닌 종연방직도 마찬가지였다. 공장에 오래 다닌 여공들을 보면 나이를 짐작할 수가 없었다. 얼굴은 무척 늙었는데 몸집은 너무 작고 가냘퍼 몇 살인지 가늠할 수가 없었다. 뒷모습만을 보고 몸집을 기준으로 '열여섯쯤 되었구나' 짐작하고 물어보면 스무 살이라 했다. 앞에서 얼굴을 살펴보고 '스무 살이구나' 생각하고 물어보면 열여섯이라 대답했다. 몸이 다 자라기 전에 공장에 들어와 잘 먹지도 못하고 잠도 못 자면서 일만 하니까 크지를 않는 데다가 얼굴만 빠르게 늙어 버리기 때문이었다.

이효정은 새벽 다섯 시에 일어나 밥을 지어 먹고 여섯 시까지 출근해서 정오에 도시락 까먹고 저녁 아홉 시까지 쫄쫄 굶어 가며 일했다. 집이 청량리여서 망정이지, 집이 먼 사람들은 하루 일당을 다 주어야 하는 전차비 때문에라도 다닐 수가 없었다. 노동자들은 통근 문제를 해결하기 위해 공장 가까운 초막이나 판잣집에 여러 명이 세를 들어 단체로 밥을 해 먹기도 하고 하숙을 하기도 했다. 동대문 너머 들판에 공장들이 들어서면서 검은 연기와 뜨거운 폐수가 농토를 오염시키는 것과 함께 공장 주변에 토막촌이 형성되어 있었다.

공장 안에 들어가도 마찬가지였다. 난방도 냉방도 없는 공장이라 한여름에는 땀에 범벅이 되어 신발 바닥이 미끌거렸고, 겨울이면 손목까지 시뻘겋게 부르트고 귓불이 동상에 걸렸다. 일본인 감독들은 여공들을 때리고 욕하는 게 예사였고, 예쁘장한 여공이 끌려가 성폭행을 당하고 아무 말 못하는 일도 있었다. 지각하거나 결근을 하면 벌금으로 그 몇 배나 되는 돈을 삭감해 버렸다.

이효정은 처음 몇 달은 아예 임금을 받지 못하다가 양성공으로 인정받아 겨우 이십오 전을 받을 수 있었다. 사이다 한 병에 이십 전, 얼음사탕 한 줌이 오 전이니 사탕 한 줌과 사이다 한 병 사먹으면 그만인 돈이었다. 현실적으로는 사이다 같은 건 꿈도 꾸지 못하고, 하루 종일 일한 돈으로 쌀을 사서 주먹밥을 지어 소금 뿌려 먹으면 딱 맞았다. 손가락에 온통 물집이 잡혀 진물이 마를 날이 없었다. 키만 클 뿐, 호리호리하니 몸이 몹시 약했던 이효정에게는 너무나 힘겨운 나날이었다.

이병희가 감독들에게 이야기해서 쉬운 일을 하도록 도와 주기도 했지만 그래도 힘들었다. 오로지 '나는 시인이다'라는 생각으로 버텼다. 박진홍이 글을 쓰기 위한 경험으로 선술집에 따라갔듯이 그녀는 세상을 두루 살피고 어려운 백성들의 마음을 헤아리는 사람이 되고자 했다. 혁명을 하는 시인이 아니라 그냥 혁명가라 생각했다면 버틸 수가 없었을 것이다.

7_ 평생의 동지를 만나다

한여름 땡볕에 노출된 서대문형무소 바로 위쪽, 현저동 채석장은 숨쉬기가 가쁠 만큼 더웠다. 기결수가 되어 머리를 빡빡 밀었기 때문에 햇살은 더욱 뜨거웠다. 무엇보다도 유리가루처럼 따가운 돌가루가 목을 타고 폐에 들어가 호흡을 괴롭혔다. 네모진 석축용 화강암을 등에 지고 비척비척 걸어가던 이재유는 몇 걸음 걷지 못하고 주저앉았다.

"왜 그러십니까? 어디 아파요?"

돌을 지고 뒤따르던 청년이 물었다. 이재유보다 어렸으나 햇볕에 타서 새카매진 피부에 두터운 입술과 뭉툭한 코, 끝이 처진 눈매가 영락없는 늙은 시골 머슴 같은 얼굴이었다. 청년은 간수들이 보거나 말거나 이재유의 등에서 돌을 들어 내리고는 찬찬히 그의 얼굴을 살폈다.

두 사람 다 땀에 흠뻑 젖었으나 이재유의 얼굴은 남달리 창백했다. 햇볕에 매일 노출되고 있음에도 핏기가 모두 가신 듯 파리했다. 마침 휴식을 알리는 호루라기 소리가 들렸다. 간수들이 총을 겨누고 있는 가운데 죄수들이 여기저기서 자리에 주저앉았다. 죄수들의 발목에 채운 족쇄에는 오 킬로그램이 넘는 쇳덩이가 매달려 있었다. 두 사람도 털썩 자리에 앉았다.

"내 몸이 주인한테 불만이 많은 모양이오. 몸살인지 고뿔인지 벌써 한 달이 넘어도 달아나지를 않네요."

"얼굴에 핏기가 없는 게 아무래도 폐병 같은데, 진료 신청을 하지 그러십니까?"

"조선인 죄수가 죽건 말건 거들떠보기나 하겠소?"

말하던 이재유의 시선이 청년의 가슴에 달린 빨간색 딱지에 멈췄다. 거의 동시에 청년의 시선도 그의 가슴에 와 닿았다. 치안유지법 위반 죄수에게 붙이는 빨간 딱지였다. 이재유가 먼저 손을 내밀어 악수를 청했다.

"나 이재유라고 하오. 동무는 무슨 사건으로 들어왔소?"

청년의 소박한 얼굴에 환한 웃음이 떠올랐다.

"아, 동무가 일본에서 온 이재유 동무입니까? 정말 반갑습니다. 일본에서 용맹을 떨친 이재유 동무를 모르는 운동가는 없지요. 저는 김삼룡이라고 합니다."

"아, 동무가 김삼룡이오? 그 이름도 많이 들었소이다. 반갑소."

"말 놓으십시오. 나이는 제가 여러 살 어릴 겁니다. 충주 엄정이라는 산동네 출신이지요. 특별히 다닌 학교는 없습니다. 서울에 올라와 막노동을 하면서 고학당에 다니다가 만 정도지요. 어쩌다가 치안유지법에 걸려 들어오게 됐는데 올해만 넘기면 석방됩니다."

김삼룡의 말투는 단순하고 시원시원했다. 이재유는 첫눈에 그가 마음에 들었다.

"나도 여러 학교 문전에 들어가 보기는 했지만 학비가 없어 제대로 졸업한 곳은 한 곳도 없는 사람이오. 송도고보에 일 년 넘게 다니다가 퇴학당한 외에는 대개 두어 달 다니다 말았소."

"그러고 보니 우리는 둘 다 무산자에 무식자네요?"

김삼룡이 말하며 호탕하게 웃어 댔다. 크고 굵은 웃음소리가 특이했다. 상대방의 마음을 사로잡는 힘이 있었다. 그는 자신에 찬 음성으로 말을 이었다.

"동무도 그렇겠지만 나의 학교는 감옥입니다. 감옥에 들어와서 제대로 공부를 할 수 있었지요. 바깥에서야 먹고살려고 노동해야지, 운동해야지 정신이 없었는데 감옥에 들어오니 책도 많고 시간도 많더군요."

"실은 나도 감옥에 들어와서야 제대로 공부를 했소. 삼 년 간 네 번이나 『자본론』을 통독했소. 처음에는 잘 이해가 안 되더니 읽고 또 읽으니 머리 속이 환해집디다."

수갑에 묶인 채 관부연락선을 타고 현해탄을 건너오면서 시작된 감옥 생활이 벌써 삼 년을 채우고 있었다. 징역 삼 년 육 개월을 언도받았으나 예심 재판이 시작되기 전까지 갇혀 있던 긴 시간을 제대로 인정받지 못했기 때문에 실제로는 일 년 이상을 더 살게 되었다.

태생이 학구적이기보다 실천적인데다가 노동과 조직과 투쟁으로 혼자 있을 틈이 없던 그에게 독방 생활은 소중한 기회였다. 두 사람이 웅크리고 누우면 꽉 찰 정도로 좁은 공간이었으나 낮에는 창문을 통해 햇살이 들어왔고 일반수들의 방해가 없어 공부를 하기에는 그리 나쁘지 않았다. 아직 검열 절차가 허술한 서대문형무소에는 서적 반입이 자유로워 마르크스의 『자본론』 번역본까지 차입이 되었다. 무식한 검열관이 읽어보니 어려운 경제학 서적에 불과한 것 같아 차입을 허용한 것이었다. 덕분에 학생 시절에 일본어판으로 읽다가 너무 어렵고 시간도 없어 포기했던 자본론을 네 번이나 통독할 수가 있었다.

이재유와 김삼룡은 한여름을 채석장에서 함께 보냈다. 폐병 초기인 이재유는 몸 상태가 좋지 않았음에도 강제로 일을 나가야 했기 때문에 김삼룡이 곁에서 따라다니다시피 하면서 도와주었다. 일본인에게는 물 한 모금도 부탁하지 않을 정도로 자존심 강한 이재유 대신 자신이 간수들에게 부탁해 그를 쉴 수 있게 해주기도 했다. 김삼룡은 누구에게든 소탈한 성품으로 대해 만나는 사람마다 자기편으로 만들어 내는, 천부적인 대중 조직가였다. 대중을 조직하는 데 있어 더 없이 소중한, 일부러 만들고 싶어도 가질 수 없는 귀중한 자산을 갖고 있는 인물이었다.

당시 조선의 많은 사회주의자들은 부유한 집안에서 태어나 일본에 유학 갔다가 돌아온 후 신문사나 잡지사에 취직하는 등의 비슷한 경력을 쌓고 있었다. 현장의 대중 조직 건설보다는 국제선과 연결되어 자신의 위치를 공고히 하려 한다는 점에서도 같았다. 이재유는 이들 지식인 출신 사회주의자들을 신용하지 않았다. 그는 조선공산당이 노동자와 농민 출신 중심으로 재건되어야 한다고 생각했다. 자연히 노동자 출신이면서 탁월한 조직력과 두뇌를 가진 김삼룡 같은 인물이야말로 평생을 함께할 동지라는 확신을 갖게 되었다. 두 사람은 여름내 함께 일하며 형제처럼 친해졌다. 이재유보다 다섯 살 어린 김삼룡은 그에게 동무라는 호칭을 쓰지 않고 재유 형이라고 부르게 되었고, 이재유도 동무 대신 그냥 삼룡이라고 불렀다.

가을이 와도 몸 상태가 나아지지 않고 기침까지 심해진 이재유는 아침 점호 시간에 일어나지 않고 누워 시위를 하다시피 해서 진료를 받을 수 있었다. 폐병이라는 진단이 나왔다. 병감으로 옮겨져 치료를 받아야 했다. 감옥의 치료라는 것은 별 의미는 없었다. 매일 똑같은 약을 주는 대로 받아먹는 게 고작이었다. 김삼룡과 친해질 만하니까 만나지 못하게 된 게 아쉬울 뿐이었다. 다행히 폐병은 더 이상 심해지지 않은 채 진정이 되어 일반 감방으로 돌아올 수 있었다.

사동이 바뀌어 김삼룡을 만날 수는 없게 되었으나 새로운 인물을 사귀게 되었다. 김삼룡과 같은 충청도 출신이지만 인상은 판이하게 다른 이현상이란 인물이었다. 이재유보다 한 살 어린 그는 충남 금산 출신으로 중앙고보 시절부터 사회주의자가 되어 '6·10 만세운동' 때 유인물을 배포하다가 붙잡혀 퇴학당한 전력이 있었다. 서대문형무소에 오게 된 것은 이재유의 구속사유가 되기도 한 고려공산청년회 간부로 활동했기 때문이다. 두 사람은 공범인 셈이었으나 실제로 만나기는 감옥에서가 처음이었다.

이현상은 날카로운 눈매에 좀처럼 말이 없고 하는 말마다 너무 진지해 사람들을 긴장하게 만드는 성격이어서 감방 안에서 고지식하고 냉정하다는 평가를 받는 편이었다. 그러나 이재유는 매일 운동장과 세면장에서 만나 이야기를 나누는 동안 그가 자기 임무에 지나치게 충실한 나머지 다소 융통성이 떨어지는 게 흠일 뿐, 속내는 온순하고 따뜻한 인물이라는 점을 간파했다.

이재유는 천성이 착하지 않은 사람은 사회주의운동을 할 수 없다고 믿었다. 이기적이고 타산적인 평범한 사람들은 결코 타인의 행복을 위해 자신을 희생하지 않는다고 믿었다. 순수하고 이상주의적인 인물들만이 사회주의운동가가 될 수 있다고 생각했다. 러시아와 같이 사회주의 정권이 들어선 나라에서는 출세주의자나 기회주의자들이 있을지 몰라도, 고문과 감방밖에 얻을 게 없는 가혹한 일제 하에서 사회주의운동을 하는 이들은 근본적으로 이타적이고 선한 사람들이라 생각했다. 적어도 그가 아는 이들은 그랬다. 이론으로 사회주의를 알게 된 학생 중에는 관념적이고 소영웅주의적인 이들이 있기 마련이지만, 그런 이들은 자연히 떨어져 나가는 것을 그는 무수히 보아 온 사람이었다. 남아도는 감옥의 시간을 아껴 공부를 하고, 혁명에 관계되지 않으면 농담조차 하지 않는 이현상은 그런 점에서 대단히 소중한 인물이었다. 이재유는 『자본론』을 통독한 것과 함께 이현상과 김삼룡 두 사람을 만난 것이 긴 감옥생활의 커다란 수확이라고 말하곤 했다. 형무소 안에서 의형제처럼 친해진 세 사람은 석방되면 꼭 함께 일하기로 약속했다.

이듬해인 1932년 이월, 김삼룡이 석방되었다. 오월에는 이현상이 나왔다. 이재유는 유월 들어 재소자 처우개선을 요구하는 항의운동을 주동하다가 보안과 지하 감방으로 끌려가 호된 고문을 당해 건강이 악화된 채 경성형무소로 강제 이감되었다가 십이월 말에 만기 출소했다.

옷과 책이 든 보통이를 안고, 차가운 바람을 맞으며 경성형무소 철문을 나서는 이재유의 얼굴은 창백하게 말라 있었다. 고질병이 된 폐병 때문이었다. 함께 감옥살이를 하다가 먼저 출옥한 이성출과 함께 어디서 본 듯한 고등학생 하나가 기다리고 있다가 달려왔다. 이성출과 손을 잡고 흔들며 반가워하는데 고등학생이 손을 내밀며 웃었다. 고향의 칠촌조카 이인행이었다. 송도고보에 입학하면서 삼수를 떠나올 때 열세 살밖에 되지 않았던 아이가 훌쩍 커서 보성고보 졸업생이 되어 있었다. 이인행은 품에 넣고 있어 아직도 미지근한 두부를 내밀었다. 또 두부를 다 먹기를 기다렸다가 납작하게 신문지에 싼 약간의 지폐를 건네 왔다.

"지난번 삼수에 갔을 때 아주머니가 아재한테 영치해 달라며 이 돈을 주셨는데 제가 그냥 보관하고 있었네요. 받으세요."

이재유는 어정쩡한 태도로 아내가 보내온 돈을 받아 들었다. 지난번에 면회를 왔을 때 다시 오지 말고 돌아가 재가를 하라고 타일러 보냈는데 아직도 친정으로 돌아가지 않은 것이다.

고향으로 돌아갈 생각은 전혀 없었다. 아버지와 할머니가 모두 돌아가신 고향은 이제 아무 의미도 없었다. 작은아버지나 새엄마를 만나보고 싶은 생각이 없지는 않았으나 아내의 존재가 오히려 발길을 막았다. 고향에 돌아가면 다시 아내와 연관이 되고 농사일에 붙들릴 게 뻔했다. 아이도 없는 상태에서 이대로 헤어지는 것이 최선의 길이라 생각되었다. 감옥에서 작은아버지에게 편지를 통해 이혼 의사를 밝힌 적도 있었다. 그러나 작은아버지는 조강지처를 버리는 사람이 무슨 큰일을 하겠느냐며 야단치는 답장을 보내왔을 뿐이었다. 이재유는 억지로 돈을 주머니에 넣고 이인행을 따라 나섰다.

이인행은 자신과 누이 이분선이 하숙하고 있던 연건동으로 이재유를 데리고 갔다. 하숙집 찬모 이씨에게 부탁해 녹두전과 고기만두를 해놓고 기다리던 이분선이 버선발로 뛰어나와 손을 잡고 흔들며 놓아주지를 않았다. 이분선의 등 뒤에는 안종호가 활짝 웃으며 나왔다. 고향에서 어린 시절을 함께 보낸 데다 일본에서도 같은 방에 기거했던 안종호는 조선에 돌아와 철원에 거주하면서 농민운동을 하고 있다가 이재유의 석방 소식을 듣고 그의 소지품을 챙겨온 것이었다. 책이나 사진은 모두 경찰에 압수되었으나 이재유가 일본에서 쓰던 옷이며 필기도구, 면도칼은 남아 있었다. 이재유는 그를 끌어안고 마냥 등을 두드려 댔다.

저녁이 되자 먼저 석방된 후 익선동에 살고 있던 이현상이 찾아와 좀처럼 웃음이 없던 얼굴에 함박웃음을 보여 주었다. 이재유는 그가 농담을 하는 것을 그날 처음 보았다. 또, 원산 출신이지만 한때 삼수에 살아 알고 지내던 김월옥이 찾아왔다. 나이가 한참 아래여서 고향을 떠날 때 어린 꼬마였던 그녀는 정신여고를 졸업하면서 흔히 말하는 신여성이 되어 있었다. 자유연애 사상을 가진 그녀는 이미 결혼한 몸인 정태식이라는 남자와 동거하고 있었는데 사랑하는 사이에 결혼 여부는 중요하지 않다고 당돌하게 말하는 것이었다. 정태식은 봄부터 경성제대 조교로 들어가기로 된 사회주의자로, 김월옥은 이재유에게 자신의 애인을 소개시켜 주고 싶어했다.

짧게는 사오 년, 길게는 팔구 년 만에 다시 만난 삼수의 옛 친구들은 그 밤이 꼬박 새도록 술을 마시고 옛이야기와 미래의 계획을 나누었다. 안종호는 자신이 거주하는 철원은 농민 천하로, 정지현, 정선식 같은 젊은이들과 함께 수리조합 몽리 구역에 소작지를 얻어 소작인을 규합할 계획이라는 이야기를 했다. 이재유는 농민의 경제적 이익을 도모하여 단결시킬 수 있는 농민조합을 만드는 게 어떠냐고 말해 주었다. 이인행에게는 공장 활동을 함께하자고 제안했다. 이인행은 이재유에게 자기들과 함께 살자 제안했고, 달리 머물 곳이 없던 이재유는 쾌히 승낙했다.

다음 날 술이 깬 이재유가 제일 먼저 가야 하는 곳은 병원이었다. 술이 지나쳤던 탓인지, 조금 나아진 듯했던 기침이 새벽부터 발작적으로 터졌기 때문이다. 이인행에게 전염되지 않도록 하기 위해서라도 폐병부터 고쳐야 했다. 돈을 아끼기 위해 무료 진료소를 찾아가 폐병약을 타 왔다.

　이재유의 출감 소식이 알려지자 연건동 하숙집은 손님들로 매일 북적댔다. 며칠 지나지 않아 새해가 된 후에도 남만희, 정칠성, 양하석, 황태성 등이 찾아왔다. 일본에서의 풍부한 노동운동으로 유명한 이재유의 출현은 경성 지역 노동운동가들에게 새로운 희망이었다. 이재유 입장으로 보아서는 운동을 시작한 이래 팔 년 가까운 세월을 일본과 감옥에서 보내느라 경성에 조직 기반이 전혀 없는 상태였으므로 찾아오는 이들과의 교류가 매우 중요했다. 그는 꾸준히 무료 진료소에 가서 폐병을 치료하는 한편으로 찾아오는 손님들과 기꺼이 술잔을 나누고 밤새 토론을 하는 데 몸을 아끼지 않았다.

　사람들은 오랜 세월 감옥에 있었으면서도 국제정세와 조선정세에 대해 단순하고도 명쾌하게 분석해 내는 그의 탁월함에 놀랬다. 피로로 얼굴이 새파랗게 변해도 자리에서 일어나지 않고 사람들의 이야기를 들어주는 그의 모습은 무척이나 인상적으로 사람들에게 기억되었다.

　방문객 중에는 이재유로부터 호된 비판과 냉대를 받은 이들도 있었다. 사회주의자를 자칭하면서도 자신의 정치적 입지를 위해 분파와 이간을 일삼고 혁명이 아닌 개량을 선전하고 다니던 서창과 정백 같은 이가 찾아왔을 때는 면전에서 호되게 비판해 돌려보냈다. 한때 존경받던 사회주의자였으나 개량주의자로 알려진 유진희에 대해서도 비판을 했는데, 이에 항의하러 찾아온 그의 조카 유순희를 설득해 거꾸로 조직에 끌어들이기도 했다.

　이월에는 김삼룡이 찾아왔다. 석방된 뒤 고향에 내려가 잠시 농사를 짓던 그는 이재유의 편지를 받고 곧장 올라온 것이었다. 김삼룡이 왔다는 소식을 들은 이현상이 찾아와 두 사람을 자기 집으로 데려갔다. 그는 익선동에서 아내와 두 아이를 데리고 하인까지 두고 살았다. 딸 이무영이 아홉 살 무렵이었고 아들 이극은 아직 어린아이였다. 부친과 형이 면장인 부유한 집안으로, 형이 생활비를 보내 주고 있었다. 세 사람은 이현상의 집에서 하룻밤을 지새며 장래를 의논했다.

이재유는 천재적인 조직 능력을 타고난 김삼룡이 인천으로 가는 게 좋겠다고 판단했다. 인천은 부두 노동자와 남성 사업장이 많은 지역임에도 노동운동이 거의 없는 상태였다. 김삼룡이라면 그곳에서 독자적으로 조직을 건설할 수 있다고 판단하고 그에게 인천으로 갈 것을 권유했다. 김삼룡은 고향에 돌아가 준비를 한 후 인천으로 가서 부두 노동자가 되기로 했다.

이현상 같은 경우는 현장의 노동자들과 부대끼면서 융통성과 부드러움이 생기면 더 없이 훌륭한 운동가가 되리라 생각했다. 이를 위해서 당장 독립적인 조직가로 파견하기보다는 자신의 곁에서 함께 일하는 게 좋겠다고 판단했다. 그에게 경성 지역에서 함께 노동운동을 하자고 제안했다. 이현상은 흔쾌히 수락했고, 동대문 지역의 섬유봉제 공장들을 조직하는 책임을 맡았다.

이순금이 찾아온 것은 두 사람보다 조금 뒤였다. 이종희와 함께 동수제사에 들어갔던 이순금은 이관술과 함께 일본의 진보적 고등학생들과 연계해 반제동맹을 만들어 일본의 만주 침략을 반대하는 유인물을 뿌리다가 구속되었다가 막 석방된 길이었다. 함께 구속된 이관술은 이 년 형을 선고받고 감옥에 있었다. 물론 학교에서는 해직된 상태였다.

이순금은 석방되기 전에 감옥에서 만난 사상범들에게 밖에 나가면 노동운동을 하려는데 어떤 조직에 들어가는 게 좋겠느냐고 물었다. 그러자 누구나 이재유를 추천해 주었다. 석방되자마자 그를 찾아간 이순금은 단번에 그의 매력에 빠져 버렸다. 상대방을 흥겹게 만들어 주는 다정하고도 재치 있는 말투와 다른 지식인 출신들에게서 발견하기 어려운 현장 감각에 깊이 감명받았다. 이순금은 동덕여고 동창들을 그의 조직에 합류시키기로 했다. 물론 그가 이재유라는 사실은 자기만이 아는 비밀이었다. 이효정을 비롯한 다른 동창들은 나중까지도 그가 이재유라는 사실을 전혀 알지 못했다.

8_ 삼두마차여, 앞으로

이효정이 이재유를 처음 본 것은 그해 봄, 이순금의 집에서였다. 아직 경찰의 감시가 삼엄하지 않을 때였다. 휴일이어서 쉬고 있는데 이순금이 찾아와 꼭 만나볼 사람이 있다고 해서 이병희를 데리고 익선동 집에 가니 이종희도 와 있었다. 이순금이 고향집에서 가져온 중국차를 마시며 모처럼 수다를 떨고 있는데 잿빛 양복을 입은 청년 하나가 불쑥 대문을 밀고 들어왔다. 이순금이 재빨리 나가 그를 끌어들인 후 대문을 굳게 닫아걸었다.

서른 살쯤 되어 보이는 청년은 안색이 창백했다. 이효정은 그가 폐병에 걸려 있다는 걸 금방 알 수 있었다. 조선인 남자로서는 키가 큰 편이었고 얼굴은 예쁘장하니 미남형이었다. 몸이 좋지 않았어도 표정은 밝고 말투도 부드러웠다. 함경도 억양이 남아 있는데 박진홍과의 대화에 익숙해서인지 그다지 투박하게 들리지는 않았다. 청년은 자신의 이름은 밝히지 않은 채 처녀들과 차례로 인사를 나누었는데 그녀들의 고향이 어디이고 집은 어디인지 다 알고 있었다. 이순금이 미리 알려준 것이었다.

이재유는 이효정의 인사를 받고 시를 잘 쓰는 동무라고 들었다며, 장차 프롤레타리아 혁명을 기록하는 훌륭한 시인이 되기를 바란다고 말했다. 이병희에게는 나이 어린 동무가 힘겨운 공장 생활을 너무 잘하고 있다며 장래 노력영웅이 될 거라고 칭찬했다. 이종희에게는 동덕여고 동맹휴업 때 심금을 울리는 명연설을 한 동무라고 들었다며, 장차 노동계급을 대변하는 뛰어난 선동가가 되기를 바란다고 말했다. 그는 이어 말했다.

"지금 조선 땅에는 사회주의가 유행처럼 번지고 있습니다. 사회주의자가 아니면 지식인 축에 끼지도 못하는 형편이지요. 일본에 유학 갔다 오면 누구나 사회주의자요, 마르크스나 레닌의 저서 한두 권만 읽으면 누구나 사회주의자를 자처합니다. 그러나 진정한 사회주의자는 머릿속에서 이뤄지는 것이 아닙니다. 철저한 자기희생과 불굴의 의지를 통한 실천 속에 완성됩니다. 백수건달처럼 놀고먹으며 관념적이고 교조적인 이론이나 떠벌리는 얼치기 사회주의자들이 되어서는 안 됩니다. 그런데 지금까지 조선의 사상운동은 바로 그런 관념적 인텔리를 중심으로 한 파벌운동에 불과했기 때문에 완전한 조직이 가능하지 않았습니다. 조선의 사상운동이 바로 일어서려면 러시아처럼 노동자와 농민을 기초로 해야 합니다. 다만 현재 조선의 노동자 농민의 의식 수준은 매우 낮기 때문에 혁명적 의식과 실천 의지가 있는 지식인들이 생산현장에 파고들어 그들의 의식을 배양한 후 전위를 조직해야 합니다. 투쟁을 통해 단련된 노동자와 농민들, 또 현장 활동에서 단련된 지식인들이 전국적으로 널리 퍼져나갈 때 비로소 조선의 당조직은 진정한 혁명 조직으로 세워질 것입니다."

이재유는 조선의 사회주의운동은 민족해방운동과 뗄 수 없는 관계라는 점도 강조했다. 조선이 독립하지 못하면 사회주의 이상은 공허한 망상일 뿐이라고 했다. 알아듣기 쉬우면서도 감동적인 그의 이야기는 이내 네 처녀를 사로잡았다. 진지하고도 열띤 모임은 점심을 먹고 저녁까지 계속되었다. 그는 각자 다니는 공장의 실태에 대해 물어 보고, 사회주의 학습 모임을 조직하기 위한 방법과 학습 내용에 대해 말해 주었다. 일본에서부터 노동운동의 경험이 풍부한 그는 정치의식이 없는 노동자들을 모으는 방법부터 사소한 싸움을 통해 훈련시키는 방법, 학습 모임에서의 보안 규칙까지 생생한 체험을 들려주었다.

여담으로 자신이 일본에 있을 때 사창가에 팔려 온 수십 명의 조선 처녀들을 구해 준 이야기도 했다. 조선인과 일본인들이 합동이 되어 순박한 조선 처녀들을 방직공장에 취직시켜 준다며 데리고 와서 일인당 오 원씩 받고 사창가에 팔아 넘겼는데 '적색노조'에서 그 사실을 알고 조합원들을 끌고 가 구출해 왔다고 했다. 그는 당시 인신매매에 일본 경찰과 관리들이 개입되어 있었다며, 몸과 마음이 만신창이가 되어 있던 조선인 처녀들을 생각하면 지금도 마음 아프다고 했다. 조선이 독립을 해야만 그런 문제가 해결될 수 있다고 했다. 비록 이름은 몰랐으나 이효정의 눈에 청년은 논리정연하게 말을 하면서도 감정이 풍부해서 잘 웃고, 잘 감동하는 사람이었다. 어찌나 다정다감하고 재미있게 말을 하는지 이야기를 듣다 보니 벌써 사방이 어두워져 있었다. 그를 처음 만난 처녀들은 이름도 경력도 모르는 청년에게 대번에 반해 버리고 말았다.

이재유는 동덕여고 출신들 말고도 많은 이들을 직접 만나러 다니고 있었다. 사실 매우 위험한 일이었으나 자신이 직접 나서서 설득하는 것이 가장 효과적이라는 점 때문에 거의 무차별로 만나고 다녔다. 아직까지 경찰의 감시나 수배가 표면화되지 않은 데 방심한 탓이기도 했다.

왕방울 같은 눈에 두터운 입술을 가진 안병춘은 이재유의 하숙집에 방 한 칸을 얻어 놓고 하숙생들에게 음식을 해주고 있던 찬모 이씨의 아들이었다. 경기도 용인군 내사면의 안씨 집성촌에서 집안 식구들에게 사랑을 듬뿍 받으며 자라난 그는 커다란 눈망울 그대로 여자처럼 곱상하고 마음 역시 여린 청년이었다. 어머니와 함께 경성에 올라와 기독교학교를 다니던 중 해외에서 잠입해 들어온 사회주의자들을 만나 이념의 세례를 받았으나 아직 확고한 신념이나 대중운동의 경험은 없었다.

안병춘이 어머니를 만나러 올 때마다 이야기를 나누면서 친해진 이재유는 그에게 자신의 실천 경험을 들려주고 혁명을 위해 공장에 들어가라고 설득했다. 안병춘은 삼월에 용산 공작소 영등포 공장에 취직해 일하는 한편 자신이 알고 있는 학생들인 김칠성, 이동천, 강극섭 같은 이들을 데려와 이재유에게 소개시켜 주었다. 이재유는 그들을 직접 지도하는 한편으로 안병춘이 경찰의 감시에서 벗어나도록 하기 위해 또 다른 칠촌조카 이분성을 통해 명륜동의 안전한 하숙방으로 옮겨 주기도 했다. 안병춘은 마치 본래부터 노동자였던 것처럼 성실하게 공장에 다녔다.

조선일보에서 신문배달을 하고 있던 정칠성은 종로에서 조선인 폭력조직으로 이름을 날리던 김두한의 부하 중 한 사람이었다. 아는 사람들을 만나기 위해 신문사에 출입하면서 그를 알게 된 이재유는 몇 번의 대화로 그를 설득해냈다. 의협심이 강하고 단순한 정칠성은 곧바로 공장에 들어가 노동운동을 시작했다. 조직 깡패로서 다양한 대인관계를 가진 정칠성은 이재유가 경찰의 감시를 피해 활동하거나 피신하는 데 적지 않은 도움을 주었다.

역시 조선일보 배달부로 일하고 있던 안승락을 설득해 공장에 들어가게 만들기도 했다. 조선일보를 구독하면서 얼굴이 익숙해진 이재유는 광화문 체신국 앞 의전 병원 입구에서 따로 만나 룸펜적인 생활을 벗어버리고 조국의 독립과 민족해방을 위해 젊음을 바칠 생각이 없는가 떠보았다. 안승락이 좋은 반응을 보이자 효자동 전차정거장과 총독부 근방 등지에서 몇 차례 더 만나 설득한 끝에 공장에 집어넣을 수 있었다.

형무소에서 알고 지냈던 안삼원을 만나고 이효정의 삼촌 이병기를 소개받아 설득한 것도 그 무렵이었다. 이재유는 두 사람을 안병춘과 엮어 트로이카를 이루게 한 후 '경성방직'과 '북천전기' 등지에서 노동운동을 시작하도록 했다.

여름에는 김월옥의 애인인 정태식을 만났다. 충북 진천 출신인 정태식은 봄부터 경성제대 법문학부 조교로 취업이 되어 경제연구실에 근무하고 있었는데 경성제대 출신으로 보성전문학교 교수로 일하고 있던 최용달, 경성제대 조교로서 독일 베를린으로 유학 가서 독일공산당에 가입해 일본인 책임자로 일하고 있던 이강국, 역시 조교인 박문규와 유진오 등과 함께 비밀 모임을 가지고 있었다. 관훈정에 있던 인정식의 방에서 만난 두 사람은 오랫동안 대화를 나눈 끝에 함께 활동하기로 결의했다. 정태식은 최용달, 박문규, 이강국을 끌어들이는 한편 보성전문학교와 경성제대 학생 조직을 맡기로 했다.

양평 출신으로 농사를 지으며 '적색농민회'를 만들고 좌파로서 신간회에도 관여했던 변홍대는 이재유를 포섭해 자기 조직으로 끌어들이려고 찾아왔다가 오히려 자신이 이재유 노선에 동조해 조직을 바꾼 경우였다. 그는 이재유의 설득에 따라 농민운동에서 나와 용산의 공장 지대로 취직해 노동운동을 시작했다.

　이재유는 마치 풀잎과 이슬만을 먹고 끊임없이 명주실을 짜내는 누에 같았다. 그가 만나는 이들은 거의 모두 새로운 조직에 가담했다. 이재유를 만남으로 해서 사회주의운동을 시작한 사람도 있었지만 대개는 기왕에 운동을 하던 이들이 새로운 지도자의 깃발 아래 모여든 것이었다. 당대 사회주의자들은 공장으로 들어가라는 코민테른의 테제를 우선 과제로 여기고 있었으나, 경성 지역에는 이렇다할 노동운동이 없어 경험이 쌓이지 않은 상태였다. 풍부한 야전 경험을 가진 이재유는 그들의 목마름을 채워 주기에 충분했다.

　이재유의 활동이 활발해지면서 연건동 하숙집은 경찰의 엄중한 감시에 놓이게 되었다. 골목 입구와 집 앞에 매일 정탐꾼들이 서성였고, 몇 번이나 순사가 찾아와 호구조사를 한다며 이것저것 묻고 갔다. 오월이 되었을 때, 하숙집에 왔다 돌아가던 운동가 몇 사람이 연행되었다가 조사만 받고 풀려나는 일이 생겼다. 더 이상 보안을 유지할 수 없게 된 이재유는 은신처를 옮기기로 했다. 연행 사건이 생긴 바로 다음 날, 이인행과 함께 경성제대가 있는 동숭동의 한 하숙집으로 거처를 옮겼다. 반공개적인 활동은 종료되고 새로운 비밀 지하운동이 시작되었다.

　삼수의 아내가 그를 찾아 경성에 올라온 것은 동숭동으로 잠적한 지 보름쯤 지나서였다. 연건동 하숙집에서 어머니를 만나고 온 이인행이 그 이야기를 전했다. 이재유는 아내를 만나주지 않았다. 경찰의 미행이 붙었을지 모르는데다가 만나서 할 말은 이미 감옥에 면회를 왔을 때 다 해주었기 때문이다. 십년 가까이 고향집을 지키며 남편이 돌아오기만을 기다리는 아내가 안쓰럽기도 했으나 운동을 포기하고 돌아갈 생각은 추호도 없었다.

한편으로는 아내의 얼굴을 대하는 것이 두렵기도 했다. 연민의 정이었다. 차라리 보지 않으면 냉정할 수 있지만 그래도 한때 몸을 섞으며 정이 든 여인인데 만나면 감정이 일어날 것이었다. 그것이 싫었다. 혁명을 이해하는 여성이라면 함께 지하운동을 할 수도 있겠지만, 아내가 원하는 것은 아이를 낳고 안락한 가정을 꾸리는 것이니 화합은 불가능했다. 아내가 붙잡아 꺾으려는 것은 이재유라는 자연인 한 사람의 이상이 아니라 잃어버린 조국을 찾으려는 민족의 염원이었다. 그는 냉정하게 아내와의 면담을 거부했다. 아내는 눈물을 흘리며 며칠 더 머물다가 결국 혼자 귀향을 했다. 다른 남자에게 재가했다는 소식을 들은 것은 여러 해가 지난 후 감옥에서였다.

공장에서의 성과와 더불어, 이재유 조직은 경성 시내 학교에 치밀하게 뻗어 나갔다. 헌신적인 운동가를 지속적으로 배출한다는 점에서 학생 조직은 노동자 조직 못지않게 중요한 의미를 갖고 있었다. 이재유는 공장 일을 이현상과 김삼룡, 이순금에게 전담시킨 가운데 정태식, 안병춘 등을 통해 학교 조직에 많은 시간을 배분했다.

여름에 접어들면서 서서히 작은 싸움들이 시작되었다. 먼저 일어난 쪽은 학교였다. 동덕여고에는 박진홍의 고향 후배이자 동덕여고 후배인 김재선의 주동으로 동맹휴업이 일어나고 숙명여고에서도 동맹휴업이 시작되었다. 공장 곳곳에서도 투쟁의 분위기가 움텄다. 여성 노동자를 때린 일본인 감독에 대한 거부운동이나 기숙사 식사 개선 같은 작은 싸움들은 도랑물이 모여 냇물을 이루듯 머지않아 일어날 연쇄파업을 향해 밀려가고 있었다. 그 선두에는 반드시 사회주의자들이 있었다. 이런 사소하고 작은 싸움들이야말로 노동자를 훈련시키고 새로운 인물들을 발굴해 내는 계기가 되었다. 이재유는 투쟁을 통해 조직하고, 투쟁을 통해 단련하자는 말을 입버릇처럼 하고 다녔다.

다소 느슨하고 자유로운 체계 속에서도 사소한 싸움 거리를 놓치지 않는 이재유의 조직 방식은 의식 없는 노동자들의 결속을 쉽게 했다. 이현상, 김삼룡, 이순금으로 이뤄진 지도부 아래 영등포, 인천, 동대문 같은 여러 공장에 하부 모임이 만들어졌고, 학교에서는 정태식과 변홍대의 지도 아래 그보다 더 많은 숫자의 조직원이 생겼다. 이재유와 형무소에서 만난 인연으로 조직에 들어온 이성출은 농민 부분을 맡아 여주와 양평 지역에서 조선일보 지국장을 지내면서 농민운동을 통합하고 있었다. 인천부터 양평까지 경인 지역을 아우르는, 노동자와 농민이 합쳐진 상당한 조직망이었다.

가을에 접어들 무렵에는 정식으로 가입한 조직원만 이백여 명에 이르러 지하 조직으로서는 상당한 대중적 기반을 갖춘 이즈음에도 이재유는 조직의 이름을 정하지 않았다. 이전의 사회주의자들은 모이기만 하면 조직 명칭과 강령부터 정했는데 이 조직은 경성 시내와 영등포, 인천까지 여러 대공장과 부두, 학교에 세포를 갖추었음에도 그는 아직 이름을 붙이기에 시기상조라 생각했다.

조선의 과거 사회주의 조직들이 지도자에게 절대 권력을 주는 것과 달리, 이재유는 보이지 않는 곳에서 일방적으로 지시를 하거나 명령을 전달하지 않고 토론과 설득으로 합의를 이끌어 내는 방식을 택했다. 하부 모임도 마찬가지였다. 상부 모임 구성원이라 해도 보안을 유지하기 위한 조치들 외에 하부 조직원에 대한 명령권 같은 것은 갖고 있지 않았다. 상부 모임에서의 이재유의 역할과 마찬가지로 토론을 주재하고 결론을 도출하고, 자기 자신도 이에 따랐다. 토론 내용은 주로 공장과 학교에서의 조직 현황과 파업이나 휴업의 계획 같은 것들이었다. 공산당 재건을 위한다며 강령 따위를 논의하느라 시간을 보내는 일은 피했다. 조직원들은 각자 자신이 원하는 지역이나 분야의 일을 선택할 수 있었고 어떤 모임에서도 일방적인 지시를 받는 일은 없었다. 일본에서 공개적인 노동조합에서 활동을 시작한 영향도 있었지만, 이후 비합법 지하 조직에서 활동하면서 그 폐해를 경험한 탓이기도 했다. 그는 합법과 비합법을 교묘히 얽어내는 데 탁월한 수완이 있었다.

조직의 이름을 따로 정하지 않았으나 이재유는 가끔 이 특이한 조직 방식을 트로이카식 조직 방식이라고 설명했다. 러시아 말로 세 마리의 말이 동등한 힘을 갖고 마차를 이끄는 삼두마차라는 뜻이었다. 모든 활동가들이 동등한 권리를 갖고 자신과 조직의 운명을 결정하고 따르는 개방적이고 민주적인 방식이라는 뜻이었다. '경성트로이카'라는 명칭을 공식적으로 사용한 것은 이듬해인 1934년 9월이었다. 다른 활동가들에게 전달할 문건을 만들기 위해서는 제작자 명칭이 필요했기 때문이었다. 하지만 조선공산당재건을 위한 경성트로이카라는 긴 이름은 1933년 여름부터 이미 은밀히 퍼져 있었다.

9_ 상해에서 온 밀사

경성의 사회주의운동가들 사이에서 이재유와 경성트로이카에 대한 소문이 알려지자 국제선을 자처하는 이들이 이재유에게 선을 넣어 왔다.

마산 출신인 김형선은 박헌영이 조선공산당을 처음 결성할 당시 최연소 발기인으로 참가해 유명해진 인물로 그에게 가장 먼저 접근해 왔다. 당시 조선공산당은 깨지고 박헌영은 상해로 망명해 있었는데, 김형선이 그 대리인으로 이재유를 만나러 온 것이었다.

조선공산당이 드러난 것은 신의주에 사는 한 당원이 술에 만취해 자신이 공산당원이라고 큰소리치다가 경찰에 잡힌 어처구니없는 사건 때문이었다. 해외의 조선인들이 공산당을 만들었다는 것은 익히 알려져 있었으나 국내에서 공산당이 결성되었다는 사실은 일본 경찰을 크게 놀라게 했다. 신의주 경찰은 그 당원을 문초해 손쉽게 조선공산당의 전모를 밝혀내고 경성의 주모자들을 잡아 신의주로 압송해 가기 시작했다.

당시 사회주의자들의 수준을 상징하는 듯한 한 당원의 어처구니없는 행동으로 일어난 신의주 사건으로 일대 검거선풍이 불자 김형선은 박헌영, 김단야와 함께 중국 상해로 도피했다. 그들은 그곳에서 코민테른 극동지부의 지도를 받아 지하신문을 만들어 조선에 들여보내는 일을 시작했는데 그 국내 책임자로 김형선이 선정되었다. 김형선은 조선으로 돌아와 팸플릿 배부망을 통해 노동운동을 통일하려고 시도했다. 그래서 경성에서 빠르게 조직을 확대하고 있던 이재유가 그 교섭 대상이 된 것이다.

유월 중순, 이재유와 김형선은 동숭동에서 처음 만나 돈화문을 거쳐 돈암동 베비 골프장까지 걸으며 이야기를 나눴다. 이름을 밝히지 않은 김형선은 자신의 정체에 대해 암시하는 말들을 하며 국제선에 따를 의향이 있는가 물었고, 이재유는 국제 공산당에서 파견되어 왔다면 당연히 지도를 받겠다고 응답했다.

첫 만남이 간단히 끝나고, 며칠 후 밤중에 숭일동 불교전문학교 옆 소나무 숲에서 두 번째로 만났을 때 김형선은 지난번에 이재유가 선선히 응낙한 데 고무되었는지 무척 기분 좋은 얼굴로 말을 꺼냈다.

"동무에 대한 방침이 결정됐습니다. 경성을 떠나 함경도에 가서 조직운동을 하라는 결정이 내려졌습니다."

별 생각 없이 그를 바라보던 이재유의 얼굴에 웃음기가 가셨다. 함경도 해안 지방인 원산과 함흥은 일찍 공업화가 진행되어 노동운동도 상당히 발달되어 있었다. 몇 해 전 '원산총파업'이 일어난 후로 사회주의자들이 운동을 주도하면서 만든 '태평양노동조합'의 비밀 기관지는 경성까지 반입되어 노동운동의 지침서가 될 정도였다.

"그쪽에는 이미 노동운동이 충분히 발달하지 않았습니까? 걸출한 동지들이 많은 걸로 아는데, 내가 굳이 갈 필요가 있을까요?"

"훌륭한 동지들이 많은 건 사실입니다. 그런데 이주하 동무가 구속된 뒤로 지도부에 공백이 생겼습니다. 이주하 동무는 오 년 형을 받고 함흥형무소에 수감되어 있으니 앞으로도 수삼 년 후에나 석방될 겁니다. 지금 이 동무가 파견된다면 큰 도움이 될 겁니다."

원산과 함흥 지역 노동운동의 가장 유력한 지도자인 이주하는 함남 북청 출신으로 이재유와 같은 나이인데다가 화전민의 아들로 일본에서 사회주의자가 되었고 학비가 없어 중퇴한 점까지 비슷했다. 원산 부두에서 노무자로 일하며 노동운동을 시작한 그는 체질적으로 타고난 지하운동가로 몇 해 만에 평양과 황해도까지 조직을 넓힌 전설적인 운동가였다. 얼마 전에 경성에 들어왔다가 용산경찰서에 검거되어 징역 오 년을 언도받고 수감되어 있었다.

걸음을 멈춘 이재유는 소나무 아래 앉아 한동안 말이 없었다. 김형선의 말뜻은 충분히 이해할 수 있었다. 조선에서 노동운동이 가장 발달하였고, 이를 통해 전국의 노동운동을 지도하는 곳은 함흥 지역이었다. 전설적인 노동운동가인 이주하를 대신해 함경도 지방을 지도해 달라고 요청한 것은 분명 고마운 일이었다. 하지만 이재유는 경성을 떠나고 싶지 않았다. 그는 함경도에는 자신이 없어도 노동운동을 이끌 사람이 충분하리라 생각한 반면, 노동운동의 초기 단계인 경성은 자신을 꼭 필요로 한다고 생각했다. 탁월한 조직가인 김삼룡을 노동운동의 무풍지대인 인천에 파견한 것과 같은 이치였다.

더군다나 이재유는 현재 경성에서 활발하게 활동하고 있는 자신을 갑자기 함흥으로 보내겠다고 결정한 국제선이라는 조직을 신뢰할 수 없었다. 김형선이 상해의 박헌영으로부터 인정받은 지도자라는 건 잘 알고 있었으나, 도대체 그 머나먼 상해에서 국내의 대중운동을 지도하려는 것 자체가 이해되지 않았다. 조국의 국경을 넘었으면 무장 투쟁 같은 새로운 활동을 선택해야지, 편지 한 번 주고받는 데도 한 달이 걸리는 그 머나먼 땅에서 이곳의 운동을 지도하겠다는 게 비현실적으로 보였다.

"좋습니다. 내가 꼭 함경도로 가야 한다면 가겠습니다. 그렇지만 나를 보내려면 그곳의 여러 운동 분파들을 통일시킬 수 있는 올바른 노선과 구체적인 활동지침을 제시해 주십시오. 그런 명확한 지침도 없이 막연히 함경도 운동을 지도하라는 것은 그 지방 운동가들을 무시하는 처사라고 봅니다. 이제 막 태동하는 경성 지역 노동운동을 방기하는 무책임한 결정이기도 하지요."

김형선은 애매한 미소를 지으며 그를 바라보다가 말했다.

"그 문제라면 어렵지 않습니다. 우리 조직의 기관지가 동무의 요구를 들어줄 수 있을 겁니다. 기관지에 나오는 지침대로 따르면 됩니다."

"기관지라면, 상해에서 발행하는 『코뮤니스트』 말입니까?"

이재유는 고개를 설레설레 저었다.

"상해야 자유로운 곳이니 신문을 만들 수는 있겠지요. 그렇지만 지금까지 경험에 따르자면 외국에서 발행된 팸플릿이 국내에 반입되기까지는 적어도 두세 달이 걸립니다. 그것도 기차나 배에서 수색에 걸리지 않는다는 조건으로 말입니다. 국내 상황을 전달하는 데 한 달 잡고, 다시 인쇄해서 들어오는 데 석 달이 걸린다는 이야기인데, 하루가 다르게 변하는 노동 현장을 넉 달 전의 지침으로 지도하란 말입니까? 아무리 탁월한 지도부라 해도 몇 달 후에 생길

지도 모르는 투쟁을 미리 예견해서 지도하는 게 가능합니까?"

김형선의 음성에 짜증이 섞여 나왔다.

"아니지요. 현장에서 일어나는 구체적인 일은 현장 조직원이 해내야지 어떻게 당에서 일일이 지도를 합니까? 당 기관지 『코뮤니스트』는 운동 전체가 나갈 길을 제시하고 세계정세를 알려주는 역할을 할 뿐이지요."

이재유도 답답하다는 표정을 지어 보였다.

"그렇다면 『코뮤니스트』는 전위 조직을 위한 지침일 뿐, 노동운동을 지도하는 야전 사령탑이 될 수는 없지요. 현실적으로 생각해 봐도 그렇지 않습니까? 벌써 몇 달 전 파업 소식이 실린 낡은 기관지를 어느 운동가가 신뢰할 수 있겠습니까? 그래가지고 어떻게 당의 위신이 서겠습니까?"

깊이가 다른 톱니바퀴처럼 이가 맞물리지 않는 토론은 밤이 이슥하도록 계속되었다. 김형선은 공산당 건설이든 노동운동이든 국내에 상주하는 운동가들이 주도해야 한다는 이재유의 주장을 인정하려 들지 않았다. 그는 레닌이 독일에서 러시아혁명을 지도했듯이, 상해에 있는 박헌영과 김단야가 조선의 운동을 지도할 수 있다고 생각했다. 비록 멀리 떨어져 있기는 하지만 박헌영의 조직이야말로 국제공산당으로부터 공인받은 유일한 전위 조직이며 이론에 가장 탁월하다는 것이 이유였다. 두 시간 가까운 논쟁은 결론을 얻지 못한 채 다음 번 약속을 정하는 것으로 끝나고 말았다.

세 번째 만남은 파고다 공원 근방에서 이뤄졌다. 지난번 만남에서 상당히 불쾌한 느낌을 갖고 헤어졌던 김형선은 다시 밝은 표정이 되어 있었다. 그는 이재유의 주장을 인정하기로 했다는 말부터 꺼냈다. 해외에서 들어오는 기관지 말고 조선 내에서 출판을 할 수 있는 체계를 만들자는 새로운 제안이었다.

이재유는 여기에는 흔쾌히 승낙했다.

그러나 김형선은 그 전제 조건으로 여전히 이재유에게 함경도로 갈 것을 권했다. 이재유는 이번에도 그 말에는 승복할 수 없다고 자신의 입장을 밝혔다. 자신을 필요로 하는 곳은 운동이 발달한 함경도가 아니라 이제 시작인 경성이며, 경성 지역의 노동운동이 성숙한 후에 다시 생각해 보겠다고 말했다. 머지않아 파업이 터질 텐데 지도자인 자기가 빠진다는 건 있을 수 없는 일이라고 거꾸로 설득했다.

자신있게 나왔던 김형선은 결국 이재유를 경성에 머물게 할 수밖에 없었다. 김형선으로서는 자신들의 결정에 따르지 않는 이재유가 못마땅했으나 강제로 떠나게 할 수는 없었다. 조선 내에서 자체적으로 기관지를 만드는 일만 함께하기로 했다. 어찌되었든 두 사람이 함께 일하는 것에는 합의를 본 셈이었다.

그런데 며칠 후, 영등포에 사람을 만나러 갔던 김형선이 연행되고 말았다. 본래 김형선의 조직원이었던 변홍대를 통해 그의 검거 소식을 들은 이재유는 일단 동숭동 하숙집을 버리기로 했다. 트로이카에 대해 상당히 파악을 하고 있는 김형선이 경찰의 고문 앞에 어떤 내용을 실토할지 믿을 수 없었기 때문이다.

새로운 거처는 신설동 빈민굴로 정해졌다. 일본인 주인이 노동자들에게 세를 주기 위해 만들어 놓은, 방이 열 개도 넘는 허름한 집이었는데 그 중에서도 가장 싼 다락방을 빌렸다. 주인에게는 막노동자라고 말해 두었다. 그는 실제로 가끔 공사장에 나가 막일을 해서 활동비를 벌어야만 했다.

경성트로이카에 대해서는 끝까지 숨긴 채 고문을 버텨낸 김형선은 일심에서 징역 팔 년을 선고받고 복역을 시작했는데 석방될 무렵인 일제 말기에 신설된 치안유지법에 따라 형기가 연장되어 해방이 될 때까지 십이 년간의 긴 감옥살이에 들어간다.

얼마 후, 김형선의 구속으로 지도선을 잃은 박헌영은 자신의 방법이 비현실적임을 깨닫고 직접 조선에 들어왔다가 붙잡히게 된다. 몇 해의 감옥 생활 끝에 정신병을 가장해 석방된 박헌영은 이후 국내 운동은 국내에서 지도해야 한다는 국내파가 되어 이재유와 같은 길을 걷는다.

한편, 김형선과의 연락이 끊어진 후에도 이재유는 또 다른 조직과 부딪쳐야 했다. 경성에서 비교적 대중적인 기반을 갖고 있던 권영태 그룹이었다. 함경도 홍원 출신의 권영태는 모스크바에서 동방노력자공산대학을 나온 후 국제적색노조 극동지부의 지시를 받고 경성 일대 조직을 맡아 활동하고 있었다. 김형선이 중국 쪽에서 들어온 국제선이라면 권영태는 소련 쪽에서 들어온 국제선인 셈이었다. 그는 이재유가 석방되기 전부터 경성 시내 여러 공장에 조직원을 위장취업시켜 노동자 소모임을 만들고 있었는데, 이재유가 등장하면서 몇 군데 공장에서 트로이카 조직과 부딪치게 되었다.

두 조직이 처음 부딪힌 곳은 '서울고무' 파업 현장이었다. 서울고무에는 양대 조직의 활동가들이 파견되어 있었는데 파업이 일어나자 의견이 부딪치게 되었다. 파업을 어떻게 지도할 것인가를 놓고 두 조직의 책임자 사이에 토론이 벌어진 것이었다. 파업 중인 여성 노동자들이 모인 자리에서였다. 이재유 조직의 운동가는 자신이 이곳에 온 것은 파업을 응원하기 위함이라고 말했다. 전위 조직은 운동 전체를 지도할 수는 있어도 개별사업장의 경제 투쟁은 현장 지도자들의 몫이니 응원하고 도와 주면 된다는 논리였다. 일방적 지도보다는 토론과 협의를 중시하는 트로이카 조직원다운 발언이었다. 반면 권영태 쪽 조직원은 자신이 온 것은 노동자를 지도하기 위함이라고 말했다. 모든 혁명적 노동운동은 전위 조직의 지도를 받아야 한다는 원칙론이었다. 파견 나온 두 활동가 사이의 논쟁은 현장의 여성 노동자들에게 번졌다. 여성 노동자들은 열띤 토론 끝에 지도가 아니라 응원하고 도와 주러 오는 게 옳다는 결론을 내렸다.

이재유는 그 일을 보고받고, 소위 전위를 자처하는 사람들이 현장 노동자들 앞에서 그런 토론을 한 것은 황당한 일이라고 비판했다. 전위 활동가들끼리 토론할 일을 일반 노동자들 앞에서 떠벌리는 어리석은 짓이 어디 있느냐고 야단쳤다. 토론 내용 자체는 크게 문제 삼지 않았다. 자신들의 주장이 옳았으며 현장 여공들이 그 점을 입증했다고 보았기 때문이다.

반면, 권영태 그룹에서는 이 일을 두고 트로이카 그룹이 국제선의 지도를 거부할 뿐 아니라 전위 조직의 역할마저 부인하는 대중추수주의적이고 분파적인 집단이라고 규정했다. '서울고무 사건'이 있은 후 이재유는 권영태 그룹에게 공동 투쟁 위원회를 결성해 함께 투쟁하는 과정을 통해 통합하자고 제안했으나 권영태는 이를 거부했다.

가장 중요한 국제선이던 두 조직과의 결합은 그렇게 무산되었다. 특히 권영태와는 한 번도 직접 만나 보지 못한 채 각기 다른 활동을 계속하게 되었고, 권영태 쪽에서 그를 분파주의자로 비판하고 있다는 것을 알았으나 이재유는 크게 개의치 않았다.

이재유에게는 당장 일어나고 있는 파업이 더 급했다. 언제 경찰의 습격으로 연행될지 모르는 그는 국제선과의 통합이나 이론 투쟁보다는 현장 파업을 지도하는 일에 자신의 귀한 시간을 쏟고자 했다. 사실 일급 수배자인 그가 파업 현장에 가는 일은 무모한 짓이었다. 파업이 났다 하면 경찰과 사복형사들이 회사 안팎에 깔려 있는데 주변을 맴도는 것은 무척 위험했다. 그럼에도 이재유는 파업 장면을 보고 싶어했다. 그는 갈 수 있는 현장은 다 찾아다녔다. 파업 지도부와 현장 주변에서 만나 걸어다니며 이야기를 듣고 지시해 주는 일이 주된 일과였으나, 지도부를 만나지 못하는 경우에도 멀리서나마 노동자들이 싸우는 모습을 지켜보고 싶어했다.

10_ 조선의 그늘

　이효정이 이재유를 다시 만난 것은 연쇄파업이 시작된 한여름이었다. 이종희가 주동한 '별표고무' 파업이 막 끝났을 때였다. 본래 보고자인 이순금이 경찰의 집중적인 감시로 도저히 움직일 상황이 못 되어 대신 그녀를 보낸 것이었다.
　약속 장소인 경성제대 부속병원 정문 앞에 나타난 이재유는 폐병이 많이 호전되어 안색이 좋았고 살이 오른 얼굴에도 핏기가 돌았다. 조금 작아 보이기는 했으나 갈색 양복에 중절모까지 갖춰 평범한 사무직원처럼 보였다. 이효정은 목까지 내려오는 중발을 단정히 묶고 검정 저고리와 흰 반치마를 입어 상회의 경리직원처럼 보였다. 두 사람은 산책 나온 연인처럼 다정하게 종로거리를 걷기 시작했다.
　규칙대로, 혹시 있을지 모르는 미행과 체포에 대비해 두 사람은 먼저 사사로운 이야기를 나눴다. 그는 이효정이 시를 쓴다는 사실을 잊지 않았다. 그동안 무슨 시를 써 놓았는지 궁금해했다. 미안하게도 이효정은 써 놓은 시가 없었다. 처음 종연방직에 입사했을 때는 암담한 노동자의 현실에 충격을 받아 여러 편의 시를 썼다. 그러나 시간이 지나면서 감정이 둔해지고 시심은 사라져 글이 써지지 않았다. 매일 새벽부터 열 몇 시간을 일하고 휴일에도 모임을 이끄느라 쉬지 못했다. 원하는 것은 단 하루라도 마음놓고 푹 자 보는 것뿐이었다.

이재유에게 솔직히 이야기하니 그는 열 마디 선동보다 한 줄의 시가 더 큰 영향력을 가질 수 있다면서, 시 쓰기를 포기하지 말라고 격려했다. 이효정은 여전히 그의 이름이 이재유라는 사실조차 알지 못하고 있었으나 자신을 알아주는 사람을 만났다는 데 무척 흡족했다.

종로 2가 모퉁이에는 '화신상회'를 짓는 공사가 한창이었다. 동아일보를 인수한 김성수에 맞먹는 대표적인 친일파 재벌인 박흥식이 서양식 백화점을 짓는 것이었다. 이재유는 근래 새로 지어지는 건물들은 이전의 유럽풍 화려한 건축물과 달리 투박하고 멋이 없다고 말했다.

이재유 말대로 삼십 년대 들어 경성에 신축되는 건물들은 일본에서 흔히 볼 수 있는 직사각형의 밋밋한 실용적인 건물들이 주종을 이루었다. 값싸고 빠른 공법이 선호된 때문이었다. 웅장하면서도 우아한 프랑스공사관이나 조선호텔 같은 멋진 건물들은 더 이상 지어지지 않았다. 대신 네온사인이 들어왔다. 조선인들이 모여 사는 뒷골목은 여전히 어둡고 우울했으나 일본인을 상대하는 거리는 노랑, 빨강, 녹색, 청색의 네온사인들이 반짝이며 밤거리를 수놓았다. 화려하게 빛나는 네온간판과 풍요로운 고급 상품들이 가난한 조선인들을 한껏 기죽게 했다.

　상업주의를 상징하는 새로운 건축물이며 네온사인의 등장과 함께 인심도 변해 갔다. 한쪽에서는 돈이 넘쳐나 어떻게 굴릴까 고민했지만 서민들의 삶은 갈수록 나빠졌다. 가장 빠르게 늘어가는 것은 전당포였다. 궁지에 몰린 조선인들이 무쇠 솥과 이불까지 들고 나와 맡기고 하루하루를 연명하는 전당포 간판이 건물 지붕마다 붙어 있을 정도였다. 전당포는 어디나 월 칠 부의 이자를 받아 갔다. 일 년이면 이자가 원금과 맞먹는 고리대금이었다. 가난은 더 깊은 가난을 부를 수밖에 없었다.

　반면에 늘어나는 부자들을 위한 고급 술집인 까페가 거리 모퉁이마다 자리잡기 시작했다. 서양식으로 실내를 장식한 까페에는 열 명에서 수십 명에 이르는 여급들이 양장에 단발머리를 하고 차와 술을 날랐다. 조선의 전통적인 향락 문화이던 기생제도는 거의 사라지고 없었다. 일본문화의 유입과 더불어, 춤과 노래, 시문을 할 뿐 몸은 팔지 않던 전통적인 의미의 기생들은 사라져 버리고 기와집을 개조한 권번이라 부르는 요정에서 질펀한 술시중에 몸을 파는 기생이 주류가 되었다. 그나마 일본에서 건너온 게이샤들이 그 자리를 차지해 버리면서 기생이라는 이름뿐, 전문적으로 몸만 파는 창녀도 급속히 늘어났다. 사라져 가는 기생들과는 달리 까페 여급들은 점잖은 분위기 속에서 고급스런 윤락을 제공하는 새로운 문화로 등장하고 있었다. 종로의 '락원까페' 같은 곳에는 여급 숫자가 오십 명이 넘을 정도였다.

　서양 문화의 유입과 함께 사람들의 행색도 바뀌어 갔다. 이십 년대만 해도 사람들의 복장은 조선이나 일본, 중국 같은 동양식에다가 서양식까지 뒤섞여 다양했으나 시간이 갈수록 서양식으로 통일되어 갔다. 머리 모양도 바뀌어 갔다. 일제의 강요가 아니더라도 남자들이 스스로 상투를 자르고 서양식 상고머리를 하게 된 지는 이미 오래 되었으며 여자들도 허리까지 닿은 긴 머리칼을 싹둑싹둑 잘라내기 시작했다. 깡총한 단발머리에 송곳 같은 뒤축을 단 뽀족구두에 실크 스타킹을 신은 모던 걸들이 양산을 펴든 채 거리를 누비고 다녔다. 나팔바지라는 새로운 유행이 도시 청년들을 유혹했다. 빗자루처럼 통 넓은 나팔바지에 네모진 각테 안경을 쓰고 넓은 넥타이를 맨 모던 보이들이 모던 걸들과 어울려 다니는 모습을 심심치 않게 볼 수 있었다.

하지만 평범한 조선인들에게 유행이란 여전히 낯선 취미일 뿐이었다. 단발머리나 파마는 까페 여급들이나 하는 것으로 생각했고, 유한마담이나 부유한 청년들의 신식 복장은 손가락질의 대상이었다. 유명한 여성 사회주의자 중에도 단발머리에 무릎까지 올라오는 짧은 치마를 입고 아무데서나 담배를 물고 다니는 이들이 있어 맑스걸이니 레닌걸이라는 비아냥을 듣기도 했지만 몇몇에 불과했다.

이효정처럼 노동운동을 하는 여자들이 그들과 달리 촌스러운 옷차림에 구식 쪽진 머리를 하고 다닌 것은 일반인들의 정서를 따르기 위함이었다. 공장에서 조직을 하려면 공장 노동자의 정서에 따라야 한다는 원칙이 있었기 때문이다. 보통의 여공들과 같은 복장에 같은 말투에 머리모양도 같아야 했다. 어떤 점에서는 그런 수수한 조선 복장이 자신들의 취향에 맞기도 했다.

아무도 따라오지 않는다는 것이 확실해진 후에야 보고가 시작되었다. 이효정은 이종희가 별표고무 파업 현장에서 뛰어난 웅변으로 노동자들을 사로잡았다고 보고했다. 이재유는 이종희가 어떤 연설과 구호를 외쳤는가를 자세히 캐묻고는 파업 현장에서 지나치게 좌익적인 구호를 외쳐 대중들에게 경계심을 갖게 하지는 않는 게 좋겠다고 말했다. 종연방직의 상황에 대해서도 보고를 듣고 난 그는 공장에서 사회주의자들이 가져야 할 태도와 파업현장에서의 주의 사항에 대해 말했다. 상당히 긴 구두 지침이었으나 기억력이 좋은 이효정은 하나하나에 번호까지 붙여 가며 외워 두었다.

이재유는 자신의 말이 끝난 후 그녀가 잘 이해하고 있는가를 확인하기 위해 몇 가지를 되물었고, 거의 단어까지 똑같이 재생해 내는 것을 들으며 무척 흡족해했다. 그는 침착하고도 총명한 이효정에게 무척 만족해했다.

이재유는 이날의 만남을 계기로 새로운 결정을 내렸다. 이효정에게 공장을 나와 외곽에서 활동하도록 한 것이다. 이효정은 동대문 일대 공장에서 활동하는 이들과 이재유 사이에서 연락을 담당하게 되었다. 현장 투쟁에 대한 토론은 주로 파업위원회에서 이뤄졌고, 이현상이나 이순금이 참가해 직접 지도를 했는데 그 회합의 결과를 이재유에게 알리고 대답을 들어오는 일을 맡은 것이다. 주기적으로 그를 만나 문건을 전달해 주기도 하고 공장에서 나온 보고서를 전달하기도 했다. 물론 여전히 그의 이름이 이재유라는 것은 몰랐고 이름을 쓸 필요도 거의 없었다. 꼭 필요한 경우에는 당시 지식인들 사이의 편지에서 흔히 쓰던 'K'니 'L'이니 하는 영어 약자로 지칭했다.

이효정은 새로운 활동에 재미가 들렸다. 키만 훌쩍 클 뿐 늘 병을 달고 사는 허약한 체질인 그녀에게 사실 공장 생활은 너무 힘에 부쳤다. 새벽에 일어나지 않는 것만으로도 살 것 같았다. 그녀는 이재유의 전령 역할을 썩 잘 해냈다. 코민테른 팸플릿을 가슴 속에 숨겨 검문소를 통과할 때는 만주에서 장바구니 속에 육혈포를 숨겨 나르던 어머니 생각도 났다.

인천에 가서 김삼룡을 만나 이재유의 전갈을 전하고 그쪽 사정을 보고받아 돌아온 적도 있었다. 김삼룡은 인천부두에서 반공개적으로 하역 노조를 상대로 사회주의 교육을 하고 있었는데 서민적인 풍모에다가 소탈한 성품과 언변으로 사람을 끌어당기는 매력적인 인물이었다.

하지만 공장 밖의 활동은 배가 고팠다. 공장에 다니면 하루 세 끼는 챙겨 먹을 수 있었으나 외부 활동가들은 하루 두 끼니도 먹기 힘들었다. 집에서 만나면 경찰이 잠복했을 때 피해가 크기 때문에 주로 가두회합을 택했는데 한창 다방과 음식점들이 번성하던 시절이었으나 그런 곳에 들어갈 여유가 있던 적은 거의 없었다. 애인을 가장해 공원을 거닐거나 전차 정류장 근처를 서성이며 대화를 나눠야 했다. 한 번 만나면 두세 시간씩 회합을 가지는 일이 많아 종로에서 만나 남산을 한 바퀴 돌고 동대문에서 헤어지는 식이었다. 하도 걸어서 발바닥에 굳은살이 박일 정도였지만 밥은커녕 물 한 모금 마시지 못하는 때가 대부분이었다. 주머니에 돈이 아예 한 푼도 없을 때가 많았지만 있더라도 만일을 대비해 남겨 두었다가 경찰의 미행이 확인되면 전철이라도 타고 달아나야 했다. 어쩌다가 여유가 있을 때면 찐빵을 사서 공원에 나란히 앉아 먹는 정도였다.

이재유에게 돈이 아주 없는 것은 아니었다. 감옥에서 나와 활동을 시작한 이래 여러 사람이 그에게 활동비를 제공하고 있었다. 아버지와 형이 면장으로 있어 비교적 넉넉한 생활을 하고 있던 이현상과 부유한 이순금이 각각 오십 원 넘는 돈을 주었고, 안병춘과 최소복, 남만희 등 핵심 조직원들이 공장에서 받은 월급을 조금씩 모아 온 돈이 백 원도 넘었다. 하지만 이 돈은 파업을 지원하는 데 대부분 들어가 버렸고, 설사 돈의 여유가 있다 해도 극도의 절약과 굶주림에 익숙한 이재유는 거의 돈을 쓰지 않았다. 오히려 모임이 없는 날은 하루 일당으로 7, 80전을 받고 막노동판에 나가기도 했다.

어느 날 이재유를 만났을 때, 이효정이 무심코 배가 고프다고 말했다. 그러자 이재유는 군말 없이 그녀를 인왕산 아래 동네로 데려갔다. 다 부서져 가는 초가집들이 언덕 양편으로 빈틈없이 다닥다닥 붙어 있는 산동네였다. 좁다란 송판을 세워 벽을 삼고 신문지로 누덕누덕 바른 집에서 겨울인데도 장작 살 돈이 없어 온 가족이 부둥켜안고 밤을 새우는, 그러다가 아침이면 늙은이나 갓난아이가 얼어 죽은 채 발견되는 그런 동네였다. 수많은 조선인들이 불을 끄고 고요히 잠든 어두운 골목 맨 위에서, 이재유는 말없이 아래를 내려다보았다. 이효정도 나란히 서서 조선인 마을을 바라볼 수밖에 없었다. 조선의 빈곤이, 조선의 침묵이 바람처럼 훅 하고 끼쳐 오는 느낌이 들었다. 인왕산을 스치고 내려오는 밤기운처럼 무거운 숨결이었다. 이효정은 부끄러움으로 눈물을 글썽거렸다.

동서양의 건축 양식이 부조화 속의 질서를 이룬 경성은 아름답고 우아한 도시였지만, 그 뒷골목에 사는 조선인 서민들의 삶은 너무 비참했다. 한쪽에는 빨간 벽돌을 쌓거나 남부유럽 식으로 석회를 바르고 황토기와를 올린 이층집들이 즐비하게 늘어서서 갓 생산된 미제 승용차에 피아노와 칠십 원짜리 라디오에 백 원이 넘는 사진기까지 갖추고 호화롭게 살아가는 반면, 그 반대편에는 반쯤 쓰러진 초막의 토굴같이 침침한 단칸방에서 찌그러진 냄비 한 개, 귀 떨어진 항아리, 양철 대야와 석유상자를 세간이라고 들여놓고 한 달 월급 십오 원으로 온 가족이 먹고살았다. 손님이 와도 끓여 내올 쌀죽은커녕 상에 올려놓을 밥그릇과 수저조차 없는 살림이었다. 도시는 번영하고 있었으나 서민들의 삶은 악화되기만 했다.

경성부 외곽 토막촌보다는 낫다 해도, 조선인 거주지는 어디나 마찬가지였다. 삼선정에서 전차를 내려 개울물을 따라 종로로 걷노라면 아낙네들이 구공탄 불을 피우느라 내는 연기가 매캐했다. 돈화문에서 종로 삼정목으로 통하는 길은 작은 시골 읍처럼 조용한 길이었는데 길가의 나직한 집들에서는 구두를 깁거나 국수를 삶아 팔았고 이발소, 담배 가게, 양복점들이 늘어서 있었다. 그 길을 지나노라면 좁은 골목 음식점에서 국 끓이는 냄새, 안주 굽는 냄새와 함께 골목 쪽으로 구멍이 난 재래식 변소에서 올라오는 똥 냄새가 코를 찔렀다. 그래도 약봉지를 줄줄이 매달아 놓은 한약방 앞을 지날 때는 한약 달이는 향기에 취해 잠시 멈칫하기도 하고 중국인이 하는 호떡집 앞을 지날 때는 오 전이나 하는 비싼 호떡을 바라보며 침을 삼키기도 했다. 어쩌다가 등에 동양화를 말아 지고 다니며 그림을 파는 중국인들도 만날 수 있었고 고춧가루며 콩을 머리에 이고 팔러 다니는 노파며 등에 계란을 잔뜩 지고 다니는 계란장수도 흔히 볼 수 있었다. 그 초라하면서도 생기가 넘치는 뒷골목을 지날 때면 저절로 흥이 나기도 했다.

주재소 앞을 지날 때면 이내 다시 가슴이 서늘해졌다. 주재소 앞에는 늘 일본인 순사들이 뒷짐을 지고 서서 행인들을 살펴보았다. 주재소뿐 아니라 곳곳에 정보원들이 깔려 있어서 낯선 사람만 나타나면 감시하다가 조금이라도 수상한 기색이 보이면 신고해 버렸다. 가난한 조선인들에게 경성은 결코 낭만과 희망의 도시가 아니었다.

이재유는 조선인 빈민가를 보여준 후 배가 고픈 그녀를 위해 우동을 사 주었다. 이효정은 너무 배가 고파 허겁지겁 우동을 먹었으나 이 날의 부끄러움은 잊지 않았다. 그녀는 부끄러움을 감추기 위해서 더 열심히 활동했다.

싸움이 급속히 번지고 있어 딴 정신을 팔 여유도 없었다. 연쇄적으로 일어난 파업은 구월 들어 종연방직에서 절정을 이루었다. 첫날은 삼백 명 정도가 웅성대며 농성을 시작했는데 곧 오백 명 전원이 참가했다. 당시로서는 무척 큰 파업이었다. 신문마다 매일 떠들썩하게 보도하는 가운데 파업은 일주일을 끌었다. 공장 안에서는 이병희가 노동자 대표를 맡아 활동했고 바깥에서는 파업위원회를 만들어 이효정, 이순금, 이종희가 위원으로, 동대문 지역 전체를 지도하던 이현상이 책임자로 활동했다. 다른 공장에 다니고 있던 이경선과 김재선이 응원을 오기도 했다. 여공들의 요구조건은 양성공 일급을 이십오 전에서 사십 전으로 올릴 것, 기숙사생의 야간 외출을 허가하고 자유로이 퇴사할 수 있도록 할 것, 벌금을 없앨 것, 직공을 때리거나 욕하지 말 것 등 열세 가지였다.

파업이 나자 일본인 사장은 기숙사를 봉쇄해 기숙사 여공들의 외출을 금지시키고 오백 명 직공 모두에게 일하러 나오지 않으면 해고한다는 통고를 보냈다. 동대문경찰서는 앞에 나섰던 다섯 명의 여공을 연행하고 이들을 돕기 위해 모임을 갖던 '조선방직' 여공 두 사람도 끌어갔다. 처음부터 철저히 준비하고 보안을 지켰기 때문에 회사와 경찰은 파업 주동자를 찾지 못한 채 자연발생적으로 일어난 것으로 보고 있었다.

파업 사흘째 되는 날, 일본인 사장은 다음 날까지 출근하지 않는 이는 무조건 해고한다는 최후의 공고를 붙였으나 이에 응하는 여공은 없었다. 일본인 사장은 남자직공들을 시켜 회사에서 모든 조건을 들어주기로 했으니 일하자고 했다. 이에 현혹된 여공들은 일주일 만에 일을 시작했다. 그러자 회사에서는 남자직공들이 제멋대로 말한 것이니 회사와는 상관없다고 발뺌을 했다. 파업은 무산되고 요구조건은 거의 수용되지 않은 채 노동자의 패배로 끝났다. 작업이 재개되자 주동자들이 무더기로 연행되었으나 여공들은 속수무책이었다.

일주일을 끌었던 종연방직 파업과 안병춘이 취직해서 일으킨 용산철공소 영등포공작소 파업을 마지막으로, 조직원들이 들어가 있던 모든 공장의 파업이 끝나고, 경찰의 본격적인 수사가 시작되었다. 철저히 보안을 지키며 활동한 이순금은 잠시 연행되었다가 무혐의로 풀려났으나 다른 활동가들과 노동자까지 이백 명 넘는 사람들이 무더기로 연행되었다. 파업을 마치고 출근하던 이병희가 구속되고, 외부에서 지도하던 이들도 차례로 잡혀갔다. 이종희, 변홍대, 허마리아 등 대부분의 현장 활동가들이 검거되었다.

불과 한 달 만에 경찰은 활동가 대부분을 구속시키는 데 성공했다. 이재유를 비롯한 지도부는 체포되지 않았으나 경성트로이카는 사실상 활동이 마비되고 말았다.

11_ 처녀들의 꿈

 이효정이 체포된 것은 할아버지의 장례식 날이었다. 한동안 버티며 이재유와의 연락을 계속하던 그녀는 자신을 그토록 아껴 준 할아버지가 돌아가셨다는데 집에 가보지 않을 수 없었다. 조심은 했지만 설마 장례식 날 잡아가지는 못하리라 생각했다.

 장례식 준비로 어수선한 틈을 타 한밤중에 불쑥 집에 들어가자마자 어머니가 소스라치게 놀라 곧장 대문을 잠가 버렸다. 막 할아버지 시신을 입관하는 중이었다. 하얗게 핏기 가신 얼굴로 누워 있는 할아버지를 보니 눈물이 펑펑 쏟아졌다.

 아버지 없이 자란 이효정에게 할아버지는 아버지 이상의 존재였다. 유교 법도에서 한 치도 물러나지 않는 고지식한 봉건 양반이던 할아버지는 당신의 어머니가 돌아가시자 옛 법도대로 무덤 앞에 여막을 짓고 일 년을 꼬박 수염도 머리도 안 깎고 목욕도 하지 않은 채 제사를 지낸 사람이었다. 어린 손녀 이효정이 아파 누워 있으면 자기 집 건넌방인데도 며느리를 의식해 도포에 망건까지 의관을 갖추고 건너와 한약을 먹일 정도였다. 양반 아닌 사람이 양반집 앞을 지날 때면 죄인인 양 고개를 숙이고 살살 지나가야 하던 시절인데 어쩌다가 상민이 멋모르고 곰방대 물고 동네 골목을 지나가면 하인을 시켜 잡아다가 무섭게 볼기를 때렸다. 동네 상민들은 멀리서 할아버지의 비단 도포 자락만 봐도 몸을 숨길 정도였다.

　이토록 봉건적 사고가 틀에 박혔음에도 할아버지는 누구보다도 자상한 성품도 가지고 있었다. 대대로 부리던 노비의 환갑날에 송아지 한 마리를 잡아 푸짐한 잔치를 차려주고 노비의 아들딸과 온 동네 사람이 모인 가운데서 그의 노비문서를 불살라 박수갈채를 받던 광경이 어린 효정의 기억에 생생했다. 마흔 갓 넘은 나이에 상처를 하였음에도 행여 어진 사람 못 만나면 자식들 고생시킨다고 끝내 재혼을 거부한 채 혼자 살았는데, 사흘에 한 번은 빨아야 유지가 될 정도로 때가 잘 타는 흰 비단옷을 손질하는 며느리가 안쓰러워 체면 불구하고 열흘씩 입고 다니는 분이었다.

　집안이 어려워진 것은 여러 형제 사촌들이 독립운동에 나선 탓도 있지만, 큰아들인 이효정의 아버지가 친구의 빚보증을 잘못 서 궁지에 몰리자 아끼던 문전옥답을 팔아 갚았기 때문이다. 할아버지의 결단에도 불구하고 아버지는 얼마 못 가 병으로 죽어 버렸고, 며느리와 손자들까지 부양하면서 생활은 갈수록 힘들어졌다. 이효정이 동덕여고에 입학한 것을 핑계로 이효정의 증조할아버지이자 자신의 아버지가 사는 경성으로 이사를 했으나 사실은 생활이 너무 어려웠기 때문이다.

경성에 올라왔을 때 벌써 환갑이 넘은 할아버지는 상놈도 노비도 없고 여자들이 활개치고 다니는 새로운 세상에 주눅이 들어 버린 것 같았다. 고향에서는 여자가 배우면 무엇 하느냐고 호통을 치던 사람이었는데 댕기머리 치렁치렁한 손녀를 앞세우고 도포 자락 휘날리며 신식학교에 찾아가 손수 입학절차를 밟았다. 입학 후에도 손녀가 길을 잃을까 봐 한 달 동안이나 직접 학교에 데리고 다녔고 도시락도 꼭 가져다주었다. 가끔은 갓 쓰고 두루마기 입은 단정한 모습으로 교실 뒤에 앉아 손녀와 아이들이 공부하는 모습을 지켜보곤 했다. 여자는 배울 필요가 없다는 고루한 생각 같은 건 사라진 지 오래였다.

동덕여고 창립기념 학예회 때 붓글씨와 합창부에 뽑힌 손녀가 대견해 꽃 달린 머리띠를 사러 진고개 일본 상점을 물어물어 찾아다니기도 하고, 매일 한 장씩 붓글씨를 쓰게 한 후 잘못 썼어도 잘 썼다고 극구 칭찬을 해 자신감을 갖게 해주었다. 할아버지의 가르침 덕분에 효정이 붓글씨 대회에서 일등을 하던 날은 체면도 잃고 손바닥을 치며 기뻐했다. 독립운동을 한다고 다 떠나 버리면 고향은 누가 지키느냐며 역정을 내던 사람이 이따금 중국과 만주에서 온 사촌이며 조카들이 무장 투쟁이니 사회주의 사상에 대해 이야기할 때도 아무 말 없이 묵묵히 고개를 끄덕이며 들어주었다.

철저한 봉건적 사고에 말과 행동에 한 치의 어긋남이 없이 꼿꼿이 살아가던, 전형적인 양반이던 할아버지의 죽음은 이효정에게는 아버지를 잃은 것과도 같은 슬픔이었다. 봉건제와 가부장제를 폐지하자고 주장하는 그녀였으나 할아버지를 비판의 대상으로 생각해 본 적은 없었다. 할아버지는 대표적인 보수주의자였지만, 자신의 이익을 지키기 위한 이기적인 보수주의자가 아니라 사회와 집안을 유지하기 위한 기본 틀을 지키려 애썼던 정당한 보수주의자였다. 그래서 세상이 바뀌고 있음을 깨달았을 때, 기꺼이 자신의 생각을 바꿔 나간 분이었다. 이효정에게 할아버지는 진심으로 존경받아 마땅한 어른이었다. 겨우 세 살에 돌아가신 아버지에 대한 기억은 전혀 없었다. 할아버지는 그녀가 처음으로 잃은 가족이기도 했다. 자꾸만 눈물이 쏟아지는 것을 멈출 수가 없었다.

"문 열어라!"

입관식을 마치고도 계속 흘러내리는 눈물을 억제하지 못하고 있을 때였다. 갑자기 부서져라 대문 걷어차는 소리가 났다. 동시에 각반을 매고 빵떡모자를 쓴 형사들이 담을 뛰어넘어 들어왔다. 집안은 아수라장이 되었다.

이효정은 당숙들이 형사들과 맞서 항의하는 사이에 달아나려고 했으나 얼굴을 아는 형사에게 붙잡히고 말았다. 질질 끌려나오는데 어머니가 마루에서 엉거주춤한 자세로 서 있는 광경이 보였다. 마르크스와 레닌의 책들을 끄집어내어 숨기려다가 다급하니까 자기 치마 밑에 감춘 것이었다. 어머니는 치마로 책을 덮고 주저앉아 엉엉 울기 시작했다. 형사들의 의심을 피하기 위해서만이 아니라, 가장 가까운 두 사람인 시아버지와 딸을 한꺼번에 잃은 슬픔을 참지 못해 목놓아 구슬프게 우는 것이었다.

즐거운 시절은 그렇게 끝났다. 서대문경찰서는 삼엄한 분위기가 짓누르고 있었다. 얼굴을 전부 가릴 수 있는 종 모양의 삿갓을 쓰고 손을 뒤로 돌려 수갑에 채워진 조선복, 공장복 차림의 사람들이 마루에 쭉 무릎을 꿇고 앉아 있었다. 사방에서 비명 소리와 매질, 조선인 형사들의 욕설과 일본인 형사들의 고함이 들려왔다. 잡혀 온 사람이 너무 많아 맨 위층 체육관까지 집단 수용되어 있었다. 이효정은 서장실 옆의 '특고실'이라는 패찰이 붙은 방으로 밀어 넣어졌다.

　방안은 비품이 모두 치워져 있었고 마루방 가득히 구속자들이 남녀 구별 없이 무릎을 꿇고 앉아 있었다. 이효정이 사람들 사이에 끼어 앉으니 모두의 시선이 집중되었다. 아무도 말은 하지 않았다. 누군가 뒤에서 나직이 속삭이는 소리가 들려오기도 했으나 무서운 긴장감을 깨지는 못했다. 조금 기다리고 있으니 그녀를 연행해 온 사냥모를 쓴 조선인 형사가 방안을 휘 둘러보고 나갔다. 뒤에서 '나쁜 놈'이라는 나직한 욕설이 흘러 나왔다. 일본인 형사들보다 훨씬 더 악랄하게 조선인을 고문하는 자라고 했다. 한 시간쯤 대기하고 있으려니 수사가 시작되었다.

　"이름이 뭔가?"

　조선인 형사가 물어 왔다. 효정은 제국의 개들에게 존대를 할 수는 없다는 생각을 오래전부터 하고 있었다.

　"이효정."

　"본적은?"

　"경상북도 봉화군."

　순간, 형사가 자리를 박차고 일어나려는 듯 하더니 눈앞에 불이 번쩍 했다.

　"이년이 존댓말을 삶아 먹었나. 어따 대고 반말이야?"

　의자에서 굴러 떨어졌다가 일어서려는데 뒤에 서 있던 또 다른 형사가 구둣발을 내질러 왔다. 허벅지를 겨냥한 듯했는데 옆구리에 얻어맞고 말았다. 숨이 탁 막히고 구역질이 올라왔다. 연거푸 몇 번의 발길질이 날아왔으나 숨을 쉴 수가 없어 비명도 나오지 않았다. 겨우 의자에 앉혀져 본적과 주거지 주소를 진술하자 계급을 물어왔다.

"양반입니다."

일본 경찰은 조선인을 양반, 중인, 평민, 상인의 네 등급으로 구별했다. 이관술과 이순금 오누이는 양반이었고, 이재유는 평민, 박진홍은 최하계층인 상민에 속했다. 1937년도에 공식적으로 폐지될 때까지 일본은 봉건제도를 유지했다.

"양반이란 년이 어른들한테 반말을 해? 공산주의를 배우면 인륜도 없어?"

일본인 형사의 어눌한 조선말에 입 안에 고인 피라도 뱉고 싶었으나 속으로 삼키고 아무 대꾸도 하지 않았다. 처음 특고실에 들어섰을 때는 강하게 들었던 공포심이 몇 대 두들겨 맞고 나니 오히려 사라진 기분이었다. 자신이 직접 맞는 것보다 남이 맞는 것을 보는 게 더 무서웠다. 이효정은 스스로 놀랄 만큼 담대해져서 경찰과의 숨바꼭질을 시작했다.

경찰은 누구 지시로 종연방직 파업을 일으켰는지, 파업 과정에 국제선이 어떤 영향을 미쳤는지, 그리고 달아난 이들이 어디 숨어 있는가를 집중적으로 캐물었다. 가장 많이 등장하는 이름은 이재유, 이현상, 김삼룡이었다. 트로이카의 세 지도자가 하나도 잡히지 않은 것이 확실했다.

이효정은 바보 행세로 일관했다. 이병희와 자신이 일으킨 파업일 뿐 다른 사람들은 관여되지 않았으며 이현상은 알아도 이재유니 김삼룡이란 이름은 처음 들어본다고 시치미를 뗐다. 가혹한 고문이 뒤따랐다. 두 손과 두 다리를 등 뒤로 묶어 공중에 매달아 놓고 비행기 돌리듯이 돌려대는 비행기 타기, 의자에 묶어 놓고 전기를 넣어대는 전기 고문, 긴 의자에 눕혀 묶어 놓고 고춧물을 먹이는 물고문까지 당했다.

수갑이 채워진 손목이 짓물러 피고름이 나도록 이를 악물고 버텼다. 정신이 가물가물하면서도 이재유가 멀리멀리 도망치기만을 기원했다. 붙잡힌 이들은 사전에 약속한 대로 모든 책임을 잡히지 않은 이들에게 떠밀고 있었다. 두 사람은 잡히면 살아서 나가기 힘들 것 같았다. 함흥이든 평양이든 멀리 달아나기를 간절히 바랐다. 이효정이 얼마나 지독하게 버텨냈는지, 나중에는 조선인 형사 중에서도 가장 악랄했던 이 형사라는 자가 담배 은박지로 잉크병을 싸서 얼굴 앞에 들이대며 말했다.

"봐라. 이 작은 종이로 잉크병을 싸 봐라, 안 싸지지? 그런데 너는 잉크병을 종이에 싸려고 해. 이 독한 년! 얌전한 척 혼자 다 하면서 말이야!"

이 형사는 눈이 튀어나오도록 뺨따귀를 몇 차례나 후려쳤다. 얼얼하게 부어오른 얼굴로, 그녀는 잔인하게 미소를 지어 보였다. 이때부터 그녀에게는 '잉크병'이라는 별명이 붙었다. 하지만 잉크병은 겉모습일뿐, 그녀의 내면은 두려움과 고통으로 갈갈이 찢어져 가고 있었다.

온기라고는 사람들이 내뿜는 숨밖에 없는 차가운 유치장에서 온몸에 상처를 입어 눕기도 앉기도 힘든 상태로 쏟아져 오는 잠을 이기지 못해 이리저리 뒤척일 때면 만주 독립학교가 어른거렸다. 석방되어 만주나 연안으로 건너가 총을 들고 싸우는 상상을 했다. 총 한 자루, 몽둥이 하나 들지 않은 비무장 상태로 왜놈들의 고문 앞에 몸을 던지는 일은 너무나 끔찍했다. 어머니가 왜 자기를 조선으로 데리고 돌아왔는지 원망까지 했다. '만주에 남아 있었다면 고문 같은 건 안 당하고 한 방의 총에 맞아 죽었을 텐데, 그랬다면 얼마나 편할까' 하는 생각까지 했다. 몸이 너무 아파 깊은 잠을 잘 수 없었던 탓에 낮이나 밤이나 현실인지 꿈인지 모를 환상이 이어졌다.

어느 날은 몸이 묶여 조사를 받다가 너무 지치고 아파 가물가물 정신을 잃 있었는데 꿈 속에서 이현상을 본 것 같았다. 퍼뜩 정신을 차리고 깨어나 보니 정말 이현상이 걸어오고 있었다. 수갑이 채워진 양손을 형사들에게 잡힌 채 두터운 입술을 꽉 다문 채 들어오고 있었다. 결국 그도 잡힌 것이다. 연행될 때 싸우다가 깨졌는지 안경이 없어졌는데, 그녀와 눈이 마주쳐도 일부러 못 본 체했다. 그런데 이현상의 어깨와 머리 위에는 아직 녹지 않은 눈이 쌓여 있었다. 불현듯 창 밖을 내다보니 함박눈이 온 하늘을 가득 메우고 있었다. 벌써 한겨울이 된 것이었다. 너무나 힘이 들어서 시간이 얼마나 흘렀는지도 몰랐던 것이다.

이제 남은 사람은 이재유뿐이었다. 이효정은 제발 잡히지 말고 멀리멀리 달아나라고 기도했다. 어쩌면 이미 조선을 벗어났을지도 모른다는 희망을 가져보기도 했다. 사람들이 잡혀 올수록 이재유의 활동 흔적은 더 드러났고, 일말의 단서라도 잡기 위한 가혹한 고문도 계속되었다. 화로에 연기를 피우고 머리채를 붙잡아 연기에 얼굴을 처박아 숨을 못 쉬게 하는 고문도 당했는데, 얼마나 괴로운지 숯불을 담아서 고문 인두를 달구는 화로에 머리를 짓이겨 죽으려는 시도까지 했다. 손발이 묶인 채 바닥에 쓰러져 있을 때 조선인 형사가 잠시 한눈을 파는 사이에 있는 힘껏 이마를 화로에 찧었다. 눈앞에 불꽃이 튀고 머리가 터지는 것처럼 아팠다. 얼굴이 금세 피범벅이 되어 앞을 볼 수 없었다. 경찰도 그 지경이 되니까 고개를 설레설레 저었다. 그녀에게서 더 이상 캐낼 게 없다고 생각을 했는지 고문의 강도는 한결 약해졌다. 다시 며칠이나 지났을까, 이효정은 특고실에서 풀려나와 유치장으로 넘겨졌다.

유치장은 중앙 감시대를 중심으로 아래 위층으로 스물네 개의 방이 부채꼴처럼 배열된, 습기 차고 어두운 곳이었다. 방마다 열 명 정도씩 가두어져 있었는데 여자 방은 이층 구석에 있어 창틀에 매달리면 다른 방의 모습을 대충은 살펴볼 수 있었다. 아래층 구석방은 평소에 비워 두었다가 고문을 할 때 쓰거나 가끔 함경도나 강원도 사투리를 쓰는 경찰들이 묶어 온 사람들을 가두어 놓았다가 다음 날 데려가는 장소로 썼다.

어떤 날은 잘 걷지도 못하도록 고문을 당한 젊은이가 부축을 받으며 들어와 간수가 시키는 대로 허리띠를 풀고 신발을 벗다가 기절해 버리기도 하고, 매 맞고 돌아온 이들의 고통스런 신음 소리가 밤새 들리기도 했다. 낮에도 식사 시간이나 청소 시간 외에는 조용했기 때문에 감방 문을 열고 닫는 무거운 자물쇠 소리, 가끔 죄수를 부르는 간수들의 고함 소리와 구두 발자국 소리가 가슴을 철렁거리게 했다. 사람들은 열쇠 소리가 나면 도살장에 끌려가는 소처럼 얼굴이 노랗게 질려 끌려갔다가 밤이 되면 옷이 너덜너덜 찢어지거나 피범벅이 되어 돌아왔다.

하지만 지옥 같은 상황 속에서도 사상범들은 서로 농담을 나누기도 하고 시를 지어 암송하기도 했다. 글씨를 쓸 도구가 없었기 때문에, 머리에 꽂은 나무 핀으로 책 위에 꾹꾹 눌러서 썼다. 이현상은 물고문을 당해 머리부터 윗도리까지 온통 물에 젖고도 커다란 목소리로 "설렁탕을 준다더니 왜 안 가져오느냐"고 몇 번이나 쩌렁쩌렁하게 큰소리를 쳐서 사람들을 웃기기도 했다. 설렁탕을 먹고 싶어서가 아니라 자기가 유치장에 넘어왔음을 모두에게 알리기 위해 일부러 소리를 지른 것이었다.

유치장에는 사상범뿐 아니라 일반수도 많았다. 도박을 하다가 무더기로 잡혀 온 이들이 한동안 소란을 떨다 석방되고, 쌀 몇 되 혹은 신발 따위를 훔치다가 잡힌 절도범들이 들어왔다가 형무소로 넘어갔다. 자살을 막기 위해 남자들은 허리띠를 풀고 여자들은 옷고름을 떼어내고 나무 핀으로 묶어야 했다. 노점 장사가 금지된 곳에서 먹고살려고 장사를 하다가 붙잡혀 온 어떤 조선 아낙네는 옷고름을 떼라는 간수 말에 화들짝 놀라 자기는 남편이 있는 몸이라고 울며 호소하는 소동을 일으키기도 했다. 돈 많은 경제사범들은 거만을 떨며 입을 꾹 다물고 앉아 벌금을 덜 내기 위한 궁리에 빠져 있었다. 살인 같은 중범죄자는 거의 들어오지 않았다.

일반 죄수들은 대개 수사기간이 짧았기 때문에 처음 며칠만 호되게 취조를 당하면 곧바로 형무소로 이송될 수 있었다. 그들은 높다란 붉은 벽돌담으로 둘러싸인 서대문형무소를 '문화주택'이라고 불렀다. 모두들 하루 빨리 조사가 끝나 이 문화주택으로 넘어가기를 고대했다. 형무소로의 이송은 고문의 끝을 의미할 뿐더러, 그곳은 방마다 따뜻한 볕이 드는데다가 어쩌다가 한 번씩 목욕도 할 수 있고, 가끔은 운동장에 나가 운동도 할 수 있기 때문이었다.

마침내 이효정도 문화주택으로 넘어가는 날이 왔다. 다른 죄수들과 마찬가지로 차입 받은 한복을 조그만 요에 뭉쳐 오른쪽 팔에 끼고 포승줄과 수갑에 묶인 채 자동차를 타고 서대문형무소로 향했다. 도시의 서북쪽, 현저동 고개 밑에 국도를 따라 동향으로 세워진 높고 긴 붉은 벽돌 담장 맞은편에는 허름한 초가집들이 버섯 무리처럼 자리잡고 있었다. 총 든 군인들이 지키는 망루 아래 굳게 닫혔던 철문이 열리고 호송차가 마당으로 들어서자 간수들이 몰려나왔다.

마당 바로 앞의 하얀 이층 건물인 보안과로 끌려 들어가니 따라 들어온 일본인 여자 간수가 옷을 홀랑 벗으라고 했다. 부끄러워서 안 벗으려 하니까 이런 데 처음 와 보냐고 고함을 쳤다. 그럼 누가 이런 데를 매일 오냐고 맞서 고함을 지르고 싸웠다. 결국 옷을 완전히 벗긴 채 아랫도리까지 샅샅이 몸수색을 당한 후 보안과 건물 바로 앞에 있는 여사에 배치되었다. 죄수 번호는 983번이었다.

여사는 방이 여덟 개뿐이었는데 그녀가 들어간 곳은 여자 잡범들과 함께 쓰는 합방이었다. 절도부터 살인까지 여러 여죄수가 있었는데 여학생이고 사상범이라니까 잘 봐주었다. 처음 들어갔는데도 변기 옆에 재우지 않고 문 쪽에 재워주고, 때리지도 않고 오히려 고문당한 상처를 봐 주며 위로를 해주는 것이었다.

"이효정! 효정이 들어왔니?"

다음 날 아침, 이웃한 다른 방에서 너무도 귀에 익은 그리운 목소리가 들려왔다. 박진홍이었다. 벌써 일 년 넘게 독방에 갇혀 있던 박진홍이 친구가 들어온 것을 알고 소리를 지른 것이었다. 얼마나 반가운지 재빨리 나무로 만든 똥통 뚜껑에 뛰어 올라갔다. 그녀는 원숭이처럼 창문에 매달린 채 마구 외쳤다.

"진홍이니? 진홍아! 나야! 효정이야!"

눈물이 펑펑 쏟아져 말문을 막았다. 그러자 이 방, 저 방에서 아는 목소리들이 들려오기 시작했다. 이병희, 이종희, 모두들 반가운 목소리들이었다. 다른 사람이야 며칠 전까지도 보았지만 일년 넘게 보지 못했던 박진홍이 가장 반가웠다. 바로 옆방이라서 통방하기도 더 좋았다. 형무소는 경찰서나 유치장보다 한결 감시가 덜했다. 동덕여고 동창들은 복도 창문이나 화장실 창문을 통해 시간만 나면 통방을 했다. 방 사이가 먼 사람은 중간에 말을 옮겨 주기도 했다.

이효정은 특히 박진홍과 많은 이야기를 나눴다. 문학과 영화와 운동과 사랑, 세상과 격리된 철창 속에서도 두 사람의 수다는 끝이 없었다. 독일 여배우 드히뜨리의 매력에 대해 이야기하기도 하고, 나운규 감독이 만든 새 흑백영화에 대해 이야기하기도 했다. 산수 좋은 고향 땅에서 인근 제일의 재원으로 꼽히던, 너무나 착하고 예쁜 처녀들이 세상 사람이 경계하고 혐오하는 사회주의자가 되어 감옥에 갇히고, 고문으로 온 몸이 병들고 상처투성이가 된 채로 깔깔대며 웃고 즐겁게 떠들어 댔다. 세계 혁명을 꿈꾸고, 인민에 대한 사랑을 이야기하고, 문학과 영화 이야기를 하며 자유를 그리워했다.

경성제대 강사로서 유물론적인 입장에서 조선의 전래 소설들을 해석한 글을 당시 동아일보에 연재해 유명해진 김태준이 한동안 두 사람의 이야기 소재가 되기도 했다. 김태준 이야기를 먼저 꺼낸 이는 이효정이었다. 김태준은 트로이카 지도부인 이현상의 막역한 친구인데다가 정태식과 같은 학교에 근무하고 있어 이름을 들은 적이 있었는데 동아일보에 연재한 〈조선소설사〉를 읽어보니 썩 마음에 들었다. 박진홍도 〈조선소설사〉의 내용을 듣고서 무척 흥미로워했다. 인간의 역사와 조선인의 삶에 관한 소설을 쓰는 게 꿈인 박진홍은 역사적인 관점에서 『춘향전』, 『홍길동전』 같은 고전 소설들을 재해석한 김태준에 대해 관심을 갖고 한번 만나 보고 싶다고 했다.

처녀들의 수다는 끝이 없었다. 비록 삭막한 감옥 안에 갇힌 수인의 몸이었지만, 스무 살 처녀들의 감상을 억제할 수 있는 것은 없었다. 어쩌다 면회를 나가거나 공판정에 가다가 만나기라도 하면, 처녀들은 포승에 묶인 채 서로 얼굴을 비비며 반가워했다. 먼저 석방된 처녀들은 책과 옷, 생리대로 쓸 옷감을 남겨 두고 떠났다. 고문 후유증으로 몸은 만신창이가 되고 목욕도 빨래도 자유롭지 않은 탓에 몸에서 좋지 않은 냄새가 났지만, 그들의 영혼은 아리따운 처녀의 모습을 그대로 간직하고 있었다.

감옥에서는 만주에서 들여온 조와 콩이 들어간 콩조밥이 나왔다. 가끔 식구들이 면회를 와서 돈과 사식을 넣어주었는데 사식이 들어오면 혼자 감방 밖으로 나오게 하여 복도에서 먹게 했다. 겨울에도 찬물로 몸을 씻어야 했고 운동을 나갈 때는 탈출을 막는다며 맨발로 나오게 했다.

검사 취조를 가기 위해 검찰청 대기실에 앉아 있으면 벽의 낙서가 눈에 들어왔다. 참으로 많은 낙서들이 있었다. 머리 비녀나 손톱으로 새긴 게 많았으나 고문 받아 입은 상처에서 흐른 피로 쓴 혈서도 있었다. 글을 쓴 사람 이름과 함께 '민족해방', '대한독립만세', '일제타도' 같은 글이 쓰여 있었다. 이효정도 머리 비녀로 벽을 긁어 글을 남겨 놓았다.

'동덕여고 벗들 이곳에 다녀가다.'

12_ 차 한 잔이 식을 때까지

해거름의 종로거리는 퇴근하는 인파로 번잡했다. 무슨 일이 그리 바쁜지 모두가 팔을 앞뒤로 흔들어 대며 부지런히 움직여 길을 건너고 이쪽저쪽으로 몰려다녔다. 이재유는 안전대 위에 멀뚱멀뚱 모여 서서 전차를 기다리는 인파 속에 섞여 있었다. 초겨울 바람이 소슬했으나 입은 옷이 부실해 몸이 떨렸다.

전차 한 대가 어둠에 덮인 남대문 쪽으로부터 비스듬히 몸을 가로 뉘여 구비를 돌며 들어왔다. 일본인 교통 순사의 날카로운 고함 소리가 들려왔고 전차를 기다리던 사람들이 일시에 시선을 그쪽으로 돌렸다. 말 구루마를 끌고 오던 조선인이 무언가 잘못을 한 모양이었다. 순사가 일본말로 욕설을 퍼붓더니 손에 든 채찍으로 마부의 등줄기를 연달아 서너 번을 내리쳤다. 아래위로 때묻은 흰 솜옷을 입은 조선 마부는 아픈 매를 맞으면서도 아무 저항 없이 고개를 푹 수그린 채 채찍이 닿을 때마다 꿈틀거리기만 했다. 군중들도 마찬가지였다. 무슨 일인가 그쪽으로 쏠렸던 시선들은 이내 못 본 척 제자리로 돌아왔다. 아무도 항의하거나 말리는 이가 없었다. 모두들 전차에 오르기 바빴다. 집으로 가는 일 외에는 아무 중요한 일이 없는 사람들처럼, 고개를 숙이고 묵묵히 전차에 올라갔다.

이재유는 울컥 올라오는 분노와 서글픔에 잠시 눈을 감았다. 일본에서 보았던, 속임수로 끌려와 강제로 몸을 팔던 조선 처녀들이 떠올랐다. 탄광에서 석탄 속에 고였던 물이 폭탄처럼 터지거나 굴 안에 고여 있던 가스가 폭발해 죽은 조선인들의 시신이 떠올랐다. 육체가 갈가리 찢기고 강간당하는 공포보다 더한, 인간의 존엄성을 잃은 고통으로 일그러진 창백한 그 얼굴들이 떠올랐다.

눈을 떴을 때, 인도변 상점의 등불 아래 정태식이 멈칫거리는 게 보였다. 키 크고 잘생긴 호남형으로 두터운 외투를 입고 있었다. 그는 이재유가 자신을 알아 보았음을 확인하고 그대로 길을 따라 걸어갔다. 이재유는 멀찌감치 떨어져 미행이 붙었는가를 확인하며 따라가다가 관훈동 사거리를 지나고서야 옆에 다가섰다. 마침 택시 한 대가 다가오고 있었다. 두 사람은 말없이 택시에 올랐다. 미행은 없어 보였다.

"동숭동 경성제대 앞으로 가주십시오."

정태식은 기사에게 말해 놓은 후 자신의 손바닥에 한문으로 '삼택'이라 써 보여주었다. 일본어로 미야케 시카노스케 교수를 말함이었다. 이재유는 고개를 끄덕여 주었다.

미야케는 경성의 사회주의자들 사이에 공공연히 알려진 좌익 교수였다. 동경제대 경제학과 출신인 그는 유럽 유학 중 독일공산당에 가입하고 돌아와 경성제대 조교인 이강국과 정태식, 최용달 같은 이들과 독서회를 하고 있었다. 트로이카 지도부의 한 사람이 된 정태식은 전부터 이재유에게 꼭 만나 봐야 할 좌익 교수가 있다는 말을 하였고, 이날 밤 시간을 낸 것이었다. 정태식은 그 사람의 이름이 미야케라는 것을 이제서야 밝혔으나 이재유는 이미 짐작하고 있었다.

어두운 거리를 달린 택시는 동숭동 경성제대 교수 관사 앞에 멈추었다. 두 사람은 주변을 배회해 미행이 없음을 확인한 후 자연스럽게 관사로 들어갔다. 나무판자로 담을 두르고 붉은 벽돌을 쌓은 후 뾰족한 나무지붕을 올린 일본식 단층집이었다. 초인종을 누르자 하녀가 나와 응접실로 안내했다.

잠시 기다리니 다소 신경질적으로 보이는 창백하고 갸름한 얼굴에 안경을 쓴 젊은 교수가 나왔다. 미야케는 반갑게 악수를 청하고 마주 앉았다. 지식인다운 깐깐한 표정과 달리 이를 드러내어 웃는 얼굴이 선량해 보였다. 말투도 전혀 거만하지 않았다. 그는 하녀에게 차를 내오게 한 후 일본어로 말했다.

"이재유 선생에 대한 이야기는 많이 들었습니다. 꼭 만나보고 싶었는데 반갑습니다."

이재유는 뜨거운 찻물이 담긴 찻잔을 손바닥으로 천천히 돌렸다.

"저도 교수님에 대한 소문을 많이 들었습니다. 이렇게 만나게 되어 반갑습니다."

정태식은 상견례를 시킨 후 두 사람이 마음 놓고 이야기하도록 다른 방으로 가서 기다렸다. 이재유는 우선 그의 이론보다도 인간성부터 알고 싶었다. 최근에 일어난 살인 사건 등 시중에 떠도는 이런저런 이야기를 의례적으로 나눈 후 단도직입적으로 물었다.

"경성제대 교수라면 남부러울 게 없는 지위인데, 어떻게 이런 일에 가담하게 되었습니까?"

미야케는 학자다운 순수함과 솔직함을 가지고 있었다. 그는 이재유의 이력과 트로이카 조직에 대해 알고 있었기 때문에 경계심이나 거부감 없이 자신의 비밀을 털어놓았다. 이재유보다 다섯 살이 더 많음에도 깍듯이 존대어를 썼다.

"일본에서 동경제대 시절부터 사회주의에 공명하고 있었습니다. 동경제대는 일본 사회주의의 산실이었지요. 조선으로 건너와 교수로 부임한 후에도 사회주의 공부를 더 하기 위해 독일에 유학을 가기도 했습니다. 그곳에서 독일공산당에 가입하고 메이데이 시위에 참가하기도 했지요."

"독일은 요즘 히틀러라는 자가 등장해 반혁명에 앞장서고 있다면서요? 올해 초에 수상이 되었다던데요?"

미야케는 고개를 끄덕였다.

"걱정입니다. 내가 유학하고 있을 때도 나치당이 자본가들을 등에 업고 세력을 확장하고 있었는데 이제 의회와 정부까지 장악했으니 큰일입니다. 그렇지만 마르크스를 낳은 독일이야말로 사회주의의 근거지 아닙니까? 반드시 사회주의자들이 승리할 겁니다. 그리고 일본과 조선의 사회주의혁명 역시 반드시 성공할 것입니다. 그것이 역사 발전의 필연이니까요. 안 그렇습니까?"

러시아 혁명의 성공과 중국 공산당의 비약적인 발전, 그리고 조선과 일본에 눈덩이처럼 불어나고 있는 사회주의 세력의 확장은 많은 사회주의자들로 하여금 의심 없는 낙관에 빠지게 했다. 미야케도 그런 사람의 하나였다. 이재유는 역사를 예견하는 일을 좋아하지 않았으나 그의 확고한 신념이 마음에 들었다.

"교수님의 견해에 전적으로 동감합니다. 다만, 아직 조선의 사회주의운동은 걸음마 단계라고 봅니다. 지식인들 사이에서는 사회주의가 유행처럼 번지고 있지만, 실제로 조선 인민 속에는 거의 뿌리를 내리지 못하고 있지요. 우리가 노동자와 농민 내부에 조직을 건설하지 못한다면 사회주의운동은 공허한 선언에 그칠 것입니다. 지금까지 여러 번 시도되었다가 실패한 조선공산당처럼 말입니다. 지금은 상징적인 전위 조직이 아니라 노동 현장에서의 기본적인 실천운동이 필요한 때입니다."

"옳은 말씀입니다."

미야케는 자신이 지금까지 만난 사람들은 대개 전위당 건설에 대한 추상적인 주장들만을 늘어놓았는데 이렇게 실천운동을 중시하는 동지를 만나니 너무 반갑다고 말했다. 그는 상기된 얼굴로 말을 이었다.

"내 인생의 목표는 조선에서 혁명운동에 동참해 자본주의 일본제국을 타도하는 일입니다. 조선인뿐 아니라 일본 인민들까지 억압하고 있는 노쇠한 흡혈귀 같은 자본주의를 타도하기 위해서라면, 지금이라도 대학 교수를 그만두어도 좋습니다. 나는 대학 교수직 따위에는 미련이 없습니다. 다만, 내게는 실천운동의 지도가 필요합니다. 이론적으로는 많은 공부를 했지만 실천운동의 경험이 없기 때문에 내 자신의 이론이 옳은지 그른지조차 판단할 수 없는 실정입니다. 그래서 이 선생을 보고자 한 것입니다."

밤늦도록 계속된 대화에서 미야케는 자신의 논지를 설명하려들기보다는 이재유의 이야기에 귀를 기울이는 일을 더 즐겨했다. 학자들이 가지기 쉬운 교만함이나 자기주장을 옹호하기 위한 화려한 수사 따위는 보이지 않았다. 이재유는 상대방 의견을 신중히 들어주기를 즐기는 그가 마음에 들었다. 사회주의 이론만으로 보자면 일본 본토의 가와카미 하지메 같은 학자들보다 못할지 몰라도, 실천의지만큼은 대단한 사람이라는 인상을 받았다.

미야케 역시 선언으로서만이 아니라 실천으로 현장 노동자 조직에 뛰어든 이재유를 굳게 신뢰하게 되었다. 첫 만남에서 더 없는 만족을 얻은 두 사람은 일주일에 한 번씩 교수 관사에서 단독 회합을 갖기로 했다.

다음 주의 만남에서 두 사람이 궁극적인 목표로 합의한 것은 붕괴된 조선공산당의 재건이었다. 이재유는 경성트로이카를 중심으로 한 조선공산당 재건을 위한 '경성지방위원회'를 구상하고 있었고 미야케는 이를 수용했다. 두 사람은 이를 위해 전국적인 지하신문을 만들기로 합의하고 우선 정세토론을 통해 두 사람의 의견부터 통일하기로 했다. 이재유는 공장에서 대중 조직을 건설하고 미야케는 코민테른 같은 국제선과의 연계를 맡기로 구체적인 역할 분담도 했다.

미묘한 문제가 없지는 않았다. 코민테른과 연결되어 있던 미야케는 또 다른 국제선인 권영태 그룹과의 교류를 주장했다. 강단 위의 좌파로서 실제 사정에 어두운 미야케는 서로 다른 조직이 합치는 데 생기는 현실적인 장애에 대해 잘 이해하지 못했기 때문에 권영태 그룹과의 제휴를 미룰 필요가 없다고 생각했다. 그러나 서울고무에서 논쟁사건 이래 상당한 마찰을 겪어 온 이재유는 그들과의 제휴 가능성에 그다지 희망을 두고 있지 않았다. 그는 두 조직이 형식적으로 결합하기보다는 '공동투쟁위원회' 같은 조직을 만들어 실천의 과정에서 통합해 가는 게 좋겠다고 생각했다. 미야케는 자신의 주장을 강요하지는 않았다. 그는 일단 이 문제는 추후에 논의하기로 하고 우선 당면과제부터 토론하자고 제안했다.

일주일 단위로 계속된 만남에서 두 사람은 공장 상황에 대한 실태조사, 경제와 정치 상황에 대한 조사, 출판 문제, 조선에 들어온 일본인 중에 진보적인 이들을 조직하는 문제 같은 현실적인 사안들을 토론했다. 또 실제로 여러 종류의 실태조사표를 만들어 교환하기도 했다.

한 주일 한 주일 만남이 거듭되는 동안, 겨울이 저물어 갔다. 그동안에도 현장 상황은 갈수록 어려워지고 있었다. 연쇄파업으로 연행된 이들을 고문하는 과정에서 경성트로이카의 전모는 거의 완전히 드러나 버린 상태였다. 신설동 빈민굴도 더 이상 안전한 곳이 못 되었다.

아직 붙잡히지 않고 활동하던 이순금은 이재유를 숨기기 위해 집에서 가져온 돈으로 내수동에 새 아지트를 얻었다. 서대문경찰서 북쪽으로 조선총독부가 빤히 바라다 보이는 기와집으로, 호랑이의 품속 같아 차라리 안전한 곳이었다. 이 방에서 이재유는 이순금을 포함한 여공들과 독서회를 하면서 은둔에 들어갔다.

이현상이 검거된 것은 그 무렵이었다. 이렇게 되면 당장 이순금이 위험했다. 이재유는 아직 익선동 집에 살고 있던 이순금을 내수동 자신의 방으로 옮기게 했다. 이때부터 다음 달 중순까지 삼 주일 동안 두 사람은 한 방에 기거하게 되었다. 때마침 박진홍이 감옥에서 석방되어 이순금을 찾고 있다는 보고를 받았으나 위급한 상황이라 연락을 할 수가 없었다.

일제는 항일운동가들을 색출하기 위한 이중 삼중의 장치를 갖고 있었다. 호구조사 제도 역시 효과적인 감시 제도의 하나였다. 조선인이 이사를 오면 골목 단위로 조직된 자치회를 통해 주재소에 신고를 해야 하는데, 수상한 기색이 있으면 순사들이 나와서 조사를 했다. 남자들끼리 방을 얻거나 특별한 직업도 없는데 외부 손님이 많은 사람이 우선적인 조사 대상이 되었다. 유동 인구까지 합쳐도 사십만 명밖에 되지 않는 경성은 숨어 살기에 그리 넓은 도시가 아니었다. 주변의 의심을 사지 않으려면 살림하는 부부로 위장하는 게 가장 좋았다. 아직 수배가 되지 않은 경우는 조사를 받은 후 재빨리 옮겨 갈 수도 있었으나 수배자인 경우 경찰의 방문은 곧바로 체포를 의미했으므로 필연적으로 부부를 가장해야 했다.

이런 사정 때문에 남녀 수배자가 짝을 지어 부부로 위장해 방을 얻는 경우가 많았다. 애인인 경우는 별 문제가 없었으나 그렇지 못할 경우에는 같은 조직원 중에서 합의를 하여 위장 부부가 되었다. 이때 비밀 아지트를 지키는 여성을 '아지트 키퍼'라고 불렀는데, 마땅한 여자가 없을 때는 조카와 사촌동생 같은 친척이나 심지어는 동료의 부인을 데리고 가서 부인이라고 속여 일단 입주를 해 놓고 집안일 때문에 고향에 갔다는 식으로 여자를 보내고 혼자 살기도 했다. 사회주의자들뿐만 아니라 민족주의자들 중에도 위급한 수배자들은 어쩔 수 없이 이런 방식을 택하지 않을 수 없었다.

젊은 남녀가 한 방에 살다보면 정이 들고 애인이 되기도 했으나 대개 위장 결혼은 말 그대로 도피를 위한 형식상의 관계로 끝나는 경우가 많았다. 일본 경찰과 신문들은 항일운동가들이 이 사람 저 사람하고 동거를 하는 비도덕적인 인간들이라고 비난을 했으나 그들은 양심에 부끄러울 것이 없었다. 위장 부부가 육체관계로 발전되어 진짜 부부가 된다 해도, 이상과 신념을 함께하는 남녀 사이에 정이 들고 사랑을 하게 되는 것은 자연스러운 연애일 뿐, 비난받을 일은 아니었다. 동거인 중 한 사람이 잡혀 또 다른 이성과 동거를 해야 하는 경우도 종종 생겼으나 이 역시 어쩔 수 없는 상황이었고 또 철저히 상호 합의에 의해 이뤄졌다. 어떤 사람과 동거를 할 것인가를 강제로 명령할 수 있는 정도의 권한을 가진 운동 조직은 없었다. 권력은 식민지 지배자들의 것이었지 운동가 조직의 것이 아니었기 때문에 누구나 언제든지 운동을 포기할 자유를 가지고 있었다. 마찬가지로 좋아하지 않는 이성과는 위장이라도 동거를 하지 않을 권리도 갖고 있었다. 설사 도피를 하는 도중에 여러 이성과 동거를 하게 되더라도 어디까지나 본인들의 선택에 의한 것이었고, 식민지 권력과 그 더러운 권력에 영혼을 팔아버린 매국노들은 그것을 비난할 만한 도덕적인 자격을 갖고 있지 않았다.

이재유와 이순금이 내수동 방에서 동거한 시간은 불과 일주일밖에 되지 않았다. 이 짧은 동안 부부의 정을 맺었다. 결혼까지 약속한 것도 아니고 누구에게 알리지도 않은, 두 사람만의 비밀이었다. 조금은 일방적인 관계이기도 했다. 이순금은 이재유를 처음 만났을 때부터 그의 매력에 사로잡혔으나 이재유는 그녀에게서 여성의 매력을 발견하지 못했다. 정 많고 헌신적이지만 생각은 단순한 이순금에게 연애 감정을 느끼기에 그의 머릿속은 너무 복잡했다. 애써 일군 조직과 파업의 성과가 흩어지는 것을 막기 위해 무엇을 할 것인가 하는 고민으로만 가득 차 있었다. 남녀로서 동침을 시작한 후에도 이재유는 둘만의 시간을 갖기보다는 여러 여성 노동자들을 불러들여 학습시키는 일에 더 많은 시간을 보냈다.

1934년 1월 중순, 이재유는 이순금의 물건들을 챙기기 위해 익선동 집에 갔다. 코와 귀가 칼에 베이는 듯 추운 겨울밤이었다. 골목에는 어쩌다가 행인이 종종걸음으로 지나갈 뿐, 벙거지를 뒤집어쓴 군고구마 장사와 찹쌀떡 장사밖에 보이지 않았다. 이순금이 내수동으로 옮긴 후로 경찰이 그녀를 찾아다닌다는 정보가 없었기 때문에 그는 다소 방심하고 있었다.

감시자들이 없다고 판단한 이재유는 마음놓고 대문을 두드렸다. 불이 켜지고, 이관술의 처 박정숙이 빠끔히 대문 틈 사이로 두려운 시선을 보내 왔다. 얼굴을 잘 알고 있는 이재유가 사정을 말하자 그제야 어서 들어오라며 대문을 열어 주었다. 남편이 구속되고 시누이마저 떠났으니 찾아오는 사람이 무서울 만도 했다. 사람이 잘 드나들지 않는 집은 깔끔하게 청소가 되어 있었다. 마루에는 이관술의 어린 딸 성옥이 아장아장 걸어 나오고 있었다. 이순금이 세상에서 가장 사랑하는 그 성옥이었다.

"손들어! 꼼짝 마라!"

고함 소리와 함께 벌컥 대문이 열린 것은 이재유가 막 마루에 올라서려는 찰나였다. 깜짝 놀라 뒤로 물러서는 두 사람의 가슴을 향해 권총이 겨누어졌다. 골목 입구에 있던 군고구마 장수였다. 뒤따라 찹쌀떡 광주리를 메고 다니던 늙은 사내도 권총을 뽑아들고 들이닥쳤다.

"왜, 왜 그러십니까? 나는 이 집 친척인데요."

상황을 깨달은 이재유가 과장된 행동으로 양손을 번쩍 들고 겁먹은 목소리로 떠듬거리자 형사들은 총을 겨눈 채 고함을 질렀다.

"넌 누구냐? 이순금이하고 어떤 관계야?"

형사들은 그가 이재유라는 사실을 모르고 있었다. 이재유는 이순금에게 배워 미리 연습해 둔 대로 경상도 사투리를 흉내냈다.

"사촌 오빠인데예. 작은아버지께서 이 집에 들려 보라케서 왔는데 와 그러십니꺼?"

"일단 주재소로 가자. 가서 얘기해."

조선인 형사가 수갑을 채우려 들었다. 이재유는 자신의 엉덩이에 손을 대고 얼굴을 찡그려 보였다.

"알았십니더. 같이 가입시더. 근데 내가 지금 급하게 화장실 가던 길인데예, 변소부터 들리면 안 되겠십니까? 낮에 뭘 잘못 먹었는지 계속 설사가 나서 말입니더."

형사들은 권총을 그대로 든 채 서로를 마주보더니 크게 의심하지 않고 보내 주었다. 경상도 사투리가 먹혀든 것 같았다. 본채에서 떨어져 짓는 재래식 화장실과 달리 이관술의 집은 화장실이 안채와 나란히 마루 끝에 붙어 있었다. 미리 집안 구조를 파악하고 있던 이재유는 곧장 화장실로 들어가 문을 잠갔다. 소리나지 않게 천장의 환기구 뚜껑을 밀어 올리니 사람 하나가 겨우 올라갈 수 있는 구멍이 드러났다. 언젠가 써먹기 위해 유심히 보아 둔 곳이었다. 조심스레 기어 올라가니 바깥으로 향한 둥근 유리창을 통해 거리의 불빛이 들어오고 있었다.

창문은 담장 바로 위로 나 있었다. 힘껏 발길질을 하니 나무틀과 유리창이 동시에 박살나며 요란한 소리를 냈다. 깨어진 창문으로 빠져나와 담 위에 올라섰을 때 형사들의 고함과 함께 화장실 문이 부서지는 소리가 들렸다. 그는 주저 없이 골목으로 뛰어내려 겨울바람을 가르기 시작했다. 연거푸 총성이 들리고, 호루라기 소리가 뒤통수를 때렸다. 그는 뒤도 돌아보지 않고 혼신의 힘을 다해 내달렸다. 가뜩이나 좋지 않은 폐가 터질 듯 아파서 숨을 쉬는 게 지옥 같았으나 죽을 힘을 다해 뛰었다.

무사히 익선동을 빠져나온 이재유는 내수동 집에 돌아가 이순금에게 이

사실을 알리고 비상 체계로 들어갔다. 이사할 때부터 최대한 비밀을 지키려 애썼으나 이미 여러 사람이 방의 위치를 알고 있었다. 하다못해 이삿짐을 날라 준 마차만 찾아도 알 수 있을 터였다. 두 사람은 우선 독서회를 하기 위해 찾아온 여성 노동자들에게 달아나라고 이야기해 주고 비밀 문건과 책들을 소각하거나 다른 곳으로 치워 두었다. 새로운 아지트를 물색하는 한편, 밤에도 옷을 모두 입은 채 경찰의 습격에 대비했다.

이틀 후 밤 열 시, 낮 동안 몇 사람을 만나 비상사태에 대해 논의하고 내수동 집으로 들어가던 이재유는 큰길에서 골목 입구로 다가가면서 본능적으로 위기를 감지했다. 골목 입구에 검정색 미제 승용차가 서 있었는데 차 안에 형사로 보이는 자들이 운전대를 잡고 앉아 있었다. 골목 안에는 전에 보지 못하던 군고구마 장수가 서 있었고, 건장한 사내 둘이 서서 고구마를 먹고 있었다. 이재유는 경찰이 잠복했다는 사실을 직감하고 골목으로 들어가지 않은 채 그대로 직진했다.

그때 골목 안에서 여자의 비명과 고함 소리가 들려왔다. 이순금이었다. 너무 멀어 무슨 말인지 알아들을 수는 없었으나, 자신의 체포 사실을 주변에 알리기 위해 일부러 비명을 지르는 게 분명했다. 이재유는 뒤돌아보지 않고 총총히 걸음을 재촉했다. 차가운 겨울바람 속에 거대한 회색 건물이 싸늘한 달빛을 받으며 그를 내려다보고 있었다. 그가 처음 삼수를 떠나 경성에 올라왔을 때 조선의 상징인 광화문을 뜯어낸 자리에 터를 닦기 시작해 그가 일본에 가 있는 동안 완성된 총독부였다. 이재유는 분노로 몸을 떨며 총독부 그림자를 지나 달빛 속으로 사라져 갔다.

간발의 차이로 내수동을 빠져나온 이재유는 서울역 뒤편 중림동에서 가정교사로 입주해 은신해 있던 안병춘을 찾아갔다. 안병춘 역시 수배 중인데다가, 가정교사로 있는 집에 손님으로 얹혀 사는 데는 한도가 있었지만 당장 도피할 장소도 자금도 없었기 때문에 일단 머물기로 했다.

이틀 후인 1월 22일, 안병춘이 인천에서 올라온 김삼룡을 만나기 위해 하숙집을 나섰다. 경찰 감시망이 급속히 좁혀 들어오는 상황에서 김삼룡을 만나는 일은 대단히 위험한 모험이었다. 이재유는 안병춘에게 가지 않는 게 좋겠다고 충고했으나 그는 이재유의 도피처를 마련해 줄 사람은 김삼룡밖에 없다고 고집했다. 어쩔 수 없이 그를 보낸 이재유는 주인집의 의심을 피하기 위해 낮 동안 거리에 나가 있기로 했다. 안병춘과는 오후 세 시 정각에 경성역 뒤편 중림동 전차 정류장에서 다시 만나기로 약속한 상태였다.

지루한 한나절이 흘러 오후 세 시가 넘은 시각, 이재유는 중림동 전차 정류장 근방을 배회하고 있었다. 이미 약속 시간은 지났지만 혹시 김삼룡과의 만남이 오래 걸렸을 수도 있다는 생각을 하며 정류장에서 조금 떨어진 곳에서 주변을 살펴보고 있었다.

추위 때문에 거리에는 행인이 별로 없었다. 노변에 쓸어 모아 둔 눈이 녹아내려 질척한 포도 위로 가끔씩 인력거와 검정색 미제 자동차들이 지나고 있었다. 인도 위에는 흰 두루마기 한복이나 누빈 솜옷을 입은 조선인들과 발목까지 내려온 잠옷 같은 기모노를 입은 일본인들이 동지섣달 추위에 몸을 움츠린 채 바쁘게 걸어갔다. 이삼층 높이로 지어진 길가의 상점들은 일본어와 한자, 한글이 뒤섞인 간판을 내걸고 손님을 기다렸으나 추위 때문에 드나드는 이가 거의 없었다. 상점들의 석탄난로 연통에서 뿜어나오는 하얀 연기만이 차가운 바람을 따라 거리에 흩어졌다.

추위에 얼어붙은 이재유의 얼굴에는 긴장이 서려 있었다. 꼿꼿이 등을 편 자세로 천천히 걷고 있었지만, 바람에 날리지 않도록 꾹 눌러쓴 중절모 아래 까만 눈동자는 가까운 곳부터 먼 곳까지, 길 건너 정류장에서 전차를 기다리는 사람들로부터 지나가는 승용차 안의 사람들까지 빠르게 살펴보고 있었다.

손목시계가 막 세 시 삼십 분을 넘겼을 때, 앉은뱅이 좌석에 일본군 장교를 태운 이인승 헌병 오토바이가 지나가고, 멀리 전차가 들어왔다. 마지막으로 이번 전차만 확인하고 돌아설 생각으로 정류장 쪽으로 향했다. 나무판에 짙은 보라색이 칠해진 한 량짜리 전차는 도로 위 허공에 그물처럼 펼쳐진 전선을 따라 파란 불꽃을 일으키며 다가왔다. 창문 안으로 내리기 위해 서 있는 이들의 모습이 어른거렸다. 한가한 시간대에 비해 손님이 많은 편이었으나 거리가 멀어 자세히 볼 수는 없었다. 전차 차장의 얼굴을 선명히 알아볼 정도로 다가갔을 때, 문이 열리고 한 떼의 사내들이 우르르 내리기 시작했다.

형사들이었다. 잠복근무를 할 때는 복장을 바꾸기 때문에 구별할 수 없지만 누구를 체포하기 위해 경찰서에서 몰려나올 때는 단번에 형사라는 걸 알아볼 수 있었다. 신사복 상의에 홑바지를 입고 단화를 신은 데다 사냥모자나 중절모를 썼고 인상이 날카로우면 일단 의심해 보아야 했다. 어떤 조선인 형사는 목도를 거들먹거리며 들고 다녀 스스로 형사임을 과시하기도 했다. 전차에서 내린 자들의 면면은 '특고'라 부르던 고등계 형사들이 틀림없었다. 중절모에 외투를 입었거나 빵떡모자를 쓰고 발목에는 각반을 한 행색이며 콧수염을 기르고 금테 안경을 쓴 모습이 영락없었다.

이재유의 걱정대로, 안병춘은 김삼룡을 만나는 자리에서 체포되어 버린 것이다. 김삼룡과 안병춘을 한꺼번에 체포하는 데 성공한 경찰은 두 사람을 곧바로 고문틀에 올려놓았다. 인적 사항이나 범법 사실에 대한 기초 조사도 없이, 오로지 이재유의 행방만을 묻는 고문이었다. 열댓 명의 형사들이 둘러 싸고 집중적으로 몰매를 가하고, 거꾸로 매달아 고춧물을 먹였다.

김삼룡은 끝까지 버텼다. 어떤 고문이나 회유에도 넘어가지 않고 죽이려면 죽이라는 말 이외에는 일절 입을 다물었다. 악독한 조선인 고문 기술자들은 아무것도 얻어낼 수 없었다. 그러나 안병춘은 마음이 약했다. 그는 오후 세 시까지 버티다가 결국 이재유가 자신의 방에서 이틀을 잤다는 사실을 실토하고, 자신의 방 주소를 가르쳐 주고 말았다. 경찰은 즉시 수십 명의 형사대를 그의 집으로 급파했다. 바로 그들과 이재유가 마주친 것이었다.

공교롭게도 안병춘의 집으로 가는 형사대와 이재유가 부딪치게 될 줄은 누구도 예상하지 못했다. 이재유는 체포되더라도 다른 동료가 피신할 수 있도록 만 하루 동안은 진술을 거부하고 버텨 주기로 한 약속을 믿고 있었고, 실제로 안병춘은 이재유와 만나기로 한 약속에 대해서는 말을 하지 않았다. 잘못은 두 사람이 만나기로 한 장소가 안병춘의 방과 너무 가까운 곳이라는 데 있었다. 경찰이 그곳에 도착했을 때 이재유와 맞닥뜨린 것은 방심이 낳은 불운이었다.

전차에서 쏟아져 내리는 형사들을 본 이재유는 선뜻 방향을 바꾸어 봉래동 방향으로 되돌아서 걷기 시작했다. 느릿하던 발걸음이 무척 빨라졌다. 인적이 드문 거리에서 그의 모습은 쉽게 눈에 띄었다. 전차에서 내린 형사 중 일부가 그를 주목하고 뒤따라오기 시작했다.

이재유가 발걸음을 더 빨리 재촉해 봉래동으로 넘어가는 다리 위에 올라섰을 때, 다리 건너편에 들어선 한 떼의 형사들과 마주쳤다. 안병춘의 집으로 몰려가던 또 다른 형사들이었다. 이제는 돌아설 수도 없었다. 이재유는 아무렇지 않은 표정을 가장하고 앞만 보며 걸었다. 형사들도 그의 존재를 모르는 듯 천천히 걸어왔다. 형사들이 매서운 시선으로 이재유를 흘끔거렸으나 모르는 척 그의 곁을 지나쳤다. 양편이 서로 엇갈려 막 지나친 순간, 조선인 형사가 몸을 홱 돌려 이재유를 뒤에서 끌어안고 바닥에 함께 쓰러졌다. 동시에 다른 자들이 그의 팔과 목을 눌러댔다.

"당신, 이재유지?"

"이재유요? 이재유가 어떤 사람입니까? 나는 철도국 다니는 김가인데요? 사람 잘못 보신 것 아닙니까?"

이재유는 숨가쁘게 대꾸했으나 형사들은 잡은 손을 놓지 않았다.

"거짓말 마라! 며칠 전에 이순금 집에서 널 봤어!"

수갑이 채워지고 포승줄이 묶여졌다.

"놔라! 이 더러운 왜놈들아!"

이재유는 버둥대며 고함을 쳤지만 목이 꺾여 소리가 나오지 않았다. 포승줄이 허리부터 양팔과 목을 엮어 꼼짝할 수 없도록 죄어졌다. 그는 끌려가지 않으려고 버둥대며 바닥에 뒹굴며 고함을 질렀다. 길가던 조선인들이 다가오지 못하고 멀찌감치 서서 지켜보거나 못 본 척 지나쳐 버리는 가운데 십여 명의 형사들이 그를 에워싸고 발길질을 해대기 시작했다.

뾰족한 삼각뿔 모양으로 만들어져 손가락 하나 겨우 들어갈 눈구멍만 낸 용수를 머리에 덮은 이재유는 서대문경찰서 고등계 사무실 이층 작은 방으로 끌려갔다. 의자에 앉혀진 채 용수가 벗겨졌을 때 십여 명의 형사들이 둘러싸고 있었다.

경성 연대파업 사건 수사를 총지휘한 고등계 주임 요시노의 지휘 아래 우선 기를 죽이기 위한 집단 구타가 가해졌다. 형사들은 거리의 깡패처럼 그를 에워싸고 돌아가며 패기 시작했다. 발길질에 가슴을 채인 그가 뒤로 밀려나면 기다리고 있던 자가 주먹으로 얼굴을 쳐서 밀어내고, 등을 걸어 채여 쓰러지면 몰려와 허벅지며 옆구리를 구둣발로 걷어찼다. 이미 쇠약해져 있던 그의 몸은 이내 축 늘어지고 말았다. 풀어놓아도 일어설 힘도 없음을 확인한 그들은 다음 단계 고문에 들어갔다.

고문을 맡은 경관은 악명 높은 두 명의 조선인 형사들이었다. 그들은 우선 이재유의 웃통을 벌거벗겨 사람의 키 정도 길이의 좁고 긴 의자에 눕히고 양손과 양발을 꽁꽁 묶어 꼼짝 못하게 했다. 그것만으로도 옴짝달싹할 수 없는 처지가 되었는데 한 명이 그의 가슴 위에 말을 타듯 올라타고 앉아 입을 벌려 수건을 물리고 재갈을 채워 입으로는 물을 마시거나 숨도 쉴 수 없게 했다. 또 다른 자는 단화를 벗고 고무장화로 갈아 신은 다음 의자에 올라와 그의 얼굴을 좌우로 움직이지 못하도록 양발로 단단히 끼고 미리 물을 가득 담아둔 양동이에 주전자를 처넣어 물을 채운 후 코에 물을 붓기 시작했다. 입이 막힌 상태에서 코로 물이 들어가자 호흡이 전혀 불가능한 가운데 물이 폐로 들어가며 내장이 다 터지는 듯한 고통이 가해졌다. 마치 벌겋게 달군 쇠막대를 인후에 찔러 넣는 것 같은 통증이었다. 혀를 깨물어 죽고 싶어도 수건으로 재갈이 채워져 그럴 수도 없는 가운데 이재유는 고통으로 버둥대다가 혼절하기를 되풀이했다. 경찰은 물고문이 통하지 않자 자석식 전화기를 갖다 놓고 물 뿌린 몸에 전선을 들이대고 전기를 일으키는 전기 고문을 가하다가 나중에는 불에 달군 인두로 허벅지를 지지기까지 했다. 이재유는 자신의 살이 타들어가는 냄새를 맡으며 비명을 질렀다.

오히려 그의 실질적인 활동이었던 연쇄파업에 대해서는 이미 다른 이들이 다 진술해 놓은 게 있어 조사받기가 수월했다. 이재유가 할 수 있는 일이라고는 조직원 개개인에 대한 질문이 나왔을 때 그 사람은 사회주의가 뭔지도 모르고 동생이나 친구 때문에 참가했다는 식으로 거짓 진술해 본인들의 형량 부담을 덜어 주는 것뿐이었다.

경찰의 고문은 해외 조직이나 조선 내 다른 지역 노동운동 조직과의 관계에 집중되었다. 해외 조직과는 실제로 전혀 관계가 없었음에도 김형선과 권영태를 만난 사실 때문에 호된 고문을 당해야 했다. 원산의 이주하와도 일면식이 없다고 주장했지만 믿어 주지 않았다.

다른 방에서는 이순금이 모진 고문을 당하고 있었다. 그녀는 김삼룡, 이재유만큼이나 지독하게 버텨 형사들로부터 독종 소리를 듣고 있었다. 이재유에게 고문을 가하는 형사들은 말하곤 했다.

"이순금이 같이 지독한 년은 처음 봤다."

"동덕여고는 다 그래. 박진홍이, 이효정이 다 지독한 독종들이야."

이순금은 얼마 안 가 형무소로 넘어갔으나 이재유에 대한 조사는 겨울이 다 지나가고 봄이 오도록 계속되었다. 경찰은 그를 유치장이나 영장 대기실에 넣지 않고 고등계 형사실에 혼자 가둬 놓았다. 다른 연행자들과 함께 두면 서로 말을 맞추어 조사를 방해할까봐 격리 수용한 것이다. 워낙 못 먹은 채 과로를 한데다가 지난번 감옥 생활로 건강이 무척 나쁜 상태였지만 고문과 구타는 계속되었다.

이재유는 줄곧 탈출을 생각했지만, 조선인 순사와 일본인 순사로 이뤄진 두 명의 당직이 교대로 잠을 자면서 밤새 지키고 있는 형사실을 벗어나기란 거의 불가능했다. 순사가 잠시 졸거나 한눈을 팔 때 창문을 넘어 달아난다 해도 호루라기만 불면 금방 잡힐 게 뻔했다. 각기병으로 다리를 잘 못 쓰는 그가 경찰의 추적을 따돌리려면 적어도 십분 이상의 시간 여유가 필요했다. 순사의 도움이라는, 믿기 어려운 기적이 필요했다.

이때 기적처럼 나타난 인물이 모리다 순사였다. 경찰관 중에는 선량한 사람들을 보호하고 악한을 잡겠다는 순수한 마음으로 경찰 시험을 치른 이들이 적지 않았다. 막상 경찰관이 되면 권력의 맛에 익숙해져 폭력배나 다름없는 언어와 습관에 물들어 가지만, 그래도 젊은 경관 중에는 순수한 마음을 그대로 간직하고 있는 사람들이 있었다. 천성적으로 밝고 이타적인 성격을 가진 모리다도 그런 청년이었다.

사회주의자는 아니었으나 일본의 군국주의와 천황주의를 싫어했던 모리다는 인간 평등을 위해 사회주의자가 되었다고 당당히 말하는 이재유와 이야기를 나누고 싶어했다. 처음 붙잡혀 왔을 때에는 두 사람이 지키는 바람에 단 둘이 이야기를 할 기회가 없었다. 감시가 완화되어 모리다 혼자 당직을 서게 되자 먼저 일본어로 말을 걸어왔다. 모리다는 먼저 천황 제도에 대해 어떻게 생각하느냐고 물었다.

이재유는 천황제야말로 자본가와 권력자들이 인민을 지배하기 위해 만들어 놓은 정신적인 족쇄이며, 일본은 천황제를 폐지하고 궁극적으로는 사회주의가 되어야 완전한 인간 평등을 이룰 수 있을 것이라고 대답했다. 또 일본이 제국주의가 되어 아시아를 침략해 들어가 조선이 그 피해자가 된 것도 끝없이 팽창하지 않으면 자신을 유지할 수 없는 자본주의의 필연적인 결과라고 말했다. 그는 특유의 다정다감한 음성으로 동서양과 남녀 구별 없이 모든 인간은 자유롭고 평등하게 살아야 할 권리가 있으며, 인류가 그 꿈을 이룰 수만 있다면 자신의 한 목숨은 조금도 아깝지 않다고 말했다.

모리다는 그의 말에 깊이 감화되고 말았다. 두 사람의 대화는 밤이 깊도록 계속되었고, 모리다는 자신의 비망록에 이재유의 말을 받아 적기까지 하며 열렬한 동의를 표시했다. 초임 순사이다 보니 당직의 기회는 자주 돌아왔다. 몇 차례에 걸쳐 긴 대화를 나누는 사이 두 사람은 마음을 열어 놓을 수 있을 정도로 가까워졌다.

이재유는 한없이 착하기만 한 젊은 순사를 곤경에 빠뜨릴 생각은 없었다. 탈출을 한다 해도 모리다의 근무 시간은 피하려고 생각했다. 그러나 시간이 없었다. 머뭇거리고 있다가는 조사가 끝나 유치장으로 넘어갈 것이고, 거기서부터는 탈출이 거의 불가능했다. 모리다가 당직으로 들어온 날, 한동안의 대화 끝에 조심스레 지나가는 듯 말했다.

"나는 무척 밖에 나가고 싶소. 밖에 나가 자유롭게 살고 싶소."

쪽창에 얼굴을 댄 채 웃고 있던 모리다의 얼굴에 일순 웃음이 사라졌다. 이재유는 아차 싶은 생각에 농담이었다고 말하려 했다. 그런데 모리다는 신중한 말투로 대답하는 것이었다.

"밖에서는 활짝 피어 있던 벚꽃도 이곳에만 들어오면 시들어 버립니다. 그러나 시들지 않고 피어 나는 꽃을 누가 막을 수 있겠습니까? 친구가 가 버리면 외로워지겠지요. 그렇지만 소란을 피우지는 않을 겁니다. 차 한 잔이 식을 때까지는."

누군가 들을지 몰라 시를 읊듯 조용히 말하는 모리다의 표정은 진지했다.

조심스레 그의 표정을 읽던 이재유는 말없이 고개를 끄덕여 고마움을 표했다. 오늘이 될지 내일이 될지 모르는 탈출의 순간에 그가 반드시 도움이 되리라 믿었다.

3월 11일, 비가 추적추적한 밤이었다. 새벽 두 시가 되었을 때 뜬눈으로 이재유를 지켜보던 조선인 순사가 일어나 모리다 순사를 깨웠다. 모리다는 잠에서 깬 듯 하더니 의자에 앉자마자 꾸벅꾸벅 졸기 시작했다. 이재유는 슬그머니 자리에서 일어나 앉았다.

함정일 수도 있었다. 일본인 경관이 탈출을 방조해 준다는 것은 상상하기 힘든 일이었다. 먼저 말을 걸어오고 그가 하는 말을 비망록에 적은 것도 모두 고등계 형사들이 만들어 낸 연극일 수 있었다. 그러나 이재유는 자신의 경험을 믿었다. 진실로 이타적인 인간이 존재한다는 것이야말로 경험이자 신념이었다. 모리다의 등장은 기적이 아니라 필연이었다. 그는 일본인이면서 함흥에서 '적색노조'를 하다가 잡혀 십 년 형을 받고 감옥살이를 하는 이소가야라는 인물을 알고 있었다. 노동자 출신이지만 매우 머리가 뛰어나고 지적인 인물로 서대문형무소의 명사였다. 가까이는 미야케 교수 같은 이도 있었다. 따지고 보면 조선인 사회주의자들의 다수가 일본에 유학 가서 일본인 사회주의자들로부터 배운 이들이었다.

침상에서 일어난 이재유는 옷가지와 베개를 담요 속에 넣어 사람이 웅크리고 자는 것처럼 만든 후 곧장 창문으로 기어올랐다.

모리다 순사는 이재유가 사라지고 나서도 한참 지나서야 호루라기를 불며 범인이 달아났다고 고함을 질렀다. 당직 형사와 순사들이 몰려갔을 때 형사실은 열린 창문이 비바람을 타고 흔들리고 있을 뿐, 창문 아래 주차장 골목에는 사람의 그림자도 보이지 않았다. 숙소에서 잠자다 뛰쳐나온 순사들은 이리저리 몰려다니며 우왕좌왕했고, 옷도 제대로 챙겨 입지 못한 기마경찰대들이 말을 끌고 나오느라 수선을 떨었다. 새벽이라고 할 수도 없는 한밤중, 서대문 일대에는 기마대의 요란한 말발굽 소리와 경찰차 사이렌 소리가 울려 퍼졌다.

집에서 자다가 달려나온 요시노 주임은 권총을 뽑아 들고 미친 사람처럼 설치고 다녔다. 요시노 주임의 기세에 눌린 기마경찰과 순찰차들이 사방 골목을 내달리며 눈에 띄는 사람마다 권총을 들이대고 모두 체포해 버렸다. 그러나 끌려온 이들을 아무리 살펴봐도 이재유와 비슷한 얼굴조차 찾을 수가 없었다.

한바탕 소란이 벌어진 지 몇 시간 후, 조선인 사상범들이 잡혀 있는 유치장에 이재유를 놓친 당사자인 모리다 순사가 나타났다. 갓 스무 살이 넘은 모리다는 다른 일본인 경찰과 달리 활달하고 정이 많아 조선인 사상범들에게 은밀한 동정을 보여주던 사람이었다. 탈주자를 잡느라 온 경찰서가 발칵 뒤집혀 있었지만, 모리다는 밤을 새운 탓에 얼굴이 다소 피곤해 보일 뿐, 태연한 얼굴이었다. 그는 평소와 다름없이 웃는 얼굴로 유치장에 갇힌 조선인들 앞에 가더니 어젯밤에 자신이 만든 짧은 노래를 불러보겠다고 말했다.

벚꽃 동산에 피어 있는 꽃,
바랜 꽃도 있고
피는 꽃도 있네…….

모리다는 일본 창가의 곡조에 맞춰 천연덕스럽게 노래를 불렀다. 밖에서 무슨 소동이 벌어지고 있는지도 모르는 조선인 사상범들이 잘 지었다고 칭찬해 주자 모리다는 생각에 잠긴 얼굴로 쓸쓸히 웃기만 할 뿐이었다. 이 일로 엄한 추궁을 받은 모리다는 경성에서 멀리 떨어진 함경도의 산골 오지 주재소로 좌천되었다. 훗날 그가 사회주의 운동에 관련되어 총살당했다는 소문이 돌았으나 사실 여부는 확인되지 않았다.

이재유가 잡힌 것은 불과 몇 시간 뒤였다.

오랜 고문으로 온몸 어느 구석도 성한 데가 없는 그는 각기병으로 걷기도 힘든 다리로 온 힘을 다해 새벽 빗속을 달렸다. 조선일보에서 일하는 서창을 찾아갈 생각으로 고문의 상처와 피로에 지친 그가 광화문 쪽으로 비틀거리며 뛰어갈 때 경찰서에서는 벌써 호루라기와 고함 소리가 터지고 오토바이와 차를 탄 형사들이 몰려나오고 있었다. 정동 골목길로 접어들 때 큰길은 이미 경찰들로 덮여 있었다.

진퇴양난의 순간, 그의 눈에 장작을 가득 실은 손수레가 언덕길을 오르는 모습이 들어왔다. 그는 얼굴을 수그린 채 손수레 뒤를 밀어주며 따라가다가 어떤 집의 담장으로 기어 올라가 힘겹게 담을 넘었다. 정원이 잘 가꾸어진 넓은 집이었다. 골목에서는 형사들의 발걸음 소리며 호루라기 소리가 요란했다. 이재유는 자신이 들어간 곳이 어디인 줄도 모르는 채 비를 피해 처마 밑으로 기어들어 갔다가 피로를 이기지 못하고 혼절해 버렸다.

얼마나 지났을까. 소란한 소리에 깨어난 그의 눈앞에서 제복의 서양인 하나가 장총을 가슴에 겨누고 있었다. 군인은 뭐라고 고함을 질러댔고, 다른 군인들이 몰려왔다. 영어였다. 어찌된 영문인가 두리번거리던 이재유는 양키들의 총에 이끌려 경비실로 끌려가서야 자신의 실수를 깨달았다. 공교롭게도 미국영사관 담을 넘은 것이었다. 짧은 영어로 자신은 정치적 망명자이며 보호해 달라고 요청했으나 더부룩한 수염에 피묻은 옷을 입은 황색인의 말을 주의 깊게 들어주는 이는 없었다.

미국영사는 이재유를 경비실에 앉혀 놓은 채 경찰에 전화해 도둑을 잡아 놓았으니 데려가라고 했다. 이재유를 찾기에 혈안이 된 일본 경찰은 일개 도둑 따위에 신경을 쓸 겨를이 없어 전화를 무시하다가 몇 번이나 독촉 전화를 받고서야 하는 수 없이 순사를 보내왔다. 귀찮은 표정으로 도둑을 인수하러 온 순사는 그가 이재유라는 것을 알고 지원 병력을 부르는 등 호들갑을 떨었다. 이때 이재유는 밤을 새운 피로와 각기병의 병세로 정신을 잃고 있었다. 혼절한 채 서대문 경찰서로 실려 간 이재유는 주사를 맞고서야 정신을 차렸다.

경찰은 그가 러시아 대사관에 들어가 망명을 하려다가 이웃한 미국영사관에 잘못 들어갔다고 생각하고 공산주의 국가로 가려 했다는 이유로 더욱 심하게 폭행했다. 그곳이 어디인 줄도 몰랐다고 했으나 해명 따위는 소용이 없었다. 고문을 하다가 죽여도 아무 문책당할 일이 없는 사회주의자 이재유는 끝없는 폭력 앞에 무방비로 노출되어 있었다.

경찰은 다시는 탈출하지 못하도록 두 명의 감시인을 두고도 출입문에 무거운 자물쇠를 채워 밖에서만 열 수 있도록 해놓았다. 양손에 자동수갑이 걸리고 족쇄가 채워진 이재유의 발에는 노예처럼 커다란 쇳덩이를 달아 놓아 기동을 못하게 하고, 허리에도 방울을 달아 몸을 뒤척이기만 해도 소리가 나게 했다. 출입문 열쇠는 요시노 주임이 퇴근할 때 직접 챙겨 자기 집으로 가지고 가서 아무도 열 수 없게 했다. 온몸이 만신창이가 되어 잘 걷지도 못하는 그가 이 삼엄한 감시 속에서 또다시 탈출하리라고는 그 누구도 생각하지 못했다.

다시 한 달이 지난 4월 13일 늦은 밤이었다. 고요하던 서대문경찰서에 한

가닥 요란한 호루라기 소리가 울렸다. 이재유가 달아났다는 고함 소리와 함께 당직 중이던 경찰들이 목조건물을 이리저리 뛰어다니기 시작했다. 그러나 이번에는 영영 찾을 수 없었다.

고등계 요시노 주임은 이재유를 놓친 책임을 지고 직위해제를 당했고 사라진 이재유에게는 일금 오백 원의 현상금이 걸렸다. 경성 변두리에 집 한 채를 살 수 있는 거금이었다. 경성 경찰부와 경기도 경찰부의 모든 인력이 동원되어 의심스러운 곳을 샅샅이 뒤지고 사방에서 검문검색을 실시했다. 그러나 이재유의 행방은 묘연하기만 했다. 이재유와 비슷한 나이의 애꿎은 행인들만 사방에서 끌려와 곤욕을 치르고 풀려날 뿐이었다. 도대체 온몸이 엉망이 되어 족쇄에 묶여 있던 이재유가 어떻게 탈출을 했을까? 또 어디로 숨은 것일까?

형사실에 혼자 갇혀 있던 이재유가 같은 건물 이층의 고등계 훈시실로 옮겨진 것은 한 달여가 지나서였다. 그곳에는 김규엽 등 조선인 사상범 예닐곱 명이 갇혀 있었는데 다른 이들은 수갑도 채우지 않았고 계단 아래 일층에 내려가 대소변도 볼 수 있었으나 이재유는 훈시실 밖으로 한 발도 나가지 못하도록 용변도 변기를 가져와서 보게 했다.

무슨 까닭에서인지 경찰이 이재유의 수갑을 풀어 준 것은 그가 탈출하기 사흘 전이었다. 족쇄만 채워졌을 뿐 양손이 자유로워진 그는 곧장 탈출 준비에 들어갔다. 수감자들은 유리병에 담긴 우유를 배달해 마시고 있어 양철로 된 병뚜껑을 쉽게 구할 수 있었다. 그는 식사 시간에 밥알을 짓이겨 남겨 두었다가 아무도 보지 않는 야간에 족쇄 안에 넣어 형을 떠낸 후 이빨로 우유병 뚜껑을 구부려 열쇠를 만들었다. 실험을 해보니 놀랍게도 족쇄는 쉽게 풀렸다. 침상 밑 나무마루 틈새에 양철 열쇠를 숨겨두었다. 침상 밑에는 개인 사물을 그대로 넣어 두도록 했기 때문에 외투와 함께 일본에서부터 써 왔던 손톱깎이에 붙은 작은 칼이 있었다. 이것으로 옷의 흰색 안감을 교묘히 잘라 변장을 위한 마스크도 만들었다. 모든 것은 야간에 모두 잠들었을 때 이루어져 아무도 보지 못했다. 더구나 잡힐 때 입고 있던 외투 안쪽에 비상시를 대비해 안감을 찢어 감춰 놓고 바느질을 해둔 지폐 몇 장이 보관되어 있었다. 이제 언제든지 창문을 타고 달아나면 되었다.

4월 13일 저녁, 이재유는 배가 아프다는 핑계로 자기 밥을 모두 김규엽에게 주었다. 굶주림에 시달리다가 갑자기 두 사람 분의 식사를 한 김규엽은 다음 날 새벽 다섯 시가 되자 설사가 급하다고 문을 두드려 댔다.

"하리가 나서 그래요. 변소 좀 보내 주시오."

문 앞에서 졸고 있던 조선인 순사가 짜증스럽게 고개를 들이밀었다.

"곧 날이 밝으니까 기다려라."

거의 한잠도 안 잔 채 뜬눈으로 이 순간을 기다려 온 이재유가 일어나 소리쳤다.

"아니, 어떻게 설사를 참으란 말입니까? 일 나기 전에 어서 화장실에 보내 주시오."

조선인 순사는 할 수 없이 일본인 순사를 깨웠다. 문이 열리고, 김규엽은 일본인 순사를 따라 아래층으로 내려갔다. 조선인 순사는 다시 자리에 앉자마자 졸기 시작했다. 문은 열린 채였다. 방 안의 다른 죄수들은 잠시 소란에 깨었다가 다시 고개를 박고 잠들었다.

더 이상의 기회는 없었다. 이재유는 재빨리 족쇄를 풀고 외투를 걸친 후 조선인 순사 앞을 지나 아래층으로 내려갔다. 흰 마스크로 얼굴을 가리고 경찰서 마당을 지나 정문을 나서는데 제복의 순사가 경례를 붙이며 일본어로 말을 걸어왔다.

"지금 돌아가십니까?"

형사로 착각한 모양이었다.

"수고해라."

이재유는 유창한 일본어로 대답해 주며 유유히 정문을 빠져 나왔다. 지난번 실패를 교훈 삼아 이번에는 뛰어 달아나는 대신 자동차를 타기로 했다. 새벽이라 자동차들이 제법 움직이고 있었다. 옷깃에 숨겨둔 지폐들을 꺼내고 마스크를 벗은 후 경찰서 앞의 자동차 차고에서 커다란 미제 검은 승용차를 잡아탔다.

"황금정 갑시다."

태연스레 말하고는 뒤를 바라보았다. 아직 경찰서 쪽에서는 아무 낌새가 없었다. 택시가 황금정 2정목에 도착했을 때 그는 차를 세우고 운전기사에게 차비 말고 별도로 1원 20전을 주며 말했다.

"강기정 전차정류장에서 한 여자가 기다리고 있으니 여기서 되돌아가 태워 주시요. 그럴 수 있겠지요?"

경찰이 자동차 운전기사들을 먼저 심문할 게 분명했으므로 자동차가 곧장 차고로 돌아가지 못하도록 한 것이다.

"아무렴요. 걱정 마십시오."

적지 않은 사례를 받은 운전기사는 좋아하며 떠났다. 이재유는 한 구역을 걸어 황금정 3정목에서 다시 자동차를 타고 동소문에서 내렸다. 그리고 아픈 다리를 이끌며 어두운 산길로 휘청휘청 걸어 들어갔다.

13_ 지하 토굴에 숨다

　동소문에서 동숭동으로 넘어가는 깜깜한 산길을 걸어 이재유가 도착한 곳은 경성제대 교수 관사였다. 미야케 교수의 관사는 불이 모두 꺼진 채 대문은 굳게 잠겨 있었다. 그는 목 높이까지 오는 하얀 판자로 만들어진 담을 힘겹게 기어 넘어 정원에 몸을 숨겼다. 내부 구조를 잘 알기 때문에 당장 창문을 두드려 깨울 수도 있었으나 미야케 교수의 가족들과 하녀에게 의심을 받아서는 안 되었다. 마스크를 한 채 외투를 머리까지 뒤집어쓰고 몸을 웅크리고 앉아 날이 밝기를 기다렸다.

　사월의 밤은 추웠다. 몇 분 지나지 않아 온몸이 고향 뒷산의 은빛 사시나무 잔가지 흔들리듯 떨려왔다. 이를 악물지 않으면 이빨 부딪치는 소리가 고문하듯 귀를 때렸다. 고문으로 입은 상처와 피멍이 들고 부어오른 자리마다 바늘로 찌르는 듯한 통증이 왔다. 이대로 잠들면 다시는 깨어날 수 없을 것 같았다. 천

근의 쇳덩이처럼 머리를 찍어 누르는 졸음을 이기기 위해 몸을 꼬집고 뒤척이려 애썼으나 실제로는 꼼짝도 하지 않은 채 마음만 움직이고 있었다.

아득히 멀어져 가는 의식 속에 삼수를 떠나 함경산맥을 넘던 날들이 떠올랐다. 꼭 십이 년 전 이맘때였다. 낯선 산골동네 헛간 짚더미에 파묻혀 잠들었던 밤이 떠올랐다. 그때는 몸도 마음도 이렇게 춥지는 않았다. 마른 볏짚 냄새는 구수했고, 가끔씩 들려오는 암소의 울음소리와 개 짖는 소리가 할머니의 옛이야기처럼 불안한 마음을 누그러뜨려 주었다. 하루만 더 걸어가면 푸른 바다와 기차가 나오리라는 희망으로 들떠 즐거운 꿈만 꾸었다. 하지만 지금은 개 짖는 소리만 나면 퍼뜩 놀라 신경을 곤두세워야 했고, 속옷에서 올라오는 피비린내와 목욕을 못해 나는 쾨쾨한 냄새는 자신도 역겨울 정도였다. 깜빡 잠이 들 때마다 벽에 매달려 채찍질을 당하고 바닥에 쓰러져 뒹구는 얼굴 위로 다가오는 구둣발에 가위눌려야 했다. 탈출을 했어도 얻은 것은 자유가 아니었다. 그리웠다. 고향이 그리웠다. 굳이 풍만한 젖가슴을 감추려 하지 않고 갓난아이의 젖을 먹이던 새엄마에게서 풍겨오던 포근한 분위기가 그리웠다. 사랑방에 모인 동네 사람과 술을 마시며 유쾌하게 농담을 늘어놓던 아버지의 목소리가 그리웠다. 돌아갈 수 없는 시간이 그리웠다. 그는 지나간 날들에 대한 후회와 내일에 대한 절망과 두려움으로 상처입은 짐승처럼 낮게 신음을 하며 잠에 빠져들었다.

반 시간쯤 지나서 이재유는 졸도 상태에서 깨어났다. 추위가 폐 속까지 파고들어 가슴이 싸늘하게 식은 듯했다. 차라리 혼절하여 추위도 느끼지 못하고 악몽도 꾸지 않은 게 다행이라 생각하며 일어서려는데 돌덩이처럼 굳은 몸이 움직여지지 않았다. 피가 다 빨려나가 마른 근육만 남은 듯, 발을 내딛고 허리를 펴는 일이 너무 힘들었다. 몸이 장작개비로 변한 기분이었다. 겨우 일어서서 주변을 살피고 마스크를 벗었다. 외투에 묻은 이슬과 풀잎을 털어 내고 현관에 서서 초인종을 눌렀다.

한참이나 기다려서야 일본인 하녀가 나왔다. 하녀는 머리칼은 콩기름에 담갔다가 꺼낸 듯 반질반질하게 뒤엉켜 있고 얼굴은 핏기하나 없이 파리하게 질린 채 서 있는 새벽 손님과 마주치자 깜짝 놀라는 눈치였다.

"안녕하십니까. 저는 김이라는 학생인데 교수님을 만나러 왔습니다."

일본어로 말하니 의심스런 시선으로 아래 위를 살펴보던 하녀는 그가 전에도 방문했던 사람임을 확인하고는 순순히 들어오게 했다. 그녀는 손님의 이름이 무엇이며 어떤 사람인가는 알지 못했다.

"누가 왔습니까?"

초인종 소리와 하녀의 부름을 받고 잠옷 차림으로 무심코 거실에 나오던 미야케는 경찰서에 있어야 할 이재유가 현관에 버티고 서 있는 모습을 보자 우뚝 자리에 서 버렸다. 순간적으로, 경찰이 이재유를 앞세워 자신을 잡으러 왔구나 하고 생각했다. 먼저 입을 연 것은 이재유였다.

"교수님, 저 김이올시다. 새벽에 죄송합니다."

하녀가 수상한 눈치를 채지 않도록 하기 위함이었다. 미야케는 쓰러질듯 위태로운 자세로 간절히 도움을 요청하고 있는 이재유의 시선과 마주치자 순간적으로 모든 것을 깨달았다.

"아, 반갑습니다. 밤새 술이라도 하셨습니까?"

미야케는 하녀가 이상하게 생각하지 않도록 부엌으로 들어가라 이르고는, 잰걸음으로 달려가 그를 부축했다. 현관문을 잠그고 서재 방으로 데려가 앉히니 이재유는 그 자리에 쓰러져 눕고 말았다.

마침 미야케의 부인 히데는 부인병으로 병원에 입원한 상태였다. 대신 아이를 돌보기 위해 일본에서 건너온 그의 어머니와 아이들, 그리고 하녀가 있었다. 가족은 문제가 아니었으나 하녀가 걱정이었다. 미야케는 하녀에게 친구가 밤새 술을 마시고 취해 저 모양이 되었으니 따끈한 음식을 갖다 주라고 태연히 지시해 놓고, 어떻게 해야 할지 궁리했다. 우선은 평소처럼 행동하는 게 중요했다. 손님방에 이불을 갖다 주고 술이 깰 때까지 깨우지 말라고 지시하고는 관사와 붙어 있는 학교에 출근하여 정황을 살폈다.

경찰은 초비상이 걸려 있었다. 서대문에서 동대문에 이르는 모든 길목에 경찰이 배치되어 이재유 비슷한 사람은 다 잡아들이고 있었다. 기차역과 교외로 나가는 길목에는 바리게이트까지 치고 모든 승객을 일일이 검문했다. 이재유와 관련이 있는 모든 집들이 샅샅이 수색을 당하고 있었다. 광화문 일대 주택가를 집집마다 수색하는 한편 형무소 뒤편 북한산 줄기에도 경찰견을 동원한 수색이 시작되어 있었다. 혼자서는 감당할 수 없을 것 같았다.

미야케는 먼저 정태식을 만나 자기 집에 가 보라고 말했다. 미야케의 표정만으로도 일이 벌어졌음을 눈치챈 정태식은 곧장 혼자 관사로 찾아왔다. 그는 몸을 가누지 못할 정도로 지친 이재유를 보자 눈물을 글썽이며 와락 끌어안았다. 정태식이 검거 선풍을 피한 것은 이재유가 철저히 함구했기 때문이었다.

이재유는 메마른 얼굴에 퀭하니 들어간 눈으로 억지로 웃어 보이고는 도주에 필요한 깨끗한 양복과 구두를 부탁했다. 정태식은 친구들 집에서 이재유의 체격에 맞는 말끔한 양복과 구두를 빌리고 아내 김월옥에게 꼭 쓸 데가 있으니 묻지 말라고 말해 돈까지 마련해 왔다.

정태식은 이재유가 몸을 씻고 옷을 갈아입는 것을 지켜보며 상해나 모스크바로 망명하는 게 어떠냐고 제안했다. 이재유도 그런 생각을 안 해본 것은 아니었다. 하지만 현실성이 없었다. 이재유의 얼굴은 경찰에 너무 널리 알려져 있었다. 주요 도로와 전차역마다 경찰이 그물망처럼 깔려 행인을 샅샅이 검문하는 상황에서 집 밖에 나가는 일 자체가 위험하거니와, 무수한 검문으로 가로막힌 북행열차를 타고 조선을 탈출하는 일은 사실상 불가능에 가까웠다. 새 양복에 모자까지 챙겨 썼으나 밖에 나갈 엄두가 나지 않았다. 이재유는 일단 남의 의심을 사지 않도록 정태식을 돌려보낸 후 미야케가 학교에서 돌아오기를 기다렸다.

강의를 마치고 돌아온 미야케는 경성 일대의 삼엄한 경계에 대해 설명하고 지금 나가면 절대 안 된다며 그를 붙잡아 놓았다. 관사도 안전하지는 않았다. 미야케 역시 진보적인 학자라는 이유로 경찰의 내사를 받고 있는 처지인데다가 이틀 후면 동대문경찰서에서 춘계 청결 검사를 하러 온다고 통지가 날아온 상태였다. 경찰이 집안에 들어와 방마다 청결 상태를 검사하고 소독을 하게 되면 끝장이었다.

밖에 나갈 수도, 안에 머물 수도 없는 난감한 상황에서 기막힌 제안을 낸 것은 미야케였다. 관사는 여러 개의 방으로 나뉘어 있었는데, 그 중 응접실에 딸린 작은 방의 방바닥을 파고 숨는 게 어떠냐고 물어 왔다. 일본식 집이라 온돌 장치가 되어 있지 않아 두터운 다다미를 들어내면 나무 마루가 나오고 그 밑에는 바로 흙이었다. 달리 방법이 없었다. 마침 미야케는 강의가 없는 날이었다.

미야케는 우선 하녀를 하루 동안 휴가를 줄 테니 놀다 오라며 돈을 주어

밖으로 내보내고 어머니와 아이도 일본으로 보냈다. 빈집에 남은 두 사람은 오전 열한 시부터 작업을 시작했다. 다다미를 들어내고 마루판자를 뜯기는 어렵지 않았다. 동숭동은 하천변이라 모래흙이어서 쉽게 팔 수 있었지만 때로 사람 머리통만한 호박돌이 나왔다. 모래흙은 정원 바닥에 표 나지 않게 뿌리고 돌은 일부러 구해 온 것처럼 큰 나무 아래 둥그렇게 늘어놓았다. 두 사람은 삽날에 호박돌이 부딪혀 쇳소리가 날 때마다 화들짝 놀라 일손을 멈추었다가 다시 조심스레 파기를 되풀이한 끝에 밤 열 시가 되어서야 한 사람이 들어가 앉고 눕기에 충분한 구덩이를 팔 수 있었다.

미야케는 흙바닥에 다다미와 이불을 깔고 솜옷과 속옷을 넣어 준 후 이재유가 눕는 것을 확인하고 마루판을 덮었다. 그 위에 처음처럼 다다미를 덮으니 감쪽같았다. 구덩이 한쪽은 응접실 남쪽의 공기구멍과 통하게 했기 때문에 그곳으로 먹을 것을 넣어 주기로 했다. 용변은 한쪽 흙을 파서 보고 다시 덮어 해결하기로 했다.

이튿날의 청결 검사는 간단히 통과되었다. 경찰관들과 함께 온 위생 관리들은 자신들이 딛고 서 있는 마루 밑에 사람이 숨어 있으리라고는 상상도 못한 채 집안 구석구석에 소독약을 뿌리고 돌아갔다.

본격적인 토굴 생활이 시작되었다. 우선 미야케는 아내의 병원비 때문에 어렵다는 핑계로 하녀를 해고했다. 그리고 아내도 모르게 만중이라 부르는 빵과 삶은 달걀, 만두, 귤, 통조림 같은 것들을 사서 넣어 주고 읽고 쓸 수 있도록 손전등과 책, 필기도구도 마련해 주었다. 동굴 바로 위에 탁자를 놓고 탁자 다리 옆에 보이지 않도록 젓가락이 들어갈 정도의 구멍을 파서 쪽지를 주고받을 수 있도록 해 놓기도 했다.

일주일 후, 아내 히데가 퇴원하고 미야케는 간도 지방으로 열흘간 시찰을 가게 되었다. 미야케와 정태식에 대한 경찰의 내사도 눈에 띄게 심해진 상황이었다. 이재유는 경찰의 시선을 따돌리기 위해 그에게 시찰 여행을 가도록 권유했다. 대신 미야케의 아내에게 불편을 주지 않기 위해 자신의 존재를 비밀에 붙이고 열흘 치 식량을 한꺼번에 넣어 주고 떠나라고 했다.

미야케는 차마 그럴 수는 없었다. 고민하던 그는 아내에게 모든 사실을 털어놓고 자신이 간도에 시찰간 동안 먹을 것과 경찰의 감시로부터 보호를 부탁했다. 같은 대학 출신의 똑똑한 여자로, 사회운동에 직접 나서지는 않았으나 이해심은 풍부한 히데는 그러겠다고 약속했다. 그녀는 남편이 없는 동안 토굴 속으로 물과 음식을 넣어 주는 일을 계속했다. 이재유는 열흘 동안 한 번도 밖에 나오지 않은 채 책을 읽거나 깊은 수면으로 건강을 회복해 갔다.

미야케가 간도 시찰에서 돌아올 무렵 경찰의 추적은 한결 완화되어 있었다. 다소 여유가 생긴 이재유는 밤이면 토굴에서 나와 목욕통에서 목욕을 하기도 하고 미야케와 함께 정원을 산책하며 이야기를 나누기도 했다. 모래벽에 무너지는 곳이 생겨 석회를 발라 보강하기도 하고 손전등이 독서에 불편해 작은 전등을 달기도 했다.

미야케는 자신과 독서회를 하던 경성제대 학생 이강국이 독일에 유학을 가서 그곳 공산당에 가입한 후 수집해서 보내오는 독일어로 된 팸플릿을 일본어로 해석해 주기도 하고, 레닌이 죽은 후 소련에서 일어나고 있는 일들에 대해 이야기해 주기도 했다. 사회주의 체제가 되면서 자신의 능력보다 몇 배나 더 열심히 일하는 수많은 노력영웅들이 나타나 후진국이던 러시아가 세계 최강의 국가로 성장하고 있다는 내용이었다.

미야케의 지극한 보살핌 속에 이재유는 병들고 지쳤던 몸과 마음의 안정을 찾아갔다. 충분한 수면과 영양 보충, 마음 편한 독서와 미야케와의 즐겁고 유익한 대화는 불안과 공포에 사로잡혀 있던 그의 심신을 과거 어느 때보다도 강하게 만들었다. 토굴 생활이 한 달을 넘기면서 그의 건강은 완전히 회복되었고, 정신적으로도 예전의 쾌활함을 되찾아 재치있는 농담을 늘어놓는 여유를 부리게 되었다.

마침내 미야케의 집에 경찰이 들이닥친 것은 이재유가 숨어든 지 38일째 되던 날이었다. 이재유가 서대문경찰서에 잡혀 있는 동안 미야케와 정태식은 권영태와 접촉하고 있었다. 권영태는 이재유의 트로이카를 분파적이라고 비난하고 제휴를 거부한 인물이었는데도 이재유가 구속된 후에는 마치 자신이 이재유의 위임을 받았다는 식으로 떠들고 다니며 트로이카에 소속되었던 노동자들을 자기편으로 끌어들이고 있었다.

이 사실을 알게 된 두 사람은 권영태를 만나 사실을 왜곡하지 말라고 주의를 주고 양대 세력이 힘을 합쳐 경성 지역 노동운동가들을 집결시키기로 의견을 모았다. 권영태는 노동자를, 정태식은 학생을, 미야케는 문화자금부를 맡기로 조직까지 했다.

그런데 그 과정에서 권영태와 정태식의 만남이 경찰의 감시망에 드러나 둘 다 연행되고 말았다. 정태식의 집에서는 독일의 이강국이 미야케 앞으로 보내온 코민테른 팸플릿들이 발견되었다. 최용달이 평양에서 검거되었고, 미야케는 이들 모두를 지도한 책임자로 지목되었다. 정태식의 체포를 확인한 이재유는 의지가 약한 지식인 출신인 그가 쉽게 고문에 무너지리라 생각했는데 그렇게 되고 만 것이었다.

미야케와 이재유는 새로운 도피처를 궁리했다. 이재유는 미야케도 함께 달아나는 수밖에 없다고 판단했다. 그러나 확실한 증거 없이 대학교수직을 버리기란 쉽지 않았다. 경찰이 미야케를 잡기 위해 관사에 들이닥쳤을 때 이재유는 아직 토굴 속에 숨어 있었다. 정태식이 체포된 지 6일 만인 1934년 5월 17일이었다.

경찰은 자신들이 발을 딛고 서 있는 마루판 밑에 이재유가 있는 줄은 모르는 채 온 집안을 샅샅이 뒤져 독서 금지된 서적들과 독일과 일본에서 온 각종 팸플릿들을 압수해 갔다. 이재유는 불을 끄고 누워 미야케가 일부러 고함을 지르며 잡혀가는 소리와 형사들이 집안 곳곳을 뒤져 책이며 증거물들을 압수해 가는 소리를 생생히 듣고 있었다.

압수 수색은 몇 시간이나 걸렸다. 미야케 부인 히데가 목놓아 우는 소리가 점점 작아지고, 이윽고 주변이 완전히 고요해지더니 다시 한 시간쯤 지나서야 히데가 걸어다니는 익숙한 발걸음 소리가 들려왔다. 그녀는 현관을 열고 밖에 나가 주위를 샅샅이 살펴 안전을 확인한 후 조심스럽게 토굴의 뚜껑을 열었다.

"밖에 아무도 없어요. 어서 달아나세요."

밤 여덟 시였다. 이미 양복에 모자까지 챙겨 들고 있던 이재유는 재빨리 올라와 마루판을 본래대로 덮어 놓았다. 너무 울어 눈이 퉁퉁 부은 히데는 이런 상황에서도 일본식으로 허리까지 깊숙이 구부려 작별 인사를 했다. 이재유는 진심으로 허리를 깊이 숙여 감사를 표하고 부엌문을 통해 재빨리 관사를 빠져나왔다. 정태식이 가져온 양복과 구두를 착용한 그의 주머니에는 미야케가 비상사태를 위해 마련해 준 삼십육 원과 회중시계가 들어 있었다. 그는 어둠에 잠긴 관사를 향해 다시 한 번 깊숙이 허리 굽혀 인사를 한 후 낙타산을 넘어 종로 6정목 방향으로 사라졌다.

서대문경찰서에 끌려간 미야케는 자신의 취조를 하루만 연기해 달라고 간청했다. 하루만 시간을 주면 자기 스스로 정신을 차려 자백서를 쓰겠노라고 했다. 경찰은 경성제국대학 교수라는 신분을 고려하여 그의 청원을 들어주었다.

다음 날 저녁, 비로소 미야케는 이재유가 자신의 집에 은거하고 있음을 밝혔다. 경찰이 경성제대 관사에 몰려갔을 때는 이재유가 먹다 남긴 밀감 껍질이며 읽던 책들만 뒹굴고 있었다. 동지의 언약대로, 미야케는 하루의 시간을 벌어 동료가 멀리 도망칠 수 있도록 해 준 것이었다.

미야케는 이로써 대학 교수의 특권을 잃었다. 일본인으로서 일본을 배신한 그는 조선인 이상의 무지막지한 구타와 고문을 당해야만 했다. 경찰은 그를 권영태 조직에서 문화자금부 책임자를 맡고 이재유를 숨겨 준 죄목으로 구속해 서대문형무소로 넘겼다.

히데는 남편이 재판에 들어간 후에도 일본에 돌아가지 않았다. 그녀는 경성제대 독서회원으로 아직 신분이 드러나지 않은 최용달의 도움을 받아 명동에 고서점을 차려 운영하면서 옥바라지를 했다. 거북이 '구' 자를 써서 '구옥'이라는 이름을 붙인 책방이었다. 하지만 선량하기만 한 그녀는 장사를 잘 못했다. 헌책을 살 때는 너무 비싸게 사고, 팔 때는 제값을 부르지 못해 손해 보기 일쑤였다. 그럼에도 히데는 인사하러 찾아간 조선인 운동가들에게 차비도 주고 적으나마 도피 자금을 대주기도 했다.

한편 그녀는 남편에게 전향하라고 애타게 매달렸다. 아내의 눈물겨운 애원을 이기지 못한 미야케는 감옥에서 수기 형태의 '감상록'이라는 글을 썼다. 감상록에서 그는 마르크스주의의 오류를 보지 못하고, 무조건 추종한 자신을 후회한다고 썼다. 마르크스주의의 이론은 매우 넓은 범위에 걸쳐 있고 책자도 많아 그것을 이해하기가 쉽지 않은데 처음에는 단순히 이해하기 위해 공부를 하다가 그 난해함에 신비감을 느끼고 추종하게 되었다면서, 이를 반성한다고 썼다. 마르크스 이론 자체가 틀렸다는 것인지 무비판적으로 받아들인 오류를 반성했다는 것인지 확실히 밝히지는 않았으나, 경찰은 그의 감상록을 전향으로 인정해 언론에 발표하게 하고 그 전문을 자신들의 회보에 싣기까지 했다. 재판소에서도 감상록을 전향서로 인정해 삼 년 형을 언도받은 그를 이 년 반 만에 가석방했다.

부인과 함께 일본에 돌아간 미야케는 산기슭에서 버섯을 재배하며 살다가 전쟁이 끝난 후에야 교직에 복귀해 1982년 여든두 살의 나이로 죽기 일 년 전까지 여러 대학에서 강의를 하였다. 북한 정부는 한국전쟁이 끝난 후 이재유와 이현상, 김삼룡에게 영웅 칭호를 내릴 때 미야케에게도 애국 훈장을 보냈다. 그의 시신은 북한이 준 훈장과 함께 동경의 한 공원묘지에 묻혔다. 생전에 그가 소장하고 있던 장서는 동경의 동북대학에 '미야케 문고'라는 이름으로 기증되어 보관되어 있다.

한편, 동숭동 미야케의 사택에서 무사히 탈출한 이재유는 소화생명보험회사 외교원이라고 거짓말을 하고 서사헌동에 월 4원을 주기로 하고 방 한 칸을 얻었다. 정태식이 마련해 준 양복과 구두 덕분이었다. 낮에 집에 있으면 의심을 받기 때문에 낮 동안은 밖에 나와 식당에서 밥을 사 먹었다.

유월에는 용두산동으로 거처를 옮겼다. 이번에는 허름한 복장으로 막노동자를 가장했다. 마침 집주인이 공사장 십장이라서 그를 따라다니며 하루에 육칠십 전을 벌어 연명할 수 있었다. 팔월까지 두 달 동안 노동을 다니는 동안 이재유는 활동가들과 거의 접촉하지 않았다. 땀흘려 일하고 돌아오면 같은 집 노동자들과 술을 마시고 대화를 나누거나 혼자 틀어박혀 지금까지의 활동을 반성하는 자기 비판문을 썼다.

무엇보다도, 사람을 접촉하는 데 있어서 보안의 원칙이 없이 현장 노동자로부터 상부 구성원까지 너무 자유롭게 만나고 다님으로써 경찰의 추적에 조직 전체를 노출시키고 만 점에 대해 반성했다. 체포가 시작된 후에도 안이하게 대처해 이순금과 김삼룡, 안병춘을 차례로 잃은 것에 대해서, 약속 시간이 지났음에도 자리를 뜨지 않고 머뭇대다가 자기까지 붙잡힌 점에 대해 반성했다. 국제적인 연대 문제에 소홀해 권영태 조직으로부터 파벌주의자라는 오해를 산 점에 대해서도 반성했다. 하지만, 결론으로는 이전의 주장과 마찬가지로 파업을 통해 훈련되고 검증된 많은 활동가들을 조직해 본격적으로 조선공산당 재건운동을 시작할 때라고 썼다.

경성 지역의 조직 재건은 역시 자신의 몫이었다. 트로이카의 지도부뿐 아니라 권영태와 김형선 같은 해외선까지 모조리 구속되어 버린 상황에서 자신마저 경성을 떠나면 애써 이뤄 온 경성 지역 노동운동은 완전히 붕괴될 것이었다. 지도부를 잃은 노동자들이 산지사방으로 흩어져 버린 지금, 다시 그들을 조직해야만 할 임무가 그의 어깨를 짓눌렀다. 이재유는 잡히지 않은 사람들을 한 명씩 접촉해 나가기 시작했다.

이재유가 활동 범위를 넓혀 가는 동안, 무더운 여름이 지나고 가을이 되었다. 연쇄파업이 일어난 지 벌써 일 년이 된 것이다. 파업으로 구금되었던 관련자들도 속속 풀려나고 있었다. 권영태와 함께 연행되었던 이들도 대부분 풀려났다. 그 중에 마음 약한 사람들은 전향서를 쓰고 운동으로부터 떨어져 나갔으나, 의지가 강한 사람들은 또다시 활동 근거가 될 조직을 찾아 나섰다. 자기 반성과 막노동으로 한여름을 보낸 이재유는 다시 경성 시내를 누비고 다니며 이들을 조직하기 시작했다.

14_ 가짜 부부, 진짜 부부

1920년대 후반 들어 함경선이 개통되고 성진과 청진에 신흥공업단지가 세워지기 전까지, 박진홍의 고향 함경도 명천은 이재유의 고향 삼수갑산 못지않은 산골이었다. 그녀의 부모는 온종일 들에 나가 일했지만 아이들에게 검정 고무신 한 켤레 사 줄 돈도 벌지 못했다. 지은 지 일 세기가 되어가는 초가집은 이미 한쪽 귀퉁이가 기울어 가고 있었고, 썩은 지붕 곳곳에는 잡풀이 자라나 풀벌레가 날아다녔다.

이 지겨운 가난 속에서도 박진홍의 어머니 홍씨는 일찍 딸의 천재성을 읽었다. 홍씨는 남편을 며칠이나 설득해 사내아이들도 잘 보내지 않는 보통학교에 입학시켰다. 열네 살에 화태보통학교를 졸업하고 경성으로 진학하고 싶다고 했을 때, 어머니 홍씨는 며칠을 두고 울었다.

아직 말도 제대로 하지 못하던 세 살 때, 오빠가 천자문을 읽는데 곁에서 손가락으로 한자들을 가리키는 것을 보고 장난삼아 몇 자 가르쳤더니 다음 날 그대로 읽을 줄 알던 아이였다. 보통학교를 다니는 동안 다른 아이들과 비교할 수 없을 만큼 공부를 잘해서 모든 상은 혼자 독점했고 졸업식 때 군수로부터 상까지 받았다. 수재라는 말보다 천재라는 말이 어울리는 아이였다. 그러나 경성으로 유학을 보내는 일은 자기 형편으로는 불가능했다. 팔아먹을 땅이 있는 것도 아니었고, 계집애를 가르치기 위해 땅을 팔 남편도 아니었다.

들여다보기만 해도 상대를 녹아내리게 하는 초롱초롱한 눈을 가진 어린 딸을 끌어안고 며칠이나 소리죽여 울던 홍씨에게 구원의 손길을 뻗어 온 이는 보통학교 교장이었다. 박진홍의 천재성을 아까워하던 끝에 경성 동덕여고 선생으로 있던 친구에게 부탁해 그녀를 그 집의 가정교사로 들여보내 준 것이었다. 어린아이들의 공부를 가르치는 대신 학비를 대주는 조건이었다.

홍씨는 온 식구가 경성으로 이사를 하도록 남편을 설득할 수 있었다. 남편도 막노동을 해서라도 딸을 가르치겠다고 했다. 그는 딸이건 아들이건 한 명만 출세하면 온 집안이 잘살게 되리라는 믿음으로 가족을 이끌고 경성행 기차에 몸을 실었다.

온 집안의 기대를 한몸에 받던 박진홍이 동맹휴업을 주동해 퇴학당하고 공장에 나가기 시작했을 때, 홍씨는 기둥이 무너져 내리는 기분이었다. 자신의 인생을 대신해 주리라 믿었던 딸의 몰락은 그녀를 절망에 빠뜨렸다. 그래도 가장 믿고 사랑하는 딸이었다. 진홍이 감옥에 갔을 때 유일하게 면회를 가서 영치금이라도 넣어 주는 가족은 홍씨뿐이었다. 남편과 아들, 며느리는 진홍의 배신에 분을 삭이지 못하고 식구로 인정하려 들지도 않았다.

꼬박 이 년의 감옥살이에서 풀려난 박진홍에게 집은 편히 머물 수 있는 곳이 못 되었다. 홍씨는 그녀를 집 밖에 나가지도 못하게 붙잡아 두려 했다. 하지만 집에 있고 싶어도 있기가 힘든 상황이었다. 경찰은 사상사건만 나면 그녀를 잡아들였기 때문이었다. 이재유가 서대문경찰서에서 탈출했을 때도 이순금의 동덕여고 동창이라는 이유만으로 잡혀가 곤욕을 치르고 나와야 했다. 공장에 다니고자 해도 집에 있다가는 금방 드러나 버릴 테고, 이미 전과자가 되어 호적에 붉은 줄이 그어진 상태에서 들어갈 수 있는 공장도 없었다. 아버지와 오빠는 빨갱이가 된 진홍을 노골적으로 냉대했다. 운동을 위해서건 살아남기 위해서건 그녀는 집을 나와야만 했다. 그녀는 마침내 집을 나와 여기저기 친구집을 떠돌기 시작했고, 경찰은 내부적으로 수배령을 내려 그녀의 뒤를 쫓기 시작했다.

박진홍이 친구집을 전전하며 새로운 활동을 모색하고 있던 무렵, 힘겨운 여름을 보내고 활동을 재개한 이재유는 트로이카 사건으로 구속되었던 공성회와 심계월이 석방되고, 얼마 전에는 조카 이인행도 석방되었다는 사실을 알게 되었다. 그는 경찰의 감시를 피해 이들에게 연락을 시도했는데 같은 삼수 출신으로 감옥에서 나와 조선총독부 세균검사소에서 일하고 있던 심계월을 만난 자리에서 박진홍의 근황에 대해 이야기를 듣게 되었다. 이순금과 동거할 때 박진홍을 만나려다가 실패한 적이 있는 이재유는 그녀의 생김새며 성격, 여류문인이 되려는 것과 함경도 말투까지 파악하고 있었다. 이재유는 심계월에게 박진홍을 만나게 해 달라고 부탁했다.

열흘 후인 팔월 초순, 용두동 전차정류장에 한 처녀가 나타났다. 중발의 까만 머리를 뒤로 빗어 묶고 흰 저고리와 검은 반치마를 입은 그녀의 손에는 땀이 촉촉이 밴 흰 손수건이 들려 있었다. 앞에서 보면 총명한 눈동자와 영리한 표정이 인상적이었으나, 옆에서 보면 납작한 코에 윗입술이 두텁게 튀어나온, 인물은 그다지 보잘 것 없는 이십대 초반의 처녀였다. 그녀는 찬찬히 주변 사람들을 살펴보고 있었다. 흰 손수건은 이재유가 자신을 알아보도록 약속한 표식이었다.

이재유가 나타났을 때, 그녀는 표식 따위는 필요 없음을 알았다. 그녀는 그쪽에서 자신을 알아보기도 전에 먼저 다가갔다. 정류장에는 말끔하게 양복을 차려입은 청년이 몇 사람이나 서성대고 있었지만 그녀는 시장거리 손수레꾼 같은 낡은 한복에 검정고무신을 신고 수염을 더부룩하게 기른 한 사내 앞에 멈춰 섰다. 일부러 지은 듯 멍한 표정으로 사방을 둘러보던 사내의 눈에 엷은 미소가 스쳤다. 자기 앞에 멈춰 선 젊은 여인의 손에는 하얀 손수건이 들려 있었다. 우스꽝스런 변복에도 불구하고, 박진홍은 눈초리만으로도 대번에 그를 알아본 것이었다. 그의 눈초리 때문이었다. 흐르는 물위에 뜬 나뭇잎처럼 되는 대로 세상을 살아가는 다른 이들과는 달리, 이재유의 눈초리에서는 고향 명천군 앞바다에서 강물을 거슬러 올라오는 연어들처럼 약동하는 힘이 느껴졌다.

박진홍은 동덕여고 졸업 이래로 바꿔 본 적이 없는 짧은 한복 치마에 흰 저고리 차림으로, 이재유는 허름한 노동복 차림 그대로, 햇볕 뜨거운 경성 거리를 걷기 시작했다. 이재유는 그녀의 처지와 주변 동료들의 근황을 물어 보았다. 그의 말투는 권위적이지 않고 부드러웠다. 박진홍은 솔직히 자신의 처지를 털어놓고, 자기가 아는 몇 사람이 어떻게 살고 있는지 말해 주었다. 석방된 후 경찰의 추적을 피해 남의 집 식모로 들어가 살고 있는 여자도 있었고, 신문배달부로 취직해 있는 이도 있었다. 자신도 운동을 계속하기 위해서라면 어떤 일도 마다 않겠다고 말했다.

용두동에서 창신동 뒷산 성곽을 따라 걸으며 어느 정도 그녀의 자세를 파악한 이재유는 자신도 경성에서 운동을 계속할 생각이며 그러기 위해서는 안전한 아지트와 그곳에 함께 입주해 자신을 보호해 줄 여성 아지트 키퍼가 필요한데, 그런 사람을 구해 줄 수 없겠느냐고 물었다.

박진홍은 길게 생각하지 않았다. 현재로서는 그런 사람을 구할 수 없다, 꼭 필요하다면 자신이 직접 아지트 키퍼가 돼 줄 수는 있다고 말했다. 어차피 머물 곳을 찾아야 하던 박진홍으로서도 잘된 일이었다. 그녀는 동거에 들어갈 준비를 위해 일주일의 시간을 달라고 했다. 부부를 가장하기 위해 필요한 옷과 식기도구들을 마련해야 했기 때문이다.

일주일 후, 두툼한 보따리 두 개를 들고 나타난 박진홍은 이재유가 신당정 석산동에 미리 마련해 놓은 월세 4원짜리 단칸방으로 안내되었다. 이재유는 보따리를 들고 가면서 그녀에게 이영숙이라는 가명을 붙여 주고, 자신은 경성부 토목과 측량기사로 일하는 노순길로 부르라고 했다. 일본과 농촌으로부터 유입된 농민들로 인해 경성 인구가 빠르게 늘어나면서 시 경계도 계속 확장되는 중이었다. 시가지 확대를 위해서는 많은 측량 인부가 필요했고, 조금만 똑똑해 보이면 취직을 할 수 있었다. 조직원이던 김순진과 공성회가 측량 인부로 일하고 있었기 때문에 이재유도 같은 직종에 취직할 수 있었다. 일본에서의 경험도 있던 그는 능숙한 측량기사 역할을 해냈고 보안 유지를 위해 인부 일을 그만둔 후에도 진짜 측량 기사 노순길처럼 행동할 수 있었다.

천성이 활달하고 외향적인 이재유는 미리 방을 얻어 청소를 하는 짧은 시간 동안 한 집에 세들어 사는 다른 사람들과 친해져 있었다. 그는 박진홍을 아내라 소개하고, 제법 다정하게 방으로 데리고 들어갔다. 방 한쪽 나무상자 위에는 동대문 이불집에서 새로 맞춰 온 원앙금침까지 준비되어 있었다. 주변 사람 아무도 의심하지 않는 평범한 부부 생활이 시작되었다.

이재유는 매일 아침 여덟 시에 집을 나갔다가 오후 네 시 정각이 되면 돌아왔다. 트로이카 조직원 중에 석방된 이들을 만나기 위해 돌아다녔고 약속이 없는 날은 인적 드문 야산에 올라가 팸플릿을 썼다. 돈이 떨어졌을 때는 김순진이나 공성회를 따라 측량인부로 나가기도 하고 여의치 않을 때는 동대문 밖 도로 공사장에 며칠씩 나가 막노동을 하기도 했다. 몇 사람의 여공을 모아 가까운 문화동에 새로운 아지트를 마련해서, 독서회를 진행하기도 했다. 동네 사람들에게는 노순길이라는 가명을 썼지만, 활동가들에게는 'SOS'라거나 '전소수'라는 가명을 사용했다.

경찰의 집중적인 감시와 미행을 당하고 있는 이들을 만나기란 대단히 위험한 일이었다. 석산동에 거처를 마련하고 활동을 재개한 지 얼마 되지 않아 또 다시 줄줄이 체포가 이어졌다. 심계월이 먼저 잡혀 들어가더니 이효정도 구속되었다. 경찰은 이들을 '적색노조 사건'으로 엮어 놓고 붙잡히는 대로 새로운 인물들을 덧붙여 그림표를 만들어 나가는 중이었다. 물론 그림의 맨 위에는 이재유의 이름이 쓰여 있었다.

이재유는 박진홍에게 만일 자기가 일분만 늦어도 검거되었다고 생각하고 증거가 될 만한 문서를 폐기한 후 달아나라고 일러두었다. 동네 사람들의 의심을 사지 않기 위해 측량 도구를 가지고 집에 들어오기도 하고, 동네일에도 적극적으로 나섰다. 순번으로 도는 야경에도 참가해 밤새워 순찰을 돌기도 했다. 글을 모르는 동네 사람들이 편지를 부탁하면 싫은 내색을 하지 않고 써 주어 신망을 얻기도 했다. 동네 사람들은 이 다정하고 쾌활한 젊은이가 일본어 신문에 몇 번이나 보도된 전대미문의 사회주의자라는 사실을 상상도 하지 않았다.

박진홍 역시 동네 아낙네들과도 잘 어울렸기 때문에 너도나도 김치니 된장, 고추장 같은 것들을 퍼다 주었다. 그녀는 보통의 주부처럼 대부분의 시간을 집안에서 보내면서 이재유가 쓴 팸플릿을 필사하여 여러 부로 만드는 작업을 했다. 문화동 학습 모임을 운영하는 것도 박진홍의 일이었다. 이재유는 박진홍이 외출한 날이면 돌아올 시간을 미리 정했다. 골목 입구에서 그녀가 귀가하는 것을 확인하고도 한참이나 더 주변을 살핀 후에 이상이 없음을 확인하고야 들어왔다.

삼일만세운동 이후 십여 년간 지속되던 일제의 문화통치 기간이 끝나고, 만주와 중국 대륙을 침략해 들어가면서 사회주의운동에도 시련의 시기가 다가오고 있었다. 이현상, 김삼룡 같은 이들은 아직 감옥에서 나오지 못했고, 석방된 사람들 중에 운동을 계속하겠다는 이는 몇 명 되지 않았다. 이재유는 박진홍을 보내어 설득하다가 안 되면 위험을 무릅쓰고 자신이 직접 찾아가 설득을 했다.

운동을 계속하려는 이보다는 떠나는 이가 더 많았다. 중앙고보 출신인 한 모를 장충단 뒷산에서 만나 서울에서 학생 조직을 함께 하자고 권유했으나, 대화조차 거부한 채 피하더니 곧장 고향으로 내려가 버렸다. 동덕여고 독서회 출신으로 돈암동에 살고 있던 윤 모를 찾아가 운동을 다시 하자고 제의했으나, 가정형편과 개인 사정 때문에 더 이상 운동을 할 수가 없다며 거절당했다.

이재유와 박진홍은 계속해서 사람들을 만났지만 생명을 내걸고 운동을 해야만 하는 비합법 상황은 대부분의 운동가들을 이탈하게 했다. 반성문과 전향서를 쓰지 않으면 감옥에서 영원히 나올 수 없게 하는 사상범 예비구금 제도가 추진되는 중이었다. 체포는 곧 고문과 죽음을 의미하였다. 일상의 모든 것을 포기하고 끊임없는 경찰의 추격과 감시를 이겨낼 수 있는 의지를 가진 이들은 많지 않았다. 한때 공장과 학교에서 명성을 떨치던 이들은 개인적인 사정과 집안 형편을 이유로 운동전선에서 탈락해 갔고, 운동을 계속하는 이들 사이에서도 불안과 회의가 끊이지 않았다. 활동을 하고자 해도 공장에 취직하거나 마땅한 직업을 가질 수가 없었고, 해외 공산당으로부터 지원이 있는 것도 아니었기 때문에 생계 때문에 포기하는 이도 많았다. 이재유 자신도 생계를 위해 노동판에 나가는 날이 점점 많아졌다. 개인의 힘과 의지만으로는 극복하기 어려운 좌절과 실의의 시대였다.

하지만 이재유는 쾌활함을 잃지 않았다. 박진홍의 존재 때문이었다. 항상 상대방을 배려하고 상처가 되는 말을 하기보다는 좋은 점을 칭찬할 줄 아는 박진홍의 너그러움은 그에게 평생 처음으로 가정의 의미를 느끼게 했다. 이재유는 그녀에게서 그가 한 번도 느껴보지 못했던 여자와의 사랑을 느끼게 했다. 그는 진심으로 박진홍을 사랑하게 되었다. 비밀 아지트를 지키고 다른 이들과의 연락을 위해 시작한 위장 결혼은 곧 정식 결혼이 되어 버렸다.

두 사람 모두 평생 처음 가져본 안락한 가정이었다. 언제 경찰이 습격해 올지 모르는 불안도 이들의 행복을 깨뜨리지는 못했다. 매일 끓여먹을 양식을 걱정해야 하는 가난한 살림이었지만, 아침저녁으로 제대로 된 밥상을 앞에 두고 사랑하는 사람과 마주 앉아 있을 수 있다는 것만으로도 행복했다. 언제 파국을 맞이할지 알 수 없는 불안 속에서도 두 사람은 하루하루를 즐겁게 살려고 애썼다. 양가 가족들과의 모든 연락이 끊어진 상태에서 두 사람만의 약속, 그것도 지키기 힘든 언약으로 이뤄진 부부였다.

부부라 해도 함께 외출을 하거나 외식 한 번 하지 못하고 경찰의 기습에 대비하여 밤에도 양말까지 다 갖춰 신고 깊은 잠이 들지 못한 채 멀리서 개 짖는 소리만 나도 불안에 벌떡 일어나는 숨가쁜 나날이었다. 장작 살 돈이 없어 제대로 불도 때지 못하는 차가운 방에서 서로의 체온으로 겨울을 맞이해야 했다. 밥상머리에서 나누는 대화는 주로 혁명 사업에 관한 것이었다.

그래도 좋았다. 두 사람은 밥을 먹을 때도, 이불 속에서도 끊임없이 대화를 나누었다. 공식석상에서는 언급할 수 없는, 다른 활동가들의 특이한 성격이나 행동에 대해 재미나는 비유를 들어 이야기하며 웃기도 하고, 각각의 인물에 나름대로 별명을 붙여 이를 두 사람만의 은어로 사용하기도 했다. 휴일에는 이웃집 잔치에 함께 참석해 술과 음식을 나눠 먹으며 즐거운 하루를 보내기도 하고, 편지를 대필해 준 집에 초대되어 푸짐한 대접을 받기도 했다.

시월 들어 이관술을 만난 것은 두 사람에게 큰 힘이 되었다. 반제동맹 사건으로 구속되어 서대문형무소에 복역하던 이관술은 조선총독부 국세 조사과에 근무하고 있던 박정숙의 눈물 어린 호소를 외면하지 못했다. 열녁 달 만에 전향서를 쓰고 보석으로 석방되었다. 아버지가 보석금을 내준 덕분이었다. 아내는 총독부를 그만두고 이화동에 담배 가게를 열어 근근이 연명하고 있었는데 남편이 석방되면 모든 게 정상으로 돌아가리라 믿었다.

하지만 이관술은 석방되자마자 활동을 재개했다. 권력욕이나 영웅심 같은 것이 전혀 없이, 동생 이순금과 마찬가지로 오로지 헌신성밖에 없는 그의 출현은 매우 고무적인 일이었다. 불과 몇 달 만에 여러 개의 독서회를 만든 이관술은 경전버스회사와 조선인쇄 공장에 소조직을 짜는 데 성공했다. 그러나 시월 들어 용산서에서 이재유를 잡기 위해 대대적인 검거를 시작, 유순희를 포함한 여러 운동가들이 체포되면서, 잠정적으로 활동을 중지하지 않을 수 없었다. 운동가들 사이에 '용산서 사건'으로 불리게 된 대대적인 검거 사건이었다.

이때 경찰이 이관술에게도 혐의를 두고 체포하러 오기도 했다. 개 짖는 소리를 듣고 경찰의 습격을 알아차린 그는 자신의 입술을 깨물어 쏟아지는 피로 턱과 윗도리를 적셔 놓고는 폐병에 걸린 것처럼 심하게 기침을 해댔다. 구둣발로 몰려 들어왔던 경찰은 데리고 갔다가는 시체를 치우게 생겼다면서 그냥 돌아가 버렸다.

이재유가 그를 찾은 것은 그 무렵이었다. 짧은 시간이나마 동거까지 했던 이순금의 오빠임에도 이재유는 그를 만난 적이 없었다. 교대로 엇갈려 감옥살이를 한 탓이었다. 이관술 역시 자신의 여동생이 이재유와 동거했다는 사실조차 몰랐다. 이재유는 전향서를 쓰고 보석된 그가 운동을 다시 시작할 의지가 있는지 궁금해 했다. 박진홍을 그의 집에 보내 계속해서 운동을 할 의사가 있으면 운동복에 흰 손수건을 손에 들고 장충단 뒷산 약수터 부근으로 나오라고 날짜와 시간을 정해 주었다.

이관술이 약속 시각에 나가 지정된 차림으로 기다리니 박진홍 대신 이재유가 나왔다. 이재유는 자신의 이름을 대지 않았으나 이관술은 그가 누군지 짐작하고 있었다. 이관술은 솔직하게 자신의 이력에 대해 이야기했다. 자신은 본래 이상주의적인 민족주의자였다. 교사가 된 것도 청년의 교육을 통해 민족을 각성시켜 보고자 함이었다. 그런데 동덕여고 교사로 부임한 해에 일어난 광주학생운동 이후 학생들의 반일 의식이 팽배해지고 있는데도 민족주의자들은 도리어 일제와 타협하거나 자진해서 아부하는 꼴을 보고 생각을 바꾸게 되었다. 자신은 민족주의란 한낱 자기 위장이라고 생각하게 되었고, 오로지 사회주의만이 계급의 이익뿐 아니라 민족해방에서도 유일한 지침이요 정당한 노선이라는 결론을 얻게 되었다. 그래서 교사 직업에 연연하지 않고 혁명가의 길에 들어섰노라고 말했다. 감옥에서 전향서를 쓴 것은 아내가 너무나 애원한 탓이기도 하고, 어서 나가 조직 활동을 재개하려는 욕심 때문이었지, 진심으로 운동을 포기한 건 결코 아니었다고. 그러나 다시는 전향서를 쓰는 일은 없을 거라며 반성했다. 이재유는 그의 솔직함이 마음에 들었다.

다음 번 만남에서 이관술은 박영출을 데리고 왔다. 부산 태생으로 경도대학 경제학부를 졸업한 박영출은 학자답지 않게 성격이 호방하고 의리가 있어 믿음이 가는 인물이었다. 항상 웃음을 띤 둥근 눈매에 수염까지 길러 도무지 지식인 같지 않은 인상이었으나 상당한 학문적 성과도 가지고 있었다. 본래 다윈의 진화론을 기조로 한 유물론적 생물학에 관심이 많았는데 암담한 사회 현실을 보면서 생물학보다 경제학을 택했노라고 했다. 이재유는 조선의 사회주의운동에는 파벌이 아니라 실천이 필요하다는 점을 역설해 동의를 얻어냈다. 박영출은 새로운 트로이카의 핵심으로 활동을 시작했다.

박영출은 전공이 경제학으로 바뀌었음에도 여전히 자연과학적인 분석 틀을 가지고 사회 현상을 해석하기를 즐겨했다. 특히 유물론적인 농담을 즐겼다. 그는 박소질이라는 가명을 즐겨 썼다. 사람이 죽으면 질소로 분해되어 거름이 된다는 뜻으로, 질소를 소질로 뒤집어 부른 것이었다. 세상만사를 물리적 충돌의 법칙으로 해석하는 그와의 대화는 즐거웠다. 이재유와 이관술은 자신들이 물로 이뤄졌다는 뜻으로 물의 분자식을 거꾸로 뒤집어 소수, 소산이라는 별명을 붙였다. 이재유는 전소수로, 이관술은 김소산으로 암호를 정했다. 그것은 언제 죽어도 두려울 것이 없다는, 다시 말해서 무기질로 분해되어 버리면 그만이라는, 자기 몸에 대한 우울한 농담이기도 했다.

'경성재건그룹'이란 이름으로 제2기 트로이카를 구성한 이재유와 이관술, 박영출 세 사람은 우선 이재유가 여름철 막노동 기간에 써 두었던 여러 가지 문건을 함께 읽고 토론한 후 다른 조직에 전달하는 일부터 시작했다. 이 문건들은 계속해서 문제가 되어 온 권영태 그룹과의 통일을 위한 중요한 지침이 되었다. 이재유는 이전의 방침 그대로 그쪽과의 통일은 파벌 대 파벌이 결합하는 음모적 형태로 이룰 게 아니라 현장에서의 공동 투쟁을 통해 이루자고 제안했다. 이를 위해 이재유는 각기 조직원들이 들어가 있는 대공장에서 연말연시를 맞아 공동 투쟁을 일으키기 위한 방침서를 작성하기도 했다.

한편, 늘씬한 키에 갸름한 얼굴의 미인으로 연쇄파업 당시 뛰어난 선동으로 이름을 날렸던 유순희는 용산서 사건으로 잡혔다가 훈방된 후 상해파 사회주의자인 김 모의 집에 여동생을 가장해 얹혀 살면서 『레닌주의의 기초』니 『일본사회사상사』 같은 책을 읽는 독서모임을 하고 있었다.

그런데 김씨 부부와 유순희 사이에는 번번이 논쟁이 벌어졌다. 김은 국제선의 지도 아래 상부 조직을 만드는 것으로부터 운동을 시작해야 한다고 주장한 반면, 이재유로부터 배운 유순희는 각 직장에서 노동자들의 의식을 고양시키고 그 기반을 토대로 상부 조직을 만들어야 한다고 주장했다. 사십 일 넘게 계속된 이들의 논쟁은 끝내 결론에 이르지 못했다. 유순희는 결국 학생 출신이라는 신분을 버리고 노동자로서 운동전선에 진출하겠다는 말을 남기고 그 집을 나왔다.

때마침 이종희도 감옥에서 나온 후 경찰의 감시를 피해 새 아지트를 찾던 중이었다. 이관술은 방이 두 개 딸린 집을 얻어 유순희와 이종희를 살게 하고 자신도 한 방을 썼다. 경찰이 담배 가게를 감시하고 있어 집에 들어갈 수 없었기 때문이었다. 그곳에서 박진홍까지 네 명이 기본 조직을 만들어 학습에 들어갔다.

속속 아지트가 만들어지면서 조직은 빠르게 확산되었다. 독서회로 조직된 인원은 수십 명으로 늘어났고, 이재유의 팸플릿은 경성과 인천의 여러 조직에 널리 배포되었다. 공장 내의 활동기준, 학교 내 활동기준, 연말연시를 맞은 공장의 투쟁 방침서 같은 제목의 문건들이 필사본으로 회람되었다. 박영출과 유순희가 작성해서 올린 공장조사표와 이관술이 신문에서 발췌해 작성한 정세조사표도 인천까지 배포되었다.

경찰의 추격도 예사롭지 않았다. 서대문경찰서 탈주 사건 이래로 수십 명의 전담 요원을 편성해 이재유를 뒤쫓던 경찰은 용산서 사건으로 잡혔다가 훈방된 이들의 뒤꽁무니에 2중 3중의 미행을 붙였다. 이들은 경찰의 감시를 따돌리기 위해 애를 썼으나 예기치 않은 사소한 단서들이 하나씩 누출되면서 포위망은 빠르게 좁혀 들어왔다.

박진홍이 자신의 임신 사실을 알게 된 것은 그 즈음이었다. 생리가 없어 불안하던 차에 입덧이 시작된 것이었다. 임신인 것 같다는 말을 들은 이재유는 그녀를 끌어안고 한동안 아무 말도 하지 않았다. 그는 자신이 아이를 부양할 수 없다는 사실을 잘 알고 있었다. 무엇보다 그는 박진홍에게 무거운 짐을 안겨준 데 대해 미안해했다. 그러나 진홍이 자신의 아이를 가졌다는 사실에는 기뻐하지 않을 수 없었다. 그는 자기가 아는 여자 중에 가장 영리하고 강인한 여인에게 자신의 자식을 갖게 했으니 자신은 행운아라고 말했다.

임신 사실을 알게 된 이재유는 그녀의 역할을 바꾸고 싶어했다. 가장 좋은 방법은 그녀를 안전한 곳으로 피신시키는 것이었다. 그러나 솔직히 그녀와 헤어지고 싶지가 않았고, 현실적으로도 쉽지 않은 일이었다. 당분간 활동 범위를 최소화하는 길밖에 선택할 수 없었다. 이순금이 체포될 때와 마찬가지로, 정에 이끌린 그는 또다시 미적대기 시작했다.

불과 며칠 후인 1935년 1월 초, 무인포스트를 통해 이재유와 연락을 주고받던 이인행이 검거되었다. 다시 며칠 후, 문화동 소모임을 지도한 후 새로운 아지트를 알아보겠다며 나간 박진홍이 귀가 시간이 되어도 집에 돌아오지 않았다. 둘이 동거를 시작한 지 다섯 달 만에 처음 일어난 일이었다. 외출할 때는 귀가 시간을 미리 정해 놓고 미리 예정했던 이외의 사람은 절대 만나지 않고 정시에 돌아오는 게 철칙이었다. 일분이라도 늦으면 바로 철수하기로 약속되어 있었다. 문제가 생겼음에 틀림없다. 그러나 이재유는 스스로 정한 규칙을 어긴 채 곧장 떠나지 않고 집 주위를 배회했다.

몹시도 추운 겨울날이었다. 이재유는 온몸이 얼음덩이가 되도록 덜덜 떨며 박진홍을 기다렸으나, 그녀는 돌아오지 않았다. 그는 혹시나 하는 마음에 몇 번이고 큰길과 골목길을 오가며 발을 굴렀으나, 끝내 아무도 나타나지 않았다. 결국 집에 돌아가 증거가 될 만한 문서들을 챙겨들고 나왔다.

우선 하왕십리 박영출의 아지트로 향했다. 신당동에서 하왕십리까지 그리 멀지 않은 길을 걷는 동안, 그는 영하의 추위와 함께 밀려오는 두려운 상상에 부들부들 떨었다. 자신의 아이를 잉태한 여자가 일본 경찰에 잡혀 어떤 고문을 당할까, 상상만으로도 치가 떨려 견딜 수가 없었다. 일본 경찰의 고문은 단순히 물리적인 행위가 아니었다. 극도의 수치심과 모욕으로 인간의 영혼을 갈가리 찢어 피폐하게 만들었다. 다시는 진리의 빛을 향해 고개를 들 수 없게 만드는 것이 그들의 목적이었다. 이를 위해 인간이 상상할 수 있는 더러운 짓은 다 했다. 남자의 성기 구멍을 성냥개비로 쑤신다던가 여성의 음부에 막대를 꽂는 추악한 고문은 공공연한 사실이었다. 임신 4개월이 가까워져 벌써 아랫배가 볼록한 박진홍이 어떤 수모를 당할까, 이재유는 상상만으로도 머리가 터질 듯했다. 박영출의 방에 도착한 이재유의 몰골은 말이 아니었다. 추위보다 더 무서운 정신적 고통에 노출된 그는 불과 두 시간 만에 거리의 부랑아처럼 초췌해져 있었다.

박영출은 박진홍의 고향인 함경도 명천에서 올라온 한 유부녀와 형식적으로 동거를 하고 있었다. 남편과 함께 적색농민운동을 하다가 남편이 구속되고 자신은 수배가 되자 경성으로 올라와 박진홍을 찾아온 여인이었다. 이재유는 마침 아지트 키퍼가 없이 혼자 자취하고 있던 박영출에게 보내 아내라고 소문을 내고 숨어 있게 했다. 박진홍과 이재유의 경우와 달리, 두 사람은 한 방을 쓰지만 이불도 따로 쓰며 철저히 내외를 하는, 진짜 위장 부부였다.

박영출은 사정을 파악하고는 함경도 여인을 시켜 이관술을 오도록 했다. 세 사람은 앞으로 어떻게 할 것인가를 논의했으나, 달아나는 것 외에 뾰족한 방법이 있을 리가 없었다. 무엇보다도 이재유가 정신을 차리지 못하고 있었다. 그는 박진홍이 잡혀가지 않았을 수도 있다는 희망을 버리려 들지 않았다. 약속 시간을 어길 여자가 절대 아니라고, 분명히 잡혀갔으리라 설득을 해도 인정하려 들지 않았다. 인생에서 처음이자 마지막으로 움튼 한 여성에 대한 사랑이 그의 이성을 마비시키고 있었다.

박영출의 방에서 웅크린 채 밤을 꼬박 새운 이재유는 결코 해서는 안 될 부탁을 했다. 박영출에게 신당동 집에 가서 상황을 살피고 와달라고 부탁한 것이다. 처음에는 이재유 자신이 직접 가겠다고 나섰다가 두 사람이 말리자 박영출에게 부탁한 것이었다. 박진홍이 체포된 것은 확실했다. 하루가 지난 지금쯤이면 그녀도 마음 놓고 아지트의 위치를 말했을 것이고, 경찰이 주변 수 킬로미터까지 잠복해 있을 확률이 높았다. 그런데도 이재유는 끝까지 박진홍의 체포를 믿지 않고 희망을 놓지 않으려 했다. 두려움을 모르는 성품에 의리 강한 박영출은 기꺼이 이재유의 부탁을 들어주었다.

박영출은 점심이 지나고 오후가 되어도 돌아오지 못했다. 걱정대로, 신당동 큰길까지 잠복해 있던 형사들에게 체포되고 만 것이었다. 경찰은 동원할 수 있는 가장 가혹한 고문 기구와 고문 방법으로 박영출을 매달았다. 그러나 그는 자신의 이름과 학력 같은 기본적인 사항 외에 어떤 말도 하지 않고 입을 꾹 다물었다. 이재유가 이미 왕십리 지역을 벗어났으리라 짐작했지만 만일을 위해 자신의 방이 어딘지도 말하지 않았다. 일제 경찰은 그가 온몸에 피를 뒤집어 쓴 형상이 되도록 두들기고 고문을 했으나 소용없었다. 가혹한 고문으로 초주검이 되어서도 끝까지 버텼다. 박영출은 이때의 고문 후유증을 이기지 못하고 나중에 감옥에서 병사하고 말았다.

박진홍에 대한 집착 때문에 박영출까지 빼앗긴 이재유는 일단 박영출의 방에 남아 있던 함경도 여인을 유순희의 아지트로 옮겼다. 그런데 그곳에는 이종희 혼자 있었다. 유순희는 병에 걸려 나중에 충무로 4가로 이름이 바뀌는 본정 4정목 성가병원에 입원해 있었다. 박진홍과 박영출이 아무리 버틴다 해도 하루 이틀이면 두 아지트 모두 습격당할 게 자명했다. 유순희까지 빼앗길 수는 없었다.

서둘러 성가병원에 달려간 이관술과 이재유는 병실 입구에 별다른 수상한 기색이 없음을 확인한 후 무사히 유순희를 데리고 나오는 데 성공했다. 그런데 막상 밖에 나오니 낌새가 이상했다. 병원 경비실에서부터 미행이 붙은 느낌이었다. 경찰은 아니고, 밀정이 따라붙은 것 같았다. 세 사람은 상왕십리 아지트까지 멀지 않은 길을 여섯 번이나 인력거를 갈아타면서 빙빙 돌아 미행을 따돌린 후에야 합류했다.

언제 경찰이 들이닥칠지 모르는 상황에서 이관술의 아지트에 모여 거취를 상의한 일행은 세 방향으로 갈라지기로 했다. 우선 이종희를 그날 밤으로 알아서 피신하도록 내보내기로 했다. 밤 열한 시경이 되자, 이종희가 어둡고 추운 거리로 사라졌다. 함경도 여인은 다음 날 새벽 고향으로 돌아가는 기차를 타게 했다. 그 기차에는 유순희도 탔다. 당분간 경성으로 돌아오지 말고 그곳에서 활동하라고 지시를 해두었다.

이제 남은 이는 이재유와 이관술뿐이었다. 두 사람은 아침 해가 뜨기 전에 방을 나섰다. 이재유는 농부로 변장해 허름한 솜옷에 가래를 어깨에 멨고, 이관술은 농촌을 돌아다니는 방물장사로 위장해 달걀 상자를 등에 졌다. 아주 멀리 경성을 떠날 계획이었다. 두 사람은 날이 밝기 전에 중랑천 제방 양지바른 곳을 골라 언 땅을 파내어 계란 상자 속에 숨겨 나온 팸플릿들을 파묻은 후 북쪽을 향해 정처없이 걷기 시작했다. 기운이라곤 없이 터벅터벅 걸어가는 초라한 행색의 두 젊은이 머리 위로 차가운 겨울 해가 물감처럼 동편 하늘을 붉게 물들이며 떠오르고 있었다.

이관술은 구슬픈 마음으로 유별나게 붉은 기운을 뻗치며 떠오르는 아침

해를 하염없이 바라보았다. 훗날 그는 이효정에게 말했다. '언젠가는 저 태양이 일본인의 서울이 아니라 조선인의 서울을 비칠 날이 오겠지. 그런데 과연 내가 그날까지 살아 이 경성 땅을 다시 밟을 수 있을까?' 라고 생각했다고.

두 사람이 매서운 겨울바람 속에 발길을 재촉하고 있을 시각, 박진홍은 서대문 경찰서 특고실에서 모진 고통을 당하고 있었다.

문화동에서 소모임을 마치고 나올 때 미행이 따라붙은 것을 깨닫고 뒷골목과 시장을 돌며 따돌리려 했으나 임신한 몸이라 굼떴다. 이재유가 기다리는 집으로 돌아갈 수는 없었다. 이리저리 배회를 계속한 끝에 동덕여고 근처에서 잡히고 말았다. 경찰은 그녀가 임신한 사실은 모르는 채 이재유의 거처를 불라며 혹독한 고문을 가해 왔다. 약속대로 하룻밤을 버티고 실토하자 허탕을 치고 돌아와 또 개처럼 두들겨 팼다.

박진홍은 한동안 자신이 임신 중이라는 사실을 경찰에 말하지 않았다. 독이 오른 경찰에게 이야기해 봐야 도리어 더 모멸을 당하리라 생각했다. 더 이상 혹독한 고문을 당하면 아이가 죽을지도 모른다는 두려움을 견딜 수 없게 되었을 때가 되어서야 털어놓았다. 경찰은 빨갱이 새끼를 가졌다고 놀려댔지만 복부에 충격이 가해질 만한 고문은 하지 않았다. 감옥으로 이송될 무렵이 되자 그녀의 배는 더 이상 아무에게도 숨길 수 없을 정도로 불룩해져 있었다.

15_ 철창 안에서 태어난 아이

임신한 박진홍이 서대문형무소에 넘겨졌을 때 이효정은 벌써 반 년 넘게 옥살이를 하는 중이었다. 적색노조 관련자가 워낙 많은데다가 여사에 방이 부족하다 보니 공범인 심계월과 한 방에 살게 되어 적적하지 않은 나날을 보내고 있었다.

박진홍이 이송되어 온 첫날은 그녀가 임신한 줄도 몰랐다. 소리를 질러 통방을 할 수는 있어도 얼굴을 보기는 힘들었기 때문이었다. 다음 날 어머니가 면회를 와서 간수를 따라 면회실에 가는데 앞에서 한 조그마한 여자가 뒤뚱뒤뚱 걸어가고 있었다. 반 치마에 중발을 뒤로 묶은 모습을 보고 진홍이 같은데 왜 저럴까 반신반의하며 다가가 보니 정말 박진홍이었다.

"진홍아? 진홍이 맞니? 너?"

너무 놀라 입을 다물 수가 없었다. 박진홍은 천진하게 웃으며 반가워했으나, 이효정은 멈칫거릴 뿐 차마 마주 웃을 수가 없었다. 임신중독에 걸린 박진홍의 얼굴은 퉁퉁 부어 예전의 건강한 모습을 잃었고, 밧줄에 묶여 고문을 당한 흔적이 팔찌처럼 시퍼렇게 남은 손목까지 퉁퉁 부어 있었다.

"대체 누구야? 누구 아이야?"

박진홍은 면회대기실에 들어가 나란히 앉아서야 나직하게 이재유라고 가르쳐 주었다. 이효정은 배어나오는 눈물을 참을 수 없었다. 이효정의 할아버지는 여자는 되도록 집 밖으로 나다니지 말되 나갈 때는 얼굴을 가리는 천을 두르고, 모르는 남자를 만나면 고개를 숙여 얼굴을 보여주지 말라고 가르쳤다. 대화를 할 때도 눈을 내리깔고 머리를 숙여야 하며 큰 소리로 웃고 떠들면 경망스럽다고 야단했다. 무엇보다도, 여자는 결혼을 할 때까지 정조를 지키고, 그 정조를 한 남자에게 영원히 바쳐야 한다고 했다.

동덕여고에 들어가서 놀란 것은 여학생들이 너무나 활달하다는 점이었다. 누구나 고개를 바짝 치켜든 채 마음껏 떠들고 큰 소리로 웃었다. 휴일 날이면 어울려 체육관에 경기 구경도 가고 영화 구경도 자유로이 다녔다. 길가에서 남자를 만나도 떳떳이 눈을 마주보며 인사를 했고 남자친구와 공원을 산책해도 부끄러움이 없었다. 좋아하는 남자가 생기면 결혼하기 전이라도 동침할 수 있다는 여학생들도 생겨났다.

지식인 여성 중에는 온갖 손가락질을 무릅쓰고 단발을 감행하는 이들도 있었고, 여성 사회주의자 중에는 러시아의 콜론타이 같은 성개방주의자도 드물지 않았다. 허정숙 같은 이는 세 남자와 차례로 관계를 맺어 각각 성이 다른 아이를 낳고도 거리낌없이 사회활동을 했다. 신여성의 대표적인 인물로 알려진 나혜석 같은 이는 정조는 도덕도 법률도 아무것도 아니요, 오직 취미라고 선언하기도 했다. 남녀의 성관계란 밥 먹고 싶을 때 밥 먹고, 떡 먹고 싶을 때 떡 먹는 것과 같이 하고 싶은 대로 할 수 있는 것으로 여성의 해방은 정조로부터 해방으로 시작된다고 잡지 『삼천리』에 기고하기까지 했다.

하지만 시대가 여자의 운명을 모두 바꿔놓을 수는 없었다. 사랑은 자유로울 수 있지만 도덕적 비난의 짐은 여전히 여자 혼자 감당해야만 했다. 무엇보다도, 남자들조차 돈 벌기 어려운 시대에 여성이 독립해 살아나가기란 쉽지 않았다. 어떻게 하면 동정심이라곤 없이 전제적이고 뱃심 좋고 횡폭무쌍한 남자들 밑에서 한푼 두푼 빌어먹지 않고 내 힘으로 벌어 살아갈 것인가 하는 게 당시 신여성들의 주된 고민거리였다. 그 시대 가장 똑똑한 여성의 한 사람이던 화가 나혜석과 소설가 김명순이 부랑자가 되어 길거리에서 굶어 죽은 데서 알 수 있듯이, 독립여성으로서 이 땅에 발을 딛고 살아가기란 생명조차 유지하기 어려운 일이었다.

더군다나 결혼하지 않은 채 어떤 책임도 질 수 없는 남자의 아이를 임신한 여자의 처지는 딱했다. 처녀의 몸으로 뱃속에 아이를 가진 박진홍은 더 이상 동덕여고 교정에 서서 심금을 울리는 연설과 글로 아이들을 불러모으고, 교장과 마주 앉아 담판을 짓던 당돌한 여학생이 아니었다. 경찰의 모진 고문 앞에서도 끝내 당당하던 불굴의 여성 혁명가가 아니었다. 그녀는 언제 석방될지 알 수 없는 치안사범이자, 사생아를 임신한 미혼모일 뿐이었다. 이효정의 눈에는 그렇게만 보였다.

이효정이 눈물을 글썽이며 무어라 말을 못하고 있자 박진홍이 오히려 그녀를 달랬다. 그녀는 기가 죽지 않은 듯 보였다. 그녀는 이재유를 사랑했고, 그의 아이를 사랑하고 있었던 것이다. 그의 아이를 가졌다는 데 긍지까지 가지고 있었다. 박진홍은 언제나 그렇듯이 다정하게 친구의 어깨를 두드렸다.

"내가 원해서 가진 아이니까 아무 걱정 말아. 그 사람에게 무슨 일이 생기더라도 나 혼자 아이를 키울 자신이 있어."

"정말이야? 괜찮아?"

박진홍은 퉁퉁 부은 얼굴에 웃음을 지어 보였다. 그 말을 들으니 한결 기분이 나아졌다. 이효정은 긴 손으로 그녀를 끌어안아 주었다. 두 사람 다 어머니가 면회를 온 길이었다. 각자 어머니를 만나고 돌아가는 길에도 이효정은 몇 번이고 안타까이 박진홍을 뒤돌아보았으나 박진홍은 당당히 배를 내민 채 웃어 보이는 것이었다.

박진홍의 어머니는 외동딸의 옥바라지를 위해 식당에 나가 설거지를 하고 있었다. 남편과 아들의 구박을 무릅쓰고 돈이 모이면 감옥에 찾아와 영치금도 넣어주고 사식도 넣어 주었다. 콩조밥에 짠무지뿐인 관식으로는 임산부의 건강을 지킬 수 없었다. 홍씨는 임신한 딸이 영양실조에 걸리지 않도록 삯바느질을 해서 번 돈으로 사식을 넣어주었다. 사식은 복도에 나가 간수가 보는 앞에서 먹어야 했기 때문에 박진홍의 임신 사실은 금세 여사 전체에 알려졌다. 그 상대가 누구인가도 곧 알려지고 말았다.

예기치 못한 사랑싸움이 벌어진 것은 며칠 후였다. 같은 여사에서 나란히 감옥살이를 하던 이순금의 고함이 들려왔다.

"박진홍! 네가 어떻게 그럴 수 있니?"

방이 떨어져 있어 서로 소리를 질러야만 대화를 할 수 있었는데, 누군가로부터 뒤늦게 이야기를 들었는지 이순금이 흥분해서 부끄러움도 모르고 소리를 질러댄 것이었다.

"뭐가? 내가 어쨌기에?"

박진홍은 처음에는 어리둥절해했다. 그녀는 이재유가 이순금과도 동거했다는 사실을 모르고 있었기 때문이다. 이재유가 이야기를 해주지 않은 탓이었다.

"너, 어떻게 그 사람을 빼앗아 갈 수 있어? 네가 그럴 줄 몰랐다."

이순금은 간수들이 지켜보고 있는데도 마구 고함을 쳤고, 당황해하던 박진홍도 자기는 몰랐다면서 마주 소리를 지르다 보니 자연히 싸움이 되었다. 남에게 베푸는 일을 가장 좋아하는 대범한 이순금이 그토록 자신의 사랑에 애착을 보이기는 처음이었다. 평소에 그토록 너그럽던 박진홍도 새끼를 지키려는 어미개처럼 사나워져 있었다.

가장 친한 벗이자 동지에서 졸지에 연적이 되어버린 두 사람의 싸움 이야기는 감방 안에 금방 퍼져버리고 말았다. 정작 당사자인 두 사람은 얼마 안 가 화해를 하고 말았으나, 경찰과 신문들은 두고두고 이재유가 두 여자를 거느렸다고 떠들었다.

이효정은 박진홍이 감옥에서 아이를 낳는 것을 보지 못하고 석방되었다. 제발 사상운동에서 손떼라는 어머니의 간절한 눈물 때문에 며칠 쉬고 있는데 감옥으로부터 편지가 왔다. 박진홍이었다. 자기는 곧 출산할 것 같으며, 이재유는 무사한지 궁금하다는 내용이었다. 물론 이재유라는 이름도 가명도 써 있지 않았으나 무슨 뜻인지 짐작할 수 있었다.

이효정은 이재유가 안전한지 확인하기 위해 수소문을 해보았다. 하왕십리 아지트가 털린 후에도 이관술과 이재유는 잡히지 않은 게 확실해 보였다. 그러나 그들의 종적은 묘연했다. 이재유가 사라지기 직전까지 함께 있었다는 유순희는 함흥으로 가 버려 만날 길이 없었고, 이종희도 어디로 사라졌는지 알

수가 없었다.

어느 날 담당 형사가 찾아와서 하는 말이, 이재유가 모스크바에서 교육받고 들어온 수십 명의 사회주의자들을 지휘하고 있다고 했다. 알아보니 모스크바 동방노력자공산대학에서 공부한 젊은 사회주의자 스무 명이 몰래 귀국해 공장 지대에 퍼졌다고 했다. 그것은 사실이었다. 하지만 그들은 주로 흥남과 성진 같은 함경도 공업 지대에 배치되어 이재유와는 만난 적이 없었다.

여름이 되었을 때, 박진홍은 감방의 병동에서 아이를 낳았다. 아빠와 엄마를 골고루 닮은 사내아이였다. 그런데 아이의 얼굴을 본 산파의 얼굴이 어두웠다. 아이를 받아든 박진홍도 눈을 질끈 감았다. 아이는 윗입술이 갈라진 언청이였다. 게다가 고문과 영양실조 탓으로 원숭이처럼 왜소하게 태어난 아이는 미완성된 위를 가진 듯 어떤 음식도 소화를 시키지 못했다. 얼마나 살 수 있을지 의심스러웠다. 그래도 박진홍은 아이에게 이철한이라는 이름을 지어주었다. 성은 아버지 이재유를 따라 이씨로 하고, 감옥 안에서 출산했으니 철창에 한이 맺혔다는 뜻으로 철한이라 붙인 것이었다.

얼마간 엄마와 함께 감옥살이를 하던 철한은 외할머니 홍씨의 품에 안겨 감옥을 나올 수 있었다. 그러나 건강 상태가 몹시 좋지 않았다. 뱃속에 있을 때 엄마가 워낙 심한 고문을 당한데다가, 타고나기를 허약하게 태어난 철한은 몸에 병을 달고 살았다. 우유든 밥이든 제대로 소화시킬 수 있는 음식이 없었다. 외할머니가 정성을 다해 키웠지만, 꼬챙이처럼 마른 몸은 좀처럼 나아지지를 않았다.

이듬해 칠월, 박진홍의 공판이 있었다. 홍씨는 갓 돌이 지난 철한에게 예쁜 옷을 입히고 모자까지 씌워 공판정에 데려갔다. 엄마의 얼굴을 보여주기 위해서였다. 이효정도 이날 홍씨와 함께 공판정에 갔다. 경찰의 감시를 받고 있는 처지라 재판소에서 연행될 수도 있었으나, 박진홍 뿐 아니라 박영출과 이인행 같은 이들이 한꺼번에 구형을 받는 날이라서 격려를 위해 모험을 한 것이었다.

법원 뒤쪽에는 신문기자들이며 가족들이 잔뜩 모여 있었다. 보기에도 혐오스러운 용수를 뒤집어쓴 죄수들이 호송차에서 내리자 신문기자들이 사진을 찍느라 부산했다. 가족들도 몰려들어 옷자락이라도 잡아보려 했으나 간수들에 떠밀려 접근도 할 수 없었다.

구경꾼이 많은 탓인지 재판정의 분위기는 사뭇 들떠 있었다. 모처럼 한자리에 모인 동지들이었다. 용수를 벗은 죄수들은 뒤를 돌아보며 손을 흔들어 인사를 나누기도 하고, 재판 도중 웃음소리가 일기도 했다. 그날 재판을 받은 열 명의 피고인들은 마치 법정을 모욕하려고 모의라도 하고 나온 듯 자신들의 혐의를 부인했다.

첫 번째 심문을 받은 심계월은 이인행에게 돈을 빌려 준 적은 있으나 운동자금으로 대어 준 것은 아니며, 숨어 있었던 것도 경찰의 무차별 검거를 피해서였을 뿐 운동을 위해서는 아니었다고 부정했다. 박영출은 자신은 과거에 사회주의를 가장 정당한 사상이라고 믿었고 앞으로도 그럴 것이다. 그러나 자신은 지금까지 한번도 실제 운동에 참가해 본 적 없이 단지 서적과 문건을 읽은 데 불과한데 사 년 형을 언도하는 것은 너무 과중하다고 말했다. 다음으로 나온 이들도 하나같이 비슷한 대답을 했다. 사회주의를 비판하면서 전향하겠다는 의사를 밝힌 이는 한 사람뿐, 나머지는 오히려 사회주의를 찬양하고 자기는 도덕적 잘못이나 범법을 한 적이 없다고 우겼다.

피고인들의 도전적인 태도에도 불구하고 법관들의 반응은 무성의했다. 그들은 피고인들이 무어라고 답변하든 아무 관심이 없어 보였다. 형식적으로 한 가지씩 묻고 짧게 대답할 기회를 준 다음 바로 다음 사람으로 넘어갈 뿐이었다. 심리는 일사천리로 진행되었고 피고들의 부인에도 불구하고 구형량은 변함이 없었다. 박영출은 사 년, 박진홍은 이 년, 나머지도 엇비슷한 형량을 구형받았다.

이날 법정에 나간 홍씨가 외손자 철한을 안고 있는 사진이 신문에 큼직하게 실렸다. 이재유의 아들이라는 설명 옆에 외할머니 품에 안긴 철한이 사진기를 빤히 바라보고 있는 사진이었다. 인쇄가 흐려 언청이라는 것은 알아볼 수 없었다.

16_ 공덕리 김씨 형제

박진홍의 공판이 벌어진 지 며칠 후, 서울에서 멀지 않은 양주군 공덕리 창동의 한 조그마한 초가집에서 신문에 난 이 사진을 들여다보는 젊은이가 있었다. 머리는 헝클어지고 가꾸지 못한 수염도 더부룩한 것이 영락없는 시골 머슴이었다. 이재유였다. 그는 창호지 틈으로 들어오는 햇빛에 사진을 들이밀고 오랫동안 시선을 떼지 못했다.

곁에는 이관술이 허름한 작업복 차림으로 담배를 말고 있었다. 신문 조각에 담배 가루를 넣고 혀로 침을 묻혀 만 다음 성냥으로 불을 붙여 연기를 깊이 들이마시며 이재유의 어깨 너머로 사진을 들여다보았다.

"녀석, 잘생겼는걸? 진홍이를 닮았으면 머리도 좋을 걸세."

이재유는 아무 대꾸도 없이 신문을 접어 장판 대신 깔아 놓은 대나무 돗자리 밑에 집어넣었다. 그는 이관술이 한 모금 빨고 건넨 담배를 깊게 들이마셨다.

하왕십리에서 탈출한 두 사람이 처음에 생각한 행선지는 평양이었다. 이전에도 이재유는 조여 오는 경찰의 압박을 피해 함흥이나 평양으로 활동 근거지를 옮길 생각을 한 적이 있었다. 김형선과 만남이 계속되었다면 벌써 그곳에 가 있을지도 몰랐다. 당시 김형선의 제안을 거부했던 것은 경성 지역 노동운동이 초기단계였기 때문이나 이제는 제법 자생력을 가지게 되었고, 무엇보다도 자기는 얼굴이 너무 알려져 비밀 활동을 할 수 없게 되었기 때문이다.

그런데 의정부를 거쳐 포천까지 걸어갔을 때 이재유의 생각이 바뀌었다. 북행을 포기하고 경성으로 돌아가겠다고 결정한 것이다. 이재유는 엄동설한에 오백 리 길을 걸어 평양까지 가는 일 자체가 너무 힘이 들고, 남자 둘이 가다가는 언제 검문에 걸릴지 알 수 없다는 것, 평양에 무사히 도착한다 해도 연고자가 없어 새로이 운동을 하기가 쉽지 않으리라는 이유를 들었다.

이관술은 서울을 벗어난 뒤에는 기차를 탈 수 있고, 평양에도 이재유의 명성을 아는 운동가가 많기 때문에 얼마든지 활동할 수 있다고 주장했으나, 경성으로 돌아가고자 하는 이재유의 고집을 꺾을 수 없었다. 이관술은 그가 사실은 박진홍에 대한 애착 때문에 멀리 떠나지 못한다는 점을 잘 알고 있었다. 그래서 더 말리기가 힘들기도 했다. 두 사람은 포천의 한 주막에서 늦은 점심을 먹고 발길을 돌려 남쪽으로 향했다.

멀리 경성의 불빛이 보이는 곳까지 돌아왔을 때 겨울밤은 깊어 가고 있었다. 며칠간 중부 지방을 휩쓸던 매서운 한파가 물러났다고는 하지만 야외에서 잠을 자다가는 생명을 잃기에 충분한 냉기였다. 어두워 이름도 알 수 없는 큰 산을 만난 두 사람은 불빛 하나 보이지 않는 곳까지 깊숙이 들어가 모닥불을 피워 놓고 낙엽에 파묻혀 하룻밤을 지새웠다. 그런데 아침에 일어나 보니 어젯밤 아무 것도 없는 줄 알았던 산중에 몇 채의 농가가 보이고 굴뚝마다 연기가 피어오르고 있었다. 황급히 그곳을 떠나 한참이나 들판을 걸은 후 뒤돌아보니 북한산 줄기인 삼각산이었다.

늦은 아침을 먹기 위해 주막에 들른 두 사람은 며칠 지난 신문에서 흥미로운 사실을 알게 되었다. 지난해 남부 지방에 큰 홍수가 났는데 겨울을 맞아 양식이 떨어진 이재민들이 떼를 지어 중북부 지방으로 올라오고 있다는 기사였다. 두 사람은 그 자리에서 새로운 계획을 짰다. 이재민으로 가장해 인근 농촌에 정착하기로 한 것이다. 이관술은 아지트를 정리하면서 수중에 삼백 원의 거금을 갖고 있었다. 이재유는 김소성, 이관술은 김대성이란 가명을 짓고, 경남 김해에서 올라왔다고 말하기로 했다. 의심을 받지 않기 위해 되도록 경상도 사투리를 써야 했다. 이관술은 본래 경남 사람이라 문제가 없었고 이재유는 이순금과 생활하면서 비상시에 써먹으려고 경상도 사투리를 연습해 두었기 때문에 큰 문제가 없었다. 경상도 토박이를 만나지 않는 한, 그의 사투리는 별 의심을 받지 않을 것이었다.

두 사람이 새 아지트로 택한 곳은 경기도 양주군 공덕리였다. 훗날 서울시에 편입되어 노원구 창동이 되었으나 당시는 황무지가 널린 한적한 농촌마을이었다. 우선 공덕리 주막에 여장을 풀고 마땅한 집을 물색한 끝에 한 농부가 빌려준 방에서 겨울을 나게 되었다. 딱한 사정을 들은 집주인은 자기 명의로 되어 있으나 버려진 상태로 방치된 황무지를 빌려 주겠노라 했다. 두 사람은 육천 평의 황무지를 개간해 주는 조건으로 삼 년간 이십오 원을 주기로 합의를 보았다.

아직 겨울바람이 거센 황무지 언덕 위에 두 젊은이의 망치 소리가 들리기 시작했다. 두 사람의 힘만으로 얼어붙은 땅바닥을 고르고, 돌을 주워 초석을 놓고, 흙을 채운 후 동네 사람 중에 목수 일을 해보았다는 이들을 불러 골조 공사를 부탁했다. 기술이 필요한 일이라서 다소 시간이 걸렸다. 소나무를 깎아 기둥을 세우고, 대들보와 서까래를 씌우니 벌써 봄기운이 돌았다. 나무 기둥 사이에 수수깡을 엮어 걸고 짚을 잘라 넣고 짓이긴 진흙을 바르니 훌륭한 외벽이 되었다. 동네 노인네들을 불러 구들장을 놓고 부엌에 화덕을 만드니 서너 명이 누우면 딱 맞을 정도의 작은 방에 부엌이 딸린, 꽤 쓸만한 오두막이 되었다. 경험 많고 지혜로운 노인들은 부엌에서 땐 불기운과 연기가 방바닥 밑을 달팽이관처럼 빙글빙글 돌아 굴뚝으로 나가도록 구들장을 놓았다. 저녁에 불을 때면 아침밥을 지을 때까지 온기가 그대로 남아 있는 전통적인 조선 온돌방이었다.

오두막에서 조금 떨어진 곳에 축사도 지었다. 어미 몇 마리는 키울 수 있을 만한 돼지우리에 네 평짜리 닭장을 붙였다. 마을 사람들로부터 닭과 돼지를 사 넣고 낯선 방문객을 경계하기 위해 잡종개를 한 마리 사다가 매어 놓으니 제법 사람이 사는 집의 행색을 갖추었다. 뒤란 경사지에는 창고 용도로 쓸 수 있도록 땅을 파서 반 지하실을 만들고 지붕을 덮었다.

천성적으로 부지런한 두 사람은 새벽부터 어둠이 깔릴 때까지 쉬지 않고 일했다. 들판에 냉이가 파랗게 덮일 무렵 시작한 공사는 철쭉이 지기도 전에 끝났다. 집이 지어지는 동안, 수배 전단이 붙지 않아 비교적 활동이 자유로운 이관술이 신문을 사거나 경찰의 경계 상황을 확인하기 위해 어쩌다가 시내에 나갔을 뿐, 이재유는 일만 했다. 이관술도 밖에 나갈 때는 허름한 농부 차림을 했다. 이재민을 가장하기는 했으나 아무도 찾아오지 않는 산중에서 낯선 남자 둘이 별다른 수입도 없이 살아가는 것도 부자연스러웠고, 하릴없이 양복 차림으로 시내에 드나드는 모습을 보여서도 안 되었기 때문이었다. 가까운 곳에 총독부에서 운영하는 노약자 보호 시설인 제생원 양육부가 있어 주재소 순사가 매일 집 앞으로 지나다녔기 때문에 더욱 신경이 쓰였다.

가장 안전한 방법은 진짜 농부가 되는 것이었다. 봄이 되면서 두 사람은 버려진 황무지 개간을 시작했다. 평화롭지만 고된 농촌 생활이 시작되었다. 두 사람은 어떤 농부보다도 부지런히 일했다. 황무지에서 풀과 나무뿌리를 뽑고, 돌을 골라내고, 쟁기질을 하고, 씨를 뿌렸다. 대지주의 아들로 태어나 손에 흙을 묻혀 보지 않고 자란 이관술은 농사에 문외한이었으나, 험악한 고원지대 화전민의 아들인 이재유는 어떤 열악한 조건에서도 작물을 키워낼 자신이 있었다. 봄에 마당에 뿌린 씨앗들은 보름달이 두 번 돌아올 무렵에는 벌써 먹음직한 상추가 되고 열무가 되어 밭을 가득 채웠다. 마을 구장 집에서 사 온 병아리들은 여름이 오기 전에 중닭으로 자랐고, 돼지들도 잘 커 주었다.

이재유는 농사짓는 일의 고통과 기쁨을 알고 있었다. 이슬 내린 이른 아침 들판에 서서 바라보는 일출의 장엄함과 땀에 젖어 앉은 채 바라보는 일몰의 황홀함을, 여름내 생기를 불어넣어 주는 그윽한 풀 냄새와 영혼을 어루만져 주는 듯한 가을의 낙엽 향기를, 그는 잘 알고 있었다. 관념적인 사유와 논쟁만을 좋아하는 사람이었다면 은둔지로 황무지를 택하지도 않았을 것이고, 설사 농사를 짓더라도 금방 가짜 농사꾼임이 탄로나고 말았을 테지만, 그를 의심하는 이는 없었다.

공덕리 김씨 형제로 알려진 두 사람은 마을 사람들과 일부러 접촉하지는 않았으나 찾아온 사람들에게는 기꺼이 친절을 베풀었다. 국어뿐 아니라 일어와 한문에도 능통하고 영어까지 할 줄 알았던 이재유는 박진홍과 동거할 때와 마찬가지로 편지를 대필하거나 국외로 나가는 편지의 겉봉 주소를 써 주었다. 상당한 현금을 지니고 있던 이관술은 돈이 필요한 사람에게는 담보 없이 빌려주어 인심을 샀다. 이자를 안 받으면 오히려 의심을 사기 때문에 적당히 이자도 붙였다. 김씨 형제는 황소를 빌려 쟁기질을 하거나 거름에 쓸 소똥 같은 것을 살 때도 정당한 값을 치러, 경우 밝은 사람들로 알려졌다. 매일 집 앞을 지나는 일본인 순사들과도 친해졌다. 순사들은 매일 계란을 사 갔는데, 텃밭에서 딴 오이나 참외를 덤으로 주어 그들을 기쁘게 했다.

시골에서는 신문을 구독하는 것만으로도 경찰의 주의를 끌던 시절이었다. 마음 놓고 신문을 구독할 수 있는 사람은 동네 구장뿐이었다. 이관술은 구장이 보고 모아 둔 동아일보를 한 달에 얼마씩 주기로 하고, 가끔씩 뭉치로 가져왔다. 박진홍의 재판 소식과 장모 홍씨가 아들 철한을 안고 있는 사진을 발견한 것도 벌써 며칠 지난 후였다. 공덕리에 들어온 후 모든 연락이 단절되어 버렸기 때문에 아이의 출산에 대해 전혀 알지 못했다. 이재유는 사진을 오려 장판 밑에 숨겨 놓고 가끔 꺼내보곤 했다.

긴 장마가 끝났다. 아직 장마의 물기도 가시지 않은 들판에 김장을 위한 배추씨와 무씨를 파종하자 며칠 지나지 않아 싹이 터 올라 희미한 연녹색 띠가 들판에 무늬를 놓았다. 새로 자라나는 풀이 무와 배추싹을 뒤덮지 못하도록 며칠을 두고 풀을 뽑고 싹들을 솎아 주었다. 봄에는 개간으로 시간을 다 보냈지만 무와 배추가 크면 상당한 수입이 생길 것이었다. 두 사람은 붉은 황토밭을 빠르게 덮어 가는 푸른 물결을 바라보며, 농작물을 팔아 다른 활동가들의 생활비를 대어 줄 계획을 짜고 기록해 두었다.

기온이 떨어져 잡초들이 성장을 멈추고, 한 뼘 단위로 솎아낸 배추와 무가 제대로 뿌리를 내려 한동안 손을 댈 필요가 없어진 가을이 왔을 때 이재유는 비로소 다시 활동을 시작했다. 우선 하왕십리에서 마지막으로 헤어진 이종희의 행방을 찾기로 했다. 그녀의 남동생 이종국이 경신고보 운동선수였다. 경신고보에 전화를 걸어 누이가 앓고 있으니 수유리에 있는 제2 우이교 부근으로 와 달라는 말을 전달해 달라고 했다.

누이가 아프다는 전갈에 놀란 이종국은 약속 시간에 맞춰 나오기는 했으나, 등에 지게까지 진 낯모르는 농부가 나타나자 의아해했다. 더구나 누이의 소식을 알려주겠다던 사내가 도리어 누이의 소식과 경찰의 동태에 대해 캐묻자 더욱 경계를 했다. 이재유는 자신의 이름을 직접 밝히지는 않았으나 상대방이 짐작할 수 있을 정도로 자신에 대해 설명하지 않을 수 없었.

한때 이평산의 학생 조직에 속해 사회주의 학습을 한 적이 있던 이종국은 그가 이종희와 함께 운동했던 사회주의자라는 점은 믿게 되었으나 이재유라는 것까지는 알아채지 못했다. 자기는 누이가 어디 있는지 모른다고 잡아뗐다. 이재유는 그가 거짓말을 한다고 판단했으나 본인이 누구인가를 밝힐 수가 없어 진실한 답변을 유도할 수가 없었다.

한 달 후 이재유는 그를 다시 불러내었다. 그는 자신이 쓴 팸플릿을 주며 자기를 믿고 이종희의 행방을 가르쳐 달라고 했다. 그가 이재유라는 사실을 믿게 된 이종국은 그제야 누이가 중국의 신경으로 건너가 그곳에서 독립운동을 하고 있다고 알려주었다.

실망한 이재유는 이종희 대신 그라도 조직에 끌어들이려 했다. 그러나 이미 중국의 누이에게 건너가 그곳 운동에 합류할 계획을 세우고 있던 이종국은 이에 응하려 들지 않았다. 이종국은 조직원이 되는 대신 이재유가 부탁한 몇 가지 대외 연락을 맡아 주었고, 또 자신이 알고 있던 몇 명의 사회주의자들을 소개해 주기로 했다.

한편, 하왕십리에서 탈출해 무사히 함흥에 도착한 유순희는 이주하가 지도한 바 있는 그곳 운동가들의 도움으로 제사공장에 취업해 일하며 비밀스럽게 조직 활동을 하고 있었다. 그녀는 동해안 공업지대의 지도자 이주하를 연결할 수 있는 끈이 되었다.

이재유는 겨울 방학을 맞은 이종국에게 함흥에 가서 유순희를 만나 자신의 편지를 전해 달라고 부탁했다. 이종국은 기꺼이 함흥까지 가서 유순희를 만났다. 그녀는 이재유의 편지를 전해 받고 무척 반가워하면서 주기적으로 보고 편지를 보내기로 했다. 이종국은 그녀에게 답장을 받을 수 있는 이쪽 주소를 적어주고 돌아왔다. 주소지는 마장동 전씨 집이었다. 이재유의 실제 주소지를 알아서는 안 되었기 때문에 자신의 친구집을 가르쳐 준 것이었다.

겨울 동안 이재유는 함흥으로 두 번 더 편지를 보냈다. 불가피하게 경성에서 더 이상 활동할 수 없다고 판단될 때 자신도 함흥으로 가기 위해 그곳 사정을 묻는 편지들이었다. 편지는 조직원끼리만 통하는 암호를 사용해 명반수로 썼기 때문에 다른 이들은 읽을 수 없었다. 유순희는 역시 같은 방식으로 쓴 다섯 통이나 되는 답장을 보내왔다.

이 편지들은 이재유에게 한 통도 전달되지 않았다. 유일한 전달자가 이종국이었는데 얼마 안 있어 중국으로 가 버렸기 때문이다. 이종국은 북경에서 무사히 누이 이종희와 합류할 수 있었다. 그러나 제대로 활동도 하지 못한 채 일본 경찰에 체포되어 조선으로 압송되고 말았다.

얼마 후에는 함경도의 유순희도 체포되었다. '편창제사' 여공 칠백 명의 파업을 지도한 혐의로 그녀를 연행한 후 방을 수색하던 경찰은 명반수로 쓴 암호 편지를 발견하게 되었고, 혹심한 고문을 가해 그것이 이재유가 보내온 비밀 편지임을 알아냈다. 경찰은 또 답장을 보낼 주소지가 마장동 전씨 집이라는 자백을 받아내는 데 성공했다. 편지는 이미 태워 없애 찾지 못했으나 전씨 집 주변에 겹겹이 감시망을 쳐놓고 이재유가 걸려들기를 기다렸다.

이종희, 유순희와의 접촉에 실패한 이재유는 다음으로 이효정을 찾았다. 이재유가 활동하는 흔적이 사라진 지 오래라서 엄중한 감시나 추적은 완화되었다지만, 박진홍의 단짝인 이효정을 만나는 것은 아직도 위험한 일이었다.

어느 날 이효정을 찾아와 이틀 후 장충단 뒷산에서 만나자는 전갈을 전해 온 이는 예전에 이관술과 독서회를 했던 동덕여고 후배였다. 훗날 이관술의 애인이 되어 동거까지 했던 후배였으나 당시에는 그런 것에 관심을 둘 여유가 없었다. 후배는 '물장수'가 만나자고 하더라는 말과 약속장소만 짧게 전하고 돌아갔다. 이효정은 그 '물장수'가 이관술임을 단번에 알아챘다.

약속한 날, 혹시 있을지 모르는 미행을 따돌리기 위해 먼저 반대편으로 가는 전차를 타고 가다가 재빨리 갈아탄 후 다시 인력거를 두 번이나 바꿔 타면서 이리저리 돌다가 도착해 보니 작은 공원에는 몇 사람 늙은이와 솜옷 차림의 농부가 보일 뿐, 이관술로 짐작되는 이는 눈에 띄지 않았다.

늦가을이었다. 장충동 뒷산은 낙엽으로 덮였고, 앙상한 나뭇가지들이 구름 한 점 없는 하늘에 아름다운 무늬를 만들어 놓고 있었다. 잠시 가을 정취에 젖어 서 있는데, 누군가 어깨를 잡았다. 공원 구석에 웅크리고 앉아있던 농부였다.

이관술은 이효정이 진짜 농부로 착각했을 만큼 변해 있었다. 비록 얼굴은 궁색하니 볼품이 없었어도 늘 말끔한 양복에 깔끔하게 빗어 넘긴 머리칼을 자랑하던 부잣집 아들의 모습은 사라지고, 가난과 노동에 찌든 초라한 농부가 되어 있었다. 가뜩이나 까맣던 얼굴은 형편없이 타 버렸고 머리칼은 산발이었다. 변장을 하지 않았더라도, 막 지렁이가 바글거리는 두엄더미를 헤치다가 온 농부의 모습 그대로였다.

두 사람은 재회의 감격을 누릴 여유도 없이 혹시나 따라붙었을지 모르는 미행을 따돌리기 위해 전차를 갈아타고 이동하면서 이야기를 나누었다.

이관술이 그녀를 찾은 것은 자신의 부인 박정숙과 딸 성옥이, 그리고 박진홍과 아들 철한이의 근황을 듣기 위해서였다. 며칠 전에도 이화동 연초점에 들렀던 이효정은 부인과 딸이 잘 있더라는 이야기를 전해 주었다. 남편의 행방불명과 함께 시집으로부터 지원마저 끊겨 생활고로 고통받고 있었으나, 두 사람의 딸 성옥이는 귀엽고 착하게 잘 크고 있었다. 박진홍과 철한이의 근황은 이효정도 알지 못했다. 재판 때 본 이후로는 찾아가 보지 않아 모르겠다고 했더니 이재유의 부탁이라는 말은 않고 꼭 가서 만나보라고 했다.

며칠 후 이효정이 청파동 박진홍의 집 마당에 들어서는데 이상하게 썰렁한 느낌이 들었다. 전에 왔을 때는 마당 빨랫줄에 아이의 기저귀가 널려있고, 마루에 올라서기만 해도 달착지근한 아이 냄새가 났는데 그날은 이상하게도 싸늘한 기분이 들었다.

"어머니 계세요? 저 왔어요. 효정이가 왔어요."

마침 식구들도 모두 밖에 나간 듯, 소리쳐 보아도 아무 응답이 없었다. 잠시 후에야 우물가에 붙은 사랑방에서 인기척이 나는 듯했다. 홍씨의 고무신이 댓돌에 올려져 있었다. 내 집처럼 드나들던 곳이라 조심스레 문을 열었다.

"어머니, 어디 아프세요?"

홍씨는 방안에 죽은 듯 누운 채 눈만 멀뚱멀뚱 뜬 채 이효정을 바라보고 있었다. 얼굴이 부쩍 늙고 수척해 중병이라도 든 사람 같았다.

"철한이는 어디 갔어요? 집안이 왜 이리 썰렁해요?"

억지로 일어나 앉은 홍씨는 거듭되는 질문에 기어이 눈물을 훌쩍거리기 시작했다.

"갔어. 할미보다도 먼저 갔어."

철한이 죽었던 것이다. 태어났을 때부터 온갖 잔병에 시달리더니 올 가을 들어 심하게 감기를 앓다가 끝내 죽고 만 것이었다. 홍씨는 병신으로 살아봐야 평생 고생이다 싶었는데 막상 아이가 죽고 나니 그렇게 서운하다고, 참으로 똑똑한 아이였다며 눈물을 훔쳤다.

늦은 오후, 약속 장소인 남산 입구에 나가니 이관술은 보이지 않고 이재유가 직접 나와 있었다. 그가 직접 나오리라 예상은 했지만 철한의 죽음을 어떻게 알릴 것인가 당혹스러웠다. 이효정이 어설프게 웃으며 맞는데 이재유는 속도 모르고 예전처럼 환한 웃음으로 반기는 것이었다. 얼굴이 햇볕에 심하게 타기는 했어도 말끔하게 이발을 하고 새 양복을 차려입고 있었다.

두 사람은 예전과 마찬가지로 남산 쪽으로 걷기 시작했다. 이재유는 무엇보다도 박진홍과 아이의 근황에 대해 궁금해했다. 이효정은 무어라 설명을 할 용기가 나지 않았다. 아들이 기형아였다는 것, 결국 죽고 말았다는 사실을 꺼낼 용기가 나지 않았다. 남산 중턱에 올라가서야 겨우 털어놓을 수 있었다.

묵묵히 그녀의 이야기를 들은 이재유는 발길을 멈추고 고개를 돌려 산 아래를 바라보았다. 한강 물이 서해 바다를 향해 굽이쳐 흐르는 모습이 내려다보이는 곳이었다. 울지는 않았다. 그저 맥을 놓고 하염없이 서쪽 하늘을 바라보기만 했다. 그러더니 갑자기 밥이나 먹으러 가자고 말했다.

예전에는 만일을 위해 전차를 탈 수 있는 비상금밖에 갖지 못해 몇 시간을 만나 돌아다녀도 물 한 모금 마시지 못했는데, 이제 그의 주머니에는 적지 않은 돈이 들어 있었다. 김장배추와 무 농사가 잘 되어 상당한 수입을 얻었다는 사실을 이효정은 알지 못했다. 이재유와 이관술의 얼굴이 새까맣게 탄 것으로 보아 어디 노동판에서 일을 했으리라고만 짐작했다.

이재유는 황금정 번화가 술도가로 들어갔다. 두 사람 다 한 번도 가본 적이 없던 꽤 큰 식당이 눈에 띄었다. 여러 개의 방들이 칸막이로 나눠져 있는 곳이었는데 늦은 오후라 조용했다. 두 사람은 이층으로 올라가 자리를 잡았다.

이효정은 이재유가 술 마시는 모습을 그날 처음으로 보았다. 이재유는 따끈하게 데운 정종을 한 주전자 다 마셔 버렸다. 예전에 늘 쾌활하던 얼굴에는 웃음이 없어졌고, 재치 있고 유쾌하게 떠들던 입도 꾹 다문 채 열리지 않았다. 잔뜩 풀이 죽은 채 술만 마셨다. 그 시간만큼은 여유만만하고 재기 넘치던 이재유가 아니었다. 아내를 감옥에 둔 도망자 남편이었고, 아들을 잃은 아버지였다. 언제 체포되어 죽음을 맞을지 모르는, 기구한 운명의 식민지 혁명가였다.

그런데 문제가 생겼다. 어느덧 저녁 시간이 되어 실내에 전등이 밝혀지고, 손님으로 붐비기 시작해 자리에서 일어서려 할 즈음이었다. 이재유의 고통을 말없이 지켜보고 있던 이효정의 귀에 익숙한 일본어 단어들이 들려오기 시작했다. 일본 경찰의 용어들이었다. 남자들의 떠들썩한 웃음과 이야기 사이사이

고등계니 주임이라는 단어가 들리고, 공산당이니 하는 말도 나왔다. 그 중에는 분명 전에 들어본 적이 있는 목소리도 섞여 있었다. 바로 옆방이었다. 칸막이가 되어 서로 얼굴을 볼 수는 없었으나 서대문경찰서 고등계 형사들이 분명했다.

이효정은 이재유에게 입을 다물라는 신호를 보내고 칸막이 틈새로 옆방을 살펴보았다. 예상대로 서대문경찰서 고등계 형사들이었다. 얼굴이 낯익은 자도 여럿 되었다. 무슨 즐거운 일이 있는지 초저녁부터 정종을 마시며 웃고 떠들어 대고 있었다. 칸막이는 되어 있어도 방문은 없는 식당이었다. 밖으로 나가려면 형사들 앞을 지나야만 했다. 더군다나 이층이어서 창문을 열고 나갈 수도 없었다. 형사들은 이제 막 들어왔으니 저녁에 술까지 마시면 한참 걸릴 것이었다.

이효정이 얼굴에 핏기를 잃고 불안으로 안절부절 못하는데 이재유는 술기운이 확 달아나 버린 얼굴로 잠시 궁리를 하더니 지나가던 사환을 불러 미리 돈 계산을 한 후 이효정에게 나갈 준비를 갖추라고 신호를 보냈다. 그리고는 양복 옷깃을 잡아당겨 손을 감싼 상태에서 쇠 젓가락 하나를 집어들더니 일어나서 천장의 전등을 빼내는 것과 거의 동시에 젓가락을 넣어 휘저었다. 파란 불꽃과 함께 전기합선이 일어나면서 식당 전체의 불이 나가 버렸다.

단전이니 정전 사고가 일상처럼 일어나던 시절이었다. 실내가 잠시 소란해졌으나 사람들은 그다지 놀라지도 않은 채 다시 불이 켜지기를 기다렸다. 두 사람은 연인을 가장해 어깨를 나란히 한 채 서둘러 어두운 통로를 따라 아래층으로 내려왔다. 형사들은 어둠 속에서 두 사람이 지나는 것을 보았으나 경성의 전 경찰력이 동원되어 찾고 있던 이재유라는 것을 알아채지 못했다.

무사히 황금정을 빠져나와 헤어지게 되었을 때, 이재유는 감옥의 박진홍에게 옷과 먹을 것을 차입해 주라며 십 원을 건넸다. 겨울이 빠르게 다가오고 있을 때였다. 외투도 없이, 기가 죽어 쳐진 어깨를 펴지도 못한 채 찬바람 부는 오후 거리로 사라지는 그의 모습은 이효정의 가슴에 오랫동안 아프게 기억되었다.

이효정은 이날의 약속을 지켰다. 십 원은 적은 돈이 아니었다. 한꺼번에 영치했다가는 경찰의 의심을 받기 십상이었다. 그녀는 그 돈을 몇 차례에 나누어 박진홍에게 넣어 주었다.

하지만 이 일을 마지막으로 운동을 포기하고 말았다. 다른 많은 활동가들이 그렇듯이, 더 이상 도피와 고문의 공포 속에 살고 싶지 않았다. 홀어머니의 눈물겨운 애원도 마음을 움직였다. 그녀는 어머니의 애타는 권유에 따라 함께 노동운동을 하다가 감옥살이를 한 적이 있던 박수복이라는 남자와 결혼해, 그의 고향인 경상북도 경주로 내려가 버렸다. 이후 다시는 이재유를 만나지 못했다.

17_ 창동역의 크리스마스

새해를 맞은 공덕리 김씨 형제는 농토를 늘려 본격적으로 농사를 짓기 시작했다. 작년에 개간한 육천 평 말고도 사천 평의 밭을 더 빌려 오이, 감자, 양파, 참외, 땅콩 등 온갖 작물을 심었다. 기계 없이 사람의 손으로만 작업을 해야 하고 농약이나 비료도 귀하던 당시에 만 평 밭농사는 대단한 규모였다. 수입 역시 커서 가을까지 채소로 거둔 수입만도 칠백오십 원이 될 정도였다. 씨앗 값과 인건비를 제해도 큰 돈이 남았다.

두 사람은 돼지 두 마리와 닭 육십 마리에 토끼까지 기르고 있었다. 날마다 집 앞을 지나며 신선한 계란을 사가던 주재소 순사들은 다른 농민들보다 몇 배나 힘들게 일을 하는 조선인 형제를 무척 기특하게 생각했다. 그들은 주민 동향을 기록해 놓는 신분조사서에 품행이 방정하고, 성질이 온순하여 가히 모범인물이 될 만한 형제들이라고 기록해 놓았다. 그들은 조선인 중에도 이렇게 부지런하고 개척정신 강한 사람들이 있다는 게 놀랍다며 칭찬하곤 했다.

두 사람은 지난해와 마찬가지로 가끔 마을에 내려가 편지를 대필해 주기도 하고 싼 이자로 돈을 빌려주기도 했다. 처음에 땅을 사겠다고 말했기 때문에 사람들이 모두 그들이 돈을 많이 가지고 있다고 생각하고 있어 빌려주지 않을 수 없었다. 대신 이자를 거의 받지 않거나 갚으라고 재촉하지 않았다. 시골 사람들의 사이를 벌려 놓기 쉬운 토지의 경계 문제나 농업용수 분쟁 같은 일이 생기면 자진해서 양보해 다툼을 피했다.

가을 들어 마을에 야학을 세울 때도 집을 지어본 경험이 있는 두 사람은 마을 사람 누구보다도 열심히 부역을 자청했다. 열댓 명이 앉으면 딱 맞을 아담한 야학이 지어진 것은 거의 순전히 두 사람의 노력이었다. 자신들의 오두막은 맨 흙바닥에 흙벽이었으나 야학에는 벽지와 장판을 붙이고 당시 유행하던 무늬 합판으로 천장도 해 붙였다. 한쪽 벽에 붙일 큰 칠판을 살 돈은 두 사람이 기꺼이 희사했다. 마을 사람들은 두 사람에게 그곳의 선생도 맡아달라고 요청했으나, 농사일을 핑계로 거절했다. 대신 선생을 맡은 어린 소학교 학생들에게 교수법을 가르쳤다. 자신들이 직접 주민을 가르치면 나중에 주민들까지 봉변을 당할까 걱정이 되어서였다.

마을 사람들은 성실하고 인간성 좋은 김씨 형제에 대해 칭찬을 아끼지 않았다. 나중에 이재유가 검거된 후 신문기자들이 찾아오자 '지식 풍부하고 신중한 젊은이들이라 친밀하지는 않았어도 위압적이지 않았으며 경우가 틀린 일은 하지 않았고 후덕하여 인심을 잃지 않은 건실한 젊은이들'이라고 증언해 주었다. 공덕리 일대에 칭찬이 자자해진 김씨 형제가 그 유명한 이재유와 이관술이라고 의심한 사람은 아무도 없었다.

다만, 주재소에서는 일상적인 호구조사 업무의 하나로, 외지에서 전입해 들어온 인물에 대한 신원조사를 의뢰해야 했다. 아무 의구심도 품지 않았던 그들은 가을이 되어서야 김씨 형제가 살았다고 진술한 김해의 한 작은 동네로 신원조사 의뢰서를 보냈다. 회답은 좀처럼 돌아오지 않았으나 서신 거래에 많은 시간이 걸리던 시절이기도 하고, 건실한 젊은이들이라며 의심하지 않던 순사들은 확인도 하지 않은 채 내버려 두었다.

바쁜 가운데도 평화와 한가함이 넘치는 공덕리의 생활 속에서도 조선공산당을 재건하기 위한 이재유의 활동은 재개되었다. 이전의 조직원들과 접촉이 어려워진 이재유는 경찰의 감시를 받지 않는 새로운 인물들을 접촉하기 시작했다.

함경남도 홍원에서 올라온 서구원을 소개해 준 이는 이종국이었다. 누이를 찾아 중국으로 가기 전에 자기 대신 활동할 인물로 그를 소개한 것이었다. 삼월 중순, 서구원을 처음 만난 이재유는 자신을 박윤식이라는 가명으로 소개했다. 서구원 역시 자신을 황질수라는 가명으로 소개했다. 서로 실명을 짐작하고 있었으나 체포에 대비해 가명만을 사용하기로 했다. 서구원은 조선공산당 재건을 위해 경성 지역에 모임을 만들자는 이재유의 제안을 선뜻 수락했다. 이재유는 그에게 한 달에 팔 원씩 활동 자금을 제공해 주기로 약속하고 자신이 쓴 팸플릿을 건넸다.

서구원은 고향에서 올라와 이재유를 만나기 전에 잠시 권영태 그룹에 가담한 경력이 있었다. 그는 이재유 노선이 제대로 발휘되기 위해서는 아직까지 현장에 상당한 기반을 갖고 있는 권영태 그룹과 제휴해야 한다고 제안했다. 일제 검거로 한때 혼란에 빠졌던 그들은 이재유가 공덕리에 숨은 이후 다시 조직을 정비해 경성에서 가장 중요한 조직으로 성장해 있었다. 이재유는 서구원의 제안에 동의해 '조선공산당 재건을 위한 경성지방협의회'라는 이름의 통일기관을 결성할 것을 제안하는 팸플릿을 작성했다.

이 제안서에서 이재유는 늘 해왔던 방식대로 공동 투쟁을 통해 조직을 합치자고 말했다. 구체적으로, 다가오는 8월 1일 국제반전일을 기념하는 투쟁과 간도의 공산당 사건 피고인들에 대한 사형 집행에 항의하는 운동을 공동으로 전개하자는 내용이었다. 국제반전일은 제1차 세계대전에서 세계인들이 당한 참혹한 고통을 기리기 위해 사회주의권에서 몇 해 전에 새로 제정한 기념일이었다.

그런데 여기서 이재유는 자신의 주장이 영향력을 갖도록 하기 위해 조직 이름을 남발했다. 서구원을 경성트로이카의 대표로 내세우고 자신은 서대문경찰서에서 탈출해 상왕십리 아지트를 벗어날 때까지 팸플릿에서 사용했던, 경성재건그룹의 대표로 자처했다.

경성트로이카는 정확한 가담자만 이백 명에 이르렀고 제2기 트로이카라 할 수 있는 경성재건그룹 역시 오십 명이 넘는 조직원을 가진 큰 조직이었던 건 사실이지만, 이제는 둘 다 완전히 와해된 상태였다. 제3기 트로이카라 할 수 있는 새로운 조직은 이재유와 이관술을 제외하면 사실상 완전히 새로운 인물들로 구성되고 있었고, 아직까지 그 숫자가 스무 명에 불과했다. 이런 상황에서 실체는 사라진 채 이름만 남은 두 조직의 대표로 서구원과 자신을 내정한 것은 분명 자신의 건재를 과시하기 위한 용렬한 측면이 있었다.

유월 하순, 창동역 서쪽 산속의 삼림에서 통일을 위한 회합을 열자는 구체적인 날짜까지 제시된 제안서가 서구원을 통해 권영태 그룹에 전달되었다. 그러나 그들은 경성트로이카를 국제선의 지도를 부인하는 분파주의로 규정한 지 오래였다. 그들은 코민테른의 조직적 지도를 받고 있는 자신들이 파벌분자들이 주도하는 통일운동에 참여할 수는 없다는 결정을 번복하려 들지 않았다.

이재유는 제안한 날짜에 서구원과 함께 숲 속에서 기다렸으나, 시간이 되어도 아무도 나타나지 않았다. 한때 경성 지역 노동운동의 대부로 불리던 이재유는 굴욕감과 수치심에 일그러진 채 공덕리 초막으로 돌아올 수밖에 없었다.

권영태 그룹과의 제휴에 실패한 이재유와 이관술은 자신들의 조직 명칭을 '경성준비그룹'이라는 새로운 이름으로 통일했다. 제3기 트로이카의 정식 출범이었다. 사실상 이름만 바꾼 데 불과했으나 이재유는 여전히 조직 건설에 확신을 갖고 있었다.

그는 우선 서구원을 정식으로 가입시키고, 역시 권영태 그룹의 성원이던 최호극을 설득했다. 함남 홍원 출신으로 중앙고교를 다니다가 동맹휴학을 주동해 퇴학당한 후 경성상공학원에 다니고 있던 최호극은 자신의 조직에서 이재유가 분파주의자라는 말을 누누이 들어왔다. 그러나 이재유와 몇 차례 만나면서 그런 평가가 거짓 모략이라고 판단하게 되었다. 이재유가 국제선을 부정하는 파벌적 행태를 갖고 있지 않을 뿐더러, 권영태 그룹이야말로 특별한 운동 방침이 없이 인맥이나 지연, 연고에 따라 파벌을 형성하고 있다고 생각하게 된 것이었다.

삼십 년대 후반으로 들어서면서 일제의 탄압은 이전과는 전혀 다른 양상을 띠고 있었다. 중국 본토와의 전쟁을 앞두고 모든 정치와 문화가 전시 계엄령 체제로 변하고 있었다. 운동은 침체 일로에 접어들고 있었다. 이재유는 연쇄파업 때부터 함께 한 동지들을 거의 만날 수가 없었다. 트로이카의 주요 인물들은 여전히 감옥에 있었다. 이현상과 김삼룡은 물론 이종희, 이순금, 박진홍, 심계월, 유순희 등 쟁쟁한 여성운동가들까지 모두 감옥에 있었다. 석방자 중에 운동을 계속하고자 하는 이는 거의 없었고 그나마 권영태 그룹으로 넘어간 이가 많았다. 이효정처럼 결혼해 운동을 포기하거나 그녀의 종고모 이병희처럼 권영태 그룹으로 편입되어 있는 식이었다.

이재유가 새로 확보할 수 있는 조직원들은 주로 실천운동 경험이 거의 없는 학생들이나 자유주의 성향의 신문기자, 무직자들이었다. 그는 새로운 트로이카의 지도부인 서구원과 최호극에게 희망을 걸었다. 자신이 쓴 여러 가지 팸플릿을 읽히고 실천운동의 경험을 쌓게 했다. 그러나 개인별 역량은 교육과 훈련만으로 만들어지지 않았다.

서구원에게 노동부 책임을 맡아 용산 방면의 대규모 공장에서 활동하라고 지시했으나 한 달도 지나지 않아 함경도 사투리 때문에 경성에서 활동하기는 힘들다면서 공장을 나와 버렸다. 그는 건강까지 좋지 않아 시월 이후에는 사실상 아무 활동을 못하다가 연말에 고향 홍원으로 가 버렸다.

학생부를 맡은 최호극도 자기가 다니는 경성상공학교와 보성고보 같은 여러 학교에서 조직을 시도했으나, 역시 별다른 성과를 얻지 못했다. 그래도 서구원과 최호극은 자신들이 알고 있는 사람들을 이재유에게 연결해 주는 역할만큼은 충실히 해냈다.

이재유는 이들 유휴 인력들을 조직하는 데 힘을 기울였지만 아무래도 이재유보다는 활동반경이 넓은 이관술이 유리했다. 이관술은 계란행상을 가장해 자주 시내에 드나들며 이들을 조직했다. 신문기자, 신문배달원, 학생 등 다양한 인물들을 접촉하고 다닌 결과 두 달 만에 다시 오십 명이 넘는 이들을 조직원으로 끌어들일 수 있었다. 모든 운동이 급속히 퇴조하고 있던 당시의 절망적인 상황에서 극도의 비밀이 요구되는 지하 조직으로서는 무시할 수 없는 규모였다.

두 사람은 전부터 계획했던 대로, 경성재건그룹 명의의 기관지 『적기』를 발행하기로 했다. 아직 전화나 방송이 발달되지 않은 시절이었다. 전국에서 일어나는 소식을 공유하고 지도부의 지침을 알릴 수 있는 기관지 사업은 매우 중요한 일이었다. 비밀 지하신문을 만들기 위해 정보를 모으고 토론하는 일 자체가 조직이었다. 또 이를 배포하는 과정이 조직을 훈련하고 확대하는 일이기도 했다. 기관지 사업은 레닌이 「무엇을 할 것인가」에서 그 중요성을 제시한 이래, 모든 사회주의운동가들의 기초적인 활동으로 생각되고 있었다. 실질적인 파업투쟁이 없는 상황에서 기관지를 매개로 한 만남과 토론마저 이뤄지지 않는다면 오십 명이라는 조직은 아무런 의미도 없다는 것이 이재유의 생각이었다.

필사본으로는 전국적인 정치신문의 권위를 갖기 어려웠다. 등사기가 필요했다. 인쇄기기에 대한 통제가 엄한 시절이라, 개인이 등사기를 구입하기는 어려웠다. 직접 등사기를 만들기로 했다. 우선 두꺼운 유리를 구해 등사판을 삼고, 소나무 가지를 둥글게 잘라 사포로 간 다음 그 위에 자전거 튜브를 말고 양동이 손잡이를 양쪽에 붙여 롤러를 만들었다. 또 축음기 바늘을 아카시아 가지에 끼운 다음 판금으로 싸서 철필을 대신했다. 조악하기 짝이 없는 모양새였으나, 실험해 보니 생각보다는 쓸만했다.

내용은 군자리 뒷산 같은 곳에서 최호극을 만나 일차적으로 상의한 뒤, 다시 이관술과 협의하여 작성했다. 원지 작성은 글씨를 잘 쓰는 이관술이 했고,

등사는 이재유가 맡았다.

시월 중순, 두 주일이나 걸린 끝에 『적기』 제1호의 발행을 마쳤다. 이백 자 원고지 육십 매 분량으로, 총 이십 부가 인쇄되었다. 등사기 상태가 좋지 않아 더 인쇄할 수가 없었던 데다가 소모임 단위로 한 부씩 나눠주기로 했기 때문에 더 만들 필요도 없었다.

『적기』를 통해, 이재유는 당대 노동자들이 쟁취해야 할 목표를 제시했다. 당시로서는 거의 불가능해 보이는 내용들이었지만, 먼 훗날 대부분 합법화된 내용들이었다. 의료보험과 국민연금의 실시, 출판과 집회의 자유, 동일노동에 동일임금, 주 오일제와 같은 의미가 되는 주당 사십 시간 노동제, 최저임금제, 하루 일곱 시간 노동제 같은 것들에서부터 일 년 단위로 재계약을 하는 임시직 근로자 문제까지 다루고 있었다. 당시로서는 터무니없어 보이는 요구들이었으나 그의 상상력은 시대를 앞서가고 있었다.

조악한 인쇄술에도 불구하고 제2호까지 사십여 부가 경성으로 흘러들어 갔다. 『적기』는 경성전기회사 전공들과 제일생명보험회사의 외교원들, 조선중앙일보사의 기자들에게 전달되었다. 또 조선일보 배달부와 사회주의운동을 하려는 무직자들, 기독교청년회 같은 곳과 여러 학교에 배포되어 좌익 그룹을 결성하게 하는 역할을 했다. 경성에서 활동한 다른 조직들이 거의 기관지를 내지 못하는 상황에서 『적기』의 발간은 놀라운 사건이었다.

하지만 경찰의 추적은 빠르게 그의 거처로 좁혀들어 왔다. 함경도에서 유순희를 체포해 놓고도 두 달이 되도록 이재유를 잡지 못하고 있던 경찰에게 엉뚱한 호재가 날아들어 왔다. 권영태의 조직원들을 연행해 조사하는 과정에서 서구원과 최호극의 이름이 드러나고, 그들이 이재유 조직으로 갔다는 사실을 알게 된 것이었다.

12월 들어 고향 홍원에 가 있던 서구원이 체포되어 경기도 경찰부로 이송되었고, 다음 날에는 흑석동 아지트에 숨어 있던 최호극이 잡혔다. 경찰은 두 사람에게 혹독한 고문을 가해 성탄절인 12월 25일 밤, 창동역 부근의 야산에서 이재유와 만나기로 했다는 사실을 캐내는 데 성공했다.

경찰은 즉시 수십 명의 잠복조를 편성하여, 농민과 장돌뱅이, 노동자, 학생 등으로 변장과 변복을 시켜 일주일 전부터 창동역 주변을 감시하기 시작했다. 성탄절에 임박해서는 권총과 수갑, 포승을 가진 수백 명을 동원해 인근 모든 도로와 야산에 매복하고 이재유의 출현을 기다렸다. 책임자인 주임 자신도 장돌뱅이로 변장해 현장에서 지휘했다.

이런 사실을 까마득히 모르는 채 공덕리 은신처에서 『적기』 제3호를 인쇄하던 이재유와 이관술에게도 문제가 생겼다. 최호극과 만나기로 한 이틀 전, 주재소 순사가 찾아와 경상도 김해로 보낸 신원조회 결과 그런 사람은 없다는 통보가 왔다는 것이었다.

이관술은 순간적인 기지를 발휘해 자기가 알고 있던 덕도리라는 다른 마을 이름을 대고 그곳에 산 적이 있으니 그쪽으로 조회를 해 보라고 했다. 이 년 가까이 친하게 지내 온 순사는 일단 별다른 의심 없이 돌아갔으나 조회 결과가 돌아오는 것은 시간 문제였다.

두 사람은 즉시 공덕리 생활을 정리하기로 하고 여기저기 빌려주었던 돈을 거둬들이는 한편 닭과 달걀, 돼지를 다 처분했다. 인쇄 중이던 제3호를 미완성인 채로 일단 철필로 긁은 부분만 등사해 챙기고 불필요한 증거물이며 팸플릿은 모두 태워 없앴다. 서구원과 최호극이 잡혀갔다는 사실을 전혀 모르는 두 사람은 일단 성탄절의 약속까지 지킨 후 공덕리를 뜨기로 했다.

1936년 12월 25일 오전 11시, 창동역 부근 눈 덮인 농로를 따라 젊은 농부 한 사람이 걸어오고 있었다. 두터운 솜옷에 털모자를 쓰고 코밑에 수염을 기른 평범한 농부였다. 찬바람이 불어대는 겨울 농촌의 들판에는 사람이라곤 보이지 않았다.

농부가 나타난 지 얼마 후, 역사 쪽에서 양복 차림의 청년이 조금 어정쩡한 자세로 철길을 향해 걸어오기 시작했다. 청년을 발견한 농부는 걸음의 속도를 조금 높였다. 그런데 서로 얼굴을 확인할 정도로 가까워졌을 때, 농부는 문득 발걸음을 멈추었다. 청년의 얼굴에 선연히 드러난 공포를 읽었기 때문이다.

청년이 암담한 표정으로 창동역 쪽을 뒤돌아보는 순간, 농부가 몸을 홱 돌려 오던 방향으로 내달리기 시작했다. 동시에 눈 덮인 야산에서 경찰의 경적이 울렸다. 역 주변과 산기슭에 숨어 있던 수십 명의 사내들이 몰려나왔다. 한복에 중절모를 쓴 사람, 농민 복장을 한 사람, 양복의 신사까지 온갖 복장의 사내들이 일시에 그를 잡으려고 달려왔다.

"도둑이야! 도둑 잡아라!"

형사들이 고함을 질러대자 지나던 주민 몇 명까지 가세했다. 돌아갈 길까지 막힌 이재유는 철길로 뛰어들어 철로의 돌멩이를 집어던지며 반항했으나 포위망은 순식간에 좁혀들어 왔다. 몇 걸음 달리지도 못한 채 붙잡혀 철길 위에 짓눌려 버렸다.

"놔라, 이 더러운 쪽발이 놈들아! 일본이 영원할 줄 아냐? 머지않아 제국주의는 끝장난다. 놔라, 이 파쇼의 개들아!"

이재유는 미친 사람처럼 고함을 지르며 저항했다. 이관술에게 두 시까지 돌아오지 않으면 바로 달아나라고 말해 두기는 했지만, 자신이 잡혔다는 것을 소문으로 알게 하여 더욱 확실히 해두려 함이었다. 경찰은 그가 운신을 못하도록 두들겨 패고서야 포박할 수 있었다.

서대문경찰서는 축제 분위기였다. 경찰은 오랜 숙원이던 이재유 체포에 성공한 기념으로 변장과 변복을 한 차림 그대로 기념사진을 찍었다. 두터운 솜옷의 농부 복장에 털모자를 눌러쓴 이재유는 수십 명의 형사들 가운데 앉혀져 무표정한 얼굴로 사진을 찍혔다.

이재유는 다음 날 저녁까지 피를 토하도록 매를 맞으면서도 자신의 아지트를 실토하지 않았다. 만 하루 만에야 겨우 자백을 받아낸 경찰이 공덕리 오두막에 몰려갔을 때에 당연히 이관술은 사라지고 없었다. 교사 출신답게 사소한 일에 꼼꼼한 그는 인쇄해 놓은 『적기』와 중요한 책자를 미리 준비해 두었던 장돌뱅이 행낭에 빠짐없이 넣고, 나머지 증거가 될만한 물건들은 아궁이에 넣어 재로 만들어 놓은 뒤 사라졌다. 수십 명의 경찰은 텅 빈 흙집과 계사, 돈사 주위만 어지럽힐 수밖에 없었다.

공덕리 김씨 형제의 은둔 생활은 그렇게 끝났다. 미야케의 집에서 탈출한 지 이 년여 만이었다. 공교롭게도 그날은 서대문교도소에 수감되어 있던 미야케 교수가 석방되는 날이기도 했다.

이재유는 다섯 달 동안 혹심한 고문을 당한 후 온몸이 짓이겨진 상태에서 경찰서 유치장으로부터 서대문형무소로 이송되었다. 이재유가 체포되었다는 소식은 이날에야 비로소 보도 통제가 해제되어 처음으로 신문에 실렸다. 1938년 5월 1일이었다.

일본어로 발간되는 『경성일보』는 이 날 호외를 발행해 '집요흉악의 조선공산당 마침내 괴멸하다' 라는 표제 아래 '이십 년에 걸친 조선공산당 운동사는 이제 최후의 일혈이 완전히 봉쇄되고, 이로써 조선공산당 운동에 의한 모든 화근은 종식되었다. 이후는 농촌에 공장가에 명랑한 대기가 약동하고 전 반도에 낭랑하게 울려 퍼지는 것은 평화와 환희의 합창이다' 라고 보도하였다.

이 날, 형무소로 이송되기 위해 수갑과 포승에 칭칭 묶인 채 서대문 경찰서 유치장 철문을 나오던 이재유는 갑자기 목청을 다해 조선어로 고함쳤다.

"조선공산당 만세! 조선공산당 만세!"

깜짝 놀란 경찰이 입을 틀어막고 밖으로 끌고 나왔으나 부채꼴 유치장에 갇힌 죄수들은 이재유가 형무소로 간다는 사실을 다 알게 되었다.

"무슨 까닭에 조선공산당 만세를 외쳤나?"

형무소로 이송되기 전에 들린 검사실에서 일본인 검사가 묻자, 이재유는 당당히 대답했다.

"5월 1일은 세계노동자의 날, 메이데이이고 유치장의 동지들과 헤어지는 날이기 때문입니다."

"다른 유치인에게 선전하기 위해 그런 건 아닌가?"

"그런 의미는 없습니다."

일본인 검사는 자기 책상 위에 놓인 오천 장이 넘는 엄청난 분량의 경찰 조서를 흘끔 바라본 후, 긴 조서를 간략히 정리해 놓은 경찰의 의견서를 집어 들어 대충 훑어보다가 그를 쏘아 보았다.

"피의자의 근본 사상은 무언가? 무엇을 위해 이런 활동을 했나?"

이재유는 그 시선을 똑바로 바라보며 일본어로 말했다.

"나의 근본 사상은 조선에 공산주의 국가를 만드는 일입니다."

"공산주의 국가를 만드는데 조선의 독립은 무슨 까닭으로 필요한가?"

"내가 조선독립을 목적으로 하는 것은 일본에서 독립하지 않은 이상 언제까지나 조선은 공산주의 국가가 될 수 없고, 또 설령 공산주의 국가가 된다 해도 일본적 공산주의 국가가 되기 때문입니다."

검사는 예리한 눈빛으로 그를 쏘아보다가 야릇한 비웃음을 띠며 말했다.

"내 검사 생활을 오래 했지만 너같이 철두철미한 사상범은 처음 보았다. 네가 내 손에 들어온 이상 이제 다시는 세상의 빛을 보지 못할 것이다."

이재유 역시 엷은 비웃음으로 그를 쏘아볼 뿐, 대꾸하지 않았다. 다섯 달의 혹독한 고문과 회유는 그에게 아무런 영향을 주지 못한 것이다.

18_ 연적

　박진홍은 이재유의 체포 소식이 언론에 공개되고 재판이 시작된 1937년 5월 하순 서대문형무소에서 출소했다. 이재유와 신당동 아지트에서 헤어진 지이 년 만이었다. 일제 법원은 그녀가 수사받은 기간 일 년을 백 일로만 환산해 실형에서 감해 주었기 때문에 실제로는 이 년 넘게 살고도 기록상으로는 일년 유월의 실형을 받고 나온 것으로 되어 있었다.

　출옥한 그녀가 가장 먼저 한 일은 이재유 면회였다. 타고나기를 밝고 낙천적인 이재유는 오랜 고문과 감옥살이에도 불구하고 여유 있는 웃음을 띠고 있었다.

　"안색은 나쁘지 않네요?"

　"하루에 삼십 분 운동시간이라도 햇빛을 보니까. 진홍이도 감옥에서 고생 많았지? 여사는 더 힘들었을 거야."

"아무려면 조선 민중의 아픔만 하겠어요? 밖에 나와 보니 먹고살려고 만주 벌판으로 떠나는 농민들의 행렬이 역전마다 가득해요. 거리에는 거지들만 우글거리고……"

두 사람의 대화를 받아 적던 간수가 곤봉으로 책상을 탁탁 두드려 말을 막았다. 박진홍은 말을 바꿨다.

"이기영의 새로 나온 소설책을 차입했어요."

"사람들이 나를 소설가 채만식 닮았다고 하더군. 어떤 작가인데 그러지?"

"프롤레타리아 문학에 천부적인 재능을 가진 사람이에요. 올해 〈심봉사〉라는 계급적인 단편소설을 썼는데 총독부 검열에 걸려 출판이 금지되었다더군요. 아직 많은 작품을 쓰지는 않았지만 조선의 프로 작가 중에서 단연 돋보이는 사람이죠. 그러고 보니 서로 닮은 것도 같네요."

"그렇다면 영광이군. 진홍이도 어서 좋은 세상 만나 훌륭한 문필가로 등록해야 할 텐데."

"내가 작가가 되지는 못하더라도 좋은 세상은 오겠죠."

"올 거야. 곧 올 거야. 손바닥만한 섬나라 일본이 거대한 중화 대륙을 넘본 것은 아주 큰 실수야. 만주 점령은 성공할지 몰라도 결국은 자멸로 끝나게 될 거야. 제국주의는 또다시 세계대전을 일으키려 하지만……"

간수가 다시 요란하게 책상을 두드려 그의 말을 가로막았다. 박진홍은 화제를 돌렸다.

"누가 면회는 오나요?"

"실형이 선고된 후로는 가족밖에 면회가 안 되니까 올 사람이 없지. 고향에서 작은아버님이 다녀간 뒤로는 진홍이가 처음이야. 그런데 가족도 아닌데 어떻게 진홍이에게 접견을 허가한 거지?"

박진홍은 살짝 얼굴을 붉혔다. 교도관은 다시 열심히 이재유가 한 말을 기록하고 있었다. 짧은 침묵이 흐른 후에 그녀는 말했다.

"당신과 내가 실질적인 부부란 건 세상이 다 아는 걸요."

박진홍은 동거할 때 익숙해진 대로 당신이라고 불렀다. 이재유는 시선을 돌렸다. 수사 과정에서 경찰이 그를 도덕적으로 공격하는 유일한 무기가 두 여자와의 동시 연애관계였다. 형사들은 고문하는 틈틈이 이순금과 박진홍 중에 누가 더 좋더냐며 비아냥거렸다. 이미 여러 신문과 잡지에 자신의 아들 철한의 사진과 함께 삼각관계에 대한 기사가 난 것을 알면서도, 이재유는 두 여자와의 정교 사실이 전혀 없었다고 부인하기로 결심했다. 경찰부터 예심 검사 취조까지 일관되게 이 사실을 부인했다. 앞으로 있을 공개 재판에서도 부인할 것이었다. 일본 경찰과 언론 앞에서 놀림감이 되고 싶지 않아서였다.

"앞으로는 면회 오지 말아. 차입도 하지 말고."

박진홍은 애매한 미소를 띤 채 잠시 말없이 그의 얼굴을 바라보았다. 이재유는 차마 그 눈을 바로 보지 못하고 시선을 피했다. 박진홍도 그가 검사 앞에서 자신들과의 연애 관계를 부인했다는 사실을 잘 알고 있었다.

"당신 혼자 부인한다고 해서 누가 믿어 주나요?"

박진홍의 음성은 따가웠다. 서운함이었다. 그가 아니라 해서 아이를 낳은 사실이 없어지는 것도 아니고, 아이의 이름이 그의 성을 따 이철한이었다는 것도 숨길 수 없었다. 이미 세간의 비웃음거리가 되었는데 자기 눈과 귀만 틀어막으려는 그의 태도가 무모하고 어리석어 보였다. 진정으로 혁명가의 명예를 지키려면 좀더 솔직하고 담백하게 자신을 주장하고 자신의 감정을 보여주어야 한다고 생각되었다. 마음 같아서는 혁명가답지 못한 태도가 아니냐고 소리치고 싶었다. 하지만 그녀는 더 따지지 않았다. 고립무원의 독방에 갇혀 혼자만의 상상 속에 사는 그에게 무슨 이야기를 한들 소용이 있을까 싶었다. 간수가 면회 종료를 알려 왔다.

"면회를 거부하지는 마세요. 당신에게 면회 올 수 있는 사람은 나밖에 없어요."

어느덧 박진홍의 음성은 다시 너그러워져 있었다. 그녀는 이재유가 대답 없이 서글픈 표정으로 웃어 보이며 돌아서서 감옥의 문 안으로 사라질 때까지 면회실을 나오지 않고 지켜 서 있었다.

훗날 박진홍은 이효정에게 말했다. 창살 안의 눈빛만으로도 자신은 이재유의 마음을 다 읽을 수 있었노라고. 사랑하는 이를 사랑한다고 말하지 못하는, 말할 수도 있지만 사랑보다 더 큰 명예, 자신보다는 모든 혁명가의 명예를 소중히 할 수밖에 없던 그의 마음을 이해할 수 있었노라고 말했다. 비록 그것이 형편없는 오판이었을지라도, 여자의 가슴에 못을 박는 상처를 주었을지라도, 그의 진정성만은 이해할 수 있었노라고, 이효정에게 고백했다.

형무소에 다녀온 박진홍은 흩어져 있던 동료들을 찾아다니기 시작했다. 그러나 동덕여고 후배 김재선을 통해 들어 본 바깥소식은 썩 희망적이지 못했다. 트로이카 출신들은 상당수가 운동을 그만두고 평범하게 살고 있거나 일본이나 중국 등지로 떠나 버린 상태였다. 운동을 계속하려는 이들 사이에는 이재유가 파벌주의자요 분파주의자라는 비판이 떠돌고 있노라 했다. 그의 삼각연애를 비도덕적이라고 비난하는 이들도 많다고 했다.

연애 이야기는 자기 자신도 분노하는 문제로서 할 말이 없었다. 그러나 파벌이니 분파주의자라는 딱지는 이해할 수 없었다. 그들이 이재유에 대해서 무얼 알기에 그런 오명을 씌우는지 분하고 억울했다. 실제로 몇 사람을 만나면서 김재선의 설명이 사실임을 확인한 그녀는 실망하고 낙담하지 않을 수 없었다. 적으나마 용기를 준 사람은 공원회였다.

석방된 지 채 일주일이 안 된 유월의 첫날이었다. 아직도 석양의 여운이 완전히 가시지 않은 밤 여덟시, 박진홍은 총독부와 동덕여고 사이에 있는 계동의 공원회 방을 찾아갔다. 경상도 통영 출신으로 학생운동과 노동운동으로 여러 해를 감옥에서 보내고 석방된 지 반 년쯤 된 공원회와 그의 친동생 공성회 형제가 자취하는 곳이었다. 옹색하지는 않으나 한쪽 벽면 가득한 책들이 풍기는 곰팡내와 총각 냄새가 썩 유쾌하지는 않았다.

이재유보다 두 살 어린 공원회는 이재유와 마찬가지로 얼굴이 작고 선이 가늘어 여성스러우나 사뭇 꼬장꼬장하니 날카로운 인상이었다. 이재유가 풍기는 여유와 귀여운 느낌은 없었다. 과연 이재유의 운동을 파벌이라 매도해도 되는가에 대한 박진홍의 질문에 연희전문 출신답게 이성적이고 냉정하게 대답했다.

"나는 이재유 동무가 밖에서 활동한 시간에 감옥에 있었고, 나와서도 부산 등지에서 활동했기 때문에 일단 이 논쟁에서는 제삼자일 수밖에 없소. 하지만 일단 접수를 했으니 조선 혁명운동의 파벌문제 전반부터 철저히 연구하고 그 연장선상에서 이재유 동무 조직의 파벌 혐의에 대해 계급적인 해석을 구해보도록 하겠소. 한 사상의 뿌리로부터 진상을 명확히 파헤치고 진중하고 엄밀하게 문제를 검토해서 단안을 내려야지, 설불리 판정을 할 수는 없소."

박진홍은 현학적인 그의 말투가 마음에 들지 않았다. 진리를 이해하지 못하는 사람일수록 어려운 말을 쓴다는 게 그녀의 지론이었다. 공원회 역시 이재유를 파벌주의자로 생각하는구나 짐작이 들었다. 그녀가 눈에 띄게 실망하는 표정을 짓자 이를 눈치 챈 공원회가 말을 이었다.

"현재 내 생각으로는 이재유의 운동을 파벌로 단정 짓기는 어렵다고 생각하오. 파벌은 불순분자의 영웅적인 기분에서 발로하는 거요. 자기희생 없이, 자기 명예와 권력만을 추구하는 자들의 치욕스런 행동이오. 그런데 감옥에서 내가 수감자 식사 개선 문제와 채석장 노동착취에 항거해 투쟁할 때 이재유 동무도 다른 사동에서 가장 앞장서서 온 몸을 던져 싸웠다고 들었소. 단식 투쟁 과정에서 간수들에게 심한 고문도 당하고 구타를 당해도 그를 꺾지 못했다고 들었소. 내 일방적인 판단이지만 이재유 동무는 매우 순수하고 열정적인 인물일 것이라 짐작되오. 그런 순수한 혁명가는 파벌주의를 범할 이유가 없소. 진지한 공산주의자라면 파벌 문제가 일어날 이유가 없소. 아무튼 자세한 내용을 조사하고 판단해서 다음에 말해 주겠소."

박진홍의 눈에 공원회는 혁명가라기보다 선생님 같았다. 하지만 모두들 일방적으로 이재유를 비판하는 데 비해 그의 태도는 나름대로 객관적이고 냉철해 보였다. 박진홍은 그의 판단에 도움을 주고 싶었다. 격해진 그녀의 음성에는 경성 말씨에도 불구하고 함경도 억양이 그대로 배어 나왔다.

"다른 운동가들은 이재유 동지가 국제선과 통일을 하지 않은 채 이 년이나 경성 부근에 잠복해 있던 것은 자기가 획득한 분자들이 다른 조직에서 흡수될까 하는 우려 때문이었다고 말하더군요. 대체 어떤 이들이 이런 누명을 퍼트렸는지 어처구니가 없어요. 어떤 운동가가 일급 수배령이 내려져 잡히면 죽는 상황에서 근거지를 지키려 하겠어요? 훨씬 가벼운 죄를 지은 대부분 운동가들은 편히 살 수 있는 해외로 달아나지 않았나요? 이재유 동지가 자신의 권위를 과시하려 했다면 편안한 해외로 나가 조선의 기반을 자랑하며 국제당의 직책을 탐했겠죠. 이 동지가 생명의 위협을 무릅쓰고 경성에 남은 것은 전적으로 전선통일을 위한 것이 분명해요. 나는 그 사람하고 한 이불 속에 살아 본 사람이에요. 추호도 영웅주의나 공명심을 가진 사람이 아니란 걸 누구보다도 잘 알고 있지요. 이 년 간 함께 생활한 이관술 동지가 나타나면 이 모든 진상이 밝혀질 거예요. 공원회 동지도 이관술 동지가 추호도 공명심이나 권력욕 없는 진솔한 동무라는 소문은 익히 들었을 거예요. 나 역시 이관술 동지와 동덕여고 시절부터 함께 운동해 온 사이랍니다. 이관술 동지가 이재유 동지와 이 년 이상 함께 숨어 활동했다면 그거야말로 이재유 동지의 결백을 증명하는 증거지 뭐겠어요?"

박진홍은 그에게 확신을 주기 위해 자신과의 연애 이야기를 꺼내지 않을 수 없었다.

"소문을 들어 잘 아시겠지만 이재유 동지가 나하고의 연애 관계를 부인함으로써 대중의 신뢰를 획득하려 한 행위는 잘못이라고 생각해요. 이미 대중이 다 알고 있는 사실을 부인함으로써 본인의 의사와 달리 오히려 대중으로부터 신망을 잃어버리는 결과가 되었으니까요. 그렇지만 사적인 연애 문제 말고 운동가의 자세에 대해서는 공명정대하게 평가를 해야 한다고 생각해요. 나는 그 점에서 이재유 동지에 대해 전적으로 신뢰합니다. 혁명가로서 인간으로서 모두 신뢰해요."

며칠 후 오전 열한 시, 혜화동 보성고등학교 뒷산에서 다시 만난 두 사람은 성벽 부근을 산책하며 이야기를 나누었다. 박진홍은 경성 지역에서 신망

받는 이론가의 한 사람인 공원회가 이재유에 대해 어떤 판결을 내릴까 조마조마한 마음으로 귀를 열었다. 그는 좀처럼 결론을 내리지 않고 뜸을 들였다.

"파벌 문제는 조선에 사상운동이 창시된 이래 계속된 문제요. 서로 영웅심과 자존심을 높여 자기 이익만을 추구하는 데서 배태된 거요. 조선의 사상 운동사를 보면……."

공원회는 이조 말기 동학당이 조선 혁명운동의 시조라는 이야기부터 삼일만세운동의 실패를 통해 시작된 무산계급운동이 해외에서 파벌운동으로 변질해 비극적인 총격전까지 벌이다가 기어이 국제공산당으로부터 해산 명령까지 받은 적이 있다는 이야기를 했다. 이후 조선 내부와 외부에서 각기 조선공산당을 재건하기 위해 끊임없이 싸워 왔으며 이재유도 그 중 한 지도자였다고 지루하게 설명했다. 박진홍도 익히 아는 이야기였지만 참고 들어주자 겨우 이재유 이야기로 들어갔다.

"권영태가 해외의 국제선으로부터 명령을 받고 들어온 정통파라고 자처하면서 국내운동가들을 자신의 수하에 두고 맹종시키려 한 태도는 중대한 오류요. 이재유 역시 국내에서 상당한 조직 기반을 획득하고 있다고 해서 국제선에서 파견되어 온 권영태와의 제휴를 거부했다면 파벌주의가 확실하오. 그렇지만 결론적으로 나는 이재유 동무의 운동은 파벌이 아니라는 판단을 내렸소. 이재유 동무가 국제선과의 결합을 거부했다는 증거가 확실치 않을 뿐 아니라, 오히려 국제선에서 그와의 결합을 회피했다는 증거가 더 많기 때문이오. 이재유 동무가 몇 번이나 투쟁위원회를 통해 두 개의 운동을 통일시키자고 제안했음에도 권영태 쪽은 비현실적이라는 납득하기 어려운 이유로 이를 거부한 게 확실하오. 중국으로 망명한 박헌영, 김단야 동지 등의 지시를 받고 들어왔다는 것뿐, 국내에 별다른 대중 기반도 없는 국제선이 일방적으로 국내선을 파벌이라 규정해 버리고 통일을 거부함으로써 양자 모두 고립되어 파괴되고 말았던 거요."

박진홍은 비로소 자기편을 만난 것에 안도했다. 하지만 공원회는 앞으로 어떻게 운동을 할 것인가에 대해서는 그다지 적극적이지 않았다. 일본군이 만주를 침공한 이래 국내 정세는 확연히 바뀌고 있었다. 동덕여고 출신들이 활약하던 1932년에는 전국에서 파업과 동맹휴학이 터지고 농촌마다 소작쟁의가 빈발했는데 불과 오 년 만에 반도 전체가 조용해졌다. 수많은 농민들이 일본군이 점령해 무상으로 농토를 나눠준다는 소문을 믿고 만주로 이주하는 바람에 소작쟁의는 거의 사라져 버렸다. 전쟁 물자를 보급하느라 밤낮없이 돌아가는 공장의 파업은 곧 반역죄로 인식되었다.

공원회는 이런 현실에서는 장기적인 준비가 필요하다고 생각했다. 그는 서울에서 수백 리나 떨어져 한 번 오가는 데도 며칠씩 걸리는 고향 통영에서 양복점을 운영하면서, 경성을 오가며 개인적으로 정세분석이나 이론 학습을 하는 정도로 만족하고 있었다. 박진홍과의 만남도 그 중 한 부분일 뿐이었다. 그는 이재유와 마찬가지로 일본군의 만주침략은 제2차 세계대전의 전주곡이며 일본은 반드시 패배하리라 예견하고 있었으나 어떻게 그 날을 대비할 것인가에 대해서는 생각이 달랐다.

"머지않아 다시 세계대전이 일어날 거요. 일본이 이 전쟁에서 패배하는 건 명백하오. 패전과 함께 일본이 경제적으로 파탄되면 그때 전 민중이 봉기하여 민족해방을 이룰 수 있소. 1932년도에는 우리 전위분자들이 투쟁에 앞장섰지만 그때가 되면 전 민중이 봉기할 거요. 우리는 그때 비로소 전면에 나서 혁명을 지도하면 되는 거요. 지금은 섣불리 투쟁에 나서거나 전국적인 당 조직을 시도했다가 궤멸적인 타격을 입기보다 소규모 비밀 조직별로 탄탄한 조직을 육성하고, 자금 확보를 하는 게 필요하오. 지금은 준비를 해야 할 시기란 말이오."

박진홍은 그의 의견에 동의하지 않았다. 전위조직의 건설은 언제나 어려운 일로, 지금이야말로 32년 투쟁 이래 배출된 많은 운동가들을 조직할 시기라고 믿었다. 그녀는 공원회의 소극적인 준비론이 마음에 들지 않았다. 그러나 일단 내색은 하지 않고 그와 주기적으로 만나 정세토론을 하기로 약속했다. 정세분석에는 남다른 능력을 가진 점이 인정되었기 때문이다.

어딘가로 숨어 버린 이관술을 찾아야만 문제가 해결될 것 같았다. 이관술이라면 분명 자신과 생각이 같으리라 확신했다. 아니면 이재유와 더불어 초창기 경성트로이카의 최고 지도자인 김삼룡이나 이현상 한 사람만 있어도 되리라 생각되었다. 그러나 둘 다 감옥에 있는 몸이었다. 그녀는 가장 믿을 수 있는 인물인 이재유의 칠촌조카 이인행과 심계월을 통해 이관술의 행방을 수배해 놓았다.

마침내 이관술로부터 연락이 온 것은 7월 1일이었다. 소격동 박진홍의 사글세방에 처음 보는 낯선 삼십대 초반의 사내가 불쑥 찾아와 내일 오전 열시 한강 남쪽 노량진 전차 종점에 가면 아는 사람이 기다리고 있을 거라는 말을 남기고 황급히 사라졌다. 박진홍은 그가 이관술의 밀사임을 금방 알아챘다.

다음 날 노량진 전차 종점에서 내리니 어제의 그 사람이 다시 나와 있었다. 그는 따로 인사말도 하지 않은 채 곧장 상도동을 향해 언덕길을 오르기 시작했다. 먼발치에서 밀사를 따라가면서 여러 차례 미행이 있나 확인했다. 논과 밭뿐인 한가한 시골 마을이라 뒤따르는 사람이 있으면 금방 알 수 있었는데 아무도 눈에 띄지 않았다. 오리는 될 법한, 상당히 먼 길을 걸어서야 상도동 마을이 나타났다. 관악산 줄기의 하나인 국사봉 가파른 기슭에 붙은 빈민가였다.

담배 가게 앞에서 갑자기 밀사가 사라지더니 등에 봇짐을 짊어진 행상 하나가 어슬렁거리며 걸어왔다. 박진홍은 그의 얼굴을 흘깃 훔쳐보았으나 일본식 박박머리에 잡풀처럼 자라난 수염이 너저분하니 전혀 모르는 사람이었다. 이관술이 어디서 나타날 것인가 두리번거리는데 앞으로 바짝 다가온 행상이 슬쩍 웃음을 던져왔다. 흑인을 연상케 하는 새까만 피부에 좁고 주름진 이마, 장난스런 눈빛과 마주치는 순간, 박진홍은 고함을 지를 뻔 했다.

"선생님!"

이관술이었다. 이관술이 옹졸하기 그지없는 못생긴 얼굴로 환히 웃고 있었다. 너무 반가워 손이라도 잡고 빙빙 돌고 싶은 지경이었지만 참아야 했다. 두 사람은 관악산 쪽으로 방향을 잡고 한참이나 말없이 떨어져 걸어가며 다시 미행자가 있는가를 확인해야 했다. 경성부 경계선을 벗어나 봉천리에 들어서서야 이관술은 몸을 돌려 두 손을 내밀었다.

"감옥에서 고생 많았지?"

일부러 다듬지 않은 알량한 염소수염이 낯설기는 했으나 그 눈빛과 음성이 하나도 변한 게 없었다.

"주는 밥 먹고 책 읽고 잠만 자니 감옥이 더 편하죠. 선생님이야말로 얼굴이 많이 상했네요."

"그래야 경찰부 개들이 냄새를 못 맡지. 내 수염 어떠냐? 길에서 지나다가 만나면 모르겠지?"

이관술의 변장은 탁월했다. 정말로 길에서 마주치면 모르고 지나쳤을 것이었다. 창동역에서 이재유가 잡혔을 때, 경찰은 이제 조선 내 사회주의운동은 끝장났다고 판단했다. 그들은 이관술은 탁월한 언변이나 조직력이 있는 것도 아니고, 고생을 모르는 부잣집 아들이어서 고난에 찬 혁명운동을 앞서 이끌 위인은 못 된다고 생각했다. 이재유가 잡히면 이관술은 자연히 운동을 포기하거나 국외로 망명하리라 믿었다. 다섯 달 만에 이재유 체포 소식을 언론에 공개할 때도 경찰은 공개적으로 그런 말을 했다. 어용 신문인 『경성일보』는 그들의 말을 인용해 '이관술은 이재유의 동조자에 불과한 자로, 이제 이재유가 잡혔으니 자멸할 수밖에 없다'고까지 썼다.

경찰의 예측은 틀렸다. 이재유가 체포된 뒤에도 이관술은 운동을 포기하지 않았다. 그는 머리를 깎고 수염을 길러 얼굴 모습을 완전히 바꾼 후 떠돌이 행상을 가장하여 강원도와 경상도 일대를 돌아다니며 차분히 조직을 확보하고 있었다. 특히 대구 일대의 공장지대에서는 수십 명에 이르는 조직을 확보한 상태였다. 석방된 박진홍이 그를 찾고 있다는 소식이 들려올 무렵에는 마침 경성에 들어와 있을 때였다. 떠돌이 막노동자와 소규모 공장 노동자들이 많아 은거하기 쉬운 영등포 공장 지대에 하숙집을 정해 놓고 박진홍을 만나기 위해 사람을 보낸 것이었다.

너무나 오랜만의 해후였다. 서로 끌어안고 울어도 시원치 않을, 헤어졌던 오누이의 만남보다도 더 절실한 재회였다. 두 사람은 경기도에 속한 봉천리와 신림리를 거쳐 번대방동을 지나 다시 경성으로 들어와 상도동 담배 가게 앞까지 몇 시간 동안 들길과 산길을 걸으며 이야기를 나눴다.

이관술은 먼저 박진홍이 잡혀간 날부터 자신과 이재유가 어떻게 경성을 빠져나왔으며 공덕리에서 김씨 형제로 살며 농사짓던 이야기, 이재유가 구속된 후로 자신은 어떻게 활동해 왔는지, 사람의 이름이나 주소에 관련된 것 말고는 상세히 설명해 주었다. 동시에 신문과 잡지에 어떤 이야기까지 실렸는가 말해 주었다. 만약 박진홍이 경찰에 연행되었을 때 이미 경찰이나 언론에서 알고 있는 사실만을 대화했노라고 진술할 수 있도록 하기 위함이었다. 누구와의 만남에서도 항상 경찰에서 진술할 내용과 실제 알고 있어야 할 내용을 구별하는 것이 원칙이기도 했다.

"이재유가 파벌주의자라고?"

생김새로 보아서는 닮은 곳이 전혀 없는 두 사람이지만 잘 웃고 낙천적이라는 점에서는 이재유와 이관술은 형제 같았다. 이관술은 이재유와 트로이카가 분파주의로 몰리고 있다는 말에 성을 발끈 냈으나 본래 웃는 상이라서 진짜 화가 난 것처럼 보이지는 않았다. 그는 세 살 어린 이재유를 그냥 재유라고 불렀다.

"나는 말이지, 재유가 진홍이하고 순금이를 두고 삼각관계를 이뤘다는 것 자체를 비난하지는 않아. 너희 세 사람 모두 내게 가장 귀중한 사람들이니까. 도리어 재유가 너희와의 연애관계를 부인한 걸 잘못이라고 보지. 덕분에 너희는 오른뺨 맞고 왼뺨까지 얻어맞는 꼴이 되고 말았지 뭐냐. 그 점은 재유가 명백히 반성해야 해."

폐가 나쁜 이재유와 달리 이관술은 담배를 좋아했다. 그는 연달아 담배를 피워 물며 말을 이었다.

"그것뿐이야. 재유가 그밖에 뭘 잘못했다는 거지? 우리가 평양으로 가려다가 돌아온 것은 한겨울에 수백리 길을 걸어가기가 힘들어서는 아니었어. 국제선이고 국내선이고 간에 지도부가 거의 잡혀간 상태에서 우리마저 떠나면 경성의 운동 역량이 흩어질 게 분명해서였지. 물론 재유로서는 제 아이를 임신한 채로 잡혀 간 진홍이를 떠날 수 없다는 마음도 있었겠지만, 그게 무슨 죄가 되나? 잡히면 적어도 칠팔 년은 감옥에서 보내든지 아니면 고문당하다가 죽을지도 모르는데 경성에 돌아온 것이 영웅주의 때문이라고? 공장 근처에도 안 가보고 저희들끼리 무슨 당을 만든다, 동맹을 한다 떠들다가 수배만 되면 해외로 달아나 애국지사 행세하는 놈들은 진짜 영웅이고, 우리는 가짜 영웅이란 말인가?"

이관술은 권영태 쪽 운동가들이 이재유 공격에 앞장서고 있다는 말을 듣고는 자신이 직접 그들을 만나겠노라 했다. 그쯤에 십 원짜리 지폐 두 장을 건네 왔다.

"진홍이는 아무 걱정 말고 앞으로도 계속 재유에게 면회 가고 차입도 해줘. 나를 만났다는 이야기를 직접 할 수는 없으니까 '석방되어 산소와 질소를 실컷 마시고 나니 살 것 같더라', 이렇게 말하면 알아들을 거야."

두 사람은 이재유 말고도 다른 동료들의 근황에 대해 서로가 알고 있는 정보들을 교환했다. 박진홍이 공원회와 만나 나눈 이야기들을 전달하자 이관술은 앞으로 공원회를 트로이카의 핵심으로 끌어들이는 게 좋겠다고 했다. 그는 말했다.

"공원회의 정세판단에는 나도 공감해. 현재 세계는 두 개의 전선이 충돌하고 있어. 구라파에서는 소련과 미국, 영국을 중심으로 하는 인민민주주의 세력과 독일, 이태리의 파쇼세력이 전쟁에 돌입하기 직전이야. 이미 스페인에서는 파쇼권력에 대항한 인민혁명이 일어나 세계의 진보적인 지식인들이 생명을 걸고 들어가 인민전선을 돕고 있지. 동양에서는 이미 중국과 일본이 총력전에 들어선 상태지. 더욱 일본과 독일이 방공협정을 맺어 독일, 이태리, 일본 세 나라가 실질적으로 무력동맹을 맺었어. 명백히 인민전선과 파쇼전선의 두 번째 세계대전이 벌어지기 직전이지."

훗날 북한 정권은 박헌영과 남한 출신 사회주의 지도자들이 일제시대부터 미국의 간첩 노릇을 했다는 이유로 처형하는데, 일제시대 혁명가들에게 미국과 영국은 적이 아니었다. 파시즘 시대의 미국과 영국은 자본주의 종주국이기에 앞서 파시즘으로부터 약소국을 지켜줄 동맹국으로 보였다. 이관술도 그 점에서 보편적인 견해를 가지고 있었다.

"일차 세계대전과 마찬가지로 새로운 대전도 필연적으로 파쇼의 패배로 끝날 거야. 동시에 조선의 독립도 필연적이지. 그러나 남의 손으로 일본 제국주의가 무너지기만을 기다려서는 안 돼. 우리 힘으로 이 더러운 일장기를 거둬내야지. 조속히 조선공산당을 재건해 독립을 위해 총과 파업으로 싸우지 않는다면, 설사 식민지에서 해방이 되더라도 우리 민족은 아무 주권도 없이 혼란만 거듭하게 될 거야. 더 무서운 것은 정신적인 혼란이겠지. 스스로 쟁취하지 못한 자유가 대체 어떤 의미를 가지겠는가 말이지."

이관술과 공원회뿐 아니라 웬만한 운동가라면 모두들 다가올 미래에 대해 정확히 예견하고 있었다. 그러나 조선이 미국과 소련에 의해 남과 북으로 분단되리라 상상하는 이는 아무도 없었다. 박진홍의 예상대로 이관술은 조용히 자중하며 준비하자는 공원회의 신중론에는 비판적이었다.

"할 수만 있다면 모든 운동가를 모아야 해. 할 수만 있다면 지금 당장 말이지. 할 수만 있다면 감옥을 깨고서라도 데려 와야 해, 지금 당장! 이재유, 이현상, 김삼룡, 이주하, 다 데려오고 상해에 가서 박헌영도 데려와야 해. 도대체 혁명운동에 중앙조직이 없어도 되는 시기란 게 어떻게 존재한단 말인가? 생각해 봐. 아무 것도 없었을 때도 우리는 만들어 냈잖아? 도처에 깔린 게 혁명가인데 실에 꿸 때가 아니라니 말이 되냐?"

이관술은 동덕여고 선생 시절에 가지고 있던 파격적이고 소박한, 그래서 더욱 과격해 보이는 의견을 아끼지 않았다. 박진홍을 만난 기쁨이 그를 더욱 흥분하게 만든 게 분명했다. 수원가도를 따라 번대방동으로 돌아올 무렵에는 벌써 해가 넘어가고 있었다. 박진홍은 다리가 뻐근해서 더 이상 걷기도 힘들 정도였으나 필요에 따라 진짜 행상을 하며 도보로 전국을 이동해 온 이관술은 지친 기색을 보이지 않았다. 그는 노량진 전차종점 부근 동네에 돌아왔을 때 안병춘이 살고 있는 방을 손가락으로 가르쳐 주었다. 역시 감옥에서 나온 지 얼마 되지 않은 안병춘이 심한 무좀으로 고생하고 있다는 말도 해주었다. 두 사람은 다음 번 만남을 약속하고 아쉽게 헤어졌다.

5일 후, 이관술은 안병춘을 통해 국제파 권영태 조직 출신들을 만났다. 그는 이재유가 쓴 「자기 반성문」과 공덕리에서 제작한 『적기』 1, 2, 3호를 건네주고 자신들도 일정 부분 오류가 있었으나 결코 국제선과의 연대를 거부한 적은 없으며 영웅주의나 파벌주의에 빠진 적은 한시도 없었노라 강하게 토로했다. 또 앞으로 일정하게 운동자금을 제공하겠으니 함께 조선공산당 재건에 나서자고 제안하고 실제로 약간의 자금을 제공했다. 이 때문인지 반응이 나쁘지는 않았다. 양대 그룹에서 몇 사람이 정기적으로 만나 중요한 사안을 토론하고 자금을 공유하기로 합의하는 데 성공했다. 두 세력이 완전한 화합에 이른 것은 아니지만 적어도 긴밀히 교류를 하기로 함으로써 국제파와 국내파가 처음으로 연대의 첫 단추를 꿴 것이었다.

이관술은 다음번에 박진홍을 만났을 때 국제파와의 제휴 사실을 알려주고 권영태 쪽에 건넨 것과 같은 『적기』와 이재유의 문건을 건네 주었다. 절대로 집에 보관하지 말고 이동할 때는 보자기에 싸서 복부에 감고 다니도록 주의도 주었다. 박진홍은 문건들을 보자기에 싸서 복부에 감아 감춘 다음, 밤중에 김재선의 방에 찾아가 숨겼다. 이재유와 동거할 때 그랬던 것처럼 비상사태가 벌어졌을 때 바로 태울 수 있도록 부엌의 때지 않는 아궁이 안쪽 깊숙이 감추도록 했다.

이렇게 해서 이관술을 중심으로 새로운 상부 조직이 형성되었다. 공성회와 공원회, 이순금과 박진홍 외에 트로이카의 핵심이던 김순진, 안병춘, 이인행, 심계월, 이성학, 조병목 같은 이들이 합류했다. 자체적으로 비합법 문건을 제작할 형편도 아니고 해외에서 들어오는 노선도 끊어진 상태였기 때문에 주로 합법적인 책자들을 통해 학습모임도 열었다. 두세 명, 혹은 대여섯 명씩 모여 잡지 『개조』, 『중앙공론』, 『일본평론』 등을 함께 읽고 토론했다.

박진홍은 이관술과 공성회와의 단독 모임을 계속하는 한편으로 조직의 어머니 노릇을 톡톡히 해냈다. 감옥의 이재유 면회를 전담하는 한편 무좀이 심한 안병춘에게 새 운동화와 새 양말을 사주기도 하고 새로 들어오는 조직원을 면담하는 등 조직의 어머니 역할을 해냈다. 특히 석방된 동료를 마중 나가 변심하기 전에 운동가로 돌아오게 만드는 것도 그녀의 업무였다. 7월 15일 이순금이 석방되었을 때 마중 나간 이도 박진홍이었다.

"고생 많았지?"

박진홍은 다소 어색한 미소와 함께 두부를 건넸다. 이순금도 예전 같으면 도미 왔냐며 농담으로 받았을 텐데, 넙적한 얼굴에 조금 일그러진 미소를 띤 채 두부를 받아먹었다. 박진홍 뒤에 서 있던 올케 박정숙과 조카 성옥을 보고서야 소리 내어 웃으며 활짝 양손을 펼쳤다. 그러나 성옥을 안고 한참이나 흔들어대던 이순금의 손이 어느덧 박진홍의 손을 잡고 있었다. 말은 하지 않았다.

이재유가 언제 석방될 수 있을지, 살아서 나올 수 있을지 알 수도 없는 상황에서 사랑싸움은 의미가 없다는 것을 두 여자는 침묵으로 서로에게 말하고 있었다. 두 여자는 곧장 목욕탕에 가서 서로의 등을 밀어주고 비눗물로 장난을 치며 어색한 거리를 지워버리고 말았다. 그날 밤은 이순금의 방에서 한 이불 속에 누워 밤새 수다를 떨다가 새벽이 되어서야 잠들었다. 예전처럼 서로에게 팔베개를 해주거나 얼굴을 맞대고 서로의 숨결을 마시며 잠자지는 않았지만, 마치 아무 일도 없었던 것처럼, 동덕여고 청순한 시절로 돌아간 듯 다정히 잠이 들었다. 그 방에 더 이상 삼각관계로 싸우는 연적은 없었다.

19_ 여의도 사건

이순금이 석방된 이틀 후인 1937년 7월 17일 늦은 밤, 경성을 가로지르는 한강 한복판 여의도에는 열 걸음 앞도 분간하기 어려울 정도로 억센 장마 비가 쏟아지고 있었다. 특히 군용비행장으로 만들어진 영등포비행장 주변의 포플러 숲 속은 나뭇잎을 두드리는 빗소리 때문에 대화도 나눌 수 없을 정도로 시끄러웠다. 평소에는 하나뿐인 다리를 건너 놀러오는 이들이 많았지만 폭우가 쏟아지는 한밤중에 아무것도 보이지 않는 숲을 찾는 이는 없었다.

"손들어! 꼼짝 마라!"

비행장 철조망 바깥을 순찰하던 일본 경찰이 어둠 속을 걷고 있던 두 사람을 발견한 것은 밤 11시경이었다. 작달만한 키의 남자와 그보다도 더 작고 통통한 여자였다. 경찰은 두 사람을 곧장 경비초소로 연행했다. 전등 빛 아래 찬비에 젖어 퍼렇게 언 두 사람의 얼굴이 나타났다. 생김새로 보아 오누이라고는 여겨지지 않는, 그러나 누구보다도 친한 오누이 이순금과 이관술이었다. 이순금이 석방되자마자 박진홍이 중간 연락을 하여 만나게 해준 것이었다.

경찰들이 우비를 벗고 총을 정리하느라 잠시 한눈을 파는 사이, 긴 의자에 앉은 이관술은 맞은편에 앉혀진 이순금을 바라보았다. 몇 해만에 처음으로 환한 불빛 아래 바라보는 동생의 얼굴이었다. 낭패감에 빠져 있었으나 겁먹은 표정은 아니었다.

여의도 비행장 포플러 숲으로, 그것도 밤늦은 시간에 약속을 정한 것이 실수였다. 영등포에 하숙을 하고 있던 이관술은 포플러 공원이 야간이면 사람이 없으리라는 생각만 했을 뿐, 군사비행장이 있어 감시가 삼엄하다는 생각은 미처 못 했던 것이다. 더군다나 이렇게 비가 오면 평소에 여의도와 영등포를 도보로 이어주는 모래밭이 물에 잠겨 버리기 때문에 경찰이 지키고 있는 다리 한 곳만 쓸 수 있었다. 지금 검문에 걸리지 않았더라도 다음 날 물이 빠질 때까지는 숲에 갇혀 있을 뻔 했다. 어둠과 함께 폭우가 쏟아질 때부터 그 생각이 들기는 했으나 약속을 취소할 방법이 없는데다가 일방적으로 자기가 나오지 않으면 혼자 약속 장소에 간 이순금이 무슨 해를 입을지 몰라 위험을 무릅쓰고 나왔는데 결국 둘 다 잡히고 만 것이다. 경찰은 단순히 열애에 빠져 귀가를 잊은 연인으로 생각한 듯 수갑도 채우지 않았고 출입문도 열어 놓은 상태지만, 두 사람의 신원을 확인하게 되면 상황이 전혀 달라질 것이 분명했다. 어떻게든 당장 이곳을 탈출해야만 했다.

이관술은 안타깝게 바라보는 동생의 시선을 이끌어 눈짓만으로 바깥 어둠을 가리켜 보였다. 어렸을 때 고향집에서 잘 써먹던 시선 유도 방식이었다. 잔꾀가 많은 이관술은 다소 둔하고 고지식한 여동생을 재미있게 해주는 데 열성이었다. 이관술의 의사를 눈치 챈 이순금은 그러나 얼굴을 찡그려 보이며 자기 무릎을 손으로 두드려 보였다. 바로 이틀 전에 감옥에서 나왔기 때문에 뛸 수가 없다는 시늉이었다. 더 이상 의사를 교환할 필요도 없었다. 어렸을 때 장난기 넘치는 오빠로 돌아간 듯 한쪽 눈을 깜빡해 보인 순간, 용수철처럼 의자에서 튕겨 일어나 어둠 속으로 내달았다.

"뭐냐? 잡아라!"

경찰들이 황망히 따라 나가려는데 이순금이 펄쩍 출입문을 향해 몸을 날렸다. 달아나기 위함이 아니었다. 그녀는 재빨리 출입문을 닫아 버리고 작지만 다부진 몸통으로 단단히 막아섰다. 경찰들이 잡아떼려 했으나 어찌나 힘이 억센지 꼼짝도 하지 않았다. 총대로 옆구리를 몇 대나 맞고 바닥에 나동그라져서도 나가려는 경찰의 바지 가랑이를 붙들고 늘어져 놓아주지 않았다.

아귀처럼 악착스럽게 매달리는 이순금을 제친 경찰이 달려나갔을 때 이관술은 이미 칠흑 같은 어둠 속으로 사라지고 없었다. 마치 하늘에서 먹물이 폭포처럼 쏟아지는 듯, 불빛이라고는 전혀 볼 수 없는 어둠이 그를 삼켜 버렸다. 낭패를 당하고 들어온 경찰은 무작정 이순금을 걷어차고 때리기 시작했다. 우악스런 몰매 속에서도 그녀는 비명 한 마디 지르지 않고 끙끙 소리만 내며 매를 감수했다.

이관술은 불어나는 강물 앞에서 달음박질을 멈추었다. 평소에 거의 물이 흐르지 않은 채 풀과 모래로 덮여있던 습지는 누런 황톳물에 빠르게 잠겨들고 있었다. 영등포 쪽으로부터 비쳐 온 희미한 불빛을 삼킨 채 거칠게 흐르는 물결이 그를 위협했다. 지금 강을 건너는 것은 너무나 위험했다. 그렇다고 하나뿐인 다리로 건너는 것은 더욱 불가능했다. 일분 일분이 갈수록 강물은 더 불어날 것이었다.

생각할 여유도 없었다. 이관술은 양복바지와 상의를 벗어 풀밭에 던져 놓고 속옷 바람으로 물 속에 들어갔다. 물에 빠져 죽은 것으로 가장하기 위함이었다. 힘껏 심호흡을 한 후 물 속으로 걸어들어 갔다. 아직 물에 잠기지 않은 모래밭이나 얕은 곳을 찾아 한 걸음씩 전진했다. 거칠게 흐르는 물에서는 무릎만 빠져도 쓰러져 헤어나기 힘들었다. 바닥이 고르지 않았기 때문에 여차하면 깊은 물 속으로 미끄러져 살아 나오지 못할 것이었다. 어둠 속에 먼저 한 발을 내밀어 깊이를 재어 보면서 한 발 한 발 내딛기를 계속한 지 얼마 만인가. 온몸이 파랗게 언 채 한강을 빠져 나올 수 있었다.

알몸으로 하숙집까지 가는 것도 문제였다. 뒷골목을 따라 이리저리 숨어 가며 겨우 하숙집에 찾아 들어갈 수 있었다. 한밤이라 모두 잠들어 있는 것이 다행이었다. 알몸으로 방에 뛰어 들어가 황급히 옷을 챙겨 입고 영등포역으로 나갔다. 대전으로 가는 기차가 막 도착하고 있었다. 무작정 열차에 올랐다.

한편, 온 몸에 멍이 든 채 단단히 포박된 이순금은 경기도 경찰부로 연행되었다. 그녀의 얼굴을 모르는 형사는 없었고, 여의도에서 이관술을 만났으며 박진홍이 연락해 주었다는 사실까지 줄줄이 드러나 버렸다. 여의도 포플러 숲의 사건을 전혀 모르는 채 잠들어 있던 박진홍도 연행되어 가혹한 취조를 당했다. 이 일을 두고 어용 신문들은 이재유의 두 연적이 유치장에서 재회했다느니 연적이자 동지라느니 하며 비아냥댔지만, 두 사람은 그런 말에는 전혀 관심이 없이 오로지 이관술이 멀리 달아나기만을 기원했다.

이관술이 대전으로 달아나 버리고 박진홍과 이순금까지 구속됨으로써 그들이 제의했던 권영태 그룹과의 연대는 자연히 무산되었다. 이로써 십여 년간 계속되었던 국제파와 국내파의 경쟁은 일단 국제파의 승리로 끝난 것처럼 보였다. 실질적인 대중적 기반 위에 기념적인 연대파업을 성공시키고 다양한 팸플릿 작업으로 경성 지역 노동운동을 이끌었던 이재유 조직은 함경도의 이주하 조직과 더불어 일제시대를 통틀어 가장 활기차고 풍부한 운동 내용을 가지고 있었음에도, 코민테른의 지시에 따라 움직이던 국제파들이 찍어 놓은 파벌주의자라는 낙인을 지우지 못하게 된 것이다.

그러나 이재유에게 파벌주의의 낙인을 찍었던 코민테른은 몇 해 지나지 않아 각국의 운동은 각자 국내의 운동가들이 주도해야 한다는 결론을 내리고 스스로 해산을 결의하고 말았다. 코민테른의 지시 아래 움직이며 이재유를 배척하고 비판했던 권영태 그룹의 인물들 역시 운동의 선상에서 소리없이 사라져 버렸다. 해방 후 재건된 조선공산당의 명단에는 이 당시 국제파를 자처하며 이재유를 비난했던 이들의 이름은 거의 아무도 등장하지 않았다. 조직의 지도자였던 권영태를 비롯한 그 누구도 일제 말기 가혹한 시련의 고개를 넘지 못한 것이었다.

20_ 결혼작전

여의도 사건으로 잡혀 갔던 박진홍은 두 달간 조사를 받았으나 증거불충분으로 석방될 수 있었다. 그녀는 다음 날 바로 공원회를 찾아가 활동 재개를 상의했다.

공원회는 여전히 중일 전쟁이 날로 확대되고 있는 전시 상황에서 무모한 선동은 조직에 피해만 가져온다면서 장기적인 조직보존을 위해 자금 마련이 가장 시급하다고 말했다. 돈이 궁한 것은 사실이었다. 경찰의 감시 때문에 어떤 직장에도 취직할 수 없는 박진홍에게 돈이 들어올 곳이라곤 없었다. 사람을 만나려 해도 전차비도 없고 길거리에서 호떡 하나 사 먹을 수도 없었다.

이번에도 이순금에 의존하는 수밖에 없었다. 여의도에서 오빠를 달아나게 해준 대가로 호된 곤욕을 치른 그녀는 아무 일도 없었던 것처럼 당당히 옥문을 나와 새로운 활동을 모색하고 있었는데, 바로 결혼 사업이었다. 이순금의 아버지는 딸이 사상운동을 그만두고 결혼만 하면 이천 원의 지참금을 주겠노라 약속한 것이다. 이순금은 시내 한복판 이화동에 시세로 이천 원이 넘는 좋은 기와집에 살고 있었는데 결혼하면 이를 팔아 현금으로 주겠다는 제안이었다.

남산 기슭 조선인 거주지에는 쓸만한 기와집 한 채가 오륙백 원이었다. 이천 원이면 거기에 집을 사서 신혼살림을 꾸리고도 큰 돈이 남았다. 대개의 사상 운동가들과 달리 특출나게 영리하지는 못한 대신 감정이 풍부하고 사심이라곤 없는 이순금은 그 돈을 전부 운동자금으로 쓰려고 결심하고 결혼 상대를 물색하고 있었다.

막대한 활동비가 걸린 결혼 작전의 중매쟁이는 박진홍이었다. 이순금의 결혼은 그녀에게 자금 확보 이외에도 또 다른 의미가 있었다. 한 사람이 결혼해 버림으로써 이재유와의 삼각관계에 대한 세간의 의심과 비웃음도 잠잠해질 거라는 속셈이었다. 박진홍은 본인보다도 더 결혼을 서둘렀다.

마침 공원회도 마땅한 결혼 상태를 찾고 있었는데 지난 여름에 김재선을 소개시켜 주었다가 거절당한 일이 있었다. 이번에는 이순금에게 소개해 주었다. 공원회는 감옥에서 자신이 주동한 옥중투쟁을 자랑도 하고 중국혁명사와 조선사상운동사 등에 해박한 지식을 보여주기도 했다. 하지만 이순금의 마음을 사로잡지는 못했다. 김재선에 이어 이순금도 공원회는 인간적으로 신뢰가 가지 않는다며 싫다고 했다. 거듭된 실연에 실망한 공원회는 고향 통영에서 배우자를 구하겠다며 낙향해 버리고 말았다.

이순금의 두 번째 중매 상대는 김순진이었다. 박진홍이 조직 전체를 관리하는 데 비해 이순금은 하부 구성원이었기 때문에 김순진을 만난 적이 없었다. 김순진은 서울에서 태어나 보통학교를 나온 후 아버지가 죽어 일찍부터 공장 노동자 생활을 하면서 트로이카 조직에 흡수된 전형적인 노동자 출신 운동가였다. 두 번의 감옥살이 끝에 박진홍과 함께 지난 오월에 출소한 후 곧장 경성부 측량인부로 들어가 일하면서 현장 소조직을 조직하고 있었다. 키도 크고 얼굴도 잘생긴 편인 데다 이론적이라기보다 실천적인 인물이어서 여자의 신뢰를 얻을 만했다.

박진홍의 기대는 맞아 떨어졌다. 9월 12일 경성의대 뒷산에서 처음 만나 이화동까지 걸어가면서 첫 상견례를 한 이순금과 김순진은 다음에는 경성상고 뒷문에서 만나 몇 시간이나 산책을 했다. 굳이 설득을 할 필요도 없게 되었다. 이순금은 그를 무척 마음에 들어 했다. 두 달 간의 신중한 탐색 끝에 11월 3일 청량리 역 동쪽의 권농동 육교 아래서 만난 김순진은 정식으로 청혼을 했고, 이순금은 기꺼이 응했다. 두 사람은 곧장 언양으로 내려가 이순금의 부모를 만나 결혼 즉시 지참금 이천 원을 주겠다는 약속까지 받아내는 데 성공했다. 결혼식은 11월 20일 경성에서 치르기로 결정이 났다. 수배 중이 아닌 모든 트로이카 출신 운동가는 이유를 불문하고 결혼식에 참석하라는 내부 결정까지 내려졌다.

하지만 경찰은 두 사람의 결혼만큼 빠르게 압박해 들어왔다. 11월 7일에는 이순금이 연행되어 조사를 받고 김순진은 가택 수사를 당했다. 박진홍에게도 누차 형사가 찾아와 조서를 받아갔다. 결혼 준비 때문에 서로 만나는 것뿐이라고 주장했으나 경찰은 믿지 않았다. 경찰은 결혼식을 빙자해 무언가 추진되고 있다고 믿었다.

실제로도 박진홍이 결혼 준비만 하고 있던 건 아니었다. 활동 자금보다 더 중요한 것은 그 돈을 올바르게 쓸 조직이었다. 이관술이 도피한 이후 사실상 지도자가 된 그녀는 주기적으로 삼청공원 등지에서 공원회와 회합을 갖고 정세분석과 조직 확대를 논의하는 한편 국제파와의 제휴가 무산된 뒤에도 조직에 남은 몇 사람에게 이를 전하는 임무를 계속하고 있었다. 이에 따라 조직원도 점점 늘어나는 중이었다.

새로운 조직원 중에는 초영이란 예명으로 불리는 남남덕이란 기생이 있었다. 경상도 창령군 출신인 초영은 미모가 뛰어난데다가 아는 것 많고 노래도 잘하는 개화된 여성이었다. 무엇보다도 봉건여성들이 꿈꾸지 못할 용기를 가진 여자였다. 고향에서 보통학교를 졸업한 후 열일곱 살에 혈혈단신 일본 동경으로 건너가 상업학교에 입학했으나 학비가 없어 이 년 만에 귀향한 전력도 있었다. 고향에 돌아와서 집안의 강요로 결혼한 그녀는 곧 이혼을 해버리고 전라도로 넘어가 군산 남자와 결혼해 아들을 낳았다. 그러나 역시 가부장적인 억압을 참지 못하고 이혼한 후 중국 청도로 건너가 대륙을 유람하고 돌아와 경기도 평택 역전의 조일까페에서 초영이라는 이름으로 유명해졌다. 방랑의 와중에서 사회주의를 접하고 깊이 공명하게 된 그녀는 여러 사람을 통해 경성지역 사회주의 운동의 대모로 알려진 박진홍을 알게 되었고 몇 차례 편지를 주고받은 후 지난 팔월 까페를 그만두고 올라가 조직에 합류했다.

이재유와 일본에서 함께 활동한 적이 있는 인정식도 다시 조직원이 되었다. 평안남도의 대지주집에서 태어나 일본 법정대학을 다니며 사회주의자가 된 인정식은 여운형이 운영하는 조선중앙일보 논설위원 등을 거치면서 농업문제의 일인자가 된 사람이었다. 그는 일제 하 조선사회는 제국주의와 봉건적 생산양식이 결합된 식민지 반봉건 사회라 규정하고 민족해방의 핵심은 반봉건적 생산관계의 온상인 농업부문에 있다고 주장했다. 공업노동자를 중심으로 한 러시아식 혁명이 아닌, 중국식 혁명을 주장한 것으로, 그의 몇몇 저작들은 국내외 사회주의자들에게 상당한 영향을 미치고 있었다. 그의 합류는 큰 소득이라 할 수 있었다.

다만 박진홍은 인정식을 그다지 신뢰하지 않았다. 인정식은 조직문제나 활동에는 별 관심이 없는 것처럼 보였다. 그는 자신의 농업이론을 설명하겠다며 박진홍에게 둘만의 회합을 갖자고 요구했으면서도 막상 만나면 농민운동에 대해서보다 박진홍 개인에 더 관심을 보였다. 박진홍에게 여류작가가 되어 조선의 무산계급을 각성시키는 게 어떠냐고 권유하기도 하고, 자신의 애정을 넌지시 내어 보이기도 했다. 박진홍은 그가 진지하게 사회주의운동을 할 사람이 아니라고 느꼈다. 그녀는 민족의 운명이 바람 앞의 촛불처럼 위태로운데 한가하게 글이나 쓰고 있을 수는 없다며 차갑게 대했다.

박진홍은 인정식의 태도가 불순해 만나고 싶지 않다고 하자 공원회는 그래도 그가 조선 농업문제의 최고 권위자이니 선을 놓지 말고 좋은 말로 교정시키는 게 좋겠다고 충고했다. 박진홍은 그를 운동가라기보다는 자유주의적인 지식인이라고 규정하고 일정한 거리를 둔 채 정기적인 만남을 지속하기로 했다.

거듭되는 연행과 조사의 위협 속에서도 은밀하지만 성공적으로 추진되던 계획들이 결정적으로 위협을 받게 된 것은 삼청동 공원에서의 우연한 한 만남 때문이었다. 일제는 무수한 첩자들을 사회주의자로 가장해 운동권에 집어넣고 있었는데, 그보다 더 효과적인 것은 기존의 운동가를 자신들의 밀정으로 고용하는 일이었다. 그들은 전향서를 쓴 사람에게 미전향 동료를 감시해 보고하는 밀정 노릇을 강요했다. 이제는 십 년을 함께 일한 사람도 믿을 수 없는 실정이었다.

시월 중순 삼청동 공원에서 매일 아침 일곱 시에 산책을 가장해 비밀 회합을 갖던 박진홍과 공원회는 우연히 양 모라는 인물과 마주치게 되었다. 양은 오래 전에 박진홍도 관련되었던 반제동맹 사건으로 감옥에 갔다가 전향한 후 일제 밀정 노릇을 하고 있는 인물로 알려져 있었다.

당황한 공원회는 박진홍을 자신의 아내라고 인사시키고 황급히 그 자리를 벗어났으나 이미 늦어 있었다. 경성에서 운동을 하는 사람치고 박진홍을 모르는 이는 없었다. 예상대로, 다음 날 박진홍에게 형사가 찾아와 동향을 살피고 갔다. 신변의 위협을 느낀 그녀는 어디든 안전한 아지트를 얻어 피신하고 싶었으나 움직일 여비조차 없었다. 어떻게든 이순금과 김순진의 결혼식을 끝내야 했다. 지참금만 확보되면 시내 여러 곳에 아지트를 만들어 지하로 잠복할 수 있을 것이었다. 그러면 더 이상 집에 드나들며 불안에 떨지 않아도 되고, 다른 조직원들을 위험에 빠뜨리지 않아도 된다는 생각이 박진홍을 설레게 했다.

그러나 결혼작전은 맥없이 깨지고 말았다. 결혼식을 불과 이틀 앞둔 11월 18일, 경찰은 박진홍과 이순금을 비롯해 자신들이 파악한 조직원 십여 명을 일시에 연행해 버렸다. 김순진과 공원회는 물론 안병춘, 김재선, 이성학, 남남덕, 조병목 모두 구속되었다. 참고인과 증인까지 포함하면 수십 명이 경찰서에 끌려가 곤욕을 치러야 했다. 이관술로부터 전달받은 『적기』와 이재유의 문건들이 발견되면서 이번에는 풀려날 길이 없었다. 정식으로 구속된 박진홍은 이듬해 징역 일 년을 선고받았다.

21_ 마지막 공판

　박진홍이 동료들과 함께 재판을 받을 무렵, 같은 경성지방법원에서는 이재유에 대한 공개 재판이 한창 진행되고 있었다. 긴 예심을 거친 후 형량을 결정하는 마지막 공판은 1938년 6월 24일 오전 10시, 초여름 찜통 더위 속에 경성지방법원 공개법정에서 열렸다. 피고인석에는 공덕리 시절에 조직한 여섯 명의 공범들이 나란히 앉아 있는 가운데 재판석에는 세 명의 일본인 판사들이 앉아 그들을 심문했다.
　"피고인 이재유, 가족 사항에 대해 말하라."
　"모친은 어렸을 때 돌아가시고 부친은 열아홉 살에 돌아가셨습니다. 현재는 본적지에 조부모와 계모가 있습니다."
　"재산은 얼마나 있는가?"
　"아무것도 없습니다."

"가족의 생활 상태는?"

"전연 알지 못합니다."

이재유는 검사의 취조와 예심을 거치면서 일방적이고도 편파적인 재판과정에 불만을 품고 있었다. 그는 재판장의 질문에 무성의한 답변으로 시작했다. 자신의 사상에 관한 내용이 아닌 한 어떤 질문에도 성실하게 대답할 생각이 없는 듯 보였다. 방청석에는 신문기자와 구속자의 가족들이 와 있었으나 그의 가족은 아무도 없었다.

"학력은?"

"송도고등보통학교 4학년에 편입했다가 과학연구회를 조직하였기 때문에 퇴학당했습니다."

"같은 해 고학을 목적으로 내지에 도항해 동경부내 사립 일본대학 전문부에 입학하였으나 학비가 없어 3개월 만에 자퇴했는가?"

이재유는 여기서 갑자기 지금까지 수사받은 내용을 뒤집었다.

"일본대학에 입학한 일이 없습니다."

"예심종결 결정서에도 그렇게 써 있고 시종 그렇게 진술했는데?"

"그렇게 써 있지만 일본대학에 입학한 일이 없습니다."

"동경에 가서는 무엇을 하고 있었는가?"

"노동을 했습니다."

"학교에 다닌 적은 없는가?"

"없습니다."

"야학에도 다니지 않았는가?"

"다니지 않았습니다."

이재유의 대답은 무성의하고 간단했다. 명백한 거짓말이었다. 재판장은 곧 혹스런 표정이 되었으나 중요한 문제는 아니라 판단한 듯 다음으로 넘어갔다.

"동경에 있는 사이에 사회주의 강연을 들었다고 하는데 그러한가?"

"합법적인 노동조합에 와서 하는 강연이기 때문에 일 년에 수십 차례 들었습니다."

재판장은 이 대답에는 의외라는 듯 힐끔 그의 얼굴을 바라보고 이에 관련된 사실들을 하나씩 캐물었다. 이재유는 노동조합 내의 활동에 대해서는 순순히 인정했다. 마치 자신이 인텔리 출신이 아니라 순수한 노동자로서 노동조합 간부로 일했다는 점만을 강조하고 싶어하는 것처럼 보였다. 한동안 쉽게 넘어가던 심문은 경성트로이카로 넘어오면서 다시 막혔다.

"피고인은 이와 자신의 운동방식을 트로이카식이라고 불렀는가?"

재판장의 질문에 이재유는 천연덕스럽게 답했다.

"그러한 일은 없습니다. 그러한 운동을 하는 공산주의자는 없습니다."

참고인 석에는 이재유를 직접 고문했던 경기도 경찰부 사찰계 주임이 앉아 그를 노려보고 있었다. 마치 일부러 그를 향해 말하는 듯했다. 배석한 다른 판사가 보자기 한 장으로 싸기에는 너무 두꺼운, 오천 쪽이 넘는 사건기록부를 뒤지기 시작했다. 판사는 곧 관련 부분을 찾아냈고 재판장에게 보여주었다. 재판장은 판사가 지목한 부분을 읽어 내려갔다.

"여기 사건기록 제4334쪽 안 3행에 보면 이렇게 써 있는데……. 지도자도 피지도자도 없이 자유의사에 의하여 동지를 획득하자고 말하다. 러시아말로 3두위의 마차를 뜻하는 말로 구성원 모두 힘을 같이 한다는 의미이다. 또한 제4336쪽에 보면 연건정 경성대학 의학부 회춘원에서 이현상과 회합하여 조선의 독립과 적화를 위하여 트로이카식으로 동지획득을 하자고 말한 바 이현상이 이를 승낙했다. 또 같은 페이지 마지막 행을 보면, 트로이카라는 이름은 1934년 9월 피의자 이재유가 처음으로 붙였고 이후 경찰의 추적이 심해지자 경성재건그룹으로 이름을 바꾸었다라고 되어 있는데, 사실인가?"

이재유는 그제야 경성트로이카의 존재를 인정했다.

"그렇게 말했습니다."

여전히 별로 대수롭지 않다는 표정이었다. 마치 재판장을 골탕 먹이려는 것처럼 보였다. 재판장은 이마에 흐르는 땀을 닦고 초창기 경성트로이카 활동에 대한 심문으로 넘어갔다.

"소화 8년 2월 경 연건정 35번지 김용식의 방에서 김삼룡과 만났다는데 그러한가?"

"그렇습니다."

"김삼룡과는 서대문형무소 복역 중 알게 되었는가?"

"이름은 전부터 듣고 있었지만 만난 것은 그때가 처음입니다."

"김삼룡과는 몇 번 만났는가?"

"그 날 한 번뿐입니다."

이재유는 또다시 중요한 대목에서 천연덕스럽게 거짓말을 했다. 참고인석의 사찰계 주임은 금방이라도 벌떡 일어날 듯 그를 쏘아보고 있었으나 못 본 척했다. 배석판사가 다시 사건기록을 뒤져 관련 부분을 보여 주어야 했다. 재판장의 언성이 높아졌다.

"이렇게 여러 번 김삼룡과 접촉했다고 예심판사에게 말했는데 어떠한가?"

재판장의 표정에 독이 오르기 시작했으나 이재유는 느긋했다.

"최초에는 그런 일 없다고 부인했는데 예심판사가 큰 사건이 아니므로 아무렇게나 써도 좋지 않은가 해서 맘대로 쓰라고 한 것에 지나지 않습니다."

김삼룡과의 관련을 완강히 부인한 이재유는 다른 공범들, 이성출, 안병춘, 변홍대, 이순금, 정태식과의 회합에 대해서는 순순히 인정했다. 그런데 이현상의 이름이 나오자 다시 표정이 굳어졌다.

"이현상과는 어떻게 알게 되었는가?"

"과거에 같은 형을 받았기 때문에 이름은 알고 있었지만 분리하여 재판을 받았기 때문에 얼굴은 알지 못합니다."

재판장의 눈빛에 냉기가 감돌았다. 이 부분에 대해서는 재판장은 사건 기록 자체를 외우고 있었다.

"또 거짓말을 하는가? 경찰조서와 예심에서 이현상으로부터 50원의 활동비를 제공받았다고 거듭해서 진술했는데 얼굴조차 모른단 말인가?"

"모릅니다. 예심판사가 대수로운 일은 아니지 않은가라고 하기에 인정했을 뿐입니다."

이현상은 경성트로이카의 가장 중요한 인물인 만큼 사건기록에 세 장에 걸쳐 등장하고 있었다. 하지만 재판장이 이 부분을 지루하도록 읽어 주었음에도 이재유는 여전히 얼굴도 모르는 인물이라며 잡아뗐다. 그는 이미 석방되었거나 전향의사를 밝혀 그다지 중요하지 않은 인물들에 대해서는 적당히 진술을 했으나 보호가 필요한 인물들에 대해서는 철저히 함구하려 들었다.

또한 박진홍과의 연애 문제에 대해서도 철저한 부인으로 일관했다.

"동년 8월 상순경 동소문 밖의 베비 골프장 부근에서 박진홍과 만나 아지트 키퍼를 안내하여 달라고 의뢰하였는가?"

"그렇습니다. 그 결과 박진홍이 아지트 키퍼가 되었습니다."

"그래서 경성부내 석산동 349번지의 1호의 방을 빌려 부부라고 칭하여 동거하였는가?"

"그렇습니다. 그곳에서 이듬해 1월 10일경까지 있었습니다."

"박진홍과 정교 관계가 있었는가?"

"없었습니다."

방청객들 사이에서 약간의 술렁임이 일었다. 신문지상에도 여러 차례 보도가 되었던, 박진홍과 이재유의 관계, 그들 사이에서 태어난 이철한에 대해 공식적으로 부인하는 순간이었다.

"사실인가?"

"사실입니다."

방청인들과 마찬가지로 재판장은 전혀 그의 말을 믿지 않는 눈치였으나 예심 과정에서도 철저히 부정으로 일관했기 때문에 재판관은 그의 거짓말을 입증할 자료를 들이댈 수가 없었다. 두 사람의 활동에 대해서만 질문을 하는 수밖에 없었다. 이재유는 박진홍과의 활동 부분에 대해서는 순순히 인정했다. 이 년 가까이 함께 생활한 이관술에 관한 부분은 숨길래야 숨길 수도 없어 사실대로 진술했다. 그러나 이종희에 대한 질문으로 넘어가자 다시 부정을 시작했다.

"소화 9년 11월 하순 경 하왕십리정 917번지의 이종희 방에서 동인(同人)에 대하여 공산주의 운동을 위하여 공장 내에서 동지 획득에 매진할 것을 권해 승낙을 받았는가?"

이종희와 유순희가 하왕십리 같은 방에 살면서 활동할 때였다. 이관술이

21_ 마지막 공판 275

얻어 준 그 방에서 무수히 회합을 가졌던 일을 잊을 리가 없었다. 그러나 이재유는 지금까지 어떤 조서에서도 이효정의 존재에 대해 자술하지 않은 것과 마찬가지로, 박진홍의 가장 친한 친구의 한 사람인 이종희에 대해서도 말하려 하지 않았다. 이종희가 북경으로 건너가 활동하였으므로 국제선과의 연계문제로 번질까봐 걱정되기도 했지만, 그보다는 이종희와 함께 살다가 함경도로 달아난 유순희를 보호하기 위한 것이었다. 유순희 개인을 보호하기 위함이 아니라, 그녀와 연계된 이주하 때문이었다. 김삼룡, 이현상, 이주하, 이 세 사람에 관한 한 이재유는 지금까지의 모든 진술을 뒤집어 버리고 철저히 거짓말로 일관했다. 그들을 지켜주는 것이 조선의 공산주의운동을 지키는 것이라는 확신이라도 가진 듯했다.

"그러한 일은 없습니다. 이종희와는 그 이전 공장에 파업을 일으킬 때 알았을 뿐입니다."

재판장은 눈살을 찌푸리며 그를 쏘아보았다.

"피고인은 이 사실을 예심 이래 철두철미 부인하고 있는데 무엇인가 부인하지 않으면 안 되는 특별한 이유라도 있는가?"

"별로 이유는 없습니다."

"지난번 공판에서는 예심판사로부터 대수로운 일이 아니므로 아무렇게나 쓰도록 내버려 두었다고 했는데, 오늘의 대답과 모순되지 않는가?"

마침내 재판장이 참을 수 없다는 듯 언성을 높였다. 그러나 이재유는 여전히 빈정거리듯했다.

"별로 이유도 없고, 전술한 그대로입니다."

다른 재판관이 참지 못하고 손으로 재판석을 두드리며 고함을 질렀다.

"피고! 성실하게 답변할 수 없는가?"

이재유는 그제야 고개를 똑바로 들어 그들을 쏘아보며 말했다.

"재판부도 성실하게 법률을 지켜야 합니다. 형사소송법 제339조에 의하면 피고인을 위협하고 피고인의 공술을 불리하게 할 자를 방청시키면 안 된다고 했습니다. 그런데 이 재판정에는 본인을 취조 고문한 주임경관이 매번 특별석에 착석해 있습니다. 본인은 형사소송법 339조에 따라 고문경찰의 퇴정을 청원합니다."

방청석이 술렁였다. 재판장들은 잠시 자기들끼리 낮게 이야기를 나누더니 곧 결정을 내렸다.

"본 재판부는 피고인 이재유가 심문에 불성실하고 재판을 선전의 기회로 삼으려 함이 확실하므로 이를 제지하기 위해 담당 경찰을 입회시키도록 허락한다. 피고는 공공연히 소송을 지연시키기 위해 술수를 쓰지 말고 성실하게 재판에 임하도록 명한다."

이재유는 거듭 법률 근거를 들이댔으나 재판부는 이를 무시했다. 사실 이재유는 취조 경관의 입회에 거의 영향을 받지 않고 노골적인 거짓 진술을 하거나 자기 의지를 밝혔다. 그는 마지막으로 자신의 종국적인 목적은 조선을 독립시키고 조선에 공산제 사회를 실현시키는 것이라 선언하면서 진술을 마쳤다.

하지만 뒤따라 등장한 공범들의 진술은 이재유의 그것과 전혀 달랐다. 공덕리 시절 마지막 트로이카의 핵심이던 변우식은 사상운동에서 몸을 뺄 결심을 하고 시골에 내려갔다고 진술했고, 최호극은 자신이 일본제국의 국체를 오해하고 있음을 깨달아 공산주의를 버리고 전향했다고 진술했다.

"전향하였다고 하는 것을 전의 동지 앞에서도 서약하였는가?"

재판장의 물음에 최호극은 술렁이는 방청객을 등진 채 크지 않은 음성으로 대답했다.

"서약했습니다."

"일본의 국체를 오해하고 있었다는 것은 무슨 내용인가?"

"만세일계의 천황을 받들고 있는 것, 비상하게 훌륭한 가족제도를 가지고 있고 선조를 숭배하고 신을 경배하는 좋은 습관이 있는 일본에서 혁명은 불가능하다는 내용입니다."

핵심 활동가로 지목되었던 양성기 역시 최호극의 진술에 호응하듯 일본제국은 만세일계의 천황이 군림하는 훌륭한 사회조직으로 공산제 사회의 실현은 불가능하다고 말했다. 민태복도 공산주의 사상에 구미가 없으며 금후에는 일체 관계하지 않겠다고 맹세했다.

이재유는 이 날 공판 도중에 그들 누구와도 인사를 나누지 않았다. 다른 이들 역시 이재유와 눈조차 부딪치지 않으려 애썼다.

열흘 후인 7월 5일의 공판은 지난 공판 때 시간이 부족해 하지 못한 서구원에 대한 심문으로 시작되었다. 서구원은 자신은 이재유의 앞잡이가 되어 그의 명령대로 움직인 데 지나지 않으며 출소한다면 향리에 돌아가 가족과 국가를 위해 일하겠다고 말했다.

서구원의 비굴한 진술을 끝으로 공범들에 대한 심문이 모두 끝나고, 최후진술이 시작되었다. 서구원과 양성기는 할 말이 없다고 입을 다물었고 최호극과 민태복은 관대한 처분을 바란다고 했다. 다른 이들도 마찬가지였다.

오래 전부터 최후진술을 준비해온 이는 이재유뿐이었다. 그러나 검사는 그에게 방청객을 향해 말할 기회를 주지 않았다.

"재판장님. 피고 이재유는 국가의 안녕과 질서를 해칠 언동을 할 우려가 있으므로 일반인의 방청을 금지해 주시기를 청합니다."

세 재판관은 잠시 회의를 한 다음 검사의 긴급 건의를 받아들였다. 재판장은 이재유의 최후진술을 비공개로 진행하게 되었다며 모든 방청인을 나가도록 지시했다. 이재유는 이에 항의했지만 방청객을 내보내지 않으면 진술 자체를 못하게 하겠다는 재판장의 말에 응하지 않을 수 없었다. 사람들이 술렁대며 나간 후, 이재유는 자신이 공산주의를 신봉하게 된 과정부터 설명하려 했다.

"현재의 사회제도는 모순이 너무나 많아 한편으로는 공산주의 사상을 탄압하지만 다른 한편으로는 그 사상이 번지도록 조장하고 있습니다. 처음에 조선인에 대한 차별대우를 개선하기 위해 노동조합에서 일하던 나는 복역 중 형무소에서 확실한 공산주의 사상을 파악하기에 이르렀고……."

"피고! 진술을 중단하라!"

재판장이 나무망치를 두드렸다. 그의 손수건은 이미 땀으로 흥건히 젖어 있었다.

"이 자리는 피고의 사상을 논하는 자리가 아니다. 범죄 사실에 대해서만 간략히 진술하라."

언제든지 끌어내기 위해 몰려든 법정 정리들에 둘러싸인 이재유는 그래도 말을 멈추지 않았다.

"나는 확신합니다. 우리들 공산주의자가 항상 주장하고 있는 것과 같이 가까운 장래에 반드시 일본제국도 노동자의 최저임금을 법률로써 정하게 될 것입니다. 또한 일지사변(일본은 자신이 일으킨 '중일전쟁'을 '일지사변'으로 축소해 불렀다. 이를 위해 선전포고도 하지 않았다.)으로 일본농민은 거의 전부 소집되었기 때문에 농촌에는 대혼란이 찾아올 것입니다. 사변으로 인해 일본제국은 모든 산업부분을 통제하고 대사업은 국가를 위한 것이 되어 점차 공산제 사회로 진전되고 있습니다. 머지않은 장래에 토지도 국유로 될 것이며, 또 그렇게 되는 것이 자연스러운 일입니다. 전 국민에 대한 의료보험제 실시와 연금제도의 실시가 이뤄질 것이며 일일 8시간, 주당 40시간 노동의 꿈이 실현될 것입니다. 이것은 노동자의 꿈일 뿐 아니라 모든 사람의 꿈이기 때문입니다."

재판장이 다시 진술을 제지했다.

"피고는 자신의 범죄 사실에 대해서만 진술하라! 공산주의 활동을 했는가, 안 했는가?"

정리들에게 양팔을 잡힌 이재유는 재판장의 질문에 답하지 않을 수 없었다.

"나 개인은 공산주의자이고, 공산주의 활동을 했습니다. 그러나 내가 출옥 후 수백 명의 사람들과 회합한 것은 물론 공산주의를 위한 것이라 하여도 피고인 변우식, 서구원, 최호극 등은 누구도 공산주의자라고 칭할 만한 의식수준에 달하지 않았기 때문에 그들과 함께 공산주의 운동을 한 것은 아닙니다. 진정한 공산주의자는 운동을 위하여 생명을 버릴 각오가 되어 있어야 하고 또 그런 자가 진정한 공산주의자입니다. 따라서 결과적으로 나는 공산주의 활동을 한 것이 아닙니다."

"진술을 중지하라! 피고는 지금 재판부를 농락하는 건가? 법정 모독이다!"

갈수록 심해지는 찜통 더위가 마침내 재판장의 인내력을 한계에 도달하게 하였다. 재판장에게 조선 최고의 악질적인 공산주의자의 뻔한 거짓말과 궤변을 들어줄 인내심은 조금도 남아 있지 않았다. 재판장은 힘껏 망치를 두드렸다.

"날씨가 더워서 더 이상 재판을 진행할 수 없다. 피고의 진술은 충분히 들었으니 이것으로 오늘의 재판을 모두 마치겠다."

"아직 진술은 시작하지도 않았는데 더워서 재판을 못 하다니? 이런 법이 어디 있단 말이오?"

이재유는 고함치며 항의했으나 정리들에 의해 강제로 끌려 나갈 수밖에 없었다. 이재유는 곧장 자신으로 하여금 최후진술을 할 수 있는 기회를 달라고 청원서를 제출했다. 그는 자신이 준비한 최후진술의 극히 일부밖에 하지 못한 채 폐정이 되어 형사소송법에 명기된 최종진술의 기회를 빼앗겼다고 주장했다. 그는 자기변호가 필요한 이유를 여러 가지로 들었다. 경찰 조서는 고문으로 인한 위조가 많았고, 검사 조서는 검사가 경찰서에 출장 나와 경관과 합동해 고문하면서 작성한 것에 불과하며, 예심 조서 역시 경찰 조서를 그대로 낭독하여 피고인의 진술도 없이 그대로 종결시킴으로써 재판의 기준이 되는 모든 조서가 자신의 활동과는 크게 다르기 때문에 최후진술을 통해 진실을 밝혀야 한다고 주장했다.

최후진술권의 요구는 기각되었다. 이에 이재유는 재판부 기피신청을 냈다. 재판장이 고문경찰관을 특별석에 착석시켜 피고를 위협하게 하고, 피고인의 구체적인 의견진술을 일일이 억압 중지시킨 것, 최후진술권을 빼앗았으며 검사가 법률이 정한 7년의 최대형량보다 더 많은 8년을 구형한 데 대해 재판장이 전과가 있으므로 지당하다며 두둔한 것 등의 이유를 들었다.

재판부 기피 신청 역시 기각되었다. 피고인이 출석하지 않은 7월 12일의 3차 공판에서 재판부는 이재유가 소송을 지연시킬 목적으로 재판부 기피 신청서를 낸 것이 인정되므로 이를 기각한다고 선언했다. 재판장은 이 판결에 대해 항소하려면 7일 이내, 상고하려면 5일 이내에 신립서(항고 이유서)를 제출하라고 고지했다. 이 날 재판장은 이재유에게 징역 6년을 선고했다.

이재유는 이 날의 궐석 재판에 불복하는 상고를 냈으나 열네 시간 만에 취하했다. 감방 안으로 몰려 들어온 간수들에게 집단 폭행을 당한 후 보안과 지하에 있는 징벌방에 수감되면서 강제로 취하하고 만 것이었다. 서대문형무소 보안과 지하실에는 벽관이라는 징벌방이 있었다. 이름 그대로 관을 세워 놓은 정도의 크기로 지하실 벽을 파서 방을 만들고 나무문으로 막아 얼굴만 보이게 만든 곳이었다. 자리에 앉을 수도, 몸을 비틀 수도 없는 벽관에 얼굴만 내밀고 서 있노라면 하루를 넘기기도 전에 다리가 붓고 허리가 빠개질 듯이 아파 오고, 비명을 지르다가 나중에는 폐쇄공포증으로 정신까지 돌아버렸다. 이재유는 벽관에 갇힘으로써 항소를 취하했던 것이다.

그러나 이재유는 확정된 후에도 줄기차게 감방 안의 사상범들을 선동하여 조선어 사용 금지 반대 운동과 수감자 처우 개선 운동을 주동했고, 총독부는 결국 공주형무소로 이감시켜 버렸다.

22_ 경성꼼그룹

　박진홍이 세 번째 옥살이에서 풀려난 것은 이재유가 공주형무소로 이감되기 직전이었다. 석방되자마자 이재유를 면회하고 온 그녀는 언제나 그랬듯이 곧바로 활동을 재개하러 나섰다. 그러나 불과 이 년 만에 세상은 너무나 변해 있었다. 1940년대로 접어들고 있는 바깥세상에는 과거의 혁명적 열정은커녕 인간사회를 유지하는 최소한의 양심이나 낭만 따위도 찾아볼 수 없었다.

　기름이 부족해진 거리에는 시커먼 연기를 뿜어대는 목탄차가 늘어 갔고, 전쟁터로 식량을 공출하는 바람에 술 담글 곡식이 없어 술집에 가도 술을 살 수가 없는 가운데 인심은 극도로 박해졌다. 벌써 오래 전부터 친일의 길로 들어선 대다수의 자칭 민족주의자들은 명분조차 벗어 버린 지 오래였다. 자진해서 일본을 위해 일하게 된 그들은 젊은 조선인 남녀들을 전쟁터로 보내는 일에 선봉이 되었다.

민족의 신문이자 진보적 지식인의 요람이던 동아일보와 조선일보는 진보적인 기자들을 집단해고해 버리고, 일본어 신문을 능가하는 어용신문으로서 천황을 찬양하고 나섰다. 서정주나 모윤숙 같은 당대의 문인들도 일제 찬양에 앞장서서 전쟁을 미화하고, 청년들에게 죽음의 길을 제시했다.

당대 최고의 대중 작가로서 벌써 오래 전부터 민족주의자의 외투까지 벗어 던진 이광수도 조선 청년들에게 일본군에 자원하라고 선동하고 다녔다. 그는 일본식 집에서 일본식 복장에 일본어만 사용했고 아이들에게도 그렇게 가르쳤다. 그는 다른 많은 조선인 관료나 재벌들과 마찬가지로 조선은 절대 독립할 수 없으며 그럴 필요도 없다고 생각했다. 대일본제국과 영원히 한 나라가 되는 것이야말로 조선 민족을 위한 길이라고 주장했다. 국내의 사회주의자들뿐만 아니라 세계의 지식인들이 파시즘과 싸우기 위해 인민전선을 형성하고 있을 때, 이광수는 히틀러를 찬양하는 글을 쓰고 『나의 투쟁』을 번역했다.

유행병처럼 번졌던 사회주의 사상 역시 추억거리가 된 지 오래였다. 대다수 사회주의자들은 전향하여 무기력하게 역사를 방기하고 있거나, 심지어 투기꾼 노릇까지 하면서 먹고사는 일에 매달려 있었다. 운동을 계속하려는 사람은 거의 찾아볼 수 없었고, 있다 해도 깊숙이 잠적해 눈에 띄지 않았다.

이렇게 사회주의든 민족주의든 모든 저항운동이 휴지기에 접어든 데는 운동가들의 배신이나 좌절 때문이라고 할 수만도 없는 측면도 있었다. 삼십 년 넘게 일본에 지배당한 가운데 태어난 젊은이들이 새로운 사회의 주력이 되고 있었다. 일제의 학교는 그들에게 자신들의 조상이 얼마나 무능하고 나태한 인간들이었는가를 강조했고, 일본이야말로 서구 제국주의에 맞서 아시아의 자존심을 지키는 유일한 방패라고 가르쳤다.

실제로 일본이 몰고 온 자본주의의 문명은 사천 년 한국 역사를 불과 이십여 년 만에 완전히 뒤바꿔 놓을 정도로 혁명적이었다. 전국 오지를 연결하는 수많은 도로와 기차와 공장들, 전기와 전화, 서양식 화려한 건물들과 대량생산되어 싸고 좋은 상품들, 연극과 영화, 스포츠 같은 신문화까지. 개화를 막으려고 필사적으로 저항했던 조선의 고루한 양반들은 상상도 못했던 놀라운 일들이 벌어지고 있었다. 삼일운동과 이후 민족주의 운동을 주도했던 수많은 양심적인 선각자들마저 친일로 돌아서게 만든 거대한 이 변화와 발전은 일제시대에 태어나 일본인으로부터 교육받은 새로운 세대들에게는 너무나 자연스러웠다. 그들은 누가 강요해서가 아니라 스스로 일본을 숭배하고, 일본의 번영과 침략전쟁을 조선의 영광인 양 착각하게 되었다.

이런 분위기는 항일운동을 소수 극단주의자들의 철없는 행동으로 매도하게 만들었다. 더욱이 사회주의운동은 혐오의 대상이 되었다. 전시체제의 가혹한 착취, 강제 징집과 정신대 차출 같은 비극이 벌어지고 있음에도 불구하고 조선의 다수 민중은 스스로 일제에 복종했고, 한때 이름을 날리던 많은 항일운동가들이 그렇게 스스로 자신의 이력을 더럽혀 갔다. 혹 저항운동을 계속한다 해도 위험한 조선땅을 떠나 중국이나 러시아, 미국 등지에서 무기력한 조직 분규만을 벌이는 게 대부분이었다.

이 암흑의 시대에 국외가 아닌 국내에서 거의 유일하게 살아 움직인 전국적인 저항 세력은 '경성꼼그룹'이었다. 1939년부터 시작되어 1941년 말에 끝난 경성꼼그룹의 활동은 국내 사회주의운동의 총결산으로, 그 주모자는 이관술이었다.

이순금의 육탄 저지로 여의도에서 무사히 탈출하여 대전행 열차를 탄 이관술은 경찰의 검문을 피해 다리 밑에서 걸인들과 잠을 자면서 대구까지 내려가 조그만 반찬가게를 냈다. 일단 신분을 위장하는 데 성공한 그는 대구 지역의 섬유공장 노동자들을 조직하는 일에 관여하다가 1939년 초, 경성으로 돌아왔다.

경성의 상황은 암담하면서도 새로운 희망을 보여주고 있었다. 이재유 그룹의 붕괴와 함께 경성 지역의 유일한 조직이던 권영태 그룹마저 일제 검거로 무너진 상태였는데 다행히도 김삼룡과 이현상이 막 감옥에서 석방되어 새로운 활동을 모색하고 있었다. 이순금과 함께 두 사람을 만난 이관술은 경성지역 꼬뮤니스트 그룹이라는 뜻의 경성꼼그룹이란 새로운 이름으로 지도부를 결성했다. 이재유가 자신의 형량을 결정할 재판장을 인내의 한계로 몰고 갔을 정도로, 무리하게 보호하고자 했던 이현상과 김삼룡은 그의 기대를 저버리지 않은 것이다.

조금 늦게 연락을 받은 정태식도 경성제대 출신의 사회주의자들을 이끌고 가담했다. 정태식은 그때까지 해 오던 대로 학생 조직을 맡았고, 이순금은 동대문 지역 노동운동을 재건하는 일을 맡았다. 박진홍은 9월부터 발간된 『공산주의자』라는 제목의 지하 월간지 발행에 투입되었다.

이관술은 경성트로이카 출신들만이 아니라 다른 계열 운동가들을 모으는 데도 힘을 쏟았다. 상해파와 화요파 활동가들을 접촉하는 한편, 함흥과 원산 등지에도 사람을 보내거나 편지를 통해 조직을 확대해 나갔다.

감옥에 있는 이재유를 제외한 경성트로이카 핵심들이 모두 다시 모임으로써 경성꼼그룹은 실질적으로 경성트로이카의 복구인 셈이었다. 현장 투쟁을 통해 검증된 이들로 전위 조직을 구성하겠다던 이재유의 구상이 마침내 현실로 증명된 것이었다.

달라진 게 있다면 이순금이 이재유가 아닌 김삼룡과 동거에 들어갔다는 점이었다. 두 사람은 경찰의 감시로부터 서로를 보호하기 위해서만이 아니라, 진심으로 사랑하는 사이가 되어 이듬해부터 한 방에 살며 활동했다. 이재유가 긴급 사태 때문에 어쩔 수 없이 일 주일간 동거했던 데 비해 김삼룡은 진심으로 그녀를 사랑하고 의지했다. 이미 고향에서 결혼한 아내와 아이가 있었으나 그런 것은 문제가 되지 않았다. 서른 살이 되어 가도록 감옥만 드나들던 노처녀 이순금에게는 일생에 처음 맞아 보는 행복한 시간이었다.

한편, 경성꼼그룹은 조선공산당 창설 주역의 한 명으로 조선 공산주의운동의 대표적인 상징인 박헌영을 영입하기로 결정했다. 그들이 노동 현장에 상당한 기반을 가진 것과 달리 박헌영은 대중적 기반이 거의 없는 상태였으나 그 대중적인 의미는 컸다. 이순금이 박헌영을 만나 설득한 끝에 합류가 결정되었다.

이관술은 인천에 기관지 편집을 위한 별도의 아지트를 마련하여 박헌영을 안주시켰다. 농담 좋아하고 감성적인 이재유와 달리, 박헌영은 공장 근처에도 가 본 적이 없는, 거의 웃음을 보이지 않는 냉랭한 표정의 전형적인 지식인 혁명가였다. 대신 그는 사람을 압도하는 강력한 권위를 가지고 있었다. 그가 들어옴으로써 경성꼼그룹은 확실한 조직 체계를 갖추게 되었다.

경성꼼그룹은 일제 하 경성 지역 노동운동이 노선과 지역의 차이를 불문하고 처음이자 마지막으로 모인 집결체였다. 얼마 안 되어 백여 명에 이르는 이들이 가입하거나 준회원으로 등록하였다. 구성원은 다양했다. 이재유 그룹의 주도 아래 화요파의 박헌영과 상해파 운동가들에 이르기까지 아직 변절하지 않고 활동하던 국내파 사회주의자들이 총망라되었다. 이것은 국내파 이재유 노선의 승리를 상징하는 일이기도 했다. 권영태의 국제선에 패한 것으로 보였던 그의 노선이 경성꼼그룹을 통해 화려하게 재기한 것이다.

암울한 전시 상황 속에서도 경성꼼그룹에서 발행한 지하신문은 은둔하는 사회주의자들에게 희망의 소식들을 전달해 주었다. 평양에서 폭동이 있었다는 소식과, 대구 지역에서 징용을 회피한 사람들이 팔공산에 숨어들어 대나무 창으로 무장을 하고 있다는 소문이 이를 통해 알려졌다.

박헌영이 책임자로 있는 기관지 집필에 참여한 박진홍은 전국에서 벌어지는 사건 소식들을 감동적이고 선동적으로 정리해 사람들의 마음을 움직이는 데 탁월한 재능을 보여주었다. 원산에서 활동하다가 수배되어 어디론가 잠적한 이주하에게 비밀 서신을 쓰는 것도 그녀의 임무였다. 여러 조건 때문에 이주하는 끝내 경성꼼그룹에 가담하지 못했으나 박진홍과의 편지를 통해 서로 간에 깊은 신뢰를 가지게 되어 해방 후 함께 일하는 계기가 된다.

조직에 가입한 사람 중에는 박진홍을 감동시켰던 『조선소설사』를 쓴 김태준도 있었다. 이현상의 막역한 친구이기도 한 그는 경성제대 교수라는 사회적인 지위를 이용해 자유주의적인 지식인들을 결합시키는 인민전선부를 맡아 활동했다.

하지만 풍부한 경험과 불굴의 의지로 무장된 지도부의 헌신적인 노력에도 불구하고, 경성꼼그룹은 얼마 못 가 와해되기 시작했다. 맨 먼저 이관술이 검거되고 이현상, 김삼룡, 박진홍이 차례로 구속되었다. 몇 차례에 걸친 검거 선풍으로 백여 명의 주요 조직원들이 구속됨으로써 활동은 사실상 중단되었다. 그 중에는 경성제대 교수 김태준도 있어 언론의 관심을 끌었다. 조선인 최고의 지식인 중 한 사람인 그의 구속은 같은 학교 미야케 시카노스케 교수의 구속만큼이나 언론의 관심을 끌었다.

간신히 검거를 모면한 사람들은 수배 상태로 잠적하여 활동을 중지했다. 박헌영은 김성삼이란 가명으로 광주 백운동의 연와공장 직공으로 취직해 은신에 들어갔다. 김삼룡을 잃은 이순금도 박헌영을 따라 광주로 내려가 외부 소식을 전하는 연락책을 맡았다. 하지만 실질적인 활동은 거의 없었다. 이로써 일제시대 국내의 마지막 사회주의 조직도 붕괴되었다.

경성꼼그룹이 와해된 1941년도부터 해방되기까지의 수년은 국내 운동뿐 아니라 국외 항일운동도 퇴조기였다. 동북부 국경 지대에 출몰하며 일본군을 괴롭혀 온 김일성 부대마저 대대적인 공세에 밀려 소련으로 달아난 상황이었다. 1912년생으로 박진홍과 동갑내기인 김일성은 이십대 후반부터 소규모 유격대를 이끌고 동북부 국경 일대를 출몰하며 일본군을 무찔러 잡지 『삼천리』에 20대 청년 장군으로 소개되기까지 한 전설적인 인물이었다. 그러나 일본군의 대공세에 밀려 소련에 건너간 후에는 소련군 말단 장교가 되어 수십 명의 사병을 훈련시키며 세월을 보내는 초라한 처지가 되고 말았다.

만주 지역에서 전설적인 명성을 날리던 또 다른 인물인 무정 장군 역시 일본군에 쫓겨 중국 내륙 깊숙한 연안까지 패퇴해 있었다. 연안은 중국공산당의 임시 수도로, 무정 장군은 그곳에서 조선인으로 구성된 의용대를 창설했으나 한번도 전투다운 전투를 하지 못한 채 해방을 맞게 된다.

일제의 패배가 임박했음을 알리는 사회주의자들의 일치된 선언에도 불구하고 상황은 절망적이었다. 손발이 모두 잘린 채 감옥에 갇히거나 숨어 지내는 사회주의자들이 바랄 수 있었던 오직 하나의 희망은 연합국 측이 일제에 패망을 가져다주는 것이었다. 파쇼 제국주의 침략 전쟁 아래 자본주의와 사회주의가 하나로 뭉친 시기였다. 자본주의 종주국인 미국과 영국은 사회주의 종주국인 소련, 중국과 함께 그들의 커다란 희망이었다.

23_ 영원한 이별

　박진홍이 네 번째 옥살이에서 석방된 것은 1944년 10월 9일이었다. 그녀의 나이 서른 둘, 네 번에 걸쳐 꼬박 십 년을 감옥에서 살았다. 이십대 청춘을 꼬박 일제의 감옥에 바친 것이었다.
　석방 다음 날, 박진홍은 언제나 그랬듯이 맨 먼저 이재유를 면회하기 위해 청주행 열차를 탔다. 공주형무소에서도 끝까지 전향을 거부한 이재유는 예비구금 기간까지 칠 년의 형기를 마치고도 석방되지 못한 채 청주보호교도소로 이감되어 있었다. 전향서를 쓰지 않은 사상범을 형무소와 똑같은 체계를 갖춘 보호교도소에 수감할 수 있는 사상범 예비구금 제도에 따른 것이었다.
　법적인 부부는 아니었으나, 경찰이나 형무소에서 그녀를 이재유의 처로 인정했기 때문에 언제든 면회가 가능했다. 몇 해 만의 만남인가, 면회실에 먼저 들어가 철창 너머로 이재유가 들어오기를 기다리며 잔뜩 들떠 있던 박진홍은 푸른 죄수복을 입고 들어오는 그의 얼굴을 보는 순간, 깜짝 놀라 손으로 입을 가리고 숨을 죽였다.

푸른 죄수복을 입고 술에 취한 사람처럼 휘청이며 들어서는 그는 분명 이재유가 아니었다. 장난꾸러기 미소년처럼 계란형 갸름한 얼굴에 당돌하고도 다정다감한 표정, 자신만만한 걸음걸이를 가진 그 이재유가 아니었다. 씩씩하던 걸음걸이 대신 다 죽어 가는 늙은이처럼 질질 발을 끌며 들어오는 그의 마르고 주름진 마흔 살 얼굴은, 백짓장처럼 새하얗고 총기 넘치던 눈동자가 힘이 빠져 초점조차 맞추기 힘들 정도로 풀어져 있었다.

"오랜만이군. 누군가 했어. 오랫동안 면회가 없었거든. 여기 내려온 이후로 아무도 만나지 못하며 살았지."

박진홍을 알아본 그는 희미하게 웃으며 말했다. 음성에는 힘이 실려 있지 않았다. 뻐근한 동통이 박진홍의 가슴 밑바닥을 둔중하게 울리며 지나갔다. 그녀는 심한 갈증을 느끼며, 혀로 입술을 축였다.

"몸이 안 좋아 보여요. 언제부터 그랬어요?"

"원래 폐가 안 좋았잖아. 치료를 받고 있지는 않아. 진홍이는 살이 찐 것 같은 걸? 예뻐졌어."

몸은 피폐했어도 아직 농담을 할 수 정신이 남아 있다는 게 조금은 위안이 되었다. 그렇지만 그녀는 농담을 할 수가 없었다.

"부어서 그래요. 이틀 전에 석방되었거든요."

"아, 그랬군. 미안해. 몰랐어. 고생했네. 정말 고생 많았어."

이재유는 목이 부어 짧은 단어밖에 구사하지 못했다. 박진홍의 눈가에 핑하니 눈물이 고였다.

"그런데 정말 몸이 왜 그래요? 어디가 아픈 거에요?"

박진홍은 어디가 어떻게 아픈지, 왜 치료를 받지 못하는지 꼬치꼬치 캐어 물었으나 이재유는 별반 정확한 대답을 해주지 않았다. 간수가 두 사람의 대화를 기록하고는 있었으나 감시 때문에 하고 싶은 말을 못할 이재유는 아니었다. 오랜 병마가 지칠 줄도 쓰러질 줄도 모르던 이의 삶의 의지마저 꺾어 버린 것만 같았다.

애타는 심정은 아랑곳하지 않고 몇 마디 말도 하기 전에 면회 시간이 끝났다. 본래 하고 싶었던 말은 하나도 못했다. 끝까지 당신을 기다리겠다는 말 한마디 못하고 면회는 끝났다. 말해보았자 부질없는 맹세이건만, 그 말을 하지 못한 게 그렇게 아쉬울 수가 없었다.

"꼭 건강하게 살아 나와야 해요!"

"그래. 진홍이도 희망을 잃지 말고……."

말끝을 흐리며 간수를 따라가는 이재유의 뒷모습을 바라보던 박진홍은 손으로 얼굴을 가리고 울음을 터뜨리고 말았다.

잠시 후 정신을 차린 그녀는 사무실에 쫓아 올라가 아픈 사람을 일반 사동에 가둬두면 어떻게 하냐고, 당장 병사로 옮겨 달라고 한바탕 싸웠다. 그뿐이었다. 그들이 그를 어떻게 처리할 것인가 확인할 길은 없었다. 그녀는 한껏 풀이 죽어 경성으로 돌아가는 기차에 올랐다. 기차 안에서도 몇 번이나 울컥 올라오는 눈물을 참을 수 없었다.

독방만 나란히 있는 사동이었다. 가로 1.4미터에 세로 2.5미터쯤 되는 좁은 방안에 들어서자 무거운 나무문이 닫히고, 이재유는 적막 한가운데 홀로 섰다. 마루방 한가운데에는 한 장의 누더기 같은 돗자리가 깔려 있을 뿐, 지나간 사람들의 흔적이라고는 회벽 여기저기 빈대를 눌러 잡아 생긴 작은 핏자국 뿐인 비좁은 공간이었다. 창문은 제법 커서 유리창을 통해 빛이 들어오고 있었으나 창문 바깥쪽에 박힌 굵은 쇠창살이 마음까지 답답하게 했다.

창문 밑에는 나무 칸막이 너머로 이동식 나무 변기가 놓여 있었고 입구의 오른쪽 구석에는 나무로 만든 삼각대 위에 양철로 만든 세면기가 올려져 있었다. 물이 담긴 세면기 속의 걸레 한 장, 빗자루와 쓰레받기, 너덜너덜하고 냄새나는 이불과 기와 모양으로 만든 목침이 감방 비품의 전부였다.

밖에서 굳게 잠긴 출입문 위에는 조그만 감시 구멍이 있고 아래쪽에는 음식과 차입물을 넣는 구멍, 그리고 비상시에 나무토막을 복도 쪽으로 튀어나가게 해 간수에게 구출 신호를 보내는 패통이 있었다.

조명이라고는 옆방과 같이 사용하는 조그만 전구가 달려 있는데 두꺼운 벽을 뚫은 구멍 가운데 들어 있기 때문에 벽 바로 아래에는 빛이 미치지를 않았다. 밤새 희미하게 밝혀진 전등은 감방 안을 마치 황혼이 뿌려진 늦가을 저녁처럼 늘 우울하게 만들었다. 앉은 채 한 바퀴 빙 둘러보는 것만으로도 가슴이 터져 버릴 듯 숨이 막히고 갑갑했다.

읽을 수 있는 책은 한정되어 있었고 편지도 마음 놓고 쓸 수 없고 집필을 할 수도 없었다. 사상범 예비구금에는 시한이 없었다. 어쩌면 죽을 때까지 이곳에서 혼자 살아야 할지도 모른다고 생각하며 끊임없이 자유를 갈구했지만 탈출은 불가능했다.

유일한 희망은 박진홍이었다. 석방되어 있는 동안에는 주일마다 면회를 오지만, 자기도 구속되면 이삼 년간 소식이 뚝 끊겼다가 갑자기 찾아오는, 감옥살이로 뽀얀 얼굴이 항상 변치 않는 여자, 박진홍이었다. 돗자리 위에 앉아

책을 들었으나 글자가 눈에 들어오지 않았다. 눈앞에는 진홍의 얼굴만이 어른거렸다. 감옥에 갇혀 있는 동안 단 하루도 잊은 적이 없는, 책장을 넘길 때도, 걸레질을 할 때도, 이불 속에 누워서도, 시도 때도 없이 나타나 말을 걸어 오던 그 얼굴이 생생히 떠올랐다.

청소라도 해야 정신이 들 것 같아 세면기 물에 담긴 걸레를 집으려고 손을 내밀었다. 손가락이 찬물 속에 들어간 순간, 짜릿한 통증이 왔다. 퍼뜩 놀라 손을 잡아 뺀 그는 아직 봄이라서 물이 차갑게 느껴지는 건가 싶어 다시 물 속에 밀어 넣었다. 역시 너무 차가웠다. 손가락이 차가운 정도가 아니라 음산한 냉기가 팔목부터 어깨를 거쳐 심장까지 밀려드는 기분이었다. 분명 물이 차서가 아니었다. 동통은 자신의 몸 속 깊은 곳으로부터 나오고 있었다.

청소를 포기하고 돗자리 위에 주저앉는데 몸이 나른해지고 오싹오싹 한기가 느껴졌다. 선뜻 스치는 불길한 예감에 자신의 팔과 다리 관절을 눌러 보았다. 손가락이 닿을 때마다 바늘로 찌르는 듯한 통증이 왔다. 가만히 앉아 있어도 가슴이 답답하고 현기증이 돌고 잠이 쏟아진 지는 벌써 오래되었다. 분명 단순한 몸살이나 폐병이 아니었다. 폐병이라면 이십 년 전부터 지병처럼 달고 살아 증세를 잘 알았다. 폐병보다 더 무서운, 생각하고 싶지 않은 질병임이 분명했다. 감옥에 있는 한 병명을 알 수도 없고 안다 해도 치료할 수도 없었다. 그는 스르르 다다미 위에 무너져 쾨쾨한 냄새 지독한 이불을 끌어당겼다.

침묵 속에 얼마나 누워 있었을까. 조용했던 주위가 갑자기 소란해졌다. 식사 시간이었다. 음식이 담긴 양동이를 실은 손수레 구르는 소리며 국자 소리, 사람들의 목소리가 시끌시끌했다. 억지로 일어나 식구통으로 에나멜 입힌 양철그릇을 내미니 보이지 않는 손이 기름 뺀 붉은 콩과 노란 조를 혼합한 잡곡

덩어리를 한 덩이 담아 주었다. '가다'라 불리는 국자로 찍어낸 잡곡밥에는 9등 밥이라는 뜻으로 9라는 숫자가 찍혔는데 찰기라곤 없이 부슬거리는 잡곡 덩어리이다 보니 글자도 희미했다. 가다밥 위에 올려진 몇 조각의 김치가 배식의 전부였다. 단 한 톨의 쌀도 들어있지 않아 밥이라고 부를 수도 없는 잡곡 덩이에 다른 찬은 물론 국물도 없는 초라한 식사였다. 그래도 한 알의 콩도, 한 알의 조도 남기지 않고 깨끗이 먹어 치워야 했다. 살아 나가려면 그래야 했다. 그는 끝내 한 알도 남기지 않고 먹어 치웠다. 열에 들떠 좁아졌는지 벌에 쏘인 듯 아픈 목을 손으로 눌러가며 꾸역꾸역 다 먹었다.

이재유는 다음 날부터 급속히 기력을 상실했다. 높은 열로 밤새 잠을 못 이루며 고통스러워하다가 일어나 보면 온몸이 땀에 절어 있었다. 얼마 지나지 않아 가래가 늘더니 피가 섞여 나오기 시작해 매일 세면기 바닥에 피가 흥건하도록 토했다. 의사가 없어 체온을 측정해 주는 이도 없었으나 머리가 빠개지도록 아프고 내쉬는 숨결이 후끈하도록 뜨거운 것이 사십 도가 넘는 게 분명했다. 가슴은 납으로 만든 조끼를 입은 듯 무겁고 답답해 숨을 쉬기가 힘들었다. 식욕이 떨어져 무엇을 먹어도 쓰디쓴 게 도저히 삼키기 힘들었다. 필사적으로 먹으려 애썼으나 도저히 넘길 수가 없었다. 간수들은 그제야 잡곡밥 대신 미음을 넣어주기 시작했으나 다음 날부터는 미음조차 제대로 넘기지 못했다. 불과 며칠 만에 기력을 완전히 잃어버린 그는 기상 시간이 되어서도 자리에서 일어나지 못했다.

교도소 측은 그제야 이재유를 병사로 옮겨 주었다. 병사는 지하 동굴 같던 독방보다는 한결 공기가 좋았다. 급성폐결핵이라는 의사의 진단에 따라 약도 먹을 수 있었고, 종일 누워 있어도 간섭하는 이가 없었다. 9등 밥 대신 조가 더 많이 섞이고 쌀도 약간 들어간 8등 밥이 나왔다. 조는 찰진 곡식이라 깨끗한 수건에 밥을 넣고 손으로 정성을 다해 주무르면 콩과 조가 부서지고 엉켜 둥근 떡이 되었다. 그것을 소금에 찍어 먹으면 쓰디쓴 입맛을 어느 정도 속여 넘길 수 있었다.

그러나 병세는 호전되지 않았다. 잠시 나아진 듯했던 몸은 갈수록 가라앉았고, 오랜 수감 생활로 가뜩이나 창백한 얼굴은 핏기를 완전히 잃어 석회를 칠한 것 같았다. 이제야 찾아온 의사는 급성폐결핵에 만성병이던 각기병까지 악화되고 있다는 진단을 내렸다. 감옥의 치료와 식사로는 개선할 길이 없는 질병들이었다. 그나마 밥도 넘어가지를 않았다. 기력이 완전히 빠져나가면서 정신도 오락가락했다. 그는 박진홍이 면회를 다녀간 후 다시 움켜쥐었던 생의 끈을 조금씩 늦추기 시작했다. 살아야 한다는 본능은 생명의 끈을 놓치지 말아야 한다고 부르짖었지만, 몸은 말을 듣지 않았다.

한편, 면회에서 돌아온 박진홍은 오랫동안 감옥에 앉아 있어 다리가 약해져 잘 걸을 수도 없고 영양부족으로 얼굴과 손이 퉁퉁 부은 몸을 하고도 동료들을 찾아 나섰다. 감옥에 나도는 이야기들은 거의 다 일본의 패망에 관한 것이었다. 그러나 바깥에 나와 보니 패망해 멸종되고 있는 것은 일본인이 아니라 조선인들이었다. 조선인들의 영혼, 그들의 자존심이었다.

제2차 세계대전이 막바지에 이르러, 조선인이 가진 모든 것이 전쟁을 위해 징발되고 있었다. 조선인들은 쌀과 보리, 밥그릇에서 놋수저까지 모두 빼앗기고, 남자는 군인으로 여자는 일본군의 노리개로 징발되어 만주 벌판이나 남태평양으로 끌려갔다. 거부하는 이는 거의 없었다. 조선 민중은 반항을 잊은 듯 보였다. 재산과 육체뿐 아니라 정신마저 징발당한 것처럼 보였다. 이름을 일본식으로 바꾸라면 바꾸고, 전쟁터로 끌어가면 끌려가고, 처녀를 바치라면 바쳤다. 의병운동부터 시작되어 민족주의자들의 저항과 사회주의운동까지 면면히 이어져 오던 모든 저항의 정신은 완전히 끝장난 것처럼 보였다.

희미하게 남은 저항 정신을 거세하기 위한 장치들은 더욱 치밀하고 악독해졌다. 치안보호라는 명목으로 위험인물을 사전에 구금하는 예비검속은 갈수록 심해졌다. 자진해서 일제를 찬양하고 전쟁을 고무하는 글과 연설을 하지 않는 지식인이나 치안유지법 위반 전과자들은 경찰과 헌병들이 언제 들이닥칠지 몰라 두려움에 떨었다. 그들은 꼭 밤에만 찾아와 잡아갔다. 아무 활동도 하지 않고, 단지 침묵으로 양심을 지키려는 이들조차 어둠이 깔리기만 하면 이유 없이 불안해졌다. 밤만 되면 온 장안이 불안에 잠겨 있는 것 같았다. 그들은 술을 마시고서야 큰소리를 칠 수 있었다.

"별수 없지. 최후의 순간에는 대나무 창이라도 만들어 두었다가 찌르며 반항해야지, 그냥 끌려가면 되겠어?"

말은 그렇게 했지만 막상 경찰이 덮치면 도살장의 소처럼 고개를 떨어뜨리고 온몸을 떨며 벙어리처럼 끌려가 버렸다. 조선 반도 전체가 거대한 침묵에 빠진 것처럼 보였다.

이런 상황에서 계속 운동을 하겠다고 나서는 사람을 찾기란 쉽지 않았다. 김삼룡을 빼고는 경성꼼그룹 사건으로 구속되었던 이들 대부분이 석방되어 있었으나 하나같이 종적을 감춰 찾을 길이 없었다. 여전히 곳곳에서 자생적인 작은 모임들이 이뤄지고는 있었으나 대중적인 활동은 거의 하지 못하는, 서로를 위안하고 정보를 교환하는 수준이었다.

박진홍이 찾는 것은 그런 자기위안적인 모임이 아니라 전국적인 저항을 조직할 재건의 모임이었다. 다시 사회주의 운동을 일으킬 불굴의 지도자들이었다. 박헌영이 전라도 광주에서 노동자로 은둔하고 이순금이 공장 외부에서 그의 연락책을 맡고 있다는 사실은 전혀 알지 못한 채 그녀는 그 두 사람과 이현상을 찾아다녔다.

믿을 수 있는 동지를 찾아 경성을 헤매던 박진홍이 가까스로 만날 수 있었던 인물은 경성콤그룹 사건으로 감옥살이를 하고 나온 지 얼마 되지 않던 김태준 한 사람뿐이었다. 이재유와 동갑내기로 평북 운산 출신인 김태준은 일찍이 한문학과 국문학에 정통해 경성제대 교수로 이름을 날린 인물로 지식인뿐 아니라 일반인들 사이에서도 알려진 유명인사였다. 조선인이 오를 수 있는 최고의 지위 중 하나이던 경성제대 교수직을 걸고 지하 조직에 가입한 그의 의지는 대단히 순수하고 결백한 것이었다.

김태준은 그러나 실제 활동은 거의 하지 못한 채 1941년 검거 때 붙잡히고 말았다. 교수직은 바로 박탈되었고 삼 년여의 감옥살이가 시작되었다. 그는 조혼 풍습대로 일찍 결혼해 네 자녀를 두고 있었는데, 감옥에 간 사이에 어머니와 아내, 그리고 하나뿐인 막내아들을 차례로 잃었다. 어머니와 아내는 화병으로, 막내는 질병으로 죽고만 것이었다. 병보석으로 석방된 그를 기다리는 것은 빨갱이라는 낙인과 가난뿐이었다. 박진홍이 찾아갔을 무렵, 김태준은 자신이 돌보지 못해 가족이 죽었다는 자책감과 분노로 무척 힘든 나날을 보내고 있었다.

박진홍은 김태준이 상상했던 것보다 훨씬 매력적인 인물임을 간파했다. 마흔 살 불혹의 나이에 어울리는 점잖은 풍모와 차분하고 진지한 말투가 처음부터 그녀를 사로잡았다.

김태준도 박진홍에 대해 잘 알고 있었다. 이재유의 아이를 낳았다는 사실이 신문지상에 여러 번 나왔을 뿐더러, 십 년이나 감옥살이를 하면서도 투쟁의 의지를 꺾지 않은 대단한 여성이라는 것은 장안의 일반인들에게까지 알려진 이야기였다. 더구나 감옥에서 갓 나와 얼굴과 손이 퉁퉁 부은 데다가 잘 걷지도 못하는 몸으로 찾아와 박헌영과 이현상의 거처를 묻는 그녀의 모습은 지치고 회의에 잠겨있던 그에게 신선한 충격을 주었다. 처음 만남에서부터 강렬한 인상을 받은 두 사람은 이내 마음을 터놓고 앞으로 어떻게 할 것인가를 상의하는 사이가 되었다.

두 사람 다 사정이 급했다. 감옥에서 나온 이들에게는 거의 매일 보호관찰소에서 담당이 찾아와 왜 빨리 창씨개명을 하지 않고 신사참배도 하지 않느냐고 협박하는 상황이었다. 조선의 대표적 지식인의 한 사람인 김태준에게는 압박의 강도가 더 심했다. 몸이 아파 거동을 못한다고 핑계를 대면 자신들의 기관지에 천황을 칭송하고 전쟁을 찬미하는 글이라도 쓰라고 했다. 자신들에게 협조하면 높은 직책을 주고 식량배급권도 주겠지만, 이대로 버티면 굶어 죽거나 아니면 보호감호소에 보낼 수밖에 없다고 노골적으로 협박했다. 박진홍에게도 하루가 멀다 하고 경찰과 보호관찰소에서 찾아와 전향서를 요구하고 일제에 협력하도록 회유와 협박을 가하는 건 마찬가지였다.

김태준은 일제 말기까지 포기하지 않고 지하운동을 계속해 온 또 다른 중요한 지도자인 이승엽이 발간한 『자유와 독립』이라는 기관지를 읽는 소모임을 이끌고 있었다. 특별한 구속력을 가졌다기보다는 팸플릿을 읽고 서로의 의견을 나누는 친목 수준의 모임이었다.

박진홍이 찾아온 무렵, 김태준은 회원들에게 하루도 조선에서 버티기 힘든 자신의 처지를 토로하고 연안으로 떠나겠다고 의사를 밝혀 두고 있었다. 종적을 감춘 박헌영이 혹시 연안에 가 있을지도 모른다는 희망도 피력했다. 회원들은 그의 의사를 존중해 연안으로 가라고 결정하는 한편, 다른 회원 두 사람은 소련으로 가겠다고 의사를 밝혔다. 이 결정에 따라 그는 성인이 된 두 딸을 서둘러 결혼시키고 양심적인 사업가인 박 모에게 경찰 몰래 자신의 집을 팔기로 계약하는 등 연안행을 추진하고 있었다.

박진홍과 김태준은 만날 때마다 시간이 가는 줄 모르고 이야기를 나눴다. 감옥에서 있었던 일들과 다른 운동가들의 소식이 주된 소재였다. 둘 다 문학에 관심이 높아 조선의 고문학부터 현대문학, 해외문학까지 다양한 의견을 나누기도 했다. 이재유 외에 이처럼 마음을 터놓고 이야기를 나눈 남자도 없었고 그럴 만한 기회도 없던 박진홍에게 김태준은 아무리 오래 함께 있어도 질리지 않는 가구처럼 편안하고 즐거운 상대였다.

이십 세 이후 대부분의 시간을 감옥에서 보낸 박진홍이 해줄 수 있는 재미있는 이야기란 형무소 여사에서 있었던 일들뿐이었다. 남편의 음주와 폭행을 견디다 못해 술에 취해 잠든 남편을 살해하고 감옥에 들어와 이제는 언제 죽어도 여한이 없다고 말하던 경상도 출신 여자 사형수, 애인을 위해 공금을 횡령하고 죄를 몽땅 뒤집어쓴 채 한스런 나날을 보내고 있는 처녀 은행원 이야기, 여자들끼리 저고리를 벗어 누구 가슴이 더 예쁘고 탐스러운가 내기를 했는데 자기가 일등을 했다는 얘기까지 털어 놓았다.

김태준도 서대문형무소 남자 사동에서 들은 이야기들을 해주었다. 감옥에 들어와서도 부지런히 사람들을 조직하고 옥중 투쟁을 지도하던 박헌영에게 큰 감명을 받았노라고 했다. 박헌영이 청소 사역을 나가면 마치 장군을 에워싸듯 지지자들이 모여들었다. 박헌영은 짧은 시간이나마 그들에게 격려나 지시를 했고, 때로는 감방 창문 안에서 손을 흔들어 인사하는 정치범을 향해 수화로 격려의 신호를 보내기도 했다. 박헌영이 국내 사회주의자들의 최고 지도자라는 건 누구도 부인할 수 없는 사실이었다.

김태준은 또 함흥의 유명한 노동운동가 주선규, 주인규 형제 이야기도 해 주었다. 연극과 영화 같은 예능에 재능을 가진 데다가 장래성 있는 바이올린 연주자였던 주씨 형제는 조국의 현실과 싸우기 위해 음악가의 길을 포기하고 조선 질소 비료 흥남공장 노동자로 취직해 노동운동을 했는데 동생 주선규에게는 사랑하는 처녀가 있었다. 단천의 부잣집 딸로 아버지가 마음에 없는 부잣집 아들에게 강제로 시집을 보내려 하자 가출해 주씨네 집에 머물던, 개화된 처녀였다. 주씨 형제가 유명한 함흥비료공장 파업으로 감옥에 들어가 노모와 어린애들이 굶을 처지에 놓이자 단천 처녀는 천 엔을 받고 한 주막에 자신을 팔아 그 돈으로 노모와 어린애들을 부양했다. 주씨 형제를 잘 알던 주막 주인도 이에 감동해 그녀에게는 손님 술 접대를 시키지 않고 주방 일만 보게 했다. 뒤늦게 이 사실을 안 처녀의 아버지가 쫓아와 딸을 데려가려 했으나 주막 주인은 삼 년 계약서를 내보이며 처녀를 보호해 주었다. 그러나 삼 년이 지나 다시 나타난 아버지는 토방에 무릎을 꿇고 자기를 내버려 달라는 처녀를 강제로 끌고 가 버렸다. 그리고 얼마 후 그녀가 자살했다는 소식이 들려왔다. 봉건적 가부장제 사회가 낳은 비극이었다.

박진홍은 단천 처녀 이야기에 감동과 분노를 감추지 않았다. 세상이 좋아져서 자기가 글을 쓰며 살 수 있게 된다면 꼭 그 처녀의 이야기를 써 보겠다고 말했다. 훗날 감옥에서 만기를 채우고 나온 주씨 형제는 해방 직후 함흥시 인민위원회 최고 간부를 맡아 일하고, 죽은 단천 처녀의 애인이던 주선규는 '김일성 장군의 노래'를 작곡하기도 하지만 몇 해 살지 못하고 폐병으로 사망한다. 그리고 박진홍은 끝내 그들 이야기를 소설로 쓰지 못한다.

불과 몇 번 만나는 사이 김태준은 박진홍에게 흠뻑 매료되고 말았다. 여자의 몸으로 십여 년 감옥살이를 하고도 나오자마자 또다시 활동을 재개하려 애쓰는 그녀에게 품었던 존경심은 어느덧 사랑으로 변질되어 있었다. 박헌영을 만나러 간다는 이유를 들었지만, 사실상 망명이자 도피인 연안행을 결심할 때의 절망과 탄식은 사라지고, 황폐한 그의 가슴에 새로운 희망과 정열의 싹이 움트고 있었다. 하루라도 그녀를 만나지 않으면 조바심으로 견딜 수가 없었다.

시월 하순에 접어들면서 다급해진 김태준은 연안으로 함께 떠나지 않겠느냐는 말로 우회적으로 자신의 감정을 드러내 보였다. 박진홍은 그럴 수는 없다고 대답했다. 아직 조선에서 할 일이 있다기보다는 이재유를 떠날 수 없어서였다.

박진홍이 두 번째로 이재유를 면회 간 것도 그 무렵이었다. 이날 박진홍은 이재유를 만나지 못했다. 중병에 걸려 병사에 누워 있으니, 면회를 할 수가 없다는 답변이었다. 낙담한 박진홍은 그대로 돌아설 수밖에 없었다.

박진홍이 기차를 타고 경성으로 돌아가고 있는 시각, 이재유는 그녀가 왔다 갔다는 사실도 모르는 채 병사에 누워 혼수상태에 빠져 있었다. 더러운 이불 곁에는 넘쳐난 피로 얼룩진 붉은 수건이 놓여 있었다. 각기병으로 썩어 들어간 팔과 다리는 곳곳이 푸르딩딩해졌고, 앙상하게 뼈만 남은 창백한 얼굴은 늙은이처럼 잔주름으로 덮여 있었다.

간수가 박진홍이 영치해 주고 간 몇 권의 책과 과일을 방안에 들여놓을 때도 그는 눈을 감은 채 아무 기척 없이 누워 있기만 했다. 간수는 힘없이 늘어진 그의 손을 들어 영치금 영수란에 도장을 찍게 했다. 문이 잠기는 소리가 들리고, 손수레 끌고 가는 소리가 들릴 때에서야 이재유는 힘겹게 눈을 떴다. 죽음의 그림자가 드리운 눈가장자리는 까맣게 죽어 움푹 들어가 있었다. 그는 부들부들 떨리는 손으로 간수가 놓고 간 책을 집어 들었다. 이북명의 새 소설이었다. 읽을 힘은 없었다. 맥없이 내려놓으려던 그는 창문을 타고 들어오는 빛에 굴절되어 희미하게 보이는 글씨 자국을 발견했다. 남이 볼 수 없도록 머리핀으로 눌러 쓴 것이었다.

　'해방이 멀지 않았어요. 꼭 살아 나오세요. 진홍'

　이재유는 손가락으로 글씨를 더듬어 보았다. 남달리 힘 있게 꾹꾹 눌러 쓰는 박진홍의 정자체가 손끝을 타고 고스란히 전달되어 왔다. 갑자기 코가 시리고, 힘없이 감은 눈가에 눈물이 고였다. 새로 들어오는 정치범들을 통해 일본이 태평양전쟁에서 연패하고 있다는 소식은 듣고 있었다. 봄에는 함흥형무소에서 일반수들과 정치범들이 폭동을 일으켜 여러 간수와 죄수들이 죽었다는 이야기며, 포천에서 징용에 항거하는 청년 여덟 명이 파출소를 습격했다거나, 평양과 대구 등지에서 징용을 피해 달아난 젊은이들이 산중으로 도피해 다니다가 폭동을 일으켰다는 소식도 들렸다. 전시체제의 억압은 극단에 이르고 있었으나 체제가 와해되는 징후는 명백했다. 박진홍의 글대로 일제의 패망은 꿈이 아니라 현실로 다가오고 있음이 분명했다. 그러나 자신이 살아서 감옥을 나갈 수 있으리라는 생각은 들지 않았다. 생각은 하지만 의지가 생기지 않았다. 기력이 떨어져 눈만 감고 있으면 자연히 잠이 들었다. 책을 떨군 그는 혼미한 꿈결에 빠져 들어갔다.

얼마나 지났을까, 이재유는 퍼뜩 눈을 번쩍 떴다. 숨이 막혀 왔다. 겨우 엉덩이부터 목까지만 걸칠 수 있는 좁은 의자에 묶여 물고문을 받을 때처럼, 조선인 형사가 구둣발로 가슴 위에 올라와 수건으로 재갈을 물릴 때처럼 가슴부터 목까지 커다란 덩어리가 올라오며 숨을 꽉 틀어막았다. 스스로 숨통을 트기 위해 기침을 해보았다. 속살을 찢어내는 듯 거친 기침이 터지고 피비린내가 코를 찔렀으나 숨통은 열리지 않았다. 목을 움켜쥐고 이리저리 뒹굴던 그는 혼신의 힘을 다해 손을 뻗어 패통을 쳤다. 간수가 뛰어오는 소리가 아득히 멀어져 갔다.

혼수상태에 빠진 이재유는 그날 저녁을 넘기지 못하고 숨을 거두었다. 숨이 멈추었을 때, 그의 곁에는 아무도 있지 않았다. 간수들은 한참이나 지나서야 그의 몸이 딱딱하게 굳어 있음을 발견했다. 그에게 호의적이었던 일본인 간수가 무엇인가를 향해 무섭게 부릅뜨고 있는 그의 두 눈을 감겨주었다. 1944년 10월 26일이었다. 그의 나이 40세, 창동역에서 잡힌 지 8년째 되던 해였다. 일본에서 시작된 감옥 생활까지 합치면 13년째 옥살이였고, 그토록 갈망하던 일제의 패망과 조선의 해방을 불과 열 달 앞둔 시기였다.

이재유의 시신은 이복동생에게 인계되어 교도소 뒤편 공동묘지에 묻혔다. 그의 무덤 앞에는 꽃 한 송이 놓이지 않았고, 묘비도 세워지지 않았다. 물론 장례식 같은 것도 하지 않았다. 성의 없이 만들어진 아기 무덤처럼 나지막한 봉분은 이듬해 장마철에 거의 다 씻겨 내려가고 풀숲에 덮여 형체조차 알아보기 힘들게 되었다. 다시 이듬해 여름에 해방이 되어서도 극심한 혼란 속에 그의 무덤을 찾는 이는 없었고, 전쟁을 거치면서 잡풀과 나무로 뒤덮인 채 흔적도 없이 사라져 버리고 말았다.

박진홍이 이재유의 사망 소식을 들은 것은 매장이 끝나고도 며칠이나 지난 후였다. 이재유의 칠촌조카 이분선을 통해 소식을 들은 박진홍은 집에 돌아오자마자 방문을 걸어 잠그고 소리 죽여 울기 시작했다. 밤이 이슥해지도록 불도 켜지 않은 채 잠자는 듯 이불을 뒤집어쓰고 소리없이 울었다. 지난번에 면회를 갔을 때 서늘한 예감을 감지했으나 죽음이 이렇게 빨리 다가올 줄은 몰랐다.

한밤중에 정신을 차리고 싸늘한 마당에 나오니 갑자기 외로움이 엄습해 왔다. 이런 날에 손이라도 붙잡고 울 만한 친구가 하나도 없다는 사실이 새삼 마음을 아프게 했다. 동덕여고에서 퇴학당한 이후 감옥 바깥에서 보낸 날을 조각조각 다 주워 모아도 이 년이 채 되지 않았다. 새로운 친구를 만나거나 남자를 사귀기에는 너무나 짧은 시간들이었다. 아무리 세월이 흘러도 우정이 변치 않을 동덕여고 친구들은 다 흩어져 있었다. 그들 모두의 선생이자 벗이던 이재유가 죽었지만, 함께 죽은 이를 추모하고 눈물이라도 흘려 줄 사람은 아무도 없었다. 이재유의 죽음과 함께, 자신을 조선에 붙잡아 두었던 끈은 모두 끊어진 듯했다. 너무나 외로웠다. 밤을 꼬박 새운 새벽, 그녀는 마침내 연안행을 결심했다.

24_ 연안행

　박진홍의 승낙을 받아낸 김태준은 연안으로 떠날 준비를 서둘렀다. 경찰이 눈치채지 못하도록 자신이 경성을 떠난 후에 가족이 이사하는 조건으로 집을 팔고 잔금은 미리 챙겼다. 아끼던 책까지 모두 팔기로 했다. 학자가 자식과도 같은 귀한 장서들을 판다는 것은 무척이나 가슴 아픈 일이었으나 도리가 없었다. 양심적인 부자인 홍모씨에게 처분하기로 약속했다. 전쟁으로 돈 가치가 폭락했다지만 아직도 큰 돈인 이만 원을 받기로 했다. 경찰이 눈치채는 것을 막기 위해 돈은 먼저 받되 책은 자신이 경성을 떠난 후 가져가기로 했다. 중국에서 오래 사업을 한 홍씨는 연안으로 가는 동안 일제의 검문을 피하기 위해 아편장사들이 이용하는 비밀 루트까지 상세히 가르쳐 주었다. 머리 좋은 김태준은 그의 말 한 마디 한 마디를 돌에 새기듯 기억해 두었다.
　경찰이 그의 행동에 이상한 낌새를 눈치챈 것은 얼마 지나지 않아서였다.

집 주변에 잠복 형사로 의심되는 이상한 장사꾼들이 돌아다니기 시작하더니 보호관찰소 직원이 경찰과 함께 찾아왔다. 마침 외출 중이던 김태준은 체포를 면했으나 붙잡히면 곧장 보호감호소로 끌려갈 게 분명했다.

박진홍은 이재유가 죽어간 청주보호감호소에 김태준까지 보낼 수는 없었다. 그녀는 무작정 그를 자신의 집으로 데려가 자기 방에 숨겨 버렸다.

여느 조선인들과 마찬가지로 비좁은 기와집에 부모님과 오빠네 식구들까지 바글거리며 살아가던 박진홍의 집에 불쑥 나타난 낯선 사내는 집안을 발칵 뒤집어 놓았다. 이재유와의 연애 사건만으로도 장안에 망신살이 뻗친 판에, 낯선 남자까지 데려와 자기 방에 숨겨놓았으니 가족들이 흥분하는 건 당연했다. 아버지와 오빠에 올케까지 나서서 진홍을 욕하고 구박했다. 나이 어린 조카까지 어른들에게 무슨 말을 들었는지 제 고모를 주먹으로 마구 때리며 함부로 욕을 해댔다. 그녀를 변호하려 애쓴 이는 예나 지금이나 어머니 홍씨뿐이었다.

박진홍의 가족이 흥분한 데는 다른 이유도 있었다. 그녀에게 이미 청혼이 들어와 있었기 때문이다. 한때 활동을 함께 한 적이 있던 인물이었다. 그는 감옥에서 전향서를 쓰고 나온 뒤 자발적으로 일본에 협력하는 친일 인사가 되어 있었다. 그는 잡지와 신문 투고를 통해 사회주의운동을 비방하는 한편, 제2차 세계대전은 일본제국이 서양 제국들로부터 아시아를 구하는 성스러운 전쟁이니 조선인도 앞장서야 한다는 글을 써서 먹고살았다. 그와 같은 친일 전향자들에게는 다른 조선인은 누릴 수 없는 경제적 특혜가 주어졌다. 그 어려운 시절에도 박진홍의 집에 올 때마다 쌀을 가져오고 조카에게 용돈도 주었다. 식구들은 어떻게든 두 사람을 결혼시키고 싶어했다. 박진홍의 감정 같은 것은 중요하지 않았다. 가족들은 노골적으로 결혼을 강요하고 이를 거부하는 박진홍을 구박했다.

이 사실을 알게 된 보호관찰소까지 회유에 나섰다. 그 사람과 결혼만 하면 감시에서 풀어주겠다는 것이었다. 여성을 남성의 전유물처럼 생각하던 일제 경찰은 여성 운동가가 결혼하겠다고 말하면 조사를 하다가도 풀어주거나 감옥에서 석방해 주기까지 했다. 북경에서 잡혀 왔다가 감옥살이를 마치고 다시 북경으로 떠난 이종희를 따라가 그녀의 집에 함께 살면서 이육사와 함께 지하운동을 하다 잡힌 이병희도 결혼을 전제로 석방되어 북경에서 급하게 결혼신고를 하기도 했다.

가족들로서는 결혼만 성사된다면 박진홍의 문제는 다 해결된다고 생각하지 않을 수 없었다. 그런데 엉뚱한 남자를 끌고 들어와, 식구들이 보는 앞에서 동거에 들어가니 분노가 대단할 수밖에 없었다. 가족들의 구박이 아니더라도, 언제 경찰이나 보호관찰소 직원이 그녀의 집에 들이닥쳐 수색을 할지 몰랐다. 단 하루도 미룰 수 없게 되었다.

1944년 11월 26일, 박진홍은 먼저 서울역에서 기차에 탔다. 신의주 바로 못 미처 비현이라는 곳에 있는 운동가 김재갑의 집에서 잔치가 벌어진 것을 핑계로 그 누이동생과 함께 떠난 것이었다. 김재갑과 동생 김재병은 경성제대와 보성학교에 다니며 사회주의운동에 투신했는데 동생 김재갑은 경성에서 공장에 들어가 노동운동을 하며 경성꼼그룹에 가입했다가 잡혀 모진 고문을 당한 끝에 후유증으로 옥사했다. 누이동생 역시 노동운동을 하면서 박진홍과 친해진 이였다. 박진홍이 가혹한 경찰의 취조를 당하면서도 끝까지 그 이름을 숨겨줌으로써 경찰 조서에 이름이 오르지 않은, 따라서 후세에까지 그 이름이 영영 감춰지게 된 수십 명의 관련자 중 한 사람이었다.

다음 날 초저녁, 김태준은 대학병원 조수로 있던 사위를 만나 신분 위장에 들어갔다. 우선 사위의 이름이 박힌 국방복에 국방모를 쓰고 색안경까지 썼다. 사위의 신분증에 자신의 사진을 붙이고 신의주 방면으로 출장을 간다는 위조 출장명령서도 챙겼다. 사소한 부분까지 그럴싸하게 보이기 위해 사위 이름으로 된 경성제대 도서관 출입증을 챙기고 커다란 가죽 가방에는 왕진기와 주사기, 약간의 약병에 서류까지 넣고 의사들이 일반적으로 쓰는 용어도 외웠다. 책을 사기로 한 홍씨가 급한 일로 지방에 가는 바람에 돈을 받지 못한 상태였으나 더 지체할 수가 없었다. 일단 신의주행 열차에 올랐다.

기차가 평양을 거쳐 정주를 지날 때 이동경찰대의 검문이 있었다. 일본인 형사 둘이 앞뒤 출입문을 막아선 후 참빗으로 머리를 빗는 것처럼 안쪽으로 좁혀오며 한 명씩 한 명씩 조사를 시작했다. 김태준이 신문을 보는 체하고 있으니 형사가 와서 어깨를 툭 치며 일본어로 물어왔다.

"나는 경찰 사람입니다마는, 성명은?"

김태준이 사위의 이름을 대자 형사는 손바닥을 내밀었다.

"명찰 없습니까?"

신분증을 명찰이라 부르던 시절이었다. 경성제대 의학부 조수 김모라고 써 있는 명찰과 함께 출장명령서, 도서관 출입증, 대학 조수 신분증 등을 한꺼번에 형사의 손바닥에 올려놓았다. 형사들의 주머니 속에는 반드시 수배자나 요시찰 대상자 사진첩이 있기 마련이었다. 형사가 조금이라도 이상한 눈치를 느끼면 사진첩을 꺼내 들여다 볼 것이고, 그의 정체가 드러나는 것은 시간 문제였다. 김태준은 형사가 자신을 믿어 의심치 않고 사진첩을 꺼내 볼 겨를도 없도록 여러 가지 서류를 한꺼번에 내밀어 버린 것이다. 예상대로 형사는 대충 훑어 보고는 가방을 열어 보라고 했다. 주사기와 청진기, 약병이니 의학 서적이 드러났다. 형사는 아무 말 없이 서류를 돌려주고 다른 사람에게 가 버렸다. 첫 번째 관문을 무사히 통과한 것이었다.

기차가 신의주 못 미쳐 비현이라는 작은 역에 도착했을 때 김태준은 이동경찰대의 눈을 피해 재빨리 하차했다. 미리 알아둔 대로 산대골 김재갑의 집에 찾아간 김태준은 애타게 기다리고 있던 박진홍과 김재갑의 가족들로부터 안도의 환영을 받았다. 애정 표현이 금기시되던 시절이라, 박진홍은 사람들 뒤에 서서 눈에 반짝거리는 광채와 숨김없는 기쁨의 표정으로 그를 맞이했다. 나중에 김태준은 이때 그녀의 눈빛에 눈이 부셨다고 말했다.

초겨울이라지만 남쪽의 한겨울보다 더 매서운 바람이 부는 국경의 작은 마을에서 박진홍 부부와 김씨 일가는 밤을 꼬박 새워 가며 웃고 떠들고 술을 마셨다. 노동운동과 감옥살이에서 벌어진 우스운 이야기며 눈물겨운 이야기들로 긴 겨울밤이 훤히 밝아 오는 줄도 몰랐다.

날이 밝은 후 두 사람은 다시 각자 출발해야 했다. 김태준은 이미 기차 안에서 이동경찰대와 안면이 익숙해져 버렸기 때문에 다시 기차를 탈 수 없었기 때문이다. 박진홍만 기차를 태워 먼저 신의주로 보내고 자신은 걸어가야 했다. 신의주에는 그의 고서적을 사기로 한 홍씨의 친척이 있어 그 집에서 합류하기로 했다.

홍씨 집에는 이미 경성으로부터 장거리 전화가 와 있었다. 홍씨의 친척은 압록강 검문소에서 일인당 이백 원 이상은 가지고 나갈 수 없게 하니 일단 그 돈만 가지고 국경을 넘은 후 나머지는 봉천과 천진에 사는 홍씨의 다른 동생들을 통해 줄 것이라고 했다. 경성의 홍씨가 가장 어려운 고비인 만리장성 산해관 관문을 잘 돌파하라는 격려를 하더라는 말도 전해 주었다. 두 사람은 깊숙이 허리 숙여 감사를 올리고 압록강 검문소로 향했다. 압록강 다리 입구에는 세관과 경찰이 양편에 서서 한 명씩 짐 보따리를 풀어 헤쳐 보고 있었다.

"어디 가는 거요?"

경찰의 물음에 김태준은 유창한 일본어로 대답했다.

"대학병원 의사인데, 출장 나온 길에 안동에 건너가 저녁이나 먹고 오려고 합니다."

"짐은 없소?"

"없습니다. 밥 한 끼 먹으러 가는 걸요."

세관은 두 사람이 빈손인 것을 확인하고 그대로 통과시켰다. 두 사람은 산책하듯 태연스레 손을 잡고 천천히 압록강 다리를 건넜다. 바다가 멀지 않은 하류라서 교각 사이로 하얀 갈매기들이 춤추듯 날아다니고 잔잔하고 푸른 강물 위로 몇 척의 돛단배가 천천히 떠 가고 있었다. 그림처럼 아름다운 풍경이었다. 그러나 조국을 잃은 무수한 애국자들이 회한을 삼키며 건넜을 그 다리를 밟는 두 사람의 입은 굳게 닫힌 채 열리지 않았다.

어렵사리 조선 반도를 벗어났으나 압록강 건너 만주 대륙도 일본의 지배를 받고 있기는 마찬가지였다. 형식적으로는 청나라의 마지막 황제 부의가 지배하는 만주국이었지만, 실제로는 일본군이 모든 것을 지배하는 꼭두각시 괴뢰국가였다. 일본군은 중요한 길목마다 검문소를 설치해 놓고 조금이라도 수상하면 그 자리에서 총살을 해버리기 일쑤였다.

영하 사십 도까지 떨어지는 대륙의 혹한은 검문만큼이나 위협적이었다.

검문을 피하기 위해 바람막이 하나 없는 눈밭을 헤치고 밤새워 걷는 일이 다반사였다. 도시에 들어서면 일본 헌병과 첩자들이 들끓었고, 도시를 벗어나면 언제 마적들이 나타나 생명까지 앗아갈지 몰랐다. 봉천에서는 일본군들이 시장 통을 포위하고 사람들을 모조리 붙잡아 가는 현장을 만났으나 간발의 차이로 도피하기도 했다.

몇 차례 죽음의 고비를 넘겨 힘겹게 만주국을 통과했으나 중국 본토의 상황도 크게 다르지 않았다. 북경까지 일본군이 점령하고 있던 시절인데다가 일본군이 장악한 도시를 벗어난다 해도 공산당이라면 그 자리에서 즉결처형해 버리는 장개석의 국민당 군대가 도처에 깔려 있었다. 장개석 부대는 공산당과 국공합작을 했다지만 이는 겉으로 내세우는 모습일 뿐, 실제로는 공산주의자를 일본군보다 더 증오했다. 또한 부패하기 이를 데 없어서 말이 군대지 도적 떼나 마찬가지였다. 약탈과 살인은 기본이었고, 젊은 여자만 보면 강간한다는 소문이 자자했다. 연안으로 가는 길 전체가 지뢰밭 같은 위험 지대였다.

김태준은 의사 행세를 하기 위해 입었던 국방복을 벗어 버리고 일본인 장사꾼 부부, 혹은 중국인 농부로 위장해 거듭되는 검문을 통과해 나갔다. 경성에서 홍씨에게 새겨들은 중국 지리와 일본군을 피해 가는 방법이 도움이 되었을 뿐 아니라 중국 곳곳에 퍼져 살고 있던 지인들의 도움이 결정적이었다. 두 사람은 새로운 도시에 도착하면 먼저 동네 이름과 식당 이름들을 외워 그 마을 사람 행세를 함으로써 갑작스런 검문을 당했을 때도 무사히 통과할 수 있었다. 여관에 들게 되더라도 일본군의 임검을 피해 자정 무렵에 들어갔다가 꼭두새벽에 나왔다.

힘들고 긴장된 여로 위에서도 박진홍은 신혼부부답게 재미있는 시간을 보내려 애썼다. 그녀는 문학 이야기를 가장 좋아했다. 열차에서나 객잔에서나 여유만 생기면 문학 작품 속에 나타난 애국자며 망명자들의 이야기를 했다.

뚜르게네프의 소설 〈전날 밤〉에 나오는 여주인공이 망명 청년을 사랑하다가 그 청년의 조국인 불가리아를 위해 몸을 바치는 이야기며 여성으로서의 한계를 극복하고 과학자로 명성을 날린 퀴리 부인 이야기도 했다. 김태준도 다 아는 이야기였으나 박진홍이 나름대로 분석하고 해설하는 게 재미있어 마냥 들어주었다. 아무래도 말을 많이 하는 것은 박진홍이었고, 과묵한 김태준은 점잖은 미소를 머금은 채 고개를 끄덕이며 듣는 편이었다.

상인으로 위장한 두 사람은 만리장성의 관문인 산해관을 무사히 통과해 북경으로 들어갈 수 있었으나 일본을 비롯한 세계열강의 각축장이 되어 있는 북경이야말로 첩자와 도둑이 들끓는 위험 지대였다. 두 사람은 동양 문화의 자궁과도 같은 고색창연한 건물들과 거기에 얽힌 전설들에 한시도 관심을 주지 못한 채 곧장 시가지를 통과해 광야로 나섰다. 아는 사람이 여럿 살고 있기는 했으나 모두 출타중인 데다가 조선인으로서 일본군에 협력해 살아가는 이들이 많아 하룻밤도 머물 처지가 아니었다.

일차 목적지는 이가장이라는 작은 마을이었다. 경성의 감옥에서 김태준과 함께 옥살이를 한 무장독립운동가 장천선이 이가장 마을에 도착해 최낙아라는 촌장을 찾으면 팔로군과 연결될 수 있고, 팔로군의 안내를 받아 연안까지 갈 수 있다고 가르쳐 준 적이 있기 때문이었다.

그런데 밤을 새워 걷던 두 사람은 새벽 무렵 갑자기 나타난 십여 명의 일본군에게 포위되었다. 이가장을 얼마 남기지 않은 당현이라는 작은 성곽 입구였는데 어둠 때문에 초소를 보지 못한 것이었다. 공산당 유격대가 출몰하는 전투 지역에 밤을 뚫고 나타난 일본인 행색의 부부는 의혹을 사기에 충분했다. 일본 초병들은 초소로 끌고 들어가 꼬치꼬치 캐묻기 시작했다.

"어디서 오는 사람이냐? 무엇하러 가는가?"

이미 여러 차례 검문을 겪었으나 이번에는 정말 생사의 기로라는 두려움이 밀려왔다. 김태준은 천진에서 양피공장 지배인으로 조선인 독립운동가들에게 지원을 아끼지 않는 김휘명이란 인물로부터 얻은 가짜 명찰을 보이며 양피장사인데 당현 사는 동업자가 돈만 받고 연락이 되지를 않아 찾아가는 길이라고 말했다. 일본인과 전혀 구별할 수 없는 유창한 일본어에 부부 모두 일본인 복장을 하고 있었음에도 일본군 헌병은 의심을 풀지 않았다.

"양피 가격을 말해 봐라."

김태준은 미리 외워둔 대로 천진의 양피 시세와 당현 시세를 말해주고 당현에서 양피를 사서 천진에 팔면 얼마가 남는다는 이야기까지, 장사치의 어조로 떠벌렸다. 모두 양피공장 지배인 김휘명에게 설명을 듣고 외운 것이었다. 그 사이 헌병들이 두 사람의 짐을 뒤지는데 김휘명으로부터 얻어 넣은, 천진과 북경 인근 일본군 부대의 장교 명함 수십 장이 나왔다. 헌병들은 장교 명함들을 보고 더 의심 않고 통과시켰다. 박진홍이 천박한 일본상인의 여자로 위장하려고 평생 처음 파마를 하고 양장 스커트에 붉은 와이셔츠, 알록달록한 목도리를 하고 있는 것도 도움이 되었다.

조그만 소읍인 당현 읍을 통과하기까지 열네 개나 되는 일본군 초소를 매번 그렇게 통과해야 했다. 문제는 마지막 초소였다. 매 초소마다 일본군에게 이야기한 대로라면 중국인 동업자를 만나고 거꾸로 돌아가야 했는데 두 사람의 목적지인 이가장은 그 반대쪽이었다. 밤에 나가면 눈에 띄지는 않겠지만 성문을 닫으니 나갈 방도가 없었고, 낮에 나가자면 군인들에게 말한 것과 다른 방향으로 가는 게 눈에 띌 수밖에 없었다.

"어떻게 할까?"

여관도 하나 없는 소읍이라 우동집에 앉아 시간을 보내며 탈출할 궁리를 하는 김태준에게 박진홍이 눈을 반짝였다.

"뛰어 달아나요. 천진으로 돌아가는 척하다가 이가장 방향으로 달려가요."

"괜찮을까?"

학자다운 신중함에 익숙한 김태준과 달리 실천가인 박진홍은 자신만만했다.

"난 뛸 수 있어요. 계산 치르고 어서 나가요."

식당을 나와 초소에서 일본 헌병들에게 일본말로 정중하게 인사를 한 두 사람은 초소 헌병들이 지켜보는 가운데 천진 방향으로 걷기 시작했다. 수백 걸음은 걸었을까, 성문을 나온 후로 뒤를 돌아보지 않아 헌병들이 어떤 상태인지 알 수 없는 가운데, 두 사람은 용변이라도 보려는 듯 밭길로 꺾어졌다. 옥수수 대가 우거져 사람의 그림자를 가려 줄 만한 곳에 이르렀을 때, 김태준이 힘 있게 내뱉었다.

"뛰어!"

아무 생각도 하지 못한 채 오로지 서남쪽을 향해 달리기 시작했다. 성문 위에는 기관총이 도열해 있었다. 금방이라도 총탄이 날아올 것만 같고 일본군 기마대가 달려올 것만 같았다. 밭으로 논둑으로 혼신을 다해 달리는데 뒤통수가 고무줄에 당겨지는 듯했다. 김태준도 잘 달렸지만 박진홍도 잘 따라갔다. 버드나무며 대추나무가 숲처럼 우거져 기관총도 성문도 보이지 않는 곳에 이르러서야 달리기를 멈추고 땀을 씻었다.

다행히 총소리는 나지 않았고 기마병이 따라오는 기색도 없었다. 중국 농민을 만나 이가장으로 가는 길도 확인했다. 그런데 잠시 숨을 고르고 다시 걷기 시작한 지 얼마 되지도 않아 또다시 군복의 청년들이 지키고 있는 마을을 만났다. 바로 이가장이었다. 극도의 신경과민에 빠져 있던 두 사람은 순간적으로 일본군대라 판단했다. 이가장도 일본군에 점령당했다는 생각이 들었다.

"다시 돌아서서 달음박질해요."

박진홍이 말했다. 몇 킬로를 뛰다시피 하여 온몸에 힘이 소진되었음에도 지칠 줄을 모르는 듯했다. 신중한 김태준은 고개를 저었다.

"아니오. 이미 우리를 본 것 같은데, 여기서 도망치면 정말 잡으러 올 거요. 중국팔로군 민병이면 다행이고 왜병이면 길을 잘못 들었다고 시침을 뗍시다."

일차 목적지인 이가장에 도착했는데 돌아갈 수는 없었다. 두 사람이 다가가니 입구를 지키던 청년들이 총을 들고 에워쌌다.

천만다행으로 팔로군 민병대였다. 중국공산당 산하에는 팔로군과 신사군의 양대 대군이 있었는데 팔로군은 다시 정규군과 민병대, 유격대로 나뉘어졌다. 정규군이 정식으로 군복을 입고 일본군 정규군과 전투를 벌이는 군대인 반면, 유격대는 민간인 복장으로 산중에 숨어 들어가 일본군을 기습하는 빨치산 부대이고, 민병대는 마을에 거주하는 주민들로 이뤄져 자체적으로 자기 마을을 지키는 의용 부대였다. 마침내 일본군과 중공군이 일진일퇴를 거듭하는 전선 지대에 도달한 것이다.

이가장은 대추나무며 버드나무가 늘어진 평화로운 거리 양편으로 백여 가구 흙집이 옹기종기 모인 작은 마을이었다. 그러나 일본군에 맞서 싸우고 있던 마을 주민들은 일본인 복장을 한 낯선 부부에게 심한 경계심을 드러냈다.

민병대에 이끌려 이가장에 들어선 부부는 곧장 마을 사람들에게 포위되었다. 적대감이 이글거리는 시선과 거침 고함이 쏟아졌다. 금방이라도 포박되어 폭행을 당할 분위기였다.

"우리는 최낙아 촌장님을 만나러 왔소. 우리를 촌장님께 데려다 주시오."

김태준이 서툰 중국어와 조선어를 섞어 말하자 민병들은 무슨 뜻인지는 알아듣는 듯했으나 낯모르는 일본인에게 촌장을 면회시키려 들지는 않았다. 민병들은 험악한 얼굴로 글로 쓰라고 했다. 만년필을 가지고 있던 김태준은 작은 종이조각에 한문으로 자신의 의사를 적어 보여 주었다.

'최낙아 향장님께. 당돌하게 일면식도 없는 이국의 노 동지에게 서툰 글로서 뵙기를 원합니다. 저는 조선인으로, 조국에 몸을 둘 수 없는 처지가 되어 헤매고 있는데 마침 귀하가 아끼시는 장천선 군의 특별한 소개를 받아 귀하를 찾게 되었습니다. 장은 저의 오랜 벗으로, 저희 녀남은 왜놈의 앞잡이는 아니니 안심하십시오. 언어가 능숙치 못하고 풍습이 서로 다르고 왜놈들에게 너무나 심한 박해를 당하다보니 신경이 과민하여 저희를 향리에 들여놓으려 아니하고 또 최 선생을 소개하려고도 아니하니 누구를 탓하겠습니까? 모두 왜놈 때문이요. 하늘 아래 함께 살 수 없는 저 원수 왜놈들을 때려 쫓읍시다. 조선인 김태준'

만년필로 쓴 유려한 한문체가 효과가 있는 듯했다. 민병들이 쪽지를 갖고 간 지 십 분쯤 지나자 환갑이 넘어 보이는 노인이 나타났다. 오랜 지도자 생활에 익숙한 듯, 퍽 친절하고 찬찬하고 정의로운 인물이었다. 두 사람을 자기 집에 데려가 먹을 것을 주면서 이 마을에서 몇 달 간 머물었던 조선인 장중수를 탈출시킨 이야기를 해주기도 했다. 일본군 지역을 통과시키기 위해 중국인 환자로 위장한 이야기였다. 머리와 다리는 물론 입도 못 벌리도록 얼굴까지 붕대를 감은 후 환갑 노인이 직접 잔등에 업어 차에 태워 천진까지 데려다 주었노라 했다.

저녁 식사 후 최낙아 촌장은 몇 킬로미터 더 들어간 곳에 있는 팔로군 정치공작대로 두 사람을 안내했다. 이가장보다도 더 작은 농촌 마을인 그곳에는 사방에 '타도 일본제국주의' 같은 구호가 써 붙어 있었다. 일본인들 앞에서는 큰기침도 못하는 조선 땅에 살아온 두 사람에게는 사뭇 놀랍고 감격적인 광경이었다.

이십여 명의 젊은 남녀 병사들에 둘러싸여 인사를 나눈 두 사람은 장중수라는 정치공작원에게 질문을 받게 되었다. 폐병에 걸린 듯 바싹 마른 서민적인 풍모의 중년이었다. 장중수는 먼저 몇 가지 시험문제를 냈다. '조선인민의 생활상은 어떠한가, 조선에서 무엇을 하였으며 왜 여기 오게 되었는가, 압록강과 산해관을 어떻게 넘었으며 이번 전쟁의 성격은 무엇인가? 이 전쟁에서 일본이 이길까, 중국이 이길까?' 하는 문제들이었다.

김태준은 만년필을 꺼내 들고 유려한 한문체로 질문마다 성실하고 긴 답변을 써 주었다. 이곳까지 오게 된 긴 경위와 함께, 이 전쟁은 민주주의국가와 반민주파쇼국가와의 전쟁이며 모택동의 『논항일전』에 나오듯이 세 단계를 지나 중국이 이긴다고 썼다.

연신 고개를 끄덕이며 웃는 얼굴로 글을 읽은 장중수는 '조선 동무들도 모택동의 글을 읽었는가' 라는 한문을 써 보여 주었다. 몇 해 전 조선의 잡지 『개조』에 모택동의 논문이 번역되어 실린 적이 있다고 답하자 여간 좋아하지 않았다. 장중수의 태도는 너무나 친절하고 순수하고 평민적이어서 거만하거나 관료적인 느낌은 전혀 없었다. 누가 누굴 심문하는지 알 수 없을 정도였다. 장중수는 조선에서 온 혁명가로부터 중국인보다 더 훌륭한 한문체로 세상 돌아가는 이야기를 듣게 된 데 대단히 만족하면서 오히려 밤늦은 시간인지라 춥지 않느냐 피곤하지 않느냐 계속해서 확인하는 것이었다.

기쁘게 질문을 마친 장중수는 이곳은 언제 일본군이 습격해 올지 모른다며 이십 리 쯤 걸어 안전한 마을로 가도록 권했다. 한밤중에 마차가 준비되었다. 민병대원 두 사람이 멀찌감치 앞장서서 전초병을 하고 여섯 명이 마차를 에워싼 가운데 밤길을 떠났다. 장중수는 직접 마차에 타고 두 사람을 호위했다. 마차가 산골짜기 구불구불한 길을 달그락거리며 가는 동안, 앞쪽 어딘가로 사라진 전초병 두 사람은 가끔씩 안전하다는 뜻의 신호를 보내왔다. 전초병들이 달밤에 먼 산을 오르내리는 모습이 퍽 용맹스럽게 보였다.

달빛 아래 고요히 잠든 조그만 마을에 도착한 일행은 조그마한 한 방에 모두 모여 이불도 없이 각자 외투를 덮고 자야 했다. 한겨울 추위를 막기 위해 방안에 조짚을 한아름 안아다가 불을 피우니 연기로 숨쉬기도 어려웠다. 사년째 정치공작원으로 이런 생활을 해 오느라 폐병에 걸린 장중수는 밤새 목이 끊어지는 듯 심한 기침을 했다.

밤을 새운 탓에 다음 날 늦게 잠에서 깬 두 사람은 수십 명의 마을 사람들에게 둘러싸여 있었다. 여전히 일본인 복장을 하고 있었기 때문에 일본인으로 오해한 마을 사람들은 왜놈은 뿔이 있다던데 어째서 뿔이 없느냐 묻기도 하고, 시골에서는 전혀 본 적이 없는 퍼머 머리에 술집 여자처럼 천박한 옷을 입은 박진홍을 가리키며 남자보다 여자 모양이 더 우습다고 떠들기도 했다. 일본 옷을 벗어 버리고 장중수가 가져온 중국 평복으로 갈아입자 비로소 조용해졌다.

다음 날, 마을 사람들은 먼 길을 찾아온 조선인 부부를 위해 대대적인 환영 잔치를 벌여 주었다. 소학교 운동장에 고량주와 음식들을 차려 놓았는데 추운 날씨임에도 거의 천 명이나 되는 주민들이 모여 성대한 환영식을 했다. 팔로군의 명령이 아니라 스스로 나서서 조선인 혁명가 부부를 맞이해 주는 것이었다.

고량주가 무한정 돌아가는 잔치판에서 중국 학생들은 '팔로군과 백성은 혈육이 서로 통해서 영원히 분리할 수 없다'는 내용의 노래를 불렀다.

박진홍은 이에 회답해 '동해물과 백두산이 마르고 닳도록 수천 년의 오랜 역사 골수에 흐른다'는 가사의 '애국가'와 '적기가'를 불러 주었다. 동덕여고와 서대문형무소에서 명성을 날렸던, 또랑또랑하고 맑은 음색의 박진홍의 노래는 주민들을 열광시키기에 충분했다.

모처럼의 휴식이었으나 오래 머물 수는 없었다. 당현 검문소에서 두 눈 멀쩡히 뜬 채 수상한 두 남녀를 놓쳐 버린 일본군이 뒤늦게 이가장에 몰려와 수색을 하고 갔기 때문이다. 이가장 일대에 주둔하고 있던 팔로군 부대장은 두 명의 민병대 청년을 전초병으로 붙여 연안 쪽으로 안내하게 했다.

길은 갈수록 험악해졌고 경제 사정도 나빠져 먹고 자는 일 자체가 고난이었다. 다 같이 힘들고 배가 고팠으나 팔로군 민병대원들은 조선에서 온 혁명가 부부를 위해 자신의 몸을 아끼지 않았다. 두 사람에게는 귀한 쌀밥을 주고 자기들은 다른 방에서 조밥을 먹었다. 길을 가면서도 목이 마르지는 않은지 힘들지 않은지 쉴 새 없이 물어왔다.

두 사람은 당현이라 이름 지어진 작은 마을에서 비로소 팔로군 대부대를 만날 수 있었다. 김태준 부부가 처음에 검문을 받았던 본래의 당현성을 일본군에 빼앗긴 중국인들이 자신들이 새로 건설한 팔로군 근거지에 당현이라 이름 붙인 것이었다.

신 당현에서도 좋은 대접을 받고 팔로군 간부들과 밤새 이야기를 나누며 사귈 수 있었다. 팔로군 병사들은 하나같이 거침없고 용감한 태도에 예절 바르고 친절했다. 서양인들이 성경을 들고 다니듯이 휴대용으로 작게 인쇄된 스탈린 선집과 모택동 선집을 손에 놓지 않는다는 것도 공통점이었다.

말수가 적고 사람 사귀는 일에 더딘 김태준과 달리 박진홍은 누구와도 쉽게 친근해졌다. 그녀는 만주 출신 악산이라는 이름의 팔로군 병사와 많은 대화를 나누기도 했다. 악산은 만주에서 일본군과 싸울 때 조선인 독립군과 친하게 사귀었다고 했다. 박진홍이 김일성을 아느냐고 묻자, 잘 안다면서 김일성 유격대와 함께 일본군을 기습하던 이야기를 신이 나서 떠들었다. 그는 오랜 여독에 지친 두 사람을 위해 따뜻한 방을 제공해 주었고, 다음 날 길을 떠날 때는 당나귀까지 한 마리 구해 주었다. 머지않아 동북부 산악에서 일본군과 싸우게 될 테니 그곳에서 다시 만나자며 헤어질 때, 두 사람은 가슴 벅찬 고마움을 감추지 못했다.

당나귀를 타기란 쉽지가 않았다. 처음 짐승을 타보는 박진홍은 몇 번이나 나귀에서 떨어졌다. 한 번은 머리를 땅에 박아 정신을 잃기까지 했다. 하지만 당나귀와 씨름을 하느라 오히려 더 힘들어진 와중에도 박진홍은 이야기를 쉬지 않았다. 그녀의 풍부한 감성은 마르지 않는 샘처럼 끊임없는 이야기를 만들어냈다. 박진홍은 영국황제가 이혼녀 심프슨 부인을 사랑하여 왕좌를 버린 이야기를 하며 스스로 감상에 젖어 버렸는데 김태준이 별 감흥 없이 받아들이

자 사뭇 실망했다.

"당신은 너무 이지적이어서 연정의 세계를 이해하지 못해요."

박진홍의 말에 김태준은 보일 듯 말 듯 미소만 보여주었다.

"진홍이가 감상적인 연애지상주의에 빠진 건 아니고?"

김태준은 농담이었으나 박진홍은 진지했다.

"혁명의 기본 동력은 사랑 아닌가요?"

억세고 빠른 함경도 말투에다가 잘 웃고 잘 감동하던 이재유와 달리, 교수 출신 김태준은 말수가 적고 표정이 없었다. 격렬한 논쟁을 벌일 때조차도 느리고 차분한 말투를 유지하였고, 화가 나도 좀처럼 감정을 드러내 보이지 않았다. 특히 여성들 앞에서는 더욱 자신의 생각이나 감정을 숨기는 습관을 가지고 있었다. 타고나기를 과묵한 성격인데다가 국내 최고의 언문학자로서 신중한 언어 선택과 사색적인 태도가 몸에 배어 버린 탓이었다. 어렸을 때 고향에서 철저한 한문 교육을 받은 영향도 있었다. 여러 사람 앞에서 웃거나 우는 모습을 보여서는 안 되고, 뜨거운 국물로 혀를 데어도 입 바람을 불지 않고, 소낙비가 와도 뛰지 않는 것이 양반이라고 배운 탓이었다.

박진홍은 김태준의 무덤덤한 태도를 여성을 대화상대로 인정하지 않는 유교적 남존여비 사상 때문이라 생각했다. 그녀는 그의 근엄한 표정과 거만해 보이는 느린 말투를 싫어했다. 어려서부터 어느 자리에 가든 좌상으로 자리잡고 가장 많이 떠들고 가장 많이 웃고, 또 울기도 잘 울던 그녀였다. 일생에 가장 행복했던 동덕여고 시절은 가장 많이 웃던 시절이기도 했다. 모두들 허파에 바람이 들어간 듯 온종일 웃었다. 웃을 만한 별 이유도 없는 사소한 일에도 까르르 폭소를 터뜨리고, 서로가 그런 모습을 바라보며 또 웃느라 눈물을 짜냈다. 이십대 청춘 십 년을 집필이 금지된 감방에서 보내고 잠깐씩 석방되어 있는 동안에도 경찰에 쫓기느라 글을 쓸 여유는 전혀 없었지만 그녀의 꿈은 항상 문학에 머물러 있었다. 작품이라고는 동덕여고 시절 동맹휴업을 주동하면서 학부모에게 보낸 편지와 경성꼼그룹 기관지에 노동자들의 파업 소식과 삶의 현장을 그린 기사, 아니면 원산의 이주하에게 보낸 편지가 전부였지만, 쓴 글마다 칭찬을 들었다. 언젠가 해방이 되어 여유가 생기면 만사 접어두고 문학을 시작하는 게 그녀의 유일한 꿈이었다. 고향 명천의 어린 시절, 동덕여고의 아름다운 추억들, 공장과 감옥 생활, 이재유와의 사랑, 그리고 김태준과의 연안으로의 긴 여행 모두를 문학 작품으로 기록할 생각이었다. 김태준의 이지적인 표정과 논리정연한 말투, 고리타분한 양반 같은 생활 태도는 자유, 문학, 혁명, 사랑 같은 단어에서 벗어날 수 없는, 감정 풍부한 그녀에게 좀처럼 수용되지 않았다. 분명 그를 사랑하고는 있지만, 불과 두어 달 만에 벌써 불만이 쌓여 가는 것이었다. 그녀는 말했다.

"이성과 감성, 도덕과 애정이 계급적으로 통일된 부부 생활이 아니면 참다운 사랑이라고 할 수 없어요. 제가 보기에 당신은 너무 이성적이고 학구적이어서 좀더 풍부한 정서가 필요해요. 언제 보아도 근엄하고 무표정하거든요. 당신의 봉건적 습성이 배인 여성관과 표정의 결핍이 내게는 도무지 접수가 되지를 않아요."

"그런가?"

김태준은 그저 빙글빙글 웃기만 했다. 그는 박진홍의 감상이 지나친 나머지 자신을 냉정하고 이지적인 인물로 과장하는데도 그저 귀엽다는 듯 바라보기만 했다. 대꾸보다는 가끔 손을 올려 그녀의 머리칼을 쓸어줄 뿐이었다. 그는 논쟁보다는 박진홍의 이야기를 듣는 자체를 즐기는 것처럼 보였다.

박진홍은 그의 태도가 여자들의 감정이나 불만을 사소한 것으로 치부하고 무시해 버리는 봉건적 사고의 반영이라고 비판했으나 그는 끝까지 빙글거리기만 했다. 상대가 이재유였다면 언성을 높여 논쟁을 했을 테지만, 김태준과의 언쟁은 이렇게 늘 싱겁게 끝날 수밖에 없었다.

박진홍은 자신의 주장이 조금도 먹혀들지 않는 것에 화가 나기는 했으나 오래 간직하지는 않았다. 노동자 출신 천재 이재유의 격정을 사랑한 것과 마찬가지로, 지식인의 전형인 김태준의 신중하고 절제된 언행도 미워할 수 없었기 때문이다. 그녀는 자신을 떨어뜨린 못된 당나귀를 용서해 주는 것과 함께 김태준도 용서해 버리고 말았다.

이가장 민병대 청년들은 두 사람을 조선인 의용군이 주둔하고 있는 천가구라는 곳까지 데려다 주고 돌아갔다. 샘물이 난다는 뜻의 천가구는 조선 땅 넓이는 될 정도로 넓은 지역을 관할하는 혁명 정부가 주둔한 곳이었으나 근대식 건물은커녕 단 십여 호의 농가뿐인, 아주 작은 산촌 마을이었다. 연안으로 향하는 조선인 의용군 지망생들이 머물고 있는 탓에 곳곳에 조선어로 쓰인 벽보가 붙어 있었고, 사십여 명의 조선인들이 있어 마치 조선의 작은 산골 마을 같았다. 혁명을 위해 조국을 등지고 온 일본인 청년도 여럿 있어 더욱 그랬다.

농토가 부족한 산악 지대라 주민이든 팔로군이든 좁쌀에 나뭇잎을 넣은 죽으로 끼니를 잇고 있었음에도 천가구 정부는 조선인 혁명가 부부를 위해 환영회를 열어 주었다.

중국의 광대한 대지 위에 조선의 젊은이 행진하네.

나가자 피 끓는 동무야, 뚫어라 원수 철조망.

양자와 황하를 뛰어 넘고 피 묻은 만주벌 결승전에

원수를 동해로 내어몰라······.

조선인 청년들에 의해 조선어로 '의용군가'가 불려지는 동안, 두 사람은 잡은 손을 놓지 않았다. 조선 땅을 떠나온 이후 처음으로 듣는 조선인들이 부르는 조선어 노래였다. 청년들은 아무 거리낌없이 마음껏 큰 소리로 외쳐 부르고 있었고, 김태준과 박진홍도 목이 쉬도록 큰 소리로 따라 불렀다.

먹을거리가 별반 없는 조촐한 환영회는 장기자랑으로 이어졌는데 조선의 전국 각지에서 올라온 이들이 갖가지 '아리랑'과 '육자배기', '양산도타령'에 유행가까지 온갖 조선 노래를 불렀다. 노래라면 빠지지 않는 박진홍은 이곳에서도 잇단 열창으로 인기를 독차지했다.

그런데 이상했다. 중국인들은 새로 온 두 사람을 위해 환영 잔치까지 열어주었으나 정작 기쁘게 맞이해야 할 조선인들의 시선은 그리 따뜻하지가 않았다. 수천 킬로미터 이국에서 동포를 만났으니 끌어안고 울음이라도 터뜨릴 줄 알았는데 사뭇 냉랭하기까지 했다. 조선인 의용군 지도자들과 심문에 가까운 대화를 통해 자신들의 신분을 확인시키고 나서야 분위기가 나아졌다. 조선인들이 같은 조선인을 차갑게 대하는 이유도 그제야 알게 되었다.

중국 내륙 깊숙이 들어온 조선인들의 대부분은 아편 장사나 일본군 첩자이기 때문에 의심부터 한 것이었다. 실제로 두 사람보다 앞서 들어온 조선인 여자 하나는 일본군 정보원이었다고 했다. 국경을 넘어온 조선인 중에 독립운동을 하려는 이는 극소수로, 대부분 단순히 만주에서 농사를 짓기 위한 이농민이거나 아편 장사였다. 만주를 넘어 중국 내륙까지 들어온 이들의 상당수는 오히려 일본군에 의해 고용된 정보원이었다. 천가구의 조선인들이 같은 조선인 망명객에게 보내는 냉정한 의혹의 눈길에는 충분한 이유가 있었다.

먼 타국에서 동족들로부터 인정을 받아야 하는 두 사람은 먼저 이곳의 조선인 지도자인 공명우와 친해지려 노력했다. 조선인으로서는 드물게 팔로군 정치 간부가 된 그는 주성이라는 중국식 이름까지 얻은 노련하고도 용감한 혁명가였다.

공명우가 조선을 떠나온 것은 벌써 십 년 전이라 했다. 개성의 노동자 출신으로 노동운동을 하다가 검거되어 육 년의 감옥살이를 하고 나오니 부모님은 모두 병사해 버리고 무너져 가는 빈 집뿐이었다. 한이 사무친 그는 만주로 건너가 무장 항일운동에 뛰어들었고, 팔로군 간부가 되기까지 몇 차례 죽음의 고비를 넘겼다. 십 년째 험준한 산악 지대를 누비며 유격대 생활을 해 온 그의 몰골은 형편없었다. 고달픈 산중 생활로 인한 기아와 과로에 지친 노병의 얼굴은 뼈만 남은 듯 앙상했고 다른 이들과 마찬가지로 폐가 깊이 상해 시도 때도 없이 격렬한 기침을 해댔다.

의용군에 가담하러 온 조선인들을 심사해 연안으로 보내는 책임을 맡고 있던 공명우는 김태준에게 국내의 노동운동가들의 이름을 대며 근황을 물었는데 자신의 동지이던 윤자영, 김일수 같은 이들에 대해 말하자 여간 반가워하지 않았다. 이재유의 탈출 사건도 알고 있던 공명우는 그가 마침내 감옥에서 죽었다는 이야기를 듣고 깊이 애도를 표하기도 했다.

두 사람에 대해 확실한 믿음을 가지게 된 공명우는 그 지방 특산물인 대추와 엿을 가져와 나눠 먹으며 중국 생활에서 주의해야 할 점을 자세히 알려주었다.『레닌주의의 기초』,『소련공산당사』 같은 책 세 권도 선물했다. 박진홍이 이에 화답해 천진에서 선물 받은 기초 화장품을 건네자 남자가 화장을 해서 무엇하냐며 총 닦는 데나 써야겠다며 껄껄대는 것이었다.

며칠 후인 1945년 1월 1일, 새해맞이 연회가 벌어졌다. 평소에 굶주렸던 이들도 이날만은 풍족한 음식으로 배를 채웠다. 중국인과 조선인, 일본인 할 것 없이, 열다섯 아이부터 중늙은이들까지 밤새 모닥불을 피워 놓고 즐겁게 먹고 노래했다. 연안으로 떠날 조선인들에게는 천가구에서의 마지막 여흥이기도 했다. 머나먼 연안까지 또 어떤 고난을 겪어야 할지 알 수 없었다.

박진홍은 이날 밤에도 시원하고 낭랑한 음성으로 노래를 불러 좌중을 사로잡았다. 먼저 '연길 감옥가'가 고향 떠나온 사람들의 감정을 자극하더니 이어진 '유격대 추도가'는 모두를 숙연하게 했다.

바람 거친 남북만주 광막한 들에 붉은 기에 폭탄 쥐고 날뛰던 몸이
연길 감옥 갇힌 후 몸은 시드나, 혁명의 붉은 피야 언제 식으랴.
두 팔에 족쇄차고 자유 없는 몸, 네 호명에 굴복 한다 웃지 말아라.
옛날에 붉은 씨를 많이 뿌렸고 이후에 너희들을 정복하리라…….

가슴 쥐고 나무 밑에 쓰러진 유격대원이 자기를 보고 날아드는 까마귀를 향해 몸은 비록 죽었으나 혁명 정신은 살아있다고 말하는 대목에서는 여기저기 훌쩍이는 소리까지 났다. 청중의 열화 같은 성화에 다시 일어나 부른 '기회주의가'라는 노래는 좌중을 폭소로 이끌었다. 타령 곡조에 조선 국내에서 일본에 충성해야 하는 온갖 이유를 내세우는 기회주의적인 지식인들의 변명을

담은 익살맞은 가사는 사람들로부터 열렬한 갈채를 받았다. 사람들은 작은 키에다가 생긴 것은 대단치 않은, 그러나 자신들이 보아 온 어떤 조선인보다 영리하고 재치 넘치는 서른두 살의 새댁에게 거듭 열렬한 갈채를 보냈다. 그녀는 일행 모두에게 사랑받는 여자가 되었다.

흥겨운 여흥이 끝나고 며칠 되지 않아 조선인들은 네 개 조로 나뉘어 연안으로의 긴 행군을 시작했다. 또 다른 지원병들을 기다리며 천가장에 남은 공명우는 김태준 일행을 따라 멀리까지 배웅을 나와 주었다. 그는 먼 길 떠나는 동포들을 한 명씩 굳게 끌어안거나 손을 잡아 주고 나서도 이들이 아주 사라져 보이지 않게 될 때까지 그 자리에 서 있었다. 박진홍은 눈물까지 글썽이며 손을 흔들어 주었다.

일본군에 강제 징집되었다가 탈영해 나온 학병들과 조선 인민의 자녀들, 일본군 밀정으로 의심받고 있는 수다쟁이 여자, 도무지 사회주의 군대에 어울리지 않는 독실한 기독교 신자 등 여러 종류의 인간들로 이뤄진 김태준 조는 연안을 향해 하루에 이, 삼십 킬로미터씩 행군을 시작했다. 일본군과 부딪치지 않을 산길을 택해 걷는데다가 잠을 잘 수 있는 촌락을 만나면 이른 시간에도 행군을 멈춰야 했고, 촌락이 없는 산골에서는 야영을 위해 진지를 만드는 시간이 필요했기 때문에 평균적으로 걷는 거리는 많지 않았다.

식사라고는 조밥에 소금국이 전부였는데 간혹 국에 홍당무가 들어가면 모두들 밭에서 나는 인삼이라며 아껴 먹었다. 고기나 기름은 구경도 할 수 없었다. 기아 상태에서 산악행군을 계속하니 사람들은 피골이 상접했고 병이 끊이지 않았다. 몰도스 사막에서 여독은 최고조에 이르렀다. 어디나 풀과 나무가 우거지고 맑은 샘물이 넘쳐흐르는 조선의 금수강산에서 살아온 이들에게 살을 에는 모진 겨울바람을 맞으며 눈도 뜨기 어려운 모래 바람을 거슬러 오르는 일은 너무나 힘들었다. 밤이면 영하 수십 도 이하로 떨어지는 모래벌판이라 야영은 불가능했다. 흙으로 성곽을 두르고 성문 안에 수십 호에서 수백 호에 이르는 흙집이 모인 마을을 만날 때까지 걸어야 했다. 때문에 아무것도 보이지 않는 어둠 속에서 마을을 찾아 자정까지 걸은 적도 있었다.

추위나 사막보다 더 무서운 것은 일본군이었다. 석가장과 태원에 주둔한 일본군은 팔로군을 뿌리 뽑기 위해 때때로 무자비한 초토화 작전을 벌였다. 적성 지대라 지목된 지역에 쳐들어가 눈에 띄는 모든 사람을 사살하고 유격대가 이용할 만한 집과 식량이 될 만한 작물을 모조리 태워 없애는 잔혹한 작전이었다. 일행이 만난 어떤 마을은 천여 가구나 되는 시가지가 거의 전부 불타고 부서져 성한 집이 한 채도 없이 폐허가 되어 있었다. 하룻밤 머물고 떠나온 어떤 마을은 바로 다음 날 일본군에 기습적으로 점령당해 많은 사람이 사살되기도 했다.

일본군의 일상적인 염탐 활동도 주의를 기울여야 했다. 일본군은 조선인 속에 밀정을 심은 것과 마찬가지로 중국인 속에도 무수히 많은 밀정을 박아 놓았다. 한족 간신이라는 뜻으로 '한간'이라 불리는 밀정들은 팔로군이 나타나거나 그들을 돕는 이들이 있으면 바로 일본군에 연락해 출동하게 만들거나 어디로 갔는지 정보를 제공했다. 중국공산당과 팔로군의 본부가 있는 연안으로 가는 조선인 일행은 당연히 신고 대상이었다.

따라서 어느 마을에 들어가든 조선인이라는 것을 밝혀서는 안 되었다. 팔로군은 한간들이 일본군에게 밀고할지도 모르니 어디 가도 조선인임을 드러내지 말고 먹을 것을 찾아 떠도는 중국 유민 행세를 하도록 누누이 강조했다.

절대 조선말을 쓰지 말고 행선지를 밝혀서도 안 된다고 충고했다. 한간들에게 발견되면 곧장 체포되어 즉결처형될 게 뻔했다.

이렇게 전쟁 막바지 궁지에 몰린 일본군의 발악에도 불구하고 팔로군의 기세는 꺾이지 않았다. 구식 단발 소총 하나로 무장한 팔로군은 온갖 야포와 비행기에 탱크, 중기관총을 갖춘 일본군의 끊임없는 공격에도 수가 줄기는커녕 갈수록 늘어났다. 일본군의 초토화 작전은 팔로군의 근거가 되는 농촌마을과 주민들을 파괴하고 살해했지만, 팔로군을 박멸하기는커녕 더 많은 동조자를 양산하는 결과만 낳고 있었다.

일본군의 공격이 있다는 첩보는 어떤 경로를 통해서든 주민들과 팔로군에게 전해졌다. 전화는 물론, 전기도, 전보도 없는 산간 마을이었다. 시간을 두고 정보를 알았을 때는 인편으로 연락했으나 갑자기 일본군이 기습해 올 때면 이 산 저 산에서 봉화가 타올랐다. 아이들은 산꼭대기에서 큰 깃발을 흔들어 연락을 전하고, 여름날 밤이면 미리 잡아놓은 반딧불을 한꺼번에 날려 신호를 보내기도 했다.

전갈을 받은 노인과 부녀자들은 아이들을 데리고 양떼나 가축을 몰고 가재도구를 챙겨 으슥한 산골짜기 동굴로 피신했다. 식량은 타작할 때 미리 산에 파묻어 놓고 필요할 때마다 퍼다 먹었기 때문에 일본군이 마을에 진입했을 때에는 사람의 그림자도 없고 집집마다 식량 한 톨 없는 쓸쓸한 유령 마을이 되어 있기 일쑤였다.

팔로군 정규 부대는 곳곳에서 대대적으로 일본군을 공격해 벌써 여러 도시를 탈환하고 있었으나 김태준 일행을 호위하는 민병대나 유격대가 중화기를 갖추고 무자비하게 학살을 감행하는 일본군에 맞서 직접 총격전을 벌이기는 쉽지 않았다. 일본군이 낯선 산길을 더듬어 갈 때 숲 속에 숨어 조준 사격을 하거나 마을을 점령해 다소 방심하고 있을 때 한바탕 공격을 퍼붓고 달아나는 게 민병대와 유격대의 기본 전술이었다.

김태준 일행이 지나간 곳의 하나인 절구진이라는 지역은 지뢰로 일본군을 괴롭히는 곳으로 유명했다. 제대로 된 지뢰가 보급되는 것은 아니고, 그 지역에서 나는 유황을 이용해 지뢰를 만들어 일본군이 밟을 만한 모든 장소에 묻는 것이었다. 길목뿐 아니라 밭, 개울, 마을 앞, 부엌, 쌀독, 마구간 할 것 없이 어디든지 묻어 놓아 무심코 걷거나 물건을 만지다가 폭발해 팔다리가 날아가기 일쑤였다. 그 지역 일본군은 지뢰 때문에 크게 고생하고 있었다. '이남'이라는 유격대원은 지뢰만으로 백 명이 넘는 일본군을 살생해 '살적영웅'으로 불리고 있었다.

팔로군이 일본군을 능수능란하게 괴롭히면서도 거의 피해를 입지 않은 것은 주민들의 절대적인 지지 때문이었다. 중국공산당의 엄격한 지시에 따라, 팔로군은 주민들에게 피해를 주지 않기 위해 최선을 다했다. 식량과 의복, 용돈을 모두 자급자족하는 게 절대 원칙이었다. 그들은 콩을 빻아 만든 미숫가루나 쌀을 어깨에 걸친 긴 주머니에 넣고 다니며 물에 타 먹거나 직접 요리를 해 먹었다. 어쩔 수 없이 식량 징발이 필요하면 반드시 현금이나 금품을 주고, 그마저 없으면 혁명공채라도 발행했다. 저녁에 마을에 들어가도 부엌이나 마당에서 잤다. 마을 사람들을 모아 항일 투쟁의 의미를 설명하는 학습 시간을 갖는 이외에는 주민들을 불편하게 하지 않았다. 닥치는 대로 마을을 파괴하고 주민들을 학살하는 일본군과 국민당 군대에 치를 떨던 중국인들은 팔로군이라면 어디서나 환영했다. 자연스럽게 팔로군은 해방군이라 불렸다. 팔로군과 중국인민은 물과 고기처럼 어울려 있었다.

팔로군은 조선인들을 각별히 아꼈다. 그들은 늘 조선의용군은 조선에 들어가서 중대한 역할을 할 사람들이니 당장의 전투에 나서기보다는 몸을 아껴 공부만 하라고 했다. 팔로군은 김태준 일행을 호위하고 가다가 일본군에 쫓겨오는 피난민을 만나면 바로 전투태세를 갖추었다.

먼저 조선인들을 피난민과 함께 피신시킨 후 자기들끼리 나가 치열한 총격전을 벌였다. 전투에서 밀리면 재빨리 도망쳐 왔지만 전투가 유리하게 진행될 때면 조선인들을 나오게 해서 구경하게 하기도 했다. 어떻게 유격전을 하는가를 배워 조선에 돌아가 써먹으라는 것이었다. 덕분에 김태준과 박진홍도 여러 차례 전투 장면을 목격할 수 있었다. 사방에서 총성만 울릴 뿐, 실제로 총알에 맞아 죽거나 다치는 사람은 거의 없었어도 연안의 무정 부대에 합류하고자 길을 떠난 김태준에게는 좋은 공부가 되었다.

팔로군의 따뜻한 보호에도 불구하고 일행의 고생은 극심했다. 영하 삼십도 이하로 내려가는 한파 속에 불도 안 땐 빈 방에 조짚을 사서 깔고 종이 조각처럼 얇은 천으로 몸을 말아 잠을 청할 수만 있어도 행운이었다. 마당에 조짚으로 모닥불을 피워놓고 둘러 앉아 있으면 등이고 목이 시려 한잠도 잘 수 없었다. 한밤중에 일본군에 쫓겨 밤새 행진을 하기도 하고, 일본군이 출몰하는 바람에 한 마을에 갇혀 며칠씩 보내기도 했다.

어쩌다가 안전한 마을을 만난 날 학병 하나가 회중시계를 팔아 사 온 개를 삶아 포식하기도 하고 조짚을 산 대가로 부엌을 빌리고 물을 길어 오랜만에 전신목욕을 한 후 옷마다 득실거리는 이를 잡기도 했지만 그런 행운은 거의 없었다.

다양한 구성원으로 이뤄진 일행에는 사소한 문제도 계속되었다. 조선인이라는 사실을 발설하지 말도록 주의를 받았음에도 일본군 밀정으로 의심받고 있는 여자가 술에 취해 마을에 들어가 마구 조선어로 떠드는 일이 생겼다. 마을마다 몇 채의 커다란 집들이 있었는데 이들은 대개 전통적인 지주들로 팔로군이 와도 반겨하지 않고 들어오지도 못하게 하는 경우가 많았다. 그들의 대부분은 일본군의 밀정 한간이거나 장개석 부대에 협조하고 있었다. 식량을 사기 위해 어쩔 수 없이 찾아간 길에 술을 마시고 그들에게 조선인임을 드러냈으니 문제가 되지 않을 수 없었다. 이 일로 김태준 조는 팔로군 지도부의 비판을 받게 되었다. 그렇다고 여자를 쫓아낼 수도 없어 주의만 주고 말았다.

하루 두 끼니를 때우기도 어려운 실정이라 온종일 허기에 시달렸는데 이를 참지 못한 젊은이 하나가 불평불만을 토로하고 배급된 음식을 정량보다 더 먹어 다른 이들을 굶게 하는 일도 생겼다. 술을 좋아해 가는 곳마다 술을 사서 마시고 취해 고함을 질러대는 이도 있었다. 학병 출신을 중심으로 한 지식인층과 농민 출신 사이에 보이지 않는 갈등도 심했다. 학생 출신들은 농민 출신들을 깔보고 이론만 내세우는 경향이 있는 반면, 농민 출신들은 학병 출신들이 주둥이만 까댄다며 싫어했다.

박진홍은 이런 여러 가지 갈등이나 사소한 감정 문제를 해결하는 데 가장 적합한 인물이었다. 그녀는 상대방의 기분이 상하지 않는 가운데 자신의 잘못을 인정하게 만드는 데 뛰어난 기질을 발휘했다. 사람들은 박진홍의 말은 고분고분 잘 듣고 반성했다. 오랜 감옥 생활과 이론 학습을 한 혁명가답게 스스로 가장 모범적으로 행동하는데다가 풍부한 감정으로 사람들의 마음을 이해하고 이야기를 들어주기 때문이었다.

박진홍은 혁명가는 하루 한 가지씩 공작을 해야 한다고 믿었다. 김태준은 저녁마다 모닥불 주위로 사람들을 모아 노래를 가르치고 혁명적 이론과 혁명적 실천은 일치되어야 한다는 등의 교육을 하는 그녀의 모습을 행복에 겨운 표정으로 지켜보곤 했다.

하지만 한겨울 추위와 굶주림은 기어이 박진홍까지 쓰러뜨리고 말았다. 팔로군 사령부에서 보내온 백여 명의 팔로군에게 호위되어 삼각촌이라는 작은 마을을 떠나 이름 모를 큰 산을 넘어 수십 킬로미터를 행군할 때였다. 모진 바람과 눈보라가 몰아치는 산등성이를 곡식 구경도 못한 채 길가에 쌓인 눈으로 배를 채우며 억지로 걸어가던 일행은 완전히 지치고 말았다. 만주로 이민 온 농민의 아들로 태어나 조국에 한 번 가본 적도 없이 의용군에 뛰어든 소년이 쓰러지더니 밀정으로 의심받으면서도 줄기차게 따라온 여자가 쓰러져 다른 사람의 등에 업혔다. 마침내 박진홍마저 쓰러졌다. 눈조차 뜨기 힘든 살벌한 바람이 불어대는 산마루턱에서였다. 시간은 밤 아홉시, 별도 달도 없이 칠흑 같은 밤이었다.

"나는 더 못 가요. 여기서 당신과 이별해야겠어요. 당신 혼자 고국에 가서 이 진상을 동지들과 어머니에게 알려주세요."

자신의 죽음을 예감한 박진홍의 꺼져가는 음성은 바람 소리에 묻혀 거의 알아들을 수도 없었다. 김태준은 어둠 속에서 입김이 얼어붙어 얼음 알갱이로 뽀얗게 덮인 그녀의 얼굴을 어루만지다가 뺨을 대고 비볐다. 그의 입도 얼어 말이 잘 나오지 않았다.

"안 돼! 일어나! 가야 해."

일으키려 했으나 박진홍은 꼼짝도 하지 않았다. 잠시 쉬면 나을까 해서 끌어안고 있는데 김태준 자신도 너무 지치고 숨이 가빠 정신이 아련했다. 김태준까지 진이 빠져 잠에 빠져들기 시작한 것이었다. 몇 분이나 그러고 있었을까, 갑자기 어둠 속에서 무언가 튀어나왔다. 노루였다. 노루 한 마리가 펄쩍 두 사람 곁을 뛰어 달아나는 것이었다.

김태준이 퍼뜩 정신을 차리고 보니 기분이 이상했다. 박진홍의 얼굴에서는 숨소리도 들리지 않았고 움직임도 없었다. 깜짝 놀라 거칠게 몸을 흔들었으나 아무 반응이 없었다. 얼굴이 너무 차가워 죽었는지 살았는지도 구별되지 않았다. 꽁꽁 얼어 감각도 없는 손을 그녀의 옷 속에 넣어 가슴과 배를 만져 보았다. 아직 온기가 남아 있었다.

"일어나! 여보! 여기서 쓰러지면 안 돼!"

김태준은 목이 쉬도록 고함을 치며 그녀를 들춰 업고 혼신의 힘을 다해 언덕을 내려갔다. 이십 리를 걸어 산중턱 작은 마을에 간신히 도착했을 때는 김태준도 거의 숨이 넘어갈 지경이었다. 먼저 도착한 선발대가 감자를 쪄 놓았다. 박진홍는 따뜻한 감자와 물을 먹고서야 가까스로 정신을 차렸다. 역시 감자를 먹고 기운을 차린 김태준은 그녀를 불가에 끌어 앉혀 놓고 어깨를 끌어안은 채 조용히 눈물을 글썽거렸다. 박진홍은 그의 아이를 잉태하고 있었다. 차돌처럼 단단했던 그녀가 쓰러져 버린 것도 임신 때문이었다. 아내의 어깨를 꽉 잡은 채 눈을 감고 있는 그의 귀에 기운을 차린 청년들이 합창하는 소리가 들려왔다. '소탕가'라는 노래였다.

나가자 동무들아 함께 뭉치어
무거운 쇠줄을 둘러메치고

뼈 속에 사무친 원을 풀자

삼천만 대중아 모두 나가자

승리는 우리를 재촉한다…….

흥겹고 힘찬 곡조에 자기도 모르게 고개를 끄덕이며 박자를 맞추고 있으려니 조금씩 기운이 돌아오는 기분이었다. 한 소절 노래가 이처럼 큰 힘을 가진 줄은 그때 알았다.

천신만고 끝에 두 사람이 마침내 연안에 도착한 것은 1945년 사월 초순이었다. 태항산에 근거지를 두고 일본군과 전투를 벌이던 무정 장군의 조선의용군은 연안에서 재편성되어 세력을 규합하던 중이었다.

김태준 부부와 비슷한 처지의 조선인 망명객들과 일본 부대에서 탈영한 조선인 학도병들이 속속 연안으로 모여들고 있었다. 김태준은 그들과 함께 조선의용군에 정식으로 입대해 교육과 무장 훈련을 받고 전투에 참가할 준비를 했다.

두 사람은 연안 체류 중에 팔로군 사령관인 주덕 장군을 보기도 했다. 태풍이 지나간 논에서 피사리를 하다가 막걸리 한 잔 하려고 걸어 나오는 농부처럼 소탈하게 생긴 인물이었다. 계급장도 없는 군복과 군모에 굵은 주름 가득한 얼굴로 활짝 웃는 모습이 여간 촌스럽지 않았다. 박진홍은 그가 김삼룡의 인상과 너무 비슷하다고 말했다. 김태준은 저런 평범한 사람이 중공군 최고 사령관이라는 것 자체가 중국공산당의 정당성을 웅변한다고 말했다.

일본이 전쟁에서 패하고 조선이 해방된 것은 훈련을 마친 김태준이 실전에 배치되기 위한 절차를 밟고 있던 1945년 8월 15일이었다. 그 먼 길을 걸어

온 지 불과 넉 달 만에, 일본군에 총을 겨눠보기도 전에 전쟁이 끝나 버린 것이었다.

그래도 기뻤다. 박진홍은 김태준을 부둥켜안고 펄쩍펄쩍 뛰었다. 다른 이들도 마찬가지였다. 서로 친하지 않던 사람들끼리도 스스럼없이 끌어안고 만세를 부르며 눈물을 흘렸다. 어떤 사람은 꺼이꺼이 통곡을 했고 어떤 사람은 미친 듯이 들판을 뛰어다니며 총을 쏘아 댔다. 조선의용군 주둔지에는 만세 소리가 몇 날 며칠이나 계속되었다.

해방의 환희가 채 가라앉기도 전에 고국으로 돌아가는 행렬이 시작되었다. 만주와 중국에서 떠돌이 생활을 하던 수많은 조선인들이 귀국길에 올랐다. 방향은 동쪽이었다. 열차를 타는 사람이건 걷는 사람이건 모두들 해가 뜨는 방향으로 향했다. 박진홍 부부도 연안에 함께 들어왔던 조선의용군과 함께 조선을 향해 출발했다.

이미 박진홍은 만삭의 몸이었다. 연안으로 가는 길에 모진 고생을 하면서도 유산을 하지 않아 매일 아이의 발길질을 느낄 수 있었다. 만삭의 몸으로 수천 리 길을 걸어간다는 것은 산고보다 더한 고통이었다. 박진홍은 팔로군으로부터 얻은 말에 타고 김태준은 고삐를 잡고 하루에 수십 킬로미터를 걷고 또 걸었다. 지치고 졸려 말에서 떨어진 적도 여러 차례였다. 의용군으로서 지급받은 소총에 총알까지 가지고 있어 더욱 힘들었다.

마침내 박진홍은 열하성 람펀이라는 곳에서 아들을 낳았다. 영양부족으로 체구는 작았으나 아무 이상이 없는 건강하고 잘생긴 아들이었다. 산후조리를 할 처지는 못 되었다. 조선이 남북으로 갈리어 왕래조차 할 수 없다는 소문이 그곳까지 들려오고 있었다. 조선의용군 대열에서 낙오되어서는 안 되었다. 귀향을 서둘러야만 했다. 김태준은 긴 막대들을 엮어 말에 붙들어 매고 이불을 깔아 들것을 만든 후 목욕도 제대로 시키지 못한 갓난아이와 아내를 싣고 발길을 재촉했다.

이재유의 아들에게 감옥의 철창 안에서 한스럽게 태어났다는 뜻으로 이철한이라는 이름을 붙여 주었던 박진홍은 김태준의 아들에게는 김씨 문중의 돌림자인 '세' 자에 연안에서 낳았다는 뜻의 '연' 자를 붙여 김세연이라는 이름을 지어 주었다.

조선 땅이 바로 눈앞에 보이는 압록강에 이르렀을 때, 조선의용군의 행진이 중단되었다. 북한을 선점한 소련군이 중국공산당에 소속된 연안파 조선의용군이 무장한 채 귀국하는 것을 허용하지 않았기 때문이다. 무장독립운동의 영웅이던 무정 장군조차도 총을 버린 채 개인 자격으로 입국해야 했다.

사회주의 우방이라 믿어 온 소련군이 앞길을 막았다는 사실에 다들 흥분하고 난리를 쳤으나 어쩔 도리가 없었다. 일본은 물러났으나 조선인은 여전히 조선의 주인 행세를 할 수 없었다. 총을 버리지 않으려고 흥분하고 개탄하던 이들은 결국 스스로 무장을 해제하고 국경을 넘었다. 김태준 부부도 애써 먼 길을 들고 온 장총과 권총을 버리고 맨몸으로 압록강 다리를 건넜다.

김태준은 고향인 평안북도 운산에 들리지도 못하고 곧장 남하의 발길을 재촉했다. 해방 직후 여운형의 주도로 세워진 '조선인민공화국'은 연안에서 돌아오지도 않은 김태준을 일방적으로 중앙위원에 선임한 상태였다. 박헌영의 주도로 세워진 '조선공산당'도 그를 중앙위원으로, 박진홍을 여성부 간부로 미리 뽑아 놓고 두 사람이 돌아오기를 기다리고 있었다.

두 사람이 연안에서 출발해 서울에 도착하기까지의 석 달 사이, 새로운 국가의 주도권을 쥐기 위한 권력 투쟁과 이합집산이 조선 땅을 소용돌이치고 있었고, 두 사람은 자신도 모르는 사이에 중요한 정치 세력의 일원이 되어 거대한 혼란 속으로 휩쓸려 들어갔다.

25_ 지워지는 기억들

이효정이 박진홍과 재회한 것은 해방이 되던 해 겨울에 열린 여운형의 한 강연회에서였다. 좌파이지만 공산당에 직접 가입한 적이 없는, 온건하고 대중적인 지도자 여운형은 해방 직전까지도 일선에서 대중운동을 하고 있었기 때문에 해방 직후 가장 인기 있는 정치인으로 부상해 있었다.

강연장은 비집고 들어갈 틈도 없이 만원이었다. 그녀가 강당에 들어섰을 때는 이현상이 마이크를 잡고 찬조 연설을 하는 중이었다. 냉정하면서도 선동적인 이현상의 연설에 사람들은 계속해서 박수를 치고 있었다. 그 와중에 단상 근처에서 사람들에게 무언가를 지시하고 있는 작고 뚱뚱한 여자가 눈에 들어왔다. 이순금이었다.

"순금아!"

너무나 반가움에 체면도 없이 소리쳐 이름을 부르며 달려가니 이순금도 양손을 활짝 펴며 달려왔다. 이순금은 누구보다도 감정 표현이 풍부한 아이였다. 소리를 지르고 또 지르며 기뻐하는 것이었다. 둘이 얼싸안고 펄쩍펄쩍 뛰며 좋아하는데, 인파 사이에서 또 다른 작달만한 주부가 아이를 안고 나타났다. 박진홍이었다. 연안에서 갓 돌아와 갓난아이를 안은 채 처음으로 공식행사장에 나타난 것이었다. 박진홍의 얼굴은 오랜 여독과 산고로 까맣게 타고 시들어 있었으나 눈만은 여전히 반짝반짝했다. 김태준이 늘 자랑하는, 초롱초롱 빛나는 눈은 그대로였다.

"진홍아, 진홍아!"

이상하게 박진홍을 보니 눈물부터 쏟아졌다. 이효정은 박진홍을 끌어안고 눈물을 흘리며 말을 잇지 못했다. 저절로 눈물이 펑펑 쏟아졌다. 얼싸안고 부둥켜안은 채 말하다가 울고, 서로의 얼굴을 만져 보며 웃다가 다시 울었다. 다시는 못 만나리라 생각했던 이들이 사방에서 눈에 띄었다.

네모 동동한 얼굴의 허마리아와 인형처럼 귀여운 심계월, 정태식의 처인 김월옥 등 서울에 살던 여성 운동가들은 거의 다 와 있었다. 이재유의 고향 친구 안종호와 조카 이인행도 왔다. 짧게는 일 년, 길게는 십 년 만에 만나는 얼굴들이었다. 너나없이 끌어안고, 붙잡은 손을 놓을 줄을 몰랐다.

강연회가 끝나고 박진홍의 집에 함께 간 이효정은 자신의 세 아이들까지 데리고 한동안 그녀와 함께 지내기로 결정했다. 남편이 조선공산당 간부 일을 맡아 서울에 머물게 된데다 박진홍이 함께 있자고 간청했기 때문이었다.

박진홍의 살림은 너무나 궁색했다. 있던 재산은 연안으로 떠날 때 몽땅 팔아 다 써버린 데다가 김태준이 인민공화국의 고위직을 맡았다지만 상황은 나아지지 않았다. 제대로 먹지도 못해 젖도 잘 나오지 않았다. 마음껏 젖을 빨리

지 못한 갓난아이는 비쩍 말라 있었다. 어렵기는 마찬가지였으나, 그래도 낫게 산다는 동덕여고 동창들이 쌀이며 밀가루 같은 먹을거리를 모아 오기도 했다. 세상이 바뀌기는 바뀐 것 같았다.

박진홍은 오랜 여독에 시달린데다 산후조리를 하느라 바깥 활동을 거의 하지 않았다. 두 친구는 아이들과 함께 온종일 이야기를 나누고 떡이니 부침개를 해 먹으며 놀 수 있었다. 작은 집안에는 아이들이 떠드는 소리와 함께 두 엄마의 웃음소리가 끊이지를 않았다. 지나가는 바람결에도 웃음을 참지 못하던 동덕여고 시절이 다시 돌아온 것만 같았다.

이효정은 한 달이나 박진홍의 집에 머물며 헤어져 있던 긴 시간 동안에 벌어진 모든 이야기들을 들을 수 있었다. 말벗을 만난 박진홍은 그동안 자신에게 벌어진 일들을 낱낱이 말해 주었다. 이재유와의 동거 생활과 그가 죽기 전에 면회 갔던 일, 이효정이 결혼해 경주로 내려가 버린 후 이순금 오누이와 함께 경성꼼그룹을 만든 과정, 김태준을 만나게 된 사연과 연안으로 가는 긴 여정에서 있었던 온갖 사건들을 쉴 새 없이 떠들었다.

박진홍은 이재유에게 영치했다가 돌려받은 소설책들이며 김태준으로부터 받았던 연애편지들을 보여 주기도 했다. 혁명이냐 사랑이냐는 고민에 빠졌다는 말로 시작되는, 한자가 잔뜩 섞인 장문의 편지였다. 그녀가 보관한 소장품 중에는 이재유가 쓴 항소이유서의 사본도 있었다. 1937년에 서대문형무소에서 쓴 것으로 이재유의 뛰어난 글 솜씨와 따뜻한 감정이 잘 느껴지는 글이었다. 거기에는 이재유가 왜 노동운동을 하게 되었으며 어떤 세상을 위해 목숨을 바치려 했는가가 잘 나와 있었다.

박진홍은 아들 세연을 너무나 예뻐했다. 아버지를 닮아 점잖게 생긴 아이였다. 박진홍은 아이에게 거의 모든 신경을 빼앗기고 있었다. 온종일 수다를 떨고 다른 일을 하면서도 아이에게도 한시도 신경을 거두지를 않았다. 조금만 울어도 팔이 아프도록 어르고 달랬고, 아직 놀이가 뭔지도 모를 갓난아이임에도 잠에서 깨기만 하면 장난감을 흔들어 주거나 아기가 통 알아듣지도 못할 옛날이야기들을 해주었다. 일제시대 여성운동가 중 가장 오랜 감옥살이를 한, 좌우익을 통틀어 가장 똑똑한 여자임에 틀림없을 그녀가 어린아이에게 가진 애착이 얼마나 강한가를 지켜보고 있으면 신기할 지경이었다.

더욱 박진홍은 아이를 더 낳고 싶어했다. 딸을 낳을 때를 대비해 세주라는 이름까지 미리 지어 놓았다. 하지만 해방 직후의 혼란은 아이 낳을 마음의 여유를 주지 않았다. 산후조리를 하는 동안에도 여러 단체에서 끊임없이 일을 해달라고 요청이 들어오고 있었다. 다시 아이를 가질 여유는 없었다.

여러 직책을 맡아 정신없이 바쁜 김태준은 집에 들어오지 못하는 날이 더 많았다. 어쩌다 집에 들어오는 날이면 아내 곁에 붙어 앉아 아이를 어르며 마냥 벙실댔다. 이효정에게 우아하고 기품 있는 인상이라고 칭송하기도 했다. 김태준은 도대체 언성을 높이는 법이 없고 함부로 말을 하지도 않았다. 인정이 없는 것도 아니어서 과거 사회주의운동을 하다가 어렵게 사는 이들을 한 명이라도 더 도와주기 위해 이리저리 자리를 알아보는 게 중요한 일과였다. 인민공화국과 공산당의 최고 지위에 있으면서도 조금도 권위적인 태도는 보이지 않았다. 이효정의 눈에 김태준은 참으로 멋있는 사람이었다.

아줌마가 된 두 사람은 아이들을 데리고 이관술의 집에 몰려가 밥을 해 먹으며 놀기도 했다. 일제 말기에 집을 떠나 사는 동안 동덕여고 제자와 바람이 나서 아이까지 낳았던 이관술은 이제 본처에 충실한 남편으로 돌아와 있었다.

이순금이 그토록 예뻐했던 큰딸 성옥은 어려움 속에서도 착하게 잘 커 주었다. 성옥은 변장과 도피의 귀재로 알려진 아버지처럼 꾀가 많아 어른들의 귀여움을 독차지했다. 혼자서 언양의 할아버지 댁에 내려가 받은 돈을 전대에 넣어 배에 감고 오는 심부름까지 해냈다.

오빠와 마찬가지로 여러 직책을 맡은 이순금은 거의 집에 들어오지 못했다. 한때 김삼룡과 동거를 했던 그녀는 김삼룡이 본처 곁으로 돌아간 후에도 결혼을 하지 않은 채 오로지 공산당 활동에 나날을 바쳤다. 어쩌다 들어오는 날이면 친일파들이 다시 득세하는 현실을 개탄하느라 목이 아프게 떠들었다.

이순금이 쉬는 날은 셋이 함께 익선동 이현상의 집에 찾아가 밤늦도록 이야기를 하기도 했다. 이현상은 여전히 과묵하고 눈빛 매서운 사람이었다. 경직된 분위기로 말하자면 원산에서 온 이주하와 비등했다. 도무지 웃을 줄 모르는데다 수십 년 사회주의운동을 해 왔다는 이들까지도 당황하게 만드는 고지식한 원칙주의로 이름 난 이주하는 지하운동가의 상징 같은 인물이었다. 같이 지하운동을 해 왔어도 김삼룡이 호탕하고 대중적인 인물인 데 비해 이현상과 이주하는 여간 깐깐하고 날카롭지 않았다. 하지만 평소의 그런 태도 때문에 가끔씩 드러내는 인정 어린 말 한 마디가 더 값어치 있게 느껴지기도 했다. 이현상이 아이들을 안아주거나 센베이 과자를 사 가지고 와서 나눠 줄 때면 더 따뜻하고 멋있어 보였다.

박진홍과 이효정은 아이들을 위해 충무로 백화점 거리에 놀러가기도 했다. 해방은 여성들의 입술에 바른 립스틱으로 상징되었다. 일제시대에는 볼 수 없던 새빨간 립스틱을 바른 여성들이 거리마다 가득했다. 민족의 해방일 뿐 아니라, 여성들이 고루한 봉건 의식으로부터 해방된 상징처럼, 너나없이 새빨간 립스틱을 바르고 다녔다. 두 여자는 입술을 칠하고 다니지는 않았고 옷차림도 소박했으나 마음만은 벅찬 해방감을 공유할 수 있었다.

햇살이 따뜻한 날은 아이들과 함께 창경원과 세검정 계곡에 놀러가기도 하고, 다른 친구들까지 불러 모아 수제비도 떠먹고 국수도 해 먹으며 그 긴 고통스런 세월을 회고하며 놀기도 했다. 고통스런 추억일수록 즐거운 얘기 거리가 되었다. 다시는 그런 고통이 없을 것 같았다. 미군정의 정책이 영 불길하기는 했으나, 적어도 해방된 그 해 가을까지는 모두에게 행복한 시간이 주어졌다. 젊은 시절에 맺힌 그 깊은 한을 풀어 주기에 충분하지는 않아도 조금의 보상은 될 만한 시간이었다.

이효정은 남편이 경주 인민위원회의 간부를 맡으면서 한 달 만에 경주로 돌아가게 될 때까지, 지난 십여 년의 고통을 보상받기라도 할 것처럼 마음껏 행복을 누려 보았다. 박진홍과 이별하면서도 미래에 대해 한 점 두려움도 없었기 때문에 금방 다시 만날 듯 즐겁게 웃을 수 있었다. 그 한 달간의 행복을 다시는 맛보지 못하리라고는 생각하지 못했다. 일제보다 더 끔찍한 어두운 세월이 자신과 친구들을 기다리고 있으리라고는 상상도 하지 못했다.

이효정을 보낸 뒤 박진홍은 조선에서 가장 바쁜 여자 중 한 사람이 되었다. 살림은 어머니 홍씨에게 맡기고 정치 일선으로 돌아갔다. 그녀는 주로 선전 활동을 했다. 인민위원회와 여성동맹은 그녀에게 더 중요한 임무를 맡기려 했으나 그녀는 선전부서를 고집했다.

박진홍은 그 바쁜 와중에도 때때로 문학을 하고 싶은 욕망에 사로잡히곤 했다. 바쁘고 불안한 와중에도 이따금 꿈을 그리다가 현실 앞에 깜짝 놀라곤 했다. 해방이 되면 정치에서 해방되리라 생각했으나 그러지 못하는 현실이 안타깝기도 했다. 그래도 여러 조직의 선전부장으로 일하는 데 불만은 없었다. 조선의 장래가 결정될 격동의 시기에 자신의 문학적 재능을 선전 활동에 바칠 수 있다는 사실에 만족해했다.

박진홍의 가정은 퍽 민주적이었다. 부부가 둘 다 너무 바빠 가정적인 단란한 맛은 통 없었으나 김태준은 아내를 집안에만 붙잡아 두거나 억압하는 사람은 아니었다. 두 사람의 대화는 선생과 제자 사이처럼 점잖았고, 정치문제에 관한 것이 대부분이었다. 그러나 때로 김태준은 아내가 여성 문제나 사회 문제에 대해 쓴 글을 읽으며, 여자가 어떻게 이런 글을 쓰는지 신기하게 여기기도 했다. 박진홍은 동시대에 가장 진보적 지식인이라는 남편이 가진 고루한 여성관에 대해 신랄하게 비판하기도 했지만 부부싸움으로 번진 적은 없었다.

부녀운동의 상징이 된 박진홍은 남녀평등과 봉건사상 타파를 외치는 연설을 하고 글을 쓰는 게 일이었다. 그렇다고 남자에 대해 적대적인 여자는 아니었다. 그녀는 봉건도덕에 얽매인 우익 부녀운동을 비판했지만, 가정을 경멸하고 남편을 투쟁의 대상으로 삼는 것도 잘못이라고 생각했다. 현 단계에서는 부부가 단결해서 혁명의 기초가 되어야 한다는 것이 그녀의 생각이었다. 박진홍은 그런 내용의 글을 썼고 실제로 그런 가정을 만들기 위해 애썼다. 부부싸움이 일어날 수가 없었다.

사람들은 김태준 부부의 연안 여행을 두고 일제 하 운동사상 최고의 낭만적인 연애 사건이라고 말하곤 했다. 잡지사에서 두 사람의 연애와 연안행, 그리고 지금의 생활을 취재해 싣기도 했다. 연안으로의 긴 여행, 그리고 해방 후 일 년 남짓한 신혼의 시간은 그녀의 인생에서 가장 행복한 나날이었다. 해방의 환희와 기쁨이 일 년 만에 무참히 깨질 줄은 박진홍도 몰랐다.

동덕여고 동창들의 행복 위에, 일제시대 수십 년간 겪었던 것보다 더 무섭고 잔인한 불행이 덮쳐오고 있었다. 축하의 시간은 채 일 년을 넘기지 못한 채 끝나버리고, 일본인들조차 벌이지 않았던 잔혹한 살육이 같은 민족의 손으로 행해진, 저주받은 시간이 다가오고 있었다.

일제가 물러난 한반도에서 자신을 떳떳이 내세울 수 있는 정치세력은 주로 좌익들이었다. 우익 민족주의자의 대부분은 오래 전에 변절해 새로운 세상의 주인으로 나설 처지가 못 되었다. 미군과 상해 임시정부가 들어오기 전에 여운형의 주도로 세워진 조선인민공화국의 주력은 당연히 사회주의자들이었다. 인민공화국은 불과 두 주일 만에 전국 모든 지역에 '지역인민위원회'를 만들었다.

다른 한편, 해방 직후 결성된 조선공산당은 일제 말기까지 전향하지 않고 운동을 계속한 사회주의자들로 구성되었다. 박헌영을 대표로 김삼룡, 이현상, 이순금, 이관술, 정태식, 김태준 등이 중앙위원으로 선출되었다. 중앙위원 중에는 한때 이재유와 국제선 문제로 토론을 벌이던 중 구속된 김형선도 들어 있었다. 당시 이재유와의 통일을 이루지 못한 채 구속된 김형선은 전향을 거부하고 버텨 해방되는 날까지 꼬박 십삼 년간 감옥살이를 하다가 석방되자마자 중앙위원으로 선출된 것이었다.

일국일당의 원칙에 따라 조선공산당은 남북한을 총지휘하는 권한을 가졌기 때문에, 실질적으로 경성꼼그룹 출신들이 공산당의 권력을 장악한 셈이었다. 거슬러 올라가면 경성꼼그룹의 주력이 경성트로이카 출신이었다. 이재유는 죽었지만, 해방 후 조선공산당 지도부의 주력이 경성트로이카 출신이라고 할 수 있었다. 소련군의 대리인으로 북한에 진주한 김일성은 이주하와 더불어 북한 출신 정치국원 중의 한 명에 불과했다.

인민공화국과 마찬가지로, 조선공산당은 불과 몇 달 만에 수만 명의 당원이 확보되는 바람을 일으켰다. 그 상당수가 일제 말기에 전향서를 내고 운동을 포기한 사람들이었으나, 새 세상에서 약간의 흠은 문제가 되지 않았다. 심지어는 사회주의와 별 관련이 없던 출세주의자와 기회주의자들까지 몰려왔다. 일본군 소좌로서 독립군을 토벌하던 박정희 같은 인물들까지 좌익운동에 끼어들었을 정도였다.

그러나 영광은 잠시뿐, 제국주의 간의 전쟁에서 승리해 일본 대신 남한을 점령한 미국은 자기 점령지에 공산주의가 준동하는 것을 용납하지 않았다. 미군정은 일제의 지배체제를 고스란히 인수하는 한편, 인민공화국을 해산시켜 버리고 공산당 간부들에 대한 체포를 시작했다.

해방이 되었다지만 변한 건 없었다. 면사무소에 가도 일제시대 때 면 서기를 하며 재산을 모았던 자가 서기에 앉아 있었고, 일본인 밑에서 마름 노릇을 하던 자들이 일본인들이 남기고 간 땅들을 차지해 졸부로 등록했다. 좌우익 상관없이 독립운동가들을 고문하던 악독한 조선인 형사들이 여전히 그들의 뒤를 감시하고 다녔다. 미군들은 자기네들과 영어가 통하는 친일파들을 더 높은 요직에 올려놓았다. 그 때문에 일본인들이 비워 두고 떠난 고위 관리직에는 일본인 밑에서 아부하던 자들이 승진해 올라갔다.

미군정의 보호 아래 돈과 권력이 모두 우익에게 일방적으로 유리한 가운데 좌익이 의지할 것은 대중적 지지뿐이었는데 이마저 잃게 만든 것은 신탁통치 사건이었다.

해방이 되던 해 12월, 미국과 소련은 한반도를 오 년간 공동으로 통치하겠다는 결정을 발표했다. 즉각적인 독립과 남북통일을 요구하던 거의 모든 사람들이 이에 반대하고 나섰다.

맨 먼저 이를 부정하고 나선 것은 다름 아닌 김삼룡이었다. 김삼룡은 신탁통치안이 나오자마자 제일 먼저 인민의 의지를 무시한 처사라며 조선공산당 명의의 긴 성명을 발표했다.

그런데 연말에 북한에 올라간 박헌영은 소련으로부터 신탁통치에 대한 설명을 듣고 돌아와 돌연 태도를 바꾸었다. 신탁통치를 하려면 일단 삼팔선을 허물고 남북한을 통일시켜야 했다. 박헌영은 이야말로 갈라진 조국을 합칠 수 있는 절호의 기회라고 생각했다. 신탁통치 오 년 동안은 소련이 미국과 함께 조선 전체를 관할하게 되어 공산당 활동을 보장해 주리라는 계산도 있었다. 박헌영은 전 조직에 찬탁운동으로 돌아서도록 지시했다. 공산당은 새해 첫날부터 찬탁운동을 시작했다. 대중의 심리를 잘 아는 김삼룡은 이에 반대했지만 당의 결정이니 따를 수밖에 없었다.

일반 국민들은 즉각적인 독립이 아닌 또 다른 식민지 오 년을 이해할 수 없었다. 공산당은 일시에 매국노로 규탄받기 시작했다. 수세에 몰려있던 우익들이 이 기회를 놓치지 않고 정치의 전면에 등장했다. 신탁통치에 찬성하는 이들에 대한 무력 테러가 전국에서 벌어졌다. 대표적인 민족주의자였던 송진우는 박헌영과 김삼룡의 설득을 받아들여 신탁통치에 찬성한다고 발표했다가 바로 그날 암살당했다. 조선공산당의 인기는 곤두박질쳤다.

예기치 못한 호재를 만난 미국은 자신들이 먼저 신탁통치를 제안했음은 감춘 채 재빨리 입장을 바꾸어 반탁운동을 지원함으로써 친일파와 우익들의 활동 영역을 넓히는 데 도움을 주었다. 미군정의 비호 아래 정치권력의 판도는 완전히 뒤바뀌어 갔다. 그것이 시작이었다. 공산당은 남한 사회 구석구석에서 밀려나기 시작했다. 사회주의자들의 비극이 시작되었다.

찬탁과 반탁으로 정국이 소용돌이치던 봄, 김태준은 경성제대에서 이름을 바꾼 서울대학교 총장 후보로까지 올랐지만 좌익이라 해서 수천 명 학생들과 함께 쫓겨나고 말았다. 박진홍과 세연의 삶에도 어둠이 드리워졌다.

초여름에는 이관술이 연행되었다. 조선공산당 당사에 있는 정판사라는 인쇄소에서 위조 달러를 찍었다는 혐의였다. 인민위원회 선전부장을 맡고서도 한 번도 공식적인 자리에서 그 의자에 앉아보지 않았던 이관술이었다. 모든 사람들이 공산당에 매달려 권좌에 앉아보려고 암투를 벌이고 있을 때, 그는 한 번도 공식행사에 나타나 자신을 과시한 적이 없었다. 그의 자리에는 항상 명패만 달랑 놓여있을 뿐, 몸은 늘 정판사 인쇄소에서 잉크를 묻히며 일하고 있었다. 위장을 위해서가 아니라면 번듯한 양복 한 번 입거나 머리에 기름을 바르고 다닌 적도 없는 사람이었다. 공덕리에서 이재유와 함께 『적기』를 찍어내던 모습 그대로, 작업복 차림에 글을 쓰느라 굳은살이 배인 손과 얼굴까지 잉크를 묻히고 돌아다녔다. 그 이관술이 다시는 나올 수 없는 감옥에 갇혀 버렸다. 공산당은 위조지폐 같은 것은 만든 적이 없으며, 우익의 음모라고 거세게 항의했으나 수많은 구명운동에도 불구하고 이관술은 사형에 처해지고 만다.

해방된 지 일 년 만에 공산당은 완전히 불법화되어 모든 간부가 체포되거나 수배되었다. 박헌영과 이현상은 월북하고, 일제 하 원산노동운동의 영웅 이주하는 체포되었다가 풀려나자 월북했다.

다만, 김삼룡은 남아서 지하운동을 계속했다. 일제시대 맨 마지막까지 이재유와 함께 감옥에 남아 있었던 것처럼, 그는 닥쳐온 재난으로부터 도피하지 않았다.

한편, 남한의 공산당이 무력해진 상태에서 북한 지역에서는 소련의 보호 아래 김일성이 승승장구하고 있었다. 김일성은 박헌영이 세운 조선공산당을 해산된 것으로 간주하고 자신을 중심으로 새로이 '조선노동당'을 창건했다. 한때 공산당의 근거지였던 서울은 이제 노동당의 남쪽 지부로 격하되었다. 자연히 조선공산당이라는 이름도 '남조선노동당', 세칭 남로당으로 바뀌어야 했다.

11월, 박헌영은 남한 땅과 가까운 해주에 머물며 남로당이 창건되는 과정을 지휘했다. 아직까지 남로당은 합법적으로 결성되었고 여전히 상당한 영향력을 가지고 있었으나 이미 기반은 완전히 무너지고 있었다. 결성되자마자 실질적인 당수인 김삼룡을 비롯해 주요 간부들이 연행되거나 수배되었다.

이효정은 이즈음 집 근처 소학교에서 학생을 가르치고 있었다. 해방 직후 만들어진 교원 양성소에서 석 달간 교육을 받고 교사 자격증을 딴 것이었다. 어린 학생들을 가르치는 것 외에 특별한 정치 활동을 하지는 않았다. 일제 하에서 애국자들을 잡아 족치던 매국노들이 다시 권력을 잡고 큰소리치는 꼴이 너무나 치 떨리고 혐오스러웠지만 남편이 인민공화국이니 남로당 일로 전혀 돈을 벌어오지 못하고 있어 세 아이를 먹여 살리려면 자기라도 일을 해야 했다.

그나마 남편은 남로당 지구당을 결성한 직후부터 경찰에 쫓겨 다니더니 얼마 못 가 붙잡혀 구속되고 말았다. 빨갱이의 아내가 된 이효정도 선생 일을 그만 둘 수밖에 없었다. 남편을 감옥에 보내고 일정한 직업도 없이 세 아이를 키우는 일은 끔찍했다. 일제시대 그 모진 고문도 이겨내서 잉크병이란 별명까지 얻은 그녀였으나, 가난 앞에는 오기도 소용이 없었다. 들판에 나가 보리이

삭과 벼이삭을 줍고, 산나물을 캐고 땔나무를 하기 위해 온 산을 헤매고 다녔다. 굶주린 아이들에게 보리죽이라도 마음 놓고 먹여보는 게 소원이었다.

가난과 불안에 견디다 못한 이효정은 아이들을 시부모에게 맡겨 두고 서울 가는 기차를 탔다. 박진홍이나 이순금의 도움을 받기 위해서였다. 남편의 재판에 변호사라도 대어 주지 않을까 희망을 걸었다. 그러나 친구들의 사정은 더 어려웠다.

박진홍의 남편 김태준은 구속되어 있었고, 이순금은 이미 월북해 있었다. 남편을 잃은 이관술의 부인은 극우파들이 집에 찾아와 괴롭히는 바람에 아이를 데리고 어디론가 숨어 버렸다. 이현상과 김삼룡도 잠적하고 없었다. 이현상의 부인도 두 아이를 데리고 월북했다는 소문이 돌았다.

한숨만 나왔다. 그토록 애써 고생한 대가가 이건가 생각하면 가슴이 답답하고 심장이 조여 왔다. 시도 때도 없이 울화가 치밀었고, 그럴 때마다 정말 숨이 막혀 죽을 것만 같았다.

박진홍은 자신을 찾아온 이효정의 손을 잡고 한동안 말도 하지 못했다. 아직은 김태준이 연행되었다가 풀려나기를 되풀이하고 있을 때였지만 그러다가 언젠가는 영영 나오지 못하리라는 것을 그녀는 짐작하고 있었다. 울지는 않았다. 눈물조차 말라버린 것 같았다. 해방된 조국에서 이처럼 비참한 꼴을 당할 줄은 누구도 몰랐다. 이 나라, 이 땅이 너무나 싫다고 말하는 그녀의 얼굴에는 절망과 독기가 가득 서려 있었다.

"효정아, 난 북으로 갈 거야. 이 땅에서는 살고 싶지 않아."

박진홍의 말에 이효정은 애써 말리지 않았다.

"김태준 씨는? 함께 가니?"

박진홍은 고개를 저었다. 당시는 삼팔선 경계가 강화되어 넘다가 걸리면 즉석에서 총살당하던 시절이었다. 박진홍은 노동당루트라 불리던, 남파 간첩이나 월북자들을 위해 만들어진 숨겨진 통로를 이용할 수 있기 때문에 월북을 결심한 것이었다.

"효정아, 너도 같이 가자. 여기서는 더 이상 살 수가 없어."

이효정은 그러나 그녀의 권유에 응하지 않았다. 모든 가족이 남한에 살고 있기 때문이기도 했으나, 이미 월북해 북한을 경험하고 다시 월남한 고모 이병희에게서 들은 이야기 때문이었다.

이병희는 북경에서 이종희 집에서 살다가 해방을 맞아 고향에 돌아와 있다가 남편과 함께 월북했다. 아직은 공산당에 대한 검거가 심하지 않을 때였는데 남편의 형인 시아주버니가 압록강의 수풍댐에서 기술자로 일하고 있어 그곳에 가면 잘 살 줄 알았기 때문이다. 그러나 시어머니까지 모시고 올라간 북한 생활은 그녀를 실망시켰다.

그토록 꿈꾸던 혁명의 새 세상은 그녀의 기대처럼 아름답지는 않았다. 민족과 인류를 위한 자기희생의 고귀함이란 권력을 잡기 이전의 이야기였다. 일제시대, 민족해방을 위해 자신의 모든 것을 바친 희생정신은 퇴색되어 버리고 공산당은 또 하나의 권력이 되어 인민을 지배하고 있었다.

식민지 조선이나 남한에는 최소한의 법률이라는 것이 있어서 이를 어기지 않는 한 마음속으로 어떤 죄를 지어도 상관이 없었다. 그러나 공산당은 사람의 마음 속에 든 정신까지도 옳고 그름을 따지는 권한을 갖고 있었다. 해방 후 불과 반 년 만에 공산당은 신보다 더 무서운 존재가 되어 있었다. 모든 사람이 공산당에서 정해 준 직장에 나가 일거수일투족 서로 감시를 하며 일해야 했다.

일제시대 공장 일을 마치고 몰래 읽던 혁명 서적은 그토록 재미있고 흥미로웠지만 공장에서 시간을 정해 강제로 배우는 혁명 이론은 지루하고 괴로웠다. 그 어려운 일제 때도 여행의 자유는 있었으나 이제는 한 발짝만 동네를 벗어나려 해도 허가증을 받아야 했다. 자신이 이런 세상을 위해 싸웠다는 게, 박영출, 이재유 같은 이들이 이런 세상을 위해 죽어갔다는 게 도무지 실감이 나지를 않았다.

무엇보다도 이병희를 실망시킨 것은 북한 지역 공산당원들의 지역감정이었다. 저녁마다 지역 공산당원들이 모여 활동 보고를 하고 회의를 여는데 남한에서 올라온 이병희는 끼워주지 않았다. 자신이 일제 하에서 사 년 가까이 감옥 생활을 했고, 해방 당시까지 북경에서 독립운동에 종사했다 말하고 증거 서류까지 제출했으나 당원 가입조차 거부당했다. 해방 직후 북한 정권의 비호 아래 갑자기 양산된 다수 공산주의자들은 이병희 같은 관록 있는 남한 출신들이 당에 들어오는 것을 은근히 경계하는 게 분명했다.

결국 이병희는 시아주버니에게 사정해 남쪽 행 여행증을 얻었다. 해주에 직장을 얻게 되었다는 내용의 가짜 여행증이었다. 남편과 시어머니, 어린 아들까지 안고 일제 때보다도 훨씬 심한 공산당의 통제와 검문을 거쳐 황해도 해주 땅에 도착해 보니 삼팔선이 가로막혀 있었다.

올라갈 때는 노동당루트를 통했으나 도망치는 지금은 민간인들의 힘을 빌려야 했다. 해주에서 이삼 일간 배회하며 남으로 자신들을 데려다 줄 배를 찾은 끝에 전 재산을 주고 밀항선을 탈 수 있었다. 한밤에 바다로 나가 삼팔선 해안에서 멀리 돌아 남쪽 해안에 상륙하는 배였다.

이병희와 남편은 남한에 도착한 후로는 일절 남로당에 관여하지 않고 먹고사는 일에만 나섰다. 건축 일로 한때 돈을 벌기도 했고 장사도 했다. 잘 살지는 못했어도 큰 어려움 없이 재미있게 살았다. 그녀에게 공산주의는 일제나 자본주의보다 훨씬 더 무섭고 징그러운 제도였다. 소련에서 스탈린이 집권한 이후 수많은 서구 지식인들이 사회주의에 환멸을 느끼고 반공주의자가 되어 버린 것이 그제서야 이해가 되었다.

이효정이 북한을 싫어하게 된 데는 종고모의 경험뿐 아니라, 이종희의 영향도 있었다. 북경에서 해방을 맞아 국내로 들어오다가 북한에 머물게 된 이종희와 이종국 오누이는 경력을 인정받아 인민위원회 일을 하게 되었는데 경직된 체제에 적응하지 못한 이종국이 먼저 월남을 결심했다. 이종국은 누이에게 함께 내려가자고 했으나 이종희는 맡은 책임을 다해야 한다며 먼저 가라고 했다. 할 수 없이 이종국 혼자 월남했는데 나중에 이종희로부터 북한에서 나오고 싶다고 연락이 왔다고 했다. 공산주의 사회에서 도저히 견딜 수가 없다는 것이었다. 그러나 이제는 해상 통로조차 막혀 버렸다. 노동당루트를 타고 간첩으로 내려오지 않는 이상, 남으로 내려오기는 어려웠다. 월남한 이후로는 공산주의 운동에서 손을 뗀 이종국은 누이를 북한에 두고 온 것을 못내 후회했다.

이병희의 귀환과 이종희의 전언을 통해 공산주의 북한을 부정적으로 보게 된 이효정은 월북하고 싶은 생각이 들지 않았다. 남북 어디에도 자신과 남편을 환영하는 곳이 없었으나 하루를 살다가 죽더라도 가족과 친지가 있는 남한에서 자유롭게 살다가 죽는 게 낫겠다고 생각했다.

다만, 박진홍의 월북은 말릴 수 없었다. 이효정은 박진홍이 월북하는 것은 배웅하지 못한 채 작별 인사를 해야 했다. 어디선가 일제 고등계 출신 형사가 감시하고 있을지 모르는 가운데 집 앞 골목에서 헤어질 때 이효정은 눈물을 참을 수가 없었다. 증오심으로 눈물마저 잃어버린 듯하던 박진홍도 끝내 울음을 터뜨리고 말았다. 서럽고 아픈 이별이었다.

아무 소득도 없이 경주로 내려가 보니 생각지 않게 남편이 석방되어 집에 와 있었다. 이효정은 이제 남편이 사회주의운동 같은 것은 그만두고 식구들이나 보살펴 주기를 바랐다. 그러나 남편은 만류를 뿌리치며 월북하겠노라 했다. 남한에서도 사회주의운동만 하지 않으면 얼마든지 행복하게 살 수 있지 않느냐고 간청했지만 남편은 친일파와 매국노들이 판을 치는 더러운 땅에 사는 자체가 고통이라며 고집을 꺾지 않았다.

며칠 간 싸우고 애원하다가 지쳐버린 어느 날 밤, 남편은 홀연 어둠 속으로 사라져 버렸다. 새벽녘에 퍼뜩 잠이 깬 이효정은 남편의 자리가 비어 있고 옷가지가 헝클어진 것을 발견하고 속옷 바람으로 마당에 뛰어나갔다. 새벽 찬바람뿐 아무도 보이지 않았다. 작별 인사도 못하고 싸우다가 보낸 게 그렇게 안타까울 수 없었다. 미명이 어둠을 거둬내고 있었다. 이젠 눈물도 나오지 않았다.

이효정은 그래도 희망을 갖자 결심했다. 삼팔선은 임시로 그어 놓은 분단선일 뿐, 머지않아 통일이 될 것이고, 다시 만날 수 있으리라, 스스로 위안했다. 사실 대부분의 사람들이 그렇게 믿고 있기도 했다. 삼팔선이 지워지는 그 날까지만 참자, 그때까지만 폭력을 피해 있으면 되리라 생각했다. 그것이 남편과의 영원한 이별이 되리라고는 예상하지 못했다.

사회주의 활동을 하지 않으면 괜찮으리라는 예상도 빗나갔다. 남편을 찾던 경찰에 붙들려간 이효정은 호된 폭행을 당하다가 팔목이 부러져 버렸다. 경찰은 팔이 덜렁덜렁하는 그녀를 아무 치료도 없이 유치장에 방치했다. 안동에서 남로당 부녀부장 일을 했다는 이유로 속옷까지 홀랑 벗겨진 채 피투성이가 되도록 매를 맞고 들어온 여자가 옷으로 묶어 주어 겨우 뼈는 붙었으나 팔목이 삐뚤어진 불구가 되었다. 석방되고 나서도 경찰은 수시로 드나들며 폭력과 폭언을 일삼았다. 남편을 따라가 버릴 걸 후회했지만 이미 늦어 있었다.

이효정의 남편이 월북할 무렵, 남한의 사회주의운동은 완전히 지하로 잠적한 상태로, 일제시대에 노동운동을 주도했던 인물들에 의해 이끌려지고 있었다. 남로당 당수는 박헌영이었으나 그는 북한에 머물고 있어 현실적인 지도력이 없었다. 실질적으로 남로당을 이끈 총책은 김삼룡이었다. 월북했다가 다시 내려온 이주하는 그의 책임비서로서 사실상 함께 남로당을 지휘했다. 역시 월북했다가 돌아와 지리산에 들어간 이현상은 1951년 5월, 남한 6도 도당위원장회의에서 남한 빨치산 총책임자로 임명되어 전쟁이 끝난 후까지도 저항을 계속하게 된다.

좌우 대립은 본격적인 무력 충돌로 번져나갔다. 공산당에 대한 탄압과 더불어 공산주의자들에 의한 총파업과 무장폭동이 계속되었다. 거듭되는 총파업과 자연발생적으로 일어난 대구 폭동, 여수와 순천에서의 군대 내부 반란 사건과 제주도 폭동으로 엄청난 인명이 살상되었다. 파업과 폭동에서 살아남은 남로당원들은 지리산으로 들어가 빨치산이 되었고, 북한은 태백산맥과 해상을 통해 인력과 장비를 공급했다. 상황은 내전으로 치닫고 있었고, 전면전의 분위기가 성숙해 갔다.

이와 함께 남로당 지도부도 하나씩 붙잡혔다. 감옥에서 나온 김태준은 서울에 숨어 남로당 문화부장으로 일하면서 지리산의 이현상에게 보낼 문화선전대를 조직하고 있었다. 그가 체포된 것은 1949년 여름이었다. 경찰은 그가 모종의 음모를 계획하다가 체포되었다고만 발표했을 뿐, 구체적인 내용은 언급하지 않았다. 남로당 문화부장이자 지리산 유격대 간부로 공개된 김태준은 짧은 재판 과정을 거쳐 11월 초에 사형을 언도받았고, 대통령 이승만이 이를 인가해 며칠 후 총살형에 처해졌다. 그의 사형 소식은 신문을 통해 남북한에 알려졌다.

이듬해 봄에는 남로당의 실질적인 지도자인 김삼룡과 이주하 두 사람이 체포되었다. 두 거물을 잡는 데 결정적인 역할을 한 것은 전향자들이었다. 해방 직후 조선공산당이 대중적 인기를 누릴 때는 온갖 사람들이 입당했는데, 불법으로 몰리고 나니 너도나도 전향해 적으로 돌아서고 있었다. 남로당 서울시당이 불법화되면서 해체가 시작된 이래 한국전쟁이 나기까지 일 년 간, 이십만 명에 이르는 공산당원들이 탈당성명서를 내고 전향을 했다. 그 중에 이름이 알려진 이들은 줄지어 일간신문에 전향을 알리는 광고를 냈다. 신문사 광고국 직원들은 검찰청에 상주하면서 전향자들로부터 광고를 받아내는 일을 일과로 삼을 정도였다. 처음부터 신념도 없이 가입했다가 역시 자기 이익을 위해 전향한 사람들은 수배된 이들에게는 일반인보다도 더 무서운 존재가 되었다.

김삼룡은 도처에 경찰과 전향자들의 감시가 깔린 서울 바닥을 유유히 누비고 다녔다. 일제시대에 그랬던 것처럼 막노동자를 가장해 수염을 기르고 밀짚모자를 눌러 쓰고는 허름한 짐 자전거를 타고 다녔다. 타고나기를 거무튀튀하고 촌스럽게 타고난 탓에 차림새가 잘 어울렸다. 함께 활동하다가 전향해 얼굴을 잘 아는 이를 통하지 않으면 그를 잡을 길이 없었다.

마침내 경찰은 전향한 남로당 출신들을 통해 김삼룡의 행적을 추적해 들어간 끝에 김삼룡이 효제동 한 반찬가게를 아지트로 두고 있다는 사실을 알아내는 데 성공했다. 며칠이나 계속된 잠복 끝에 김삼룡이 자전거를 끌고 반찬가게로 들어가는 모습을 확인한 경찰은 인근 골목마다 형사대를 배치하고 집 주위에는 경찰학교 학생들을 동원해 에워쌌다.

비가 부슬부슬 내리는 봄날 밤이었다. 가게 문이 대문 역할을 하도록 되어 있어 가게를 닫은 후에는 드나들 곳이 없었고 블록으로 쌓은 뒷담은 높이가 한 길 반이나 되는데다가 철조망이 둘러 있어 쉽게 뛰어넘을 수 없는 곳이었다. 그래도 혹시 몰라 담장 뒤쪽까지 경찰학교 학생들을 배치한 경찰은 일제히 가게 문을 부수며 진입했다.

"김삼룡! 꼼짝 마라! 손들고 나와!"

요란한 고함과 함께 권총을 든 형사대가 뛰어 들어갔으나 그의 아내와 어린 아들뿐, 김삼룡은 없었다. 방이 두 개밖에 없어 숨거나 피신할 수도 없는 좁은 집이었다. 그때 뒤편에서 쿵하며 무언가 무너지는 요란한 소리가 들려왔다.

"뒤곁이다!"

형사대가 몰려나갔을 때는 블록 담장이 무너져 있었고, 김삼룡은 보이지 않는 가운데 경찰학교 학생들만 우왕좌왕하고 있었다. 형사대가 들이닥치는 순간 뒤란으로 튀어나간 김삼룡이 빗물을 머금어 약해진 블록 담을 몇 차례나 힘껏 차서 무너뜨리고 달아난 것이었다. 담이 쿵쾅거리며 흔들리자 경찰학교 학생들은 겁을 먹고 피해 버렸고, 담장이 무너지는 동시에 뛰쳐나온 김삼룡을 눈앞에서 놓쳐 버리고 만 것이다.

비가 부슬거리는 가운데 상황을 점검하던 경찰은 골목길에 남은 핏자국을 발견했다. 김삼룡이 담을 부술 때 다리가 찢어져 큰 상처를 입은 게 확실했다.

추적대는 핏자국을 따라 동숭동 뒷산인 낙산으로 접어드는 길까지 갔으나, 빗물에 씻겨져 더 이상 흔적을 찾을 수 없었다.

필사의 야간 추적은 계속되었다. 반찬가게에서 부인과 심부름하는 절름발이 청년을 연행한 경찰은 김삼룡이 잘 가는 또 하나의 아지트인 예지동 집을 알아내고 곧장 기습했다. 그런데 엉뚱하게도 그곳에서 발견한 이는 김삼룡이 아니라 이주하였다. 경찰이 김삼룡의 집을 습격한 사실을 모르는 이주하가 무방비 상태로 그곳에 은신해 있었던 것이다.

경찰은 거친 난투극 끝에 이주하를 포박할 수 있었다. 의외의 수확을 얻은 경찰이 의기양양하게 돌아오는데, 호송차 안에서 이주하가 갑자기 인상을 쓰며 몸을 비틀기 시작했다. 독약을 마시고 자살을 기도한 것이었다. 경찰은 강제로 물을 마시게 하고 의사를 불러 강제로 위세척을 해 그를 살려냈다.

"차라리 나를 죽여라!"

이주하는 거품을 토해내며 고함쳤으나 손발이 꽁꽁 묶인 채 살아나 서울시경에 넘겨졌다. 그는 모진 고문을 당하면서도 김삼룡이 숨을 만한 곳을 말하지 않았다. 차라리 죽이라고 고함만 쳤다. 서울시경은 더 이상 정보를 얻어낼 수 없었다. 서울시경의 김삼룡 추적은 난항에 빠지고 말았다.

이 날 밤, 중상을 입고 도주한 김삼룡을 찾아낸 기관은 엉뚱하게도 치안국이었다. 치안국은 남로당 간부를 하다가 전향해 경찰에 적극적으로 협조하고 있던 한 인물을 확보하고 있었다. '큰 박'이라는 별명으로 불리던 그는 김삼룡이 다리를 다쳤다는 이야기를 듣고 이제 그가 갈 곳은 북아현동 모 의사 집밖에 없다고 제보했다. 해가 뜨기 전에 곧바로 치안국 형사대가 출동해 다리를 치료하고 있던 김삼룡을 간단히 제압해 체포할 수 있었다.

치안국 분실에 연행된 김삼룡은 수사관들의 어떤 질문에도 그저 피식 경멸의 미소만을 흘릴 뿐, 바른 대답을 하지 않았다. 아무리 고문을 가하고 설득해도 소용이 없었다. 그의 입을 처음 열게 한 사람은 남로당 서울시당 부위원장을 지낸 홍이라는 인물이었다. 남로당이 불법화된 후 전향하고 경찰에 들어간 그는 경위 계급까지 받아 사회주의자들을 잡아내는 일을 하고 있었다.

"이렇게 만나게 되어 미안하지만 서로 입장이 다르니 이해해 주십시오."

물끄러미 홍을 바라보던 김삼룡은 그때까지 목봉으로 짓이겨도 다물고 있던 두터운 입술을 열어 처음으로 한 마디 했다.

"알았소."

하지만 그뿐, 그는 이미 드러난 자신의 신상에 관한 내용 이외의 어떤 정보도 내놓지 않았다. 경찰이 가장 집중적으로 알고 싶어 한 것은 빨치산 총책임자 이현상과의 비상연락선이었다. 월북으로 무기력해진 박헌영을 대신해 남로당 총책을 맡고 있던 김삼룡이 그걸 모를 리가 없었다. 그러나 그는 어떤 고문과 회유에도 입을 열지 않았다. 반찬가게에서 잡혀 온 아내와 세 살 난 아들을 보여주며 전향하면 함께 살도록 해주겠다고 회유했으나 아무 소용이 없었다.

김삼룡은 숨겨야 할 정보에 대해서는 끝까지 한 마디도 하지 않았으나 자신의 심정을 털어놓은 적은 있었다. 심문이 몇 날 며칠 계속되는 동안 비교적 가까워진 한 경찰 간부에게 말했다.

"일정 때 우리가 놈들의 힘을 빼앗으려고 싸우는 동안 당신들은 자신들의 힘을 키웠소. 우리가 학업과 생업을 포기하고 공장과 감옥을 떠도는 동안 당신들은 국가를 운영할 기술을 배우고 사람 고용할 돈을 모았소. 일제가 물러나고 보니 우리 같은 사람은 쓸모가 없고 당신 같은 사람들이 이 나라를 지배하는구려. 참 허무한 일이오. 허무한 일이오."

경찰 간부가 그런데 왜 북한으로 가버리지 않고 서울에 남았느냐고 묻자 김삼룡은 대답했다.

"북에 올라간 박헌영 동무가 저렇게 모진 천대를 받고 있는데 내가 어떻게 거기 가겠소? 우리는 남북한 어디에도 갈 곳이 없소."

말하는 김삼룡의 눈에는 잡힌 후 처음이자 마지막으로 눈물이 고였다. 김일성을 중심으로 한 소련파와 북한 출신 공산주의자들이 박헌영을 중심으로 한 남한 출신들을 제거하려는 것을 잘 알고 있었던 것이다. 그는 자신들의 청춘을 다 바친 혁명의 종말이 다가오고 있음을 감지하고 있었던 것이다.

김삼룡이 잡힌 지 석 달 후, 북한은 북쪽에 억류되어 있던 민족주의자 조만식을 석방할 테니 김삼룡, 이주하 두 사람과 교환하자고 제안했다. 그러나 남한의 이승만 대통령은 이를 거절하고 조만식부터 먼저 내려 보내라고 답했다. 북한은 이에 아무 전통도 보내오지 않았다. 대신 이틀 후 삼팔선 전역에서 탱크와 군대를 밀고 내려왔다. 한국전쟁이 터진 것이다.

서울 외곽에 포격 소리가 진동할 무렵, 국방장관 신성모는 헌병사령관에게 이주하와 김삼룡 두 사람을 처형하라는 긴급 명령을 하달했다. 아직 해가 서쪽 하늘 한가운데 떠있던 유월 하순의 저녁 여섯 시, 헌병사령부 제삼과장 송호순과 경비대장 차의도의 인솔을 받은 헌병 다섯 명이 김삼룡과 이주하 두 사람을 남산의 헌병사령부 뒷문에서 오백 미터쯤 떨어진 산기슭으로 끌고 갔다.

"소나무에 따로 묶어라!"

송호순이 지시했다. 서울의 북쪽 하늘에서는 탱크 포격 소리와 총성이 어둠과 함께 밀려오고 있었다. 죽음을 앞 둔 두 사람만큼이나 전쟁의 두려움에 사로잡힌 헌병들은 두 사람을 서둘러 소나무에 쇠사슬로 묶었다. 유언을 남길 시간조차 줄 수가 없었다. 입회인으로 따라간 육군법무관 모 소령의 지시가 떨어지자 경비대장이 외쳤다.

"사격!"

요란한 총성과 함께, 두 사람은 한 마디 유언도 남기지 못한 채 피투성이가 되어 숨이 끊어졌다. 헌병들은 소나무 뒤편 사람 키 깊이로 파놓은 구덩이 속에 시신을 던지고 흙을 덮어 버렸다. 그리고 서둘러 철수해 버렸다. 1950년 6월 27일이었다.

처형 직후 서울에 진입한 북한 인민군은 8월 3일이 되어서야 두 사람이 매장된 지점을 찾아냈다. 두 사람이 묶였던 소나무는 빗발친 총탄에 껍질이 산산이 부서진 채, 한 그루에는 일곱 발, 다른 소나무에는 다섯 발의 총탄이 박혀 있었다.

다음 날인 8월 4일, 두 사람의 시신은 철도 공장 노동자들에 의해 발굴되었고, 북한 정부 요인들과 조선노동당과 사회단체 간부들이 운집한 가운데 성대한 장례식이 치러졌다. 그러나 남산 기슭에 만들어진 두 사람의 봉분은 긴 전쟁을 거치면서 흔적도 없이 사라져 버렸다.

26_ 살아남은 사람들

한국전쟁은 온 나라를 잿더미로 만들었다. 남과 북의 전쟁은 온 민족에게 깊은 상처를 남겼다. 그것은 당사자들이 죽지 않는 한, 영원히 치유될 수 없는 상처가 되었다.

전쟁 초기의 민간인 피해는 주로 국군이나 미군에 의한 집단학살로 나타났다. 빨치산과 피난민을 구별하기 어려웠던 미군이 피난민들을 집단학살하는 사고가 곳곳에서 벌어졌다. 또 한편, 과거 좌익 활동을 했던 이십여 만 명이 경찰과 국군에 의해 무더기로 총살되는 미증유의 사건이 일어났다. 국민보도연맹원들에 대한 집단 처형이었다.

공산당을 궤멸시키는데 성공한 남한 정부는 한때 공산당활동을 했으나 반성하고 전향한 이들을 '국민보도연맹'이라는 이름의 단체에 가입시켜 놓고 있었다. 전향을 하고서도 경찰서에 끌려가 조사받느라 고생하고, 그 과정에서 일반화된 가혹 행위에 원한을 품고 지리산에 들어가 빨치산이 되는 일이 많았다. 오재도 등 공산당 척결에 혁혁한 공을 세우고 있던 검찰 간부들은 이런 일을 막을 목적으로 기금을 모아 공안검사 선우종원을 대표로 국민보도연맹을 만들고 여기 가입한 사람은 수사를 받지 않도록 해주었다.

한때 좌익운동에 가담했다가 전향했거나 아니면 그 가족이란 이유로 경찰서와 군대에 불려가 고초를 당하던 수많은 사람들이 연맹에 가입했다. 지방에서는 경찰마다 가입 할당량이 있어서 사회주의운동과 아무 상관이 없는 농민들을 무작위로 가입시키는 일도 빈번했다. 회원 중에는 소설가 황순원, 시인 김기림과 정지용, 국어학자 양주동 등 당대 유명한 지식인들이 많아 이들의 주도로 문화 공연을 하기도 하고 지역마다 봉사 활동에 앞장서기도 했다.

본래 전향한 좌익 출신들을 보호하기 위해 만든 이 보도연맹은 예상치 못했던 전쟁 발발과 함께 살생 명부로 바뀌고 말았다. 전쟁이 일어나자 경찰과 국군은 지역별로 보도연맹 가입자들을 모두 불러냈다. 마을마다 군마다 수십 명에서 수백 명의 연맹 가입자들이 끌려나와 학교나 회관에 모였다. 경찰과 국군은 이들에게 단 한 마디 변명의 기회도 주지 않고 집단으로 사살해 버렸다. 전국 각지에서 헤아릴 수 없는 사람들이 항의 한 마디 못하고 죽어 갔다. 그 중 상당수는 할당량을 채우려는 담당 경찰관이나 관리의 부탁 때문에, 혹은 고무신 따위 선물을 준다는 바람에 도장을 찍은 무지렁이 농부들이었고 개인적인 원한 때문에 빨갱이 누명을 쓴 이들도 있었으나 명단은 이를 구별해 주지 않았다.

사람들은 무서워서 접근도 못한 채 시체 더미를 방치해 두었고, 한여름 더위에 썩은 냄새가 온 마을에 진동했다. 인민군이 밀고 내려온 후에야 그곳에

가 보았으나 시신이 뒤엉킨 채 썩어 누가 누구인지 알아볼 수가 없었다. 사람들은 대충 옷이나 신발을 보아 자기 식구라 짐작되는 시신의 뼈를 추려 무덤을 만들어 주었다. 탄광 갱도에 수천 구의 시체가 던져져 봉해지기도 하고 며칠밤을 불태워 없애기도 했기 때문에 아예 시신을 찾지 못하는 경우가 더 많았다.

이효정의 집안에서는 당숙 두 사람과 남편의 친형이 처형당했다. 팔뚝에 '분투노력'이라는 한문을 새겨놓고 만주에서 독립운동을 하던 당숙도 그때 죽었다. 사회주의운동에 대한 미련을 버린 지 오래였기 때문에 산으로 숨거나 인민군이 오고 있다는 북쪽으로 갈 생각도 않고 집에 남아 있더니 결국 끌려가 부패된 시신이 되어 돌아왔다. 한때 사회주의에 동조했던 사람들은 전향을 하고서도 살아남지 못하고 죽은 것이다.

뒤따라 남한 거의 전역을 점령한 인민군 역시 적지 않은 사람을 죽였다. 국군의 보도연맹 학살에 대해 분개하는 삐라를 만들어 뿌리기도 하고 인민위원 교육용 자료로 발간하기도 했던 인민군 역시 새로운 지배자로서의 권위를 세우기 위한 학살을 주도했다. 붉은 완장을 찬 인민위원회 사람들이 지주들을 잡으러 몰려다니고, 지주와 자식들은 들로 산으로 도망쳐 공포의 나날을 보내야 했다. 단지 부자이거나 공무원, 경찰의 가족이라는 이유만으로 인민재판에서 죽음보다 더 무서운 공포를 경험한 뒤 죽창이나 돌에 의해 살해되거나, 인민군이 후퇴할 때 무더기로 학살되었다. 그 숫자는 보도연맹으로 죽거나 미군 폭격으로 죽은 이보다는 한결 적었지만, 주민들이 겪은 공포감은 그에 못지 않았다.

밀고 내려오던 인민군은 미군의 참전으로 낙동강 일대에서 더 내려오지 못하고 석 달간 버티다가 다시 북으로 쫓겨 갔다. 세계적으로 사회주의와 자본주의가 팽팽히 세력 균형을 이루어 냉전시대가 시작되던 무렵이었다. 각기 미국과 중국의 지원을 받는 남한과 북한은 어느 한쪽으로도 밀리지 않은 채 예전의 삼팔선 부근에서 일진일퇴를 거듭했다. 석 달이면 남한 전체를 점령할 수 있으리라는 계산 아래 내전을 시작했던 북한으로서는 매우 힘겨운 전쟁이었다.

미군이 존재하는 한 전쟁에서 이길 수 없음을 깨닫게 된 북한은 휴전협상에 응했다. 협상의 시작과 함께 북한 내부에서는 남로당에 대한 대대적인 숙청이 시작되었다. 박헌영은 북한에서 정규군이 밀고 내려오면 남한 내 빨치산과 남로당원들이 들고일어나 석 달 만에 승전할 수 있다고 보고했는데, 패색이 짙어지자 전쟁의 책임을 그에게 씌우기로 한 것이다.

전선이 교착 상태에 빠진 1952년 초, 박헌영을 비롯한 십여 명의 남로당 지도부가 체포되었다. 이미 이천 명에 가까운 남로당 간부 출신들이 평안북도 천마산 속에 지어진 수용소에 감금된 후였다.

일제 하 사회주의자들은 미국과 영국을 파시즘에 맞서 싸우는 인민전선의 동료로 간주했다. 미국의 헤밍웨이를 비롯한 유럽의 많은 진보적 지식인들이 스페인에서 일어난 우익 반란에 맞서 생명을 걸고 전쟁에 참가했다는 것, '히스토리투데이'라는 세계적인 지식인 단체에서 이를 지원하고 있다는 것을 알고 있었다. 당대 진보적인 지식인들이라면 누구나 소련과 더불어 미국과 영국을 민주주의 세력으로 인정하고 그들과 인민전선을 맺는 일을 자연스럽게 생각하고 있었다.

영어를 잘하던 박헌영은 미국의 선교사 언더우드와 교분이 있었던 것으로 알려졌다. 해방 직후에는 미군이 해방군으로 인식되어 사회주의자들의 환대를 받았다. 박헌영은 조선공산당 대표로서 그들을 공식적으로 환영했고 개인적으로도 여러 사람과 교분을 가졌다. 그러나 제2차 세계대전을 통해 세계의 강자로 등장한 미국은 그 자신이 제국주의 강대국이 되었고 사회주의국가가 된 중국, 소련과 대립하게 되었다. 북한은 이 새로운 정세를 이용해 남한 출신 국내파 사회주의자들을 친미주의자, 미국의 간첩이라는 누명을 씌워 숙청하기 시작했다.

전시 상황에서 반 년 넘게 계속된 재판 결과, 이승엽, 이강국, 임화, 최용달 등 여덟 명의 남로당 지도부가 미국의 간첩으로서 남한의 사회주의 역량을 파괴하기 위해 극좌적인 폭동을 일으켰다는 죄목으로 사형에 처해졌다. 다른 하급 간부들도 충성을 맹세한 일부를 제외하고는 모두 지위를 박탈당한 채 탄광이나 전선으로 보내져 이름 없이 죽어갔다. 훗날 북한은 김삼룡, 이현상 등 남한에서 싸우다 사망한 남로당 지도부를 모두 복권시켰으나 자신의 손으로 처형한 이 여덟 명에 대해서는 불명예를 벗겨주지 않았다.

북한에서 남로당 지도부에 대한 재판과 숙청이 진행되는 가운데에도 이현상은 지리산 일대에서 빨치산 총대장으로서 국군과의 유격전을 지휘하고 있었다. 사십대 중반으로 조그맣고 똥똥한 몸집에 팔자수염을 기른, 엄격하고도 온후한 인상의 중년 사내가 된 그는 당시 남한 군대에게 가장 두려운 전설적인 인물이었다. 진회색 인조털을 입힌 반코트를 입은 이현상은 진짜 회색곰처럼 비상한 직관력으로 국군의 기습을 피해 눈보라치는 산악을 누비고 다녔다. 그의 부대를 전설로 만든 것은 전투능력만큼 뛰어난 대민 심리전이었다. '남부군'으로 알려진 이현상 부대는 자신의 보호막인 민간인들로부터 인심을 잃지 않기 위해 애썼다. 민간인 피해가 없도록 규율을 엄격히 하는 한편, 국군을 포로로 잡아도 죽이지 않고 총만 뺏고 돌려보내면서 사병들은 자신의 적이 아니라 같은 피해자라며 위로를 해주었다. 때문에 남부군은 좀처럼 궤멸되지 않았다.

하지만 휴전협상이 진행되면서 이현상은 남과 북 모두에게 골치 아픈 존재가 되었다. 남한으로서야 당연히 등줄기에 칼을 꽂고 있는 기분이었지만 남로당 출신들을 반역죄로 몰고 있던 북한 역시 이현상과 그의 부대 남부군을 목의 가시처럼 껄끄럽게 생각했다. 빨치산 중에도 북한에서 내려온 이들과 남로당 출신의 인맥이 달랐고, 북한은 북한 출신들을 이용해 남로당 인맥을 제거하고 싶어했다.

미국과의 휴전협정이 체결된 직후 북한은 이승엽 등에 대한 사형을 집행했다. 그리고 지리산 반야봉 남쪽 벽점골에서 조직위원회를 열어 박헌영 규탄대회를 열고, 이현상이 위원장으로 있던 제5지구당을 공식해체하는 동시에 이현상을 평당원으로 강등시켰다. 이로서 남로당 출신들은 빨치산 지도부에서도 일제히 숙청되었다.

1953년 9월 18일. 경남도당으로 이동하라는 명령을 받은 이현상은 다른 두 명의 빨치산과 함께 지리산을 빠져 나오려다가 빗점골 입구에서 국군 매복조에게 발각되었다. 오전 11시 경이었다. 잠복하고 있던 국군 매복조가 갈미봉 쪽으로부터 개인 거리 백 미터씩을 두고 조심스레 하산하고 있는 세 명의 빨치산을 발견했다. 국군은 이들의 선두가 십여 미터 앞으로 걸어올 때까지 숨어 있다가 일제히 사격을 개시했다. 빨치산들은 황급히 돌아서서 달아나기 시작했는데 국군 병사 하나가 소리 질렀다.

"이현상이다! 이현상이 도주한다!"

늦가을 낙엽 속을 헤치며 달아나는 빨치산 중에 이현상이 있었다. 그의 손에는 권총 한 자루밖에 들려 있지 않았다. 뜻밖의 사실에 긴장한 국군 부대원들은 일제히 일어나 빨치산들을 뒤쫓기 시작했다. 이현상이 뒤돌아선 것은 이때였다. 그는 마치 자살이라도 하려는 사람처럼 달음박질을 멈추고 돌아서서 국군에게 응사하기 시작했다. 3분이 채 안되는 교전 끝에 이현상은 집중사격을 받고 그 자리에서 사망했다. 함께 산을 내려오던 다른 빨치산들은 그 틈을 이용해 도주해 버렸다. 마지막까지 동료를 지켜주려던 것인지, 아니면 자살을 택한 것인지, 아무도 알 수 없게 되었다.

다음 날, 이현상이 사살되었다는 내용의 삐라가 비행기를 이용해 지리산 전역에 뿌려졌고, 남은 빨치산들이 지리멸렬 흩어지는데 큰 영향을 주었다. 빨치산의 해체를 끝으로 남한에서의 사회주의와 자본주의의 대립은 자본주의의 압도적인 승리로 끝났다. 이현상은 일제시대부터 시작된 국내 사회주의 운동의 마지막 지도자로서 자신의 명성다운 죽음을 택했다.

국군 토벌대장 차일혁 총경은 적장에 대한 예를 갖추어 그의 시체를 스님들의 독경 속에 정중히 화장했다. 그의 유골가루는 차일혁 총경이 직접 섬진강 물에 뿌렸다. 죽을 당시 이현상은 잘 다려진 미제 옷에 깨끗한 군용 농구화를 신고 있었다. 주머니에는 수첩과 염주가 들어 있었는데 수첩에는 한시 몇 수가 적혀 있었다. 그의 유품들은 서울로 올라와 창경원에 전시되었다.

이현상을 마지막으로, 경성트로이카 지도자들은 대부분 죽었다. 이재유는 일본에 의해, 이관술, 김삼룡, 이현상은 남한에 의해 죽었다. 미야케 교수의 제자로서 경성트로이카에 관련되었던 이강국과 최용달은 북한에 의해 처형당했다.

감옥에 갇혀 있던 박헌영은 전쟁이 끝난 지 2년 후, 북한의 최고재판소로부터 미국의 간첩이라는 최종 판결을 받고 총살되었다. 재판부는 박헌영이 경성꼼그룹에 들어간 것은 미국선교사 언더우드의 지시요, 해방 후 월북한 것은 미군정 책임자 하지의 명령이었다는 죄목을 씌웠다. 박헌영은 이를 인정하고 목숨과 명예를 포기할 때까지 맹견들에게 물어뜯기는 고문까지 당한 것으로 알려졌다. 박헌영의 죽음과 함께 일제시대에 국내에서 항일운동을 주도했던 혁명 세력은 남북한에 의해 대부분 제거당했다.

이로써 불과 수십 명의 유격대를 이끌다가 일찍감치 러시아로 피신했던, 일제하 사회주의 운동의 극히 작은 부분에 불과했던 김일성은 무소불위의 절대 권력자가 되어 한반도의 절반을 지배하게 되었다. 나머지 절반은 미국 땅에서 넥타이를 매고 백인들의 파티에나 드나들던 이승만이 친일파들을 앞세워 지배하게 되었다. 끝까지 민족의 해방을 위해 싸운 김구 같은 민족주의자들과 국내파 사회주의자들은 외세를 업은 두 권력자의 야망을 위한 희생양으로 죽어가야 했다.

다만 여자들은 살아남았다.

북한의 이순금은 박헌영의 재판에 증인으로 지목되어 일제 말기 목숨을 건 도피 생활을 함께 했던 동료를 미국의 간첩이라고 증언해야만 했다. 증인 명단에만 올랐을 뿐 실제 재판에 참석했다는 기록은 없지만, 새로운 권력의 요구를 받아들인 그녀는 사로청 지도위원과 인민회의 대의원을 연임하는 등 요직에 기용되었다. 1980년 가을에는 북한에 우호적인 예멘 대사의 환영대회에서 연설을 하였고 1990년대 초까지 전국인민회의 대의원을 지냈다.

박진홍은 남로당 대숙청 이후 중책을 맡지 못한 채 남한에서 공식적으로 확인할 수 있는 어떤 기록에도 남지 않은 채 사라져 버렸으나 처형당했다는 기록 역시 없다. 전쟁 중에 죽은 것인지, 이후에 일찍 죽은 것인지, 아니면 이름이 알려지지 않을 정도의 하급 관리직에 있었던 것인지, 외부에서 구입할 수 있는 어떤 북한 기록에도 나오지 않았다. 어쩌면 문학소녀적인 도덕적 결벽증과 비정치 성향이 강했던 그녀는 이순금과 달리 북한 권력의 부당한 요구를 거부했는지도 모른다. 유교적 관습과 인습의 벽을 넘어 당당하게 사랑했던 두 남자, 이재유와 김태준의 죽음과 더불어, 남한 출신들의 몰락과 자신의 운명을 함께 했는지도 모른다. 알 수 없다.

남한의 이효정은 전쟁 기간 동안 인민군 모자 한 번 구경하지 못했다. 당숙과 시숙이 보도연맹으로 처형되고 서울에서 남편과 함께 건축사업을 하던 이병희며 봉화의 친가 어른들이 피난 왔다가 돌아갔을 뿐이다. 혹시라도 월북한 남편이 돌아올까, 먼 동네 개소리만 나도 밤잠을 설쳤으나 남편은 전쟁이 끝나도록 나타나지 않았다.

남편이 돌아온 것은 이승만이 독재자가 되어 영구 대통령이 되려고 시도하던 1950년대 말이었다. 간첩이 된 남편은 그녀와 아이들에게는 들르지도 않은 채 시동생만 만나보고 돌아갔는데, 이 일이 드러나자 시동생뿐 아니라 이효정까지 연행해 남편의 행방을 대라며 고문을 했다. 그녀는 남편이 왔다 갔다는 사실조차 모르고 있었으나, 나중에라도 신고하지 않았다는 죄로 일 년 반이나 감옥살이를 해야 했다. 석방되어 나와 보니 고문의 후유증으로 정신병에 걸린 시동생은 청산가리를 마시고 자살해 죽어 있었다.

이효정이 감옥에서 나온 얼마 후, 독재자 이승만은 학생 시위로 쫓겨나 자신의 고향이나 다름없는 미국으로 도망쳐 버렸다. 장면의 새 정부는 북한과의 관계에서 조금은 전향적인 태도를 보일 것으로 기대되었다. 그러나 이듬해에 군사쿠데타가 일어나 박정희가 권력을 잡으면서 극우반공정책은 더 강화되었고, 그녀의 시련은 더 심해졌다.

세 아이를 먹여 살리는 일 자체가 끔찍했다. 대구의 메리야스공장에 취직했으나 형사들이 찾아와 전과가 드러나는 바람에 쫓겨났다. 어렵사리 한 철공소에 경리로 들어갔는데 그곳 사장은 형사들이 찾아와서 간첩 마누라라고 가르쳐 주었음에도 일을 잘했기 때문에 해고하지 않았다. 그러나 사장이 병으로 죽자 다시 쫓겨나야 했다. 지방 신문사에 교열을 보는 직업도 얻었으나 역시 쫓겨났다. 안정된 직장은 그것이 끝이었다.

정상적인 취업이 불가능했기 때문에 남의 아이를 돌보는 보모 노릇도 하고 길거리에서 호떡 장사도 했다. 머리에 계란을 이고 다니며 팔기도 하고 우유배달이며 시장 입구에서 야채를 팔아보기도 했다. 그러나 장사에 수완이 없고 몸이 약해 생계조차 유지할 수가 없어 직업은 계속 바뀌었다. 어디에 가든 무슨 일을 하든 경찰이 따라와 이유 없이 집안을 수색하고 주변 사람들에게 간첩 마누라라고 소문을 내는 바람에 얼마 버티지 못하고 이사를 가야만 했다. 끼니조차 이을 수 없어 아이들을 고아원에 보냈다가 찾아오기도 했다.

늘 단칸방 신세를 면하지 못했는데 경찰들은 다짜고짜 작은 방에 들이닥쳐 집안 살림살이를 마구 뒤집어 놓고 남편이 언제 왔다 갔느냐며 황당한 심문을 했다. 왜 이러냐고 말대꾸를 했다가는 그 자리에서 뺨을 맞고 발길질을 당해야 했다. 엄마를 때리지 말라고 매달리던 아이들까지 형사에게 번쩍 들려 내팽개쳐지고 발길질을 당한 적도 있었다. 형사들은 빨갱이의 처자식은 사람으로 취급하지도 않았다. 아이들을 두들겨 패고 살림살이를 마구 집어던지고 때려 부수는 일을 아무렇지도 않게 해냈다. 그럴 수 있는 자신들을 무척이나 자랑스럽게 생각하는 것 같았다. 반공이 애국이라는 신념은 전쟁 이후 남한 사람들의 유일한 가치관이 되어 버린 것 같았다.

외동딸 하나에 의존해 살아온 이효정의 어머니는 늘 눈물로 세월을 보냈다. 시도 때도 없이 연행되어 대공 분실에서 며칠씩 조사받고 돌아오는 딸에 대한 걱정으로 눈알이 빨개지도록 한숨도 못 자고 밤을 지새웠다. 어머니와 함께 뜨개질로 생계를 꾸리고 있을 때 영문도 모르고 수갑에 채워져 연행되어 납품을 못하는 바람에 손해배상까지 해준 일도 있었다. 소문이 이상하게 퍼져 동네 사람으로부터 간첩으로 신고당하는 바람에 갑자기 권총을 들고 들이닥친 형사들에게 연행된 적도 있었다.

이효정에게는 자식들이 잘 커 주는 것 외에는 희망이 없었다. 멀쩡히 부모가 살아있는데도 고아원에 버려지기까지 했던 아이들은 다행히 착하고 똑똑하게 커 주었다. 두 아들은 어려서부터 미술에 재능이 있었다. 중학교도 겨우 가르쳤으나 혼자 그림을 배워 간판장이로 나서 연명하더니 나이가 들어서야 전국대회에서 상을 받으며 화가로 나섰다. 작은아들은 조각가가 되었으나 미술대학을 나오지 못해 대우를 받지 못하다가 육십이 다 되어서야 빛을 보았다. 하지만 둘 다 지긋지긋한 가난에서 헤어나지는 못했다. 칠순이 다 되어 남의 집 식모살이조차 하기 어려워졌을 때 그녀가 의탁할 곳은 마산으로 시집간 딸네 집밖에 없었다.

딸네 집에서 손자들을 돌보고 살림을 해주면서 비로소 그녀는 경찰의 초법적인 폭력에서 벗어날 수 있었다. 십팔 년 독재 끝에 박정희가 죽은 후 다시 전두환의 군사독재를 거쳐 민주주의를 위한 격동의 시대가 시작된 영향이었다. 전두환을 몰아내기 위한 유월항쟁이 승리한 후로는 경찰이 함부로 집에 쳐들어오거나 일터에 쫓아와 괴롭히는 일이 없어졌다. 새로운 시대가 열린 것이었다.

완벽하지는 않아도 오랜 시련을 통해 이뤄진 약간의 민주주의는 그녀를 이념으로부터 자유롭게 만들어 주었다. 이미 버린 지 반 세기가 넘은 사상 때문에 당하던 수많은 고통을 더 이상 겪지 않게 되면서, 그녀의 꿈은 바뀌었다. 젊은 시절 사회주의가 그녀의 꿈이었다면 이제는 민주주의가 그녀의 이상이 되었다.

그녀는 대학생들이 시위를 하다가 최루탄에 맞아 죽거나 고문으로 죽는 일이 생길 때마다 혼자 그들을 추모하는 시를 썼다. 동덕여고를 졸업하고 반세기 만에 써 보는 시였다. 하루도 마음 편한 날 없이 외동딸을 근심하며 살다가 돌아가신 어머니를 추모하는 시도 쓰고, 딸의 아담한 양옥집 정원에 앉아 마산 앞바다에서 불어오는 바람을 음미하며 꽃이 피고 나뭇잎 떨어지는 풍경을 표현해 보기도 했다.

딸의 권유로 서예학원에 등록도 했다. 어려서 증조할아버지와 학교 선생들로부터 글씨 잘 쓴다는 칭찬을 들었음에도 제대로 배워 본 적이 없는 서예를 해보고 싶었다. 어린아이들 틈에 앉아 붓글씨를 쓸 때면 그렇게 마음이 편해질 수 없었다.

일흔여섯 나이에 문인협회에서 주최한 백일장에 시가 당선되면서 시인으로 인정받은 그녀는 『회상』이라는 제목으로 첫 시집을 냈다. 대중적으로 알려지지는 못했으나, 열여섯 살부터 시작된 고난이 육십 년 세월이 지나서야 보상받는 느낌이었다. 첫 시집의 앞부분은 여고 시절에 썼음직한 서정적인 내용이었으나 그녀의 관심은 시대의 아픔을 벗어나지 못했다. 시집의 대부분은 칠십 년 전의 회상과 오늘의 한국에 대한 생각들로 이뤄졌다.

첫 시집이 나온 날, 가장 그리운 것은 박진홍이었다. 여류소설가가 되고 싶어했던, 이 세상에 태어나 가장 사랑했던 벗의 얼굴이 어른거려 눈물을 감출 수 없었다. 박진홍을 보고 싶은 마음에 밤새 가슴이 두근거려 잠을 이루지 못했다.

여든이 넘어 출판한 두 번째 시집에서도 그녀의 화두는 역사와 인간이었다. 그녀는 자신의 시를 시라고 부르기를 거부했다. 그저 죽음을 앞둔 늙은이의 넋두리라고만 폄하했다. 그럼에도 그녀의 시는 읽는 이에게 잔잔한 감동을 주었다. 이제 언제 죽어도 좋을 것만 같았다. 두 번째 시집을 낸 후로는 죽음을 준비하기 위해 몸에 좋다는 음식과 약을 일절 먹지 않고, 하루 세끼 쌀죽과 밀가루 전병으로만 살기 시작했다.

긴 고통의 세월을 살면서, 그녀는 자본주의 세상이 변하는 과정을 생생하게 지켜보았다. 전쟁의 폐허 위에 거대한 공장과 집들이 세워지고, 먼지 날리던 신작로가 아스팔트길로 변하고 그 위에 헤아릴 수 없이 많은 차들이 달리는 광경을 지켜보았다. 하루 두 끼니 풀죽도 먹기 힘들던 사람들이 넘치는 고기와 과일을 주체하지 못해 비만으로 고민하는 모습을 지켜보았다. 끝없이 계속되는 민주화 투쟁과 그 결과로 다가온 자유와 평등의 세상을 보았다.

반면에 이상 낙원을 꿈꾸던 사회주의 북한이 세계 최하위 극빈국이 되어 앙상한 뼈밖에 남지 않은 소년소녀들이 먹을 것을 찾아 국경을 넘는 광경을 보았다. 정치를 할 자유와 더불어 정치를 하지 않을 자유까지 박탈된 인민들이 영혼마저 박제가 된 채 초라하게 살아가는 모습을 지켜보았다. 이제는 잊어버린, 생각하고 싶지 않은 옛 사상의 우울한 뒷그림자를 보았다.

하지만 그녀는 자신이 젊은 시절 사회주의운동에 몸담았다는 사실을 부끄러워하거나 후회하지는 않았다. 민족주의자들이 이 나라의 정신을 살리고 경제 번영을 이뤄낸 것처럼 인간 사이의 평등과 자유에 대해서는 사회주의도 나름의 역할을 했다는 신념을 버리지 않았다. 하루 여덟 시간 노동, 주 5일 근무, 의료보험제도와 국민연금 실시처럼, 오늘날에 와서는 너무나 당연시되는 것들이 자신들의 주장으로부터 비롯되었다는 사실에 긍지를 버리지 않았다. 지금도 계속되는 빈부격차나 인종차별, 남녀불평등, 세계를 전쟁으로 몰아넣고 있는 미국의 제국주의 문제에 대해서도 사회주의가 내세운 인도주의적 관점은 여전히 중요한 판단 기준이라 생각했다. 자본주의는 인류가 자연스럽게 선택한 합리적인 제도이지만, 통제의 고삐를 놓아버리면 저주받은 괴물이 될 수도 있다는 믿음은 지금도 여전했다.

아흔이 넘어서는 손이 떨려 시를 쓰지는 못했으나 마음은 여전히 소녀 시인과 같았다. 두 아들의 그림과 조각을 품평하거나 증손자들이 유치원에서 그려 온 그림들을 품평해 주는 그녀의 시각은 여전히 날카로웠다. 읽는 속도가 느려지기는 했지만 매일 책을 손에서 놓지 않는 그녀의 두뇌는 아직도 명석함을 유지했다. 기억력과 언어구사력도 매우 뛰어나 나이가 이, 삼십 살씩 어린 동료 여류 시인들은 그녀에게 '놀랍고 아름다운 아흔 살'이라는 별명을 붙여 주었다.

경성트로이카 조직원 중 이효정과 함께 생존한 이병희 역시 아흔을 넘보는 할머니가 되었다. 그녀는 동부 서울의 한 서민 임대아파트에 살면서 노인

회관의 총무가 되어 온종일 동네 노인들과 수다를 떨고 화투를 치며 논다. 복잡한 돈 계산이나 관공서와의 까다로운 교섭은 모두 그녀의 몫이다. 처음 이사 온 할머니들은 그녀가 칠순도 안 된 줄로 알고 말을 놓는다. 얼굴이 젊어 보일 뿐 아니라 전화만으로는 전혀 나이를 구별할 수 없을 만큼 활기찬 음성 때문이다.

두 사람은 가끔 시외통화를 한다. 종고모 이병희가 지난주에 노인회관에서 일어난 늙은이들의 시시콜콜한 갈등이며 연애 사건 이야기를 하면 조카 이효정은 오늘은 손자들이 주워 온 국화와 은행, 단풍잎을 책갈피에 눌러 놓았다고 다른 이야기를 한다. 마산 앞바다에서 불어오는 바람의 온도와 습기, 그리고 향기는 늘 그녀의 화두이다.

남북 이산가족 상봉과 금강산 관광이 시작된 후부터 두 사람의 대화 속에는 부쩍 옛 친구들이 등장하기 시작했다.

"병희 아주머니, 진홍이는 아직 살아 있을까? 아들 세연이는 어떻게 컸을까? 북한에서 무얼 하고 살까? 보고 싶다. 정말 보고 싶다."

"그렇지? 나는 이종희가 보고 싶어. 북경에서 그 애 집에 살 때 정말 잘해 주었거든. 요즘도 가끔 종희하고 남동생 종국이하고 셋이 모여 앉아 중국 요리 해 먹던 생각이 나. 동덕여고 다닐 때 그 애 별명이 준치라고 했나? 효정이가 붙여 준 거야?"

이효정은 전화통 앞에서도 손으로 입을 가리며 웃는다.

"내가 다 붙여 주었잖우. 왜 모두 물고기 이름으로 별명을 지었는지 몰라. 박진홍이가 도미, 이순금이 넙치, 이종희는 준치, 전부 내가 붙여 준 별명이었지. 나한테 명태라고 별명을 붙여 준 건 진홍이였다우."

잔잔한 눈주름에 눈물이 맺히고 음성이 젖어든다.

"병희 아주머니, 참 이상해. 요즘 들어 그 애들의 얼굴이 더 선명해지는 건 왜일까? 보고 싶어. 내가 죽을 때가 된 걸까? 너무나 보고 싶어. 그 애들이 아직도 이북에 다 살아서 우리를 기다리고 있는 것만 같아. 정말로 너무너무 보고 싶어……"

기어이 말을 잇지 못하고 전화통을 놓았다. 그리고 세월에 지친 눈을 들어 바깥을 내다 보았다. 남쪽 바다에서 불어온 훈풍이 작고 붉은 꽃망울 가득한 목백일홍 줄기를 흔들고 있었다. 아흔이 넘은 후로는 시도 때도 없이 밀려오는 졸음에 한번도 제대로 바라보지 못했던 예쁜 꽃송이들이 꿈결처럼 흔들리고 있었다. 그녀는 양손을 앞으로 모으고 다소곳이 앉아 조용히 눈을 감았다. 2004년 6월, 어느 초여름날이었다.